eb...

BARBARA PALLECCHI

DAS LEUCHTEN IM DUNKELN

ROMAN

edition bücherlese

»Ich bin Ich, und hoffe es immer mehr zu werden. Das ist wohl das Endziehl [sic!] von allem unserm Ringen.«

Paula Modersohn-Becker an Rainer Maria Rilke, 17.2.1906

PROLOG

Jeder Stich schmerzte. Als würde die Haut Millimeter für Millimeter mit einem Haken aufgerissen. Je näher an der Wirbelsäule, desto stärker war der Schmerz. Ich hatte mich für ihn entschieden. Wurde er zu heftig, dachte ich mich in den Film, den ich gegen Ende des vergangenen Sommers in der Ausstellung über die Tiefsee gesehen hatte.

Ein Krake wickelt einen seiner Tentakel auf und lässt ihn Saugnapf für Saugnapf zurückrollen. Mit einem seiner Fangarme tastet er auf dem Meeresgrund einen Felsen ab. Mit dem spitzen Ende eines anderen formt er Spiralen in unterschiedlichen Grössen. Wie in einem Tanz mit sich selbst gleiten seine Tentakel übereinander und umeinander herum, verschlingen sich zu einem Knäuel, aus dem sie sich sogleich geschmeidig lösen.

Die fließenden Bewegungen der Molluskenmasse füllten die ganze Leinwand. Ich hatte mich dem Rhythmus der Bewegungen des Kopffüßlers vollkommen hingegeben.

So machte ich es auch jetzt, während ich meinen Atemzügen lauschte, versuchte, langsam und gleichmäßig zu atmen. »Good breathing is a help to calm pain«, hatte Katsuo in der Vorbesprechung gesagt. Eine Weile versank ich in den Erinnerungen an die Dunkelheit der Tiefsee, dann kehrte ich zum Schmerz zurück. Ich hatte mir versprochen, ihn mir zu eigen zu machen und im Akt der großflächigen Tätowierung zu lernen, ihn zu beherrschen.

»Deep sea is finished«, sagte Katsuo. Er stand auf und ging leise hinaus. Ich löste meine Wahrnehmung von den letzten Stichen in die Lende und atmete tief ein und aus. Mein Oberkörper sank auf die Tatamimatte. Mein Herz klopfte heftig. Erst die Entspannung, wie ich es mir vorgenommen habe, ermahnte ich mich. Ich wanderte mit meiner Aufmerksamkeit dem Hals entlang in den Nacken, in den Schultergürtel, in die Oberarme, zum Gesicht, verweilte, wo es sich verspannt anfühlte und atmete ruhig in die schmerzenden Stellen. Ich gab mir Zeit, wie Vivienne es mir beigebracht hatte. Ich wanderte weiter zu den Pobacken, zu den Oberschenkeln und Waden bis zu den Füßen und ich genoss, wie es mir gelang, eine Verspannung nach der anderen aufzulösen. Den Rücken sparte ich aus.

Ich ließ die Augen geschlossen, atmete und gab mich hin. Ich hatte mir vorgenommen, jeden Gedanken, jede Empfindung, jede Erinnerung, entgegenzunehmen, anzunehmen, mir einzuprägen. Die Enttäuschung zuzulassen, sollte sich nichts zeigen, das mir bedeutsam erschien. Selbst Leere.

Ich atmete tief und ruhig. Ich stellte mir vor, Katsuo würde langsam, Zentimeter um Zentimeter eine transparente Folie auf meinem Rücken ausrollen und mit den Fingern auf die wunde Haut drücken. Mein Oberkörper stemmte sich gegen seine warmen Hände, die ihn zurück in die Matte drückten. Der Schmerz in der Fantasie war anders als der beim Stechen. Ich tastete in Gedanken den Rändern der Tiefseelandschaft nach, den Lebewesen, die ich gezeichnet hatte, die mir vertraut waren, die ich aber noch nicht in meine Haut gebannt gesehen hatte. Würde man das Kind erkennen, das auf dem Meeresboden ruhte? In meinem Unterleib löste sich ein Zittern und breitete sich wie ein Nachbeben in meinem Körper aus. Ich fühlte mich leicht. Als würde ich über der Tatamimatte schweben.

Ich bewegte das Glöckchen. So hatten wir es vereinbart. Katsuo kam zurück und kauerte sich neben mich.

»Please«, flüsterte ich. Mit langen Bewegungen strich er meine Arme und Beine aus, sein Ritual, um sich von meinem Körper zu verabschieden, wie er sagte, er rollte mich auf die Seite und half mir, mich aufzusetzen. Dann legte er mir von vorn den Kimono über die Schultern, setzte sich mir gegenüber auf den Boden und zog die Papierbahn mit dem Bild der Tätowierung zu sich.

»Next time the word, right?«, sagte er und glitt mit den Fingern über den schlichten Schriftzug.

Am Ende des Sommers, über den ich erzählen werde, hatte ich geträumt, wie ich zwischen zwei Spiegeln stehe und meinen tätowierten Rücken betrachte. Ich sah eine Tiefseelandschaft mit Seeanemonen, Schlangensternen und Seefedern, Fächerkorallen und Polypen mit blütenförmigen Tentakeln, darin Quallen, Kraken und Tintenfische. Eine Hand in einem schwarzen Handschuh schob sich ins Spiegelbild. Sie zeigte auf ein Wort, das wie eine Signatur über meiner rechten Pobacke tätowiert war. Die Hand stach mit einer Nadel in den letzten Buchstaben. Der Schmerz war so real, dass ich aufwachte.

»Yes«, antwortete ich, »next time the word.«

Das Wort streichelt die Mundhöhle.

Hlubina. Die Tiefe. Der Abgrund.

TEIL 1

1

Das Kind wird stören. Ich betrachtete das postkartengroße, karierte Papier auf dem Briefkasten. Verwackelte Linien, mit Filzstiften aufs Papier gedrückt. Ein ausladendes, blaues M, dem kleinere Buchstaben in verschiedenen Farben folgten, das A um Größe bemüht, als wäre es ermahnt worden, sich aufzurichten.

+ MISCHA

Über dem Namen ein hellgrüner Kringel mit Fühlern, die sich nach dem oberen Blattrand ausstreckten.

Jetzt nicht auch noch das. Nicht auch noch ein lärmendes Kind, das von Zimmer zu Zimmer rennen, plärren, schreien und Gegenstände auf den Boden werfen wird, in einem Tobsuchtsanfall auch sich selbst. Ein ständiges Trappeln über meinem Kopf, das mir das letzte Quäntchen Konzentration rauben wird. Dazu ein Mirko Černý.

In frischem Weiß war der Name in die schwarzen Schildchen eingraviert, die während meiner kurzen Abwesenheit in den Briefkasten eingepasst und neben dem Klingelknopf festgeschraubt worden waren. Was ich als weitere Provokation empfand. Bestimmt wird er ständig klingeln und nach Salz, einem Ei, der Gebrauchsanweisung für die Waschmaschine oder sonst was fragen, schimpfte ich. Dieser hinterhältige Vermieter. Das hat er mit Absicht getan. Mir ein Kind zumuten. Als ich mich später beschwerte, er hätte mich rechtzeitig informieren müssen, verwies er mich auf sein Schreiben. Vermutlich lag es in der ungeöffneten Post, die sich seit Wochen auf meinem Schreibtisch angehäuft hatte.

Zappelnd suchte ich in der Handtasche nach dem Hausschlüssel. Meine gereizte Blase. Als hätte sie einen Sensor, um die Distanz zu einer Toilette zu messen. Je näher, desto heftiger drängte sie darauf, sich zu entleeren. Auch wenn es nichts zu entleeren gab. Ich presste die Hand in den Schritt, öffnete leise die Haustür und lauschte ins Treppenhaus. Die vertraute Stille, der trockene Geruch von kühlem Stein. Wie immer. Ich atmete auf. Vorsichtshalber zog ich die Tür zu. Dann rannte ich die Treppe hoch in meine Wohnung. Ich saß auf der Kloschüssel und lauschte. Es war still. Ich ging in die Küche und lauschte. Still. Ich lauschte im Arbeitszimmer. Nichts. Ich spürte mein Herz pumpen. Es versorgte den Verdruss, der seit Wochen in mir lauerte, gierig nach allen möglichen Ködern schnappte und mich in Gedankenspiralen zappeln ließ, die ich nicht zu stoppen vermochte.

Ich versetzte dem Stapel von Seminararbeiten, die ungelesen vor dem Schreibtisch auf dem Boden lagen, einen Tritt und flüchtete auf den Balkon. Ich ließ mich in den Schaukelstuhl fallen, zündete eine Zigarette an, lehnte den Kopf zurück und schaute in den blauen Himmel, der mich so aufdringlich anstrahlte, dass ich wegschauen musste. Ein ungewöhnlich kräftiger Wind klappte die Blätter des Haselnussstrauchs nach oben, sodass sie ihm mit der helleren Seite – der empfindsameren, stellte ich mir vor – ausgesetzt waren. Die Blumen in den Töpfen sahen durstig aus, aber ich mochte nicht aufstehen. Ich betrachtete die Rasenfläche vor dem Haus, die in den vergangenen Jahren außer dem Gärtner kaum jemand betreten hatte. Zur Straße hin von einer hohen Buchenhecke abgeschirmt und zu den Nachbargrundstücken von ineinander verwachsenen Sträuchern, war der Garten ein eingefriedeter Raum. Das war mir erst kürzlich aufgefallen. Und dass ich den Schutz und die Ruhe, die er ausstrahlte, in diesem Sommer dringend brauchen würde.

Es ist *mein* Garten, muckte ich auf, obwohl im Mietvertrag nichts dergleichen geschrieben stand. Undenkbar, dass ausgerechnet jetzt ein Kind über den Rasen tollt, seine Spielsachen verstreut, johlt und kreischt, angefeuert von seinem Vater, der hinter ihm herjagt und es ins Vergnügen treibt. Vielleicht war der Mann frisch getrennt. – Oh nein, bitte nicht. Frisch getrennte Männer neigen zu maßlosen Übertreibungen, sei es im Triumph oder in ihrer tiefsten Kränkung. Womöglich wird er einen qualmenden Grill aufstellen, dicke Steaks braten, bis in die Nacht mit Freunden feiern und ich werde noch weniger schlafen.

Sie müssen besser schlafen, Frau Candrian, hatte Dr. B. bei der letzten Konsultation gesagt, sonst wird dieser Sommer nicht zu retten sein. Und mein Job erst recht nicht, hatte ich hinzugefügt. Ich schreckte zusammen. Der Mann und das Kind konnten jederzeit nach Hause kommen. Oder mich bemerken, sollten sie da sein. Hektisch drückte ich die Zigarette aus, ging hinein und zog die Balkontür hinter mir zu. Ich bin nicht da.

Ich kramte das Handy aus meiner Handtasche und schrieb Franziska eine SMS:

die fahrt über den julier war fantastisch. oben ist jemand eingezogen. mit kind! sch…!!! wie soll ich jetzt zur ruhe kommen. bin völlig genervt… danke für die tage mit dir und den mädchen. kuss, m.

Ich war beurlaubt. Genauer, ich war beurlaubt *worden.* Nie im Leben hätte ich es für möglich gehalten, dass mir so etwas widerfahren könnte. Zudem war mir eine Aufgabe auferlegt worden. Mit Unterstützung eines Karriereberaters sollte ich mich zu einer sozial verträglicheren Führungskraft entwickeln. Ich kam mir vor wie eine Spielzeuggiraffe, die beim Drücken des Bodens, auf dem sie befestigt ist, einknickt und in eine widersinnige Körperhaltung zusammensackt. Ich hatte keine Vorstellung davon, wie ich mit dieser Situation umgehen sollte.

Ob ich überhaupt einen Umgang damit finden würde. Klar war mir lediglich, dass ich Ruhe brauchte. Ich hatte mir vorgenommen, mich am Vormittag jeweils mit dem, was ich Zwangsarbeit nannte, auseinanderzusetzen. Die Nachmittage wollte ich damit verbringen, im Schatten der Birke zu lesen, Musik zu hören, zu dösen, ins Museum zu gehen, bei Antonia einzukaufen und mir etwas Gutes zu kochen. Eben das zu tun, wonach man sich sehnt, wenn man jahrelang nur gearbeitet hat. Ich hatte mir vom Gärtner den Balkon bepflanzen lassen. Um etwas zu haben, das Tag für Tag vor meinen Augen wachsen und blühen würde. Bunt und üppig soll es werden, hatte ich dem Gärtner aufgetragen. Möglichst wild ineinander wachsen. Und duften soll es. Zudem schaffte ich mir so eine Ausrede – ich will nicht ständig jemanden zum Gießen bemühen, außerdem kenne ich in der Nachbarschaft keinen, den ich fragen könnte –, wenn Franziska weiterhin versuchen würde, mich ins Engadin zu locken. Sie schrieb, die Mädchen würden sich so freuen, wenn ich häufiger kommen würde. Sie würden ständig nach mir fragen. Sie hätten etwas für mich gebastelt, das sie mir persönlich geben wollten. Sie würden mir gerne die Meisen im Lärchenwald zeigen, wie sie ihnen aus der Hand fressen. Mit meinem Cabriolet fahren. Solche Sachen. Für einmal hatte ich nachgegeben. Ich hatte meine frühere Putzhilfe gefragt, ob sie kommen könnte, und war für ein paar Tage in Franziskas heile Welt gefahren.

Ich warf das Handy auf den Küchentisch, drehte in der Spüle das Wasser auf und tauchte die Hände in den kalten Strahl. Hätte ich mir doch die Zeit genommen, über das Angebot des Vermieters nachzudenken. Dann wäre ich jetzt wenigstens oben. Und nicht hier unten, neugierigen Blicken ausgesetzt.

Seine Mutter hatte ihm aufgetragen, mir nach ihrem Tod anzubieten, in die obere Wohnung zu ziehen. Freiwillig hätte er das nicht gemacht. Trotz ihrer Gebrechlichkeit war die gute

Frau Baumann vorausschauender gewesen als ich. Sie hatte gewusst, dass ich mir die höhere Miete leisten konnte.

Jetzt glaubte ich, erneut beraubt zu werden. Ich schlug mit der Faust gegen die Tür des Schränkchens über der Spüle und fluchte. Es nützte nichts. Ich heulte. Beziehungsweise *es heulte.* Seit dem Gespräch mit Gerlinde, meiner Chefin, passierte es immer wieder. Manchmal spürte ich lediglich einen Kloß im Hals, manchmal liefen mir Tränen übers Gesicht, nicht selten schluchzte ich laut heraus. Mich so weinerlich zu erleben, machte mich fertig.

Einmal rief ich in diesem Zustand Dr. B. an. Ich keuchte ins Telefon, ich käme mir vor wie eine Amöbe. Ein Fahrradkurier brachte mir ein Fläschchen mit Beruhigungstropfen. Im Internet las ich später, dass eine Amöbe eine Lebensform ist. Eine Organisationsstufe ohne feste Körperform, die ihre Gestalt laufend ändert. Meistens nackt. Die Amöbe in mir machte mir Angst. Sie betäubte meinen Kopf und löste die Kraft in meinem Körper auf. Vergeblich suchte ich nach einem Halt in mir, nach etwas, das mir die Kontrolle zurückgab. Ich konnte mich in diesem Zustand nicht leiden

Ich lehnte die Stirn an das Oberschränkchen, tauchte die Handgelenke erneut in den kalten Wasserstrahl und wartete, bis ein leichter Schmerz in meinen Armen hochstieg. Während ich mir die Handgelenke abrieb, ermahnte ich mich. Noch ist nichts passiert. Noch sind es lediglich zwei Namen. Ein Mann und ein Kind. Mehr weißt du nicht. Also hör auf, dich in etwas hineinzusteigern. Ich lauschte. Es war immer noch still. Ich überlegte, ob ich mich vergewissern sollte, dass ich mir das Papier am Briefkasten nicht eingebildet hatte. Aber ganz so schlimm stand es nicht um mich.

2

Am Abend setzte ich mich ins Arbeitszimmer um zu lesen. Der *Nachsommer* von Adalbert Stifter lag in meinem Schoß. »Für meine Schöne, jetzt, da du Zeit hast.« K. hatte mir das Buch nach unserem letzten Treffen in Frankfurt geschickt. Konzentriert etwas zu lesen, war mir schon seit Wochen zunehmend schwerer gefallen, und seit der Krankschreibung gelang es mir fast gar nicht mehr. Ich las die Widmung, die erste Seite, manchmal die zweite und die dritte, spätestens dann schweiften meine Gedanken ab und kreisten um die Frage, wie es nach diesem Sommer mit mir weitergehen sollte. Oder ich wurde so unruhig, dass ich in der Wohnung umhergehen musste. Oder ich schlief ein. Nicht lesen zu können, beziehungsweise mir nicht merken zu können, was ich gelesen hatte, beunruhigte mich. Ich versuchte es jeden Abend, um zu üben und in der Hoffnung, dass es besser würde. Ich hatte K. noch nicht gefragt, ob er das Buch nur wegen des Titels für mich ausgesucht hatte. Oder wegen des Umfangs. Als Symbol für einen langen Sommer, der mir viel Geduld abverlangen würde. Dass er diese detaillierten, seitenlangen Beschreibungen mochte, brachte ich nicht mit ihm zusammen. Und wann hatte er überhaupt Zeit, zu lesen? Ich hatte ihn noch nie mit einem Buch gesehen.

wo bist du? lust auf ein treffen? m, hatte ich ihm am Abend vom gleichen Tag, als mich Gerlinde über die Beurlaubung informiert hatte, geschrieben.

Meine Liebe, das wäre schön. Sitze in Hamburg in einem langweiligen Meeting. Morgen kommt meine Frau mit den Kindern für das Wochenende. Ich melde mich, hug, K.

Ich kannte K. Es konnte dauern, bis er sich meldete. Vor allem nach einem Wochenende, das er mit seiner Frau und den drei Kindern verbrachte. Ich schrieb eine zweite Nachricht.

ich brauche dringend einen karriereberater. entscheid meiner chefin. kennst du jemanden, der gut ist? der zu mir passt? das vor allem. es steht viel auf dem spiel. nein alles. m

Eine Woche später flog ich übers Wochenende nach Frankfurt. Zurück kam ich mit einer schmerzhaften Blasenentzündung und den Kontaktdaten von Sander. Laut K. ein ausgezeichneter Berater. Einer der besten. Mit viel Erfahrung und einem beachtlichen Erfolgsnachweis. K. kannte die Beraterszene. Er war Global Head of Human Resources in einem Konzern. Und K. kannte mich. Schon sehr lange. Wir hatten uns nach dem Studium für das Traineeprogramm einer Großbank beworben und beim Assessment Center, das über unsere Aufnahme entschied, kennengelernt.

Wir wurden beide als *top talents* erkannt. K. mit einer hervorragenden Bewertung. Bei mir hatte das Gremium länger diskutiert. Mein späterer Chef hatte sich für mich eingesetzt. Unter anderem wegen meines selbstbewussten Auftretens. K. entschied sich fürs HR vom Investment Banking, ich für Corporate Communication.

Sex hatten wir erst seit ein paar Monaten. Seit K. sagte, eine Paarbeziehung könne nicht alles erfüllen. »Weiß Sander, dass wir uns nicht nur zum Essen treffen?«, fragte ich ihn. »Um Himmels willen, natürlich nicht«, antwortete er. Als wir uns in seinem Hotelzimmer verabschiedeten, sagte er mit ernstem Gesichtsausdruck: »Mila, versuch nicht, mit Sander etwas anzufangen. Nicht, dass ich dir keine weiteren Ablenkungen gönnen würde«, – dann wurde er fast unerträglich ernst –, »ich mag dich und ich mache mir Sorgen um dich.« Ich wollte ihn unterbrechen, ihm entgegnen, dass er sich die väterliche Fürsorge für seine drei Kinder aufsparen solle, dass ich nicht mehr von ihm wollte als Sex und die Adresse eines guten Beraters. Statt etwas zu sagen, drückte ich mir den Daumennagel in den Oberschenkel. Ich mochte K.

»Melde dich so rasch wie möglich bei Sander«, fuhr K. fort, »am besten heute noch. Er ist ausgebucht, aber er wird es möglich machen, dich zu unterstützen.« Seine Stirn legte sich in Falten und er schaute mir eindringlich in die Augen. Ich drückte ihm einen Kuss auf den Mund und eilte aus dem Zimmer. Im Waschraum der Lobby schminkte ich mich ein zweites Mal an diesem Morgen.

Dr. B. schimpfte: »Ich habe in den vergangenen Wochen den Schnitt im Finger genäht, die Grippe und die hartnäckige Bronchitis behandelt, die sich leicht zu einer Lungenentzündung hätte entwickeln können, und Ihre dünnhäutige Stimmung beobachtet. Jetzt kommen Sie mit einem Harnweginfekt. Das reicht. Ihr Körper rebelliert, Frau Candrian.«

Sie hielt kurz inne und fuhr mit sanfter Stimme fort: »Ihr Nervenkostüm hat Risse. In dieser Verfassung sollten Sie sich besser nicht mehr am Arbeitsplatz zeigen. Sie schaden sich. Selbst wenn das für Sie hart ist, ich schreibe Sie jetzt bis zu Ihrem Urlaubssemester krank.« Sie hatte sich aufgeregt, als ich ihr von Gerlindes Entscheidung erzählt hatte und geschimpft, so gehe man mit einer intelligenten, talentierten, motivierten und tüchtigen Frau nicht um. Dr. B. war Mitte sechzig, führte eine geschmackvoll eingerichtete Praxis und ließ sich ihre weißen Mäntel maßschneidern. Sie hatte keine Ahnung, wie es in Organisationen zugeht. Aber sie war klar, entschieden und auf meiner Seite. Ich brauchte sie. Sie wollte mich zu einer Ayurvedakur überreden. Die entgiftenden Ölmassagen wären genau das Richtige für mich. »Das muss jetzt erst einmal alles raus aus ihrem Körper. Nach zwei Wochen werden sie so klar denken können, wie schon lange nicht mehr, das verspreche ich Ihnen.« Ich winkte ab. Kein Kuraufenthalt. Kein ultragesundes Essen, von dem man nicht satt wird, keine Servietten, die man in beschriftete Umschläge stecken muss, und vor allem keine erzwungenen Gespräche mit unbekannten Menschen bei Tisch. Ich wollte allein sein. Ich wüsste gerne, mit welchem Begriff Dr. B. meinen Zustand damals in meiner Akte vermerkte. Sie schob mir ein Arztzeugnis zu. 100 Prozent arbeitsunfähig. »Und noch etwas, Frau Candrian, nutzen Sie die Karriereberatung. Wenn Sie wieder in Ihrer Kraft sind, werden Sie durchstarten. Wo auch immer. Ich traue Ihnen viel zu.« Dr. B., meine Chefin, Franziska, K., alle glaubten, dass die Karriereberatung die Rettung sei. Vielleicht ihre Rettung. Weil sie mit mir nicht weiterwussten.

Ich schrieb Gerlinde eine E-Mail. Ich informierte sie über die Krankschreibung und bat sie, mir zu schreiben, an welchem Abend ich niemanden im Institut antreffen würde. Ich würde eine Liste erstellen, was in den zwei Wochen bis zum Semesterende noch zu erledigen war und in meinem Büro alles so bereitlegen und in eine Ordnung bringen, dass sie ohne Mühe finden würde, was sie für meine Vertretung brauchte. Das meiste hatten wir bereits besprochen. Ich bat sie darum, dass nur sie mich kontaktiere, sollte etwas unklar sein. Ich brauche Distanz zum Team, schrieb ich. Und ich informierte sie, dass ich bereits die Kontaktdaten von einem Berater hätte. Ich arbeitete eine ganze Nacht durch und bereitete alles so vor, dass Gerlinde mich nicht würde behelligen müssen.

Ich schreckte auf. Der dicke Reclam-Band war auf den Boden gefallen. Ich war im Sessel eingenickt. Mein Nacken schmerzte, ich fühlte mich benommen und bedrückt. Ich öffnete das Fenster vom Arbeitszimmer zum Garten, um frische Luft reinzulassen. Das Amselmännchen, das ich Prometheus nannte, ließ sich von einem Birkenast fallen und flog aufgeregt zwitschernd davon. Ich hörte Schritte. Schritte einer erwachsenen Person, die geschäftig umherging. Es ging also los. Die obere Wohnung dehnte sich über meine und über die kleinere nebenan aus, sodass ich nur einen Teil der Bewegung mitbekam. Ich ging durch die Zimmer, öffnete leise die Fenster, blieb immer wieder stehen und horchte nach oben. Wie Prometheus, wenn er über den Rasen hüpfte, kurz innehielt, den Kopf zur Seite neigte und weiterhüpfte. Ich kippte das Fenster in der Küche auf und hörte jemand mit Geschirr hantieren. Gleichzeitig schrappten Stuhlbeine über den Boden des Balkons. Also zwei Personen. Vom oberen Balkon blickte man in die Blätter der Birke. »Schauen Sie, Frau Candrian, sie winken uns zu«, hatte die alte Frau Baumann gesagt, als wir im vergangenen Sommer zusammen auf ihrem Balkon saßen. Ihr magerer Körper war in eine Wolldecke gewickelt. Trotzdem fror sie, während ich in der Abendsonne schwitzte. Ich saß gerne neben ihr.

Als die Geräusche in der Küche verstummten, öffnete ich vorsichtig die Balkontür und trat einen Schritt hinaus. Ich zuckte zusammen. Das Geräusch der Stuhlbeine auf dem rauen Betonboden schmerzte in den Ohren. Das geht nicht. Der Vermieter wird etwas dagegen tun müssen. Zwei Stimmen sprachen leise. Ein Mann und eine Frau. Hatte er bereits eine Neue? Bei dem Gedanken schwang kurz eine leichte Enttäuschung mit. Der Automatismus in meinem Kopf, Männern gefallen zu wollen, sprang immer noch an. Wie lange würde das anhalten? Ich war im Januar zweiundvierzig geworden. Ich war gereizt. Mürrisch. Um meinen Mund lag etwas Bitteres. Das war am schlimmsten. Der Körper war in Ordnung.

Ich holte mir ein Glas Rotwein und setzte mich in den Schaukelstuhl. Ich steckte mir eine Zigarette in den Mund, merkte aber rechtzeitig, dass mich der Rauch verraten würde. Das Glas war schnell leer und ich ging in die Küche, um nachzuschenken. In der Wohnung war es ruhig. Ich kehrte auf meinen Horchposten zurück. Nach einer Weile hob die Frau die Stimme an, der Mann sagte etwas, sie wurde wieder leiser. Das wiederholte sich ein paar Mal. Ich stellte mir vor, wie er seine Hand auf ihre legte oder den Zeigefinger an ihre Lippen. Warum auch immer. Ich war ja gar nicht da. Das Kind vielleicht auch nicht. Vielleicht würde es nur an jedem zweiten Wochenende hier sein. Vielleicht nur einmal im Monat. Vielleicht sollte ihm der große Zettel am Briefkasten lediglich das Gefühl geben, dass es auch hier ein Zuhause hatte. Der Gedanke beruhigte mich. Dann bemerkte ich den Lichtschein auf dem Rasen. In meinem Arbeitszimmer brannte Licht. Vom oberen Balkon aus konnte man sehen, dass ich da war.

Slimaki. Schnecken.

Abend für Abend salzen wir die Nacktschnecken, die auf silbernen Schienen unter dem Zaun hindurch in den Garten gleiten. *Deme,* sagt die Babina in der Küche, bestimmt und tatkräftig, wie sie ist, mit verschmitztem Zwinkern und selbstzufriedenem Lächeln. Wir machen uns mit der Salzdose zu den Schnecken auf, mit trockenem Brot zu den Haflingern auf der Weide oder zum Abendspaziergang an den Rhein, wo sie mich mit Brot, Lyonerwurst, Paprikastreifen und liebkosenden Worten füttert. Ich esse, weil sie es will. Nach fünf Wochen läuft das Visum der Babina ab. Ich salze weiter bis die Schnecken wegbleiben. Wenn mein Vater im Gemeindehaus das Einladungsschreiben für den nächsten Sommer mit der Babina abstempeln lässt, fange ich an zu salzen. Nacht für Nacht lösen sich die braunen Leiber auf. Wie von allein. Zurück bleiben Schleimspuren, die in der Morgensonne glänzen.

3

»Mila, du richtest hier Schaden an«, hatte Gerlinde gesagt. Wir saßen in ihrer Besprechungsecke, zwischen uns ein Salontisch, auf dem wie immer frische Blumen standen. An dem Tag violetter Mohn. Sie sagte, dass eine Unterbrechung nötig sei. Sie toleriere mein Verhalten gegenüber den Mitarbeitenden nicht mehr und werde es nicht länger verantworten. Selbst bei diesen harschen Worten entglitt ihr der Ton nicht. Ich war ihrer lehrbuchmäßigen Kommunikation überdrüssig und ich hasste die Korbsessel, in denen sie die Gespräche führte. Legte ich die Hände in den Schoß, drückten mir die Lehnen die Kraft aus den Armen. Legte ich die Arme auf die Lehnen, kam ich mir vor wie ein Vogel, der für die Versorgung seines verwundeten Flügels fixiert worden war. Ich war seit Monaten ›angezählt‹, wie man sagt. Mein Blick tastete sich am Rand einer der Mohnblüten entlang. Zarte, leicht zerknitterte Blütenblätter. An einem klebte noch das Kelchblatt. Ich betrachtete die feine Behaarung. Am liebsten hätte ich es zwischen meinen Fingern zerrieben. Mein Blick verschwamm. Ich konnte nichts dagegen tun. Ich hörte Gerlinde sagen, sie habe ein großzügiges und faires Angebot für mich ausgehandelt. Sie und die Direktion verlangten, dass ich ihnen sowohl schriftlich als auch in einer Präsentation glaubhaft darlegte, weshalb ich den Job weiterhin machen wolle, mit welchen konkreten Massnahmen ich das Team in Zukunft zu führen gedächte und wie ich meine Kompetenzen stärken würde. Das Papier musste die Stellungnahme eines Karriereberaters einschließen, der bestätigte, dass mein Plan glaubwürdig und realistisch sei. Die Kosten für die Beratung gingen zu meinen

Lasten. Dafür dürfe ich mir die Person aussuchen, die mich beraten solle. Die Zeit würden sie mir zur Verfügung stellen, bezahlt, was bedeutete, dass sie mich für das kommende Semester freistellten. Kommunizieren solle ich, dass ich mich kurzfristig für ein Sabbatical entschieden hätte. Das alles lag in Form einer schriftlichen Vereinbarung vor mir, die ich unterschreiben sollte. »Selbstverständlich erst, nachdem du darüber geschlafen hast«, sagte Gerlinde. »Ich bin mir bewusst, dass wir viel von dir fordern. Aber ich bin mir sicher, dass es sich für uns alle lohnen wird.«

Eine Träne lief über meine Wange. Nein, heulen kam nicht infrage. Das war zu viel.

Ich stemmte mich aus dem Sessel, wartete kurz, bis ich genug Halt in den Füßen spürte, richtete den Rücken auf, griff nach der Mappe mit den Dokumenten, die Gerlinde mir entgegenstreckte, und machte mich auf den Weg zur Tür. »Warte, Mila, noch einen Satz«, hielt sie mich zurück, »ich will dich nicht verlieren, du bist wichtig für den Fachbereich.«

Eine Verwarnung und nach einer vorgegebenen Frist die Auflösung des Arbeitsverhältnisses im gegenseitigen Einvernehmen – Gerlinde hätte sich auch dafür entscheiden können. Mittlerweile kann ich mir vorstellen, dass der Direktor ihr genau das aufgetragen hatte, dass sie allein dieses Konstrukt ausgedacht, und sich auch dafür eingesetzt hatte, mir die Möglichkeit zu geben, selbst eine Entscheidung zu treffen. Als Chefin meiner selbst wäre ich nicht so großzügig gewesen.

Ich musste raus. An die Luft. Allein sein. »Du richtest hier Schaden an.« Ich nahm die Treppe zum Notausgang. Über fünf Stockwerke hallte das Klacken meiner Absätze durch das Treppenhaus. Der gleichmäßige Rhythmus drängte die Tränen zurück. Das Wort Schaden pochte weiterhin in meinen Ohren. Auf dem Weg nach unten verlor es seinen letzten Buchstaben,

»schade«, »wie schade.« Ich hörte einen zynischen Ton und die Stimme einer Frau. Nicht Gerlinde.

Bevor ich im Erdgeschoss die Tür aufstieß, wischte ich mit den Zeigefingern an den unteren Wimpernrändern entlang. Es regnete und eine Gruppe von Studierenden stand eng zusammengedrängt unter dem kleinen Vordach. Ich war erleichtert, dass ich niemanden kannte. Sie rauchten und tranken in Ruhe ihre Energydrinks, obwohl der Unterricht angefangen hatte. Ich fragte nach einer Zigarette. Einer streckte mir Papierchen und Tabak entgegen. Ich winkte ab. »Sie sehen aber aus, als ob Sie ganz dringend eine bräuchten. Soll ich Ihnen eine drehen?« Ich nickte.

Gierig zog ich an der Zigarette. Ein Mann in gelber Regenbekleidung und Gummistiefeln schob mit ausgestreckten Armen eine lange Schlange von Einkaufswagen über den Parkplatz neben dem Campus. Mit gesenktem Kopf und mit seinem ganzen Körpergewicht in den ausgestreckten Armen stieß er sich Schritt für Schritt vor. Ein Wägelchen mehr, und er hätte die Schlange nicht mehr bewegen können. Wäre er ausgerutscht, wäre er mit dem Gesicht auf den Boden geknallt. Bei ihm wäre das ein Betriebsunfall. Ich war zu einem Betriebsrisiko geworden. Zu einer Zumutung.

Ich holte Handtasche und Autoschlüssel in meinem Büro und fuhr nach Hause. Ich erinnere mich genau an die Fahrt. Es war mitten am Nachmittag, der Verkehr auf der sechsspurigen Autobahn war dicht, es regnete in Strömen und die Sicht war schlecht. Der Regen hämmerte aufs Dach, an den Seiten rauschte und zischte das aufschießende Wasser, wenn ein Schwall durch die Radkästen schoss, zuckte ich zusammen. Es war wie in einer Autowaschanlage. Ich fürchte mich in Waschanlagen. Allein sitzt man in der dünnwandigen Kabine, mächtige Bürsten stürzen sich von allen Seiten auf den Wagen, kapseln ihn ein, schießen mit Unmengen von Wasser aufs Blech, ein Brausen und Tosen, dass der Kopf schmerzt. Am meisten fürchte ich mich vor der riesigen Rolle, die über die Motorhaube angewalzt kommt und über die Windschutzscheibe und das Dach schrubbt. Was, wenn die Scheibe doch nicht standhält. Ich fuhr mit gemäßigtem Tempo, versuchte mich zu konzentrieren und gleichzeitig kämpfte ich gegen die anschwellende Verkrampfung in meiner Kehle an. Ich drehte die Musik lauter. Kosheen. Wie immer, wenn ich mich mit kämpferischer Kraft aufladen will. Bei der Raststätte fuhr ich ab und parkte. Ich schlug den Takt aufs Lenkrad. Sog die eindringlichen Beats auf. Ich schlüpfte aus den Schuhen, schob den Rock hoch und zerrte mir die Nylonstrumpfhose – die schamlos teure, tadellose Haut der Businessfrau – von den Beinen. Sie riss, und ich spürte die Fingernägel über die Haut an den Oberschenkeln schrammen. Nach einer Weile stieg ich aus. Barfuß. Der Boden war kalt und rau. Ich ging durch den Waschraum in eine der Kabinen. Auch hier war der Fußboden nass, dunkelgraue Schlieren von schmutzigen Schuhsohlen auf hellgrauen Steinplatten, es roch nach Urin. Meine Oberschenkel zitterten und ich setzte mich auf die Klobrille. Ich pinkelte und betrachtete meine bleichen Beine und meine Zehen mit den rot lackierten Nägeln auf dem schmierigen Boden.

Mutter hatte es gehasst, wenn ich außerhalb von zu Hause hatte pinkeln müssen. Sie packte mich am Oberarm, zog mich mit einem Ruck an sich heran und schärfte mir ein, so wenig wie möglich anzufassen und mich auf gar keinen Fall auf die Klobrille zu setzen. Draußen zog sie eine kleine, quadratische Verpackung aus ihrer Handtasche, riss sie auf und rieb mir die Hände mit einem harten, aufdringlich parfümierten Tuch ab, bis sie brannten.

Ich hatte ewig nicht an Rosa gedacht. Warum auch.

Weshalb ich ausgerechnet in einer Autobahntoilette an sie dachte? – Weil ich etwas tat, das mich an sie erinnerte? – Oder war es nur ein simpler Reflex. Weil es einen in einem solchen Moment nach einer Mutter verlangt. Selbst wenn es sie als Mutter nicht mehr gibt.

Ich wischte mich ab, spülte und ging zum Wagen zurück. Zu Hause zerriss ich meine Kopie des Beurlaubungsvertrags.

4

Ich drehte mich auf den Rücken und öffnete die Augen. Es war dunkel. Ein lautes Weinen drang durch das offene Fenster. Das Kind. Es ist also doch da. Direkt über mir. Muss das jetzt auch noch sein, seufzte ich. Es gab oben zwei weitere Schlafzimmer. Warum musste es ausgerechnet das Zimmer über meinem Schlafzimmer bekommen. Es dauerte eine Weile, bis das Weinen leiser wurde und ich es nicht mehr hörte. Ich rollte mich auf die Seite und konzentrierte mich auf meine Atemzüge, wie ich es im Wartezimmer von Dr. B. in einer Zeitschrift gelesen hatte. Kaum war ich eingeschlafen, wachte ich erneut auf. Jetzt klang das Weinen verzweifelt. Ich drehte mich zurück auf den Rücken. Meine Kehle war trocken, meine Augen fühlten sich geschwollen an, mein Nacken schmerzte. Herrgott, schaut denn niemand nach, was das Kind plagt. Ich setzte mich auf und trank einen Schluck Wasser aus dem Glas auf dem Nachttisch. Jammernde Wortfetzen mischten sich in das heftige Weinen. Das heisere Stimmchen zu hören, tat mir leid. Bestimmt schmerzte dem Kind schon die Kehle. Ich stellte mir vor, wie es im verdunkelten Zimmer in seinem Bettchen lag. Wer auch immer bei ihm stand und es zu trösten versuchte, war für das Kind, das sich noch im beängstigenden Traum wähnte, nur eine dunkle Silhouette. Der flüsternde Schatten konnte für das Kind genauso gut ein Wesen sein, das sich als die vertraute Person ausgibt. Ich erinnere mich, wie Mutter jeweils in mein Zimmer kam und mir ein Frotteetuch ins Bett legte. Immer das gleiche. Ergrautes Weiß, mit großen Punkten in Grün, Blau, Rot und Gelb. Das Tuch beruhigte mich. Weil ich mich darauf verlassen konnte, dass es am Morgen noch da sein würde.

Oben wurde das Fenster geschlossen. Wer auch immer es zumachte, die Person hatte noch nicht bemerkt, wie hellhörig dieses Haus war. Wie auch, ich verhielt mich ja so, als wäre ich nicht da. Ich würde das Kind trotzdem hören.

Ich vermutete, dass der Vermieter das Zimmer über meinem Schlafzimmer als das ideale Kinderzimmer angepriesen hatte. Wahrscheinlich hatte er sogar erwähnt, dass es einst sein Zimmer gewesen war. Er hatte die Wohnung seiner Eltern den ganzen Winter über so belassen, wie sie war. Nach über fünfzig glücklichen Jahren in diesem Haus wolle er der Seele seiner Mutter Zeit geben zu gehen, hatte er gesagt. Ich hatte gehört, wie er umherging. Manchmal blieb er über Nacht. Er legte sich über meinem Schlafzimmer auf den Fußboden und gab sich seiner Trauer hin. Es ging mir zu nahe. Ich sagte ihm, dass es mich stört, wenn er in der Nacht über meinem Bett heult. Das hatte er mir übelgenommen.

Ich schaute auf die Uhr. Es war drei. Lange hatte ich nicht geschlafen. Obwohl ich beinahe die ganze Flasche Rotwein getrunken hatte, konnte ich wieder nicht einschlafen. Kaum lag ich im Bett, wirbelten die immer gleichen Fragen und Gedankenfetzen durch meinen Kopf. Wie ein aufgescheuchter Schwarm Krähen. Warum kündige ich nicht einfach, fragte ich mich. Ein einfaches Schreiben und das ganze Theater wäre vorbei. Vielleicht würde mich Gerlinde freistellen.

Und dann? Ich hatte noch nie eine Stelle aufgegeben, bevor ich nicht etwas Neues in Aussicht hatte. Immer hatten sich die Wechsel aus meinem Netzwerk heraus ergeben. Ich hatte keine Erfahrung darin, Bewerbung um Bewerbung zu schreiben und zig Absagen über mich ergehen lassen zu müssen. Die möglichen Zurückweisungen machten mir Angst.

Woran liegt es, dass schon lange niemand ein Jobangebot an mich herangetragen hat, grübelte ich. Hatte K. damals recht gehabt, als er meinte, ich sollte den Job an der Fachhochschule nicht annehmen, das sei eine Sackgasse? Dass ich meine Möglichkeiten damit einengen würde, dass es schwierig werden würde, wieder in die Privatwirtschaft zurückzukehren.

Wie es weiterging, hatte immer gepasst. Hatte ich mich getäuscht? Hatte ich nur aus Bequemlichkeit auf die Jobangebote reagiert, die mir schmeichelten? Angebote von Männern in verantwortungsvollen Positionen, die mein Potenzial erkannten. Was hatten sie in mir gesehen?

Weshalb sah Gerlinde nicht, was sie an mir hatte? Warum sah sie nicht, dass das Team sich gegen jegliche Veränderungen stellte, von denen ich überzeugt war, dass sie unseren Fachbereich weiterbringen würden?

Was hatte sich über mich herumgesprochen? Ein Headhunter rief auch nie an.

Mein Lebenslauf machte immer noch Sinn. Der berufliche Teil auf alle Fälle. Ich hatte nichts falsch gemacht. Karrieretechnisch war nichts passiert. Noch nicht.

Und jetzt? Was war jetzt sinnvoll? Für mich sinnvoll?

Fragen, die ich in der Karriereberatung würde beantworten müssen.

Die Antworten stellten sich tot.

Ich mag nicht. Ich will das nicht, hallte es in meinem Kopf. Ich will nicht nach meinen Träumen gefragt werden, nach meiner Vision und welche Mission ich verfolge. Ich habe keine. Ich will auch keinen Berater, der so lange bohrt, bis man kleinmütig zugibt, dass man dringend seine Hilfe braucht. Es fühlte sich genauso trotzig an, wie es wirkt, wenn ich jetzt darüber schreibe. Einem Berater sagen: Ich habe keine Ahnung was ich will, deshalb bin ich hier, das hätte ich nicht gekonnt. So etwas gibt man nicht so einfach zu. Von einer Führungskraft will das niemand hören. Ich wollte es selbst nicht hören. Ich wollte ungestört meinen Job weitermachen. Aber dafür musste ich anders werden. Kreide sollte ich fressen. Die Auflage war die Aufforderung dazu.

Du musst einen Plan entwickeln. Alternativen. Was ist dein USP, die *Unique Selling Proposition,* forderte ich mich auf.

Ich fühlte mich auf mich allein gestellt. Auf mich zurückgeworfen, ich gebe es zu. Ich schimpfte mit mir, verlangte, mit dem Selbstmitleid aufzuhören. Aber ich fühlte mich auch gezwungen, all diese Fragen zu beantworten, um den Job zu behalten oder um etwas anderes zu finden.

Du weißt, was du kannst, redete ich mir zu und gleichzeitig wünschte ich mir, *es* würde mich finden. So wie *es* mich bisher gefunden hatte. Und was soll ich sagen, wenn ich nach meinen Plänen für den plötzlichen ›Bildungsurlaub‹ gefragt werde? Tangokurs in Argentinien, Gorillas zählen in Uganda, Sozialeinsatz in einem Waisenheim in Indien, Leadership-Programm in Harvard oder am MIT, Jakobsweg? Hauptsache, am Ende kommt eine geläuterte Vorgesetzte heraus. Sozial verträglich, umgänglich, friedfertig, tolerant, mit einem unerschütterlichen Lächeln auf dem Gesicht. Was für einen Aufenthalt in einem buddhistischen Kloster sprechen würde. Und gegen die Zornfalten zwischen den Augenbrauen ein paar Spritzer Botox. Allenfalls war das meine Vision gewesen: unerschütterlich sein. Sie war mir entglitten.

Nach mehreren solcher Nächte und einer SMS von K., Sander habe sich bei ihm erkundigt, ob er den Platz für mich weiter freihalten solle, hatte ich Sander eine E-Mail geschrieben. Ich bat um einen Termin für ein unverbindliches Kennenlerngespräch. Mehr schrieb ich nicht. Sander antwortete umgehend, er freue sich, mich bald kennenzulernen. Seine Sekretärin schickte mir einen Termin und bat mich, vorab einen aktuellen Lebenslauf zu schicken. Ich hatte eine mehr oder weniger aktuelle Version auf dem Computer, die ich kommentarlos hätte senden können. Ich hätte das Dokument nicht einmal öffnen müssen. Dreißig Sekunden und es wäre erledigt gewesen.

Ich hingegen stellte mir sofort vor, wie ich in der Tabelle die Beschreibung meiner noch aktuellen Funktion markierte, den Befehl *einfügen Zeile oberhalb* anklickte und eine leere Zeile erschien.

Was für eine gemeine Verkaufstaktik, dachte ich: Menschen, die ihre Karriere bedroht sehen, an ihre Bruchstelle prallen zu lassen, indem man sie nötigt, ihren Lebenslauf zu öffnen. Ein Doppelklick und dir wird klar, du wirst dich erklären müssen. Eine Abwärtsspirale mit unbekanntem Ende wird losgetreten. Entlang von Formulierungen, die – wie in einer Geheimschrift –, bereits in den leeren Zellen lauern: »erfüllt unsere hohen Anforderungen nicht mehr«, »Assessment Center zur Weiterentwicklung nicht bestanden«, »neue Aufgaben infolge Umstrukturierung, für die andere Kompetenzen gefragt sind«, »unterschiedliche Vorstellungen über die zukünftige Strategie«, »Kündigung aus wirtschaftlichen Gründen«, usw. Es droht das Ende der Karriere, ein Outplacement oder eine Karriereberatung muss her, koste es was es wolle. Und die Preise waren heftig. Tausende von Franken, um eine Leerstelle zu füllen. Auch das ließ mich nicht in Ruhe. War es das wert, so viel Geld für etwas auszugeben, von dem ich nicht einschätzen konnte, ob es einen Nutzen haben würde, fragte ich mich.

Was ich tun konnte oder tun wollte, um mich in meine Anstellung zurückzubringen, darüber dachte ich in diesen Nächten nicht nach. Auch nicht an den Tagen. Ich war zu sehr mit Abwehr beschäftigt.

Aber was ich abwehrte, das war bereits eingetreten.

Ich stand auf, um den kreisenden Gedanken zu entkommen. Vielleicht sollte ich Dr. B. doch bitten, mir für die Nacht ein Medikament zu verschreiben. Ich ging in der Wohnung umher. Horchte auf Geräusche von oben. In keinem der Zimmer war etwas zu hören. Das Kind schien sich beruhigt zu haben.

Ich war nach der Trennung von Luca in die Wohnung gezogen. Viel hatte ich in den drei Jahren nicht verändert. Eigentlich gar nichts. Ich hatte die Wohnung von einem Architekten übernommen, mit dem Franziska befreundet war. Er verkaufte mir einen großen Teil der Einrichtung. Die von ihm eingebaute Bücherwand mit der integrierten Schlafkoje für seine Tochter, wenn sie bei ihm war, den alten Holztisch mit den vier schlichten Holzstühlen, der mitten im Wohn-/Esszimmer stand, die große Tischplatte aus hellem Ahorn, die im Arbeitszimmer unter dem breiten Fenster angeschraubt war, den runden Klapptisch aus Metall in der Küche mit den beiden Klappstühlen, die Leinenvorhänge einer schwedischen Architektenikone mit den bunten Früchtemotiven. Auch den Bettrahmen überließ er mir. Ich ersteigerte einen roten Sessel mit Fußteil für das Arbeitszimmer und einen Schaukelstuhl inklusive Langhaarziegenfell für den Balkon. Neu kaufte ich nur die Matratze und einen großen Kleiderschrank. Er könnte bleiben, dachte ich, als mich der Architekt durch die Wohnung führte. Der leicht melancholische Ausdruck und das warme Lächeln gefielen mir ebenso wie die Muskeln an den Oberarmen, die sich unter den Ärmeln des grauen Kurzarmshirts wölbten. Er erzählte, dass er mit seiner Partnerin zusammenziehen würde. Und seine Tochter brauche endlich ein eigenes Zimmer, wenn sie bei ihm sei.

Ich hatte ein gebrauchtes Zuhause übernommen. Franziska war entsetzt gewesen. Du musst dir doch viel mehr Eigenes erschaffen, hatte sie gesagt, die Räume zu deinen machen. Ich hatte kein einziges gemeinsam angeschafftes Möbelstück aus der Wohnung mitgenommen, die ich mit Luca gekauft und eingerichtet hatte.

So bin ich. Schnitt und neu anfangen. Den Namen hatte ich behalten. Candrian. Es war nicht so gewesen, dass ich wie Luca hatte heißen wollen oder dass mir der Name besonders gefallen hätte. Ich wollte einfach meinen Mädchennamen loswerden.

An der FH war ich die Candrian. Das wirkte.

5

Am nächsten Tag ging ich zu Antonia, um einzukaufen. Im Sommer richtete sie unter der dunkelroten Sonnenstore einen kleinen Markt ein. Jeden Morgen trug sie frisch gefüllte Sperrholzkisten und Körbe aus dem Keller auf den Vorplatz ihres Ladens, stellte sie auf Tische und Gestelle und schrieb mit einem weißen Stift Preis und Herkunft auf kleine Schiefertafeln, die sie zwischen Früchte und Salatköpfe steckte. Im Laden duftete es nach Parmaschinken, Mortadella, Käse und Waschmittel und manchmal auch nach dem Schweiß ihres Bruders, der ihr oft half, die schweren Kisten in den Laden zu tragen. Mittendrin Antonia. Auf dem fein gekräuselten Haar trug sie verkehrt herum die weinrote Schirmmütze mit eigenem Logo, über der weißen Bluse eine grüne Schürze. So viel Italianità wie möglich, war ihr Motto. Ich beneidete sie um den Stolz auf ihr Geschäft, das sie morgens um acht Uhr öffnete und abends um sieben Uhr schloss, und um die Zuwendung, mit der sie jede einzelne Frucht in eine der hellbraunen Papiertüten gleiten ließ. Man brauchte Zeit, um bei ihr einzukaufen. Aber ich ging immer entspannter nach Hause, als ich gekommen war. Schon wenn ich die Straße hinunter auf das Geschäft zuging, atmete ich auf. Ich konnte mich auf die wohltuende Wirkung von Antonias Laden verlassen, sogar jetzt. Vielleicht sollte ich Antonia anbieten, ihr ein paar Stunden am Tag zu helfen, dachte ich.

Unter der Markise stand ein Kind. Wie es dastand, mit leicht gesenktem Kopf, die blonden schulterlangen Haarsträhnen über dem Gesicht, berührte mich. Ich ging zum Korb mit den Kopfsalaten, die Antonia auf einem Bistrotischchen beim Eingang mit »heute Morgen frisch aus dem Garten« anpries. Das Kind stand vor dem Kistchen mit den Kirschen. In der Hand hielt es ein hellgrünes Kunststoffkörbchen. Konzentriert schaute es auf die dunkel glänzenden Früchte, strich sich mit dem Zeigefinger eine Haarsträhne aus dem Gesicht, suchte sich einen der Stiele aus, hielt ihn mit seinen Fingerchen fest, zog das Kirschenpaar langsam aus dem Haufen, betrachtete es und legte es behutsam in das Körbchen. Bedächtig griff es sich ein Kirschenpaar nach dem anderen. Eine große Ruhe ging von ihm aus. Aber auch Ernst. Und Müdigkeit. Die Haut unter seinen Augen war hellgrau schattiert, als hätte jemand mit den Fingerspitzen Lidschatten hingetupft. Auf den Pfirsichen lag ein weißes Plüschtier. Ich strich mit der Hand über die festen, feuchten Salatköpfe.

Ich hätte dem Kind noch lange zuschauen mögen. Aber eine Frau, etwas älter als ich, erschien in der Ladentür und rief dem Kleinen zu, er solle ihr die Kirschen bringen, sie müsse zahlen. Sie sagte es auf Tschechisch. Der Kleine blickte kurz auf, griff in der gleichen Langsamkeit wie zuvor nach einem letzten Kirschenpaar und verschwand mit dem Körbchen vor der Brust im Ladeninneren. Ich übernahm seinen Platz und tauchte meine Hand vorsichtig in die Kirschen. Sie waren kühl. Ich steckte mir eine in den Mund. Es knackte, als ich vorsichtig zubiss. Genau so müssen sie sein. Fest, saftig und süß.

Ich suchte nach dem Wort für Kirschen. Äpfel fiel mir ein. Nach und nach auch Erdbeeren, Aprikosen, Zwetschgen. Es kam mir vor, als müsste ich die Wörter aus meinem Gedächtnis klauben wie die Kerne aus Antonias Granatäpfeln.

Der Kleine kam an der Hand der Frau aus dem Laden. Sie blieb stehen und prüfte mit gerunzelter Stirn den Kassenzettel. Er saugte an einem Lutscher und schaute mich an. Als ich ihm zulächelte, senkte er sofort den Blick und als sie an mir vorbeigingen, drückte er sich an die Beine der Frau. Antonia kam heraus, winkte ihnen hinterher und rief »Arrivederci, grazie mille, bis zum nächsten Mal.« Sie begrüsste mich und fragte: »Hast du die beiden sprechen gehört? Weißt du, welche Sprache das ist?«

»Irgendetwas Osteuropäisches«, murmelte ich.

Am Nachmittag zwang ich mich, das Kennenlerngespräch mit Sander vorzubereiten. Drinnen. Obwohl es ein schöner, nicht allzu heißer Tag war. Mit der Bise hätte ich auf dem Balkon arbeiten können. Umgeben von Blumen und Kräutern, die gut gediehen. Die meisten waren schon ein ganzes Stück gewachsen. Ich freute mich. Bis jetzt schien ich alles richtig zu machen.

Am Morgen hatte ich Schritte gehört, danach nicht mehr. Trotzdem, ich blieb in Sicherheit. Ich wollte niemanden sehen, niemanden willkommen heißen und auf keinen Fall sagen: »Also, wenn Sie etwas brauchen ...«

Ich warf das Notizbuch auf den Tisch, das Franziska mir als Geschenk mitgegeben hatte. Ein dicker Stapel leerer Seiten, zusammengehalten von einem Stoffeinband in Barragàn Pink. Ich liebe diese Farbe. Auf der ersten Seite die Widmung, »Mila mia. Für dich. Mach was draus. Egal was. Deine Franziska«. Sie hatte es nicht lassen können, mich mit gut gemeinten Worten auf den Weg zu schicken. »Ratschläge sind auch Schläge«, hatte ich einmal in einer Fachzeitschrift gelesen. Wie recht die Autorin hatte.

Mein Nacken verspannte sich, eine Schwere kroch meine Wirbelsäule hinauf und breitete sich in meinem Kopf aus. Die Gedanken meiner schlaflosen Nächte brachten sich in Stellung. Ich versuchte mich zu fokussieren. Sander würde mich als Erstes nach den Zielen der Beratung fragen. Ziele. Kaum dachte ich das Wort, schien in meinem Gehirn etwas zu platzen. Wie eine Glühbirne, die beim Licht anmachen mit einem leisen Ping das Ende ihrer Funktionszeit kundtut. Es kam mir vor, als wüsste ich nicht mehr, was überhaupt ein Ziel ist. Geschweige denn, wie ich zu Zielen kommen sollte. Die SMART-Regel. Wie oft hatte ich sie unseren Studierenden vermittelt. Ziele müssen **S**pezifisch, **M**essbar, **A**ttraktiv, **R**ealistisch und **T**erminierbar sein. Blablabla. Meine Hirnregion für Ziele gab nichts her. Alle Synapsen geschmolzen. *Out of order.* Irreversible damaged. Keine Ahnung, weshalb ich mich plötzlich auf Englisch aufregte. Meine Ziele würden bestenfalls SMRT ausfallen.

Smrt. Ich blieb an dem Wort hängen. Ich zögerte. Dann klappte ich mein Notebook auf und tippte auf der Suchseite »smrt in deutsch« ein.

»Meintest du *smart* in deutsch?«

Nein, ich meinte nicht smart in deutsch, ärgerte ich mich und tippte das Gleiche nochmal ein. Zwei Spalten ploppten auf. Die linke war mit *Tschechisch* überschrieben, darunter stand das Wort *smrt,* gleich daneben, in der rechten, stand *Tod.* Ich knallte den Deckel des Notebooks zu. Ich weiß nicht, was ich erwartet hatte. Vielleicht etwas wie traurig, betrübt, einsam. Etwas, das die Babina einst zu mir gesagt hatte, wenn ich auf ihrem Schoß saß und mich müde an ihren fülligen Körper lehnte. Meine Großmutter konnte sehen, wie ich mich fühlte. Sie sagte es mir und es klang, als würde sie mir ein Pixi-Büchlein vorlesen, in dem ich vorkam.

Smrt. Es ist dem deutschen Wort den gnadenlosen Schritt voraus. Aus. Fertig. Schluss. Es ist vorbei. In *Tod* atmet noch die Angst vor dem Ende.

Ich starrte auf den matt hellgrauen Deckel meines Notebooks. Atmete flach. Versuchte, tiefer zu atmen. Davon wurde mir schwindlig. Aufstehen, das Fenster öffnen, frische Luft einatmen, ins Grüne schauen. Ich blieb reglos sitzen. Die Sprache meiner Kindheit war für mich gestorben. Sie existierte nur noch in Form von überflüssigen Verknüpfungen in meinem Gehirn.

Wäre es möglich, ich hätte mich dereinst linguizidiert. Ob es diesen Begriff gibt, weiß ich nicht. Ich vergewissere mich nicht. Es drückte aus, was ich bis dahin gewollt hätte. Meinem Gehirn einen Suchbefehl erteilen und sämtliche Sprachreste unwiderruflich löschen. Die Sprache meiner Mutter zu sprechen fühlte sich an, wie unter einer verstaubten Armeedecke nach Atem zu ringen.

Ich wünschte mir, jemand wäre da, der das Notebook für mich öffnete und die Seite mit der Übersetzung schließen würde.

Nachdem ich mich mit einer kalten Dusche und einem Becher Crème brûlée beruhigt hatte, kehrte ich zum Notizbuch zurück. Ich musste es anders angehen. Ich drehte es um, klappte es auf und strich über die leere letzte Seite. Es erinnerte mich an die Ehrfurcht und Sorgfalt, mit der ich als Kind in ein neues Heft zu schreiben begann. Jedes Mal die Gelegenheit, es gut zu machen. Besonders schön zu schreiben. Und vor allem ohne Fehler. Anzufangen ist mir zeitlebens besser gelungen als durchzuhalten. In Anfängen habe ich mich immer sehen lassen können. Auch jetzt hatte ich das Bedürfnis, der ersten Seite des edlen Notizbuchs etwas Besonderes angedeihen zu lassen. Etwas niederzuschreiben, das später eine Bedeutung haben würde. Ich dachte an das Kind vor Antonias Laden. Wie es sich die Haare aus der Stirn gestrichen hatte. Wie es dagestanden war, mit den Kirschen in den kleinen Fingern. Wie es sich Zeit gelassen hatte, sie zu betrachten. Wie behutsam es sie abgelegt hatte. Sein ernstes Gesicht. Oder war es ein trauriges Gesicht? Eine kindliche Schwermut?

Mir fielen die Wörter ein, nach denen ich vor der Auslage gesucht hatte. *Jablka, švestky, jahody, merunky.* Sie reihten sich zu einem Rhythmus aneinander. Ich sah Hüpfkästchen in weißer Kreide auf grauem Asphalt vor mir, das Kind wirft den Stein und hüpft über die Felder, wieder und wieder, angetrieben vom immer gleichen Vers. *Jablka, švestky, jahody, merunky**. Ich weiß nicht, ob ich mir einst mit Himmel und Hölle die Zeit vertrieben hatte, aber ich erinnere mich, dass ich mich im Freien an Spiele hielt, die sich unendlich wiederholen ließen. Mit dem Ball gegen eine Wand oder mit dem Gummiband, das ich zwischen zwei Stühlen aufspannte. Ich hatte dieses immer Gleiche gemocht. Es trug mich durch endlos lange Nachmittage.

Ich ließ die erste Seite des Notizbuchs leer und zeichnete Hüpffelder auf das zweite Blatt. Statt Zahlen zeichnete ich Birnen, Äpfel, Erdbeeren und Kirschen in die Felder. Kaum war ich fertig, riss ich die Seite heraus. Was soll das? Ich muss mich um meine Zukunft kümmern. Ein Teil des Papiers blieb zerknüllt im Falz stehen. Gereizt stieß ich das Buch von mir weg. Es fiel zu Boden. Reiß dich zusammen, befahl ich mir und hob es auf. Eine Ecke war eingedrückt. Als ich versuchte, die Falte wieder auszustreichen, war mir plötzlich zum Weinen zumute. Ich erinnerte mich an den Halsreifen aus Plastik, den mir Mutter nach langem Drängen in einem Warenhaus gekauft hatte. Er war etwas zu weit und der helltürkis schimmernde Schmetterling kippte vornüber, anstatt sich an meinen Hals zu lehnen. Vater schlug vor, den Reifen im Backofen zu erwärmen und enger zu machen. Ich schrie und jammerte und schlug um mich, als mich Mutter zum Schlafen in mein Zimmer brachte. Am Morgen rannte ich in die Küche hinunter, um mir den Reifen anzuziehen. Er war weg. Mutter lächelte säuerlich, als sie sagte, der Schmetterling – *motýl* – ist geschmolzen.

Ich zeichnete die Hüpffelder noch einmal. Hüpffelder im Schatten einer angedeuteten Hauswand. Ich hatte ewig nicht mehr gezeichnet. Das Ergebnis war dürftig. Immerhin konnte ich mich für eine Weile in der Bewegung des Schraffierens und

* Äpfel, Zwetschgen, Erdbeeren, Aprikosen

Wischens verlieren. Franziska wollte mich immer wieder überreden, etwas für die Mädchen zu zeichnen. Oder mit ihnen zu zeichnen, was ich aber nie tat. Ich fuhr mit ihnen im Cabrio in den Zoo oder zum Eis essen, ich trällerte selbst erfundene Lieder mit ihnen, bis sie kreischten, ich las ihnen vor, ich kämmte und frisierte sie, ich buk sogar Kuchen mit ihnen. Aber zeichnen kam nicht infrage.

NOT TO DESTROY schrieb ich unter die Hüpffelder. Verzitterte Buchstaben, als hätte sie eines der Mädchen geschrieben. Auf einmal fühlte ich mich sehr erschöpft. Ich legte mich aufs Bett. Bevor ich wegdöste, beschloss ich, mich nicht auf das Gespräch mit Sander vorzubereiten. Ich würde mich wortkarg geben. Menschen, die sich verschlossen zeigen, sind für Berater am schwierigsten. Sollte Sander doch ins Leere greifen.

Mrtvi. Tot.

Ich zähle die körnigen Erdhügel im Garten.

Vater zeigt mir den Maulwurf. Er liegt tot auf seiner Handfläche. Er hat ein weiches Fell und einen rosa Rüssel, die verdrehten Füßchen sind wenig größer als die meiner Barbie. Er sieht nicht aus wie ein Ungeheuer, das den Rasen kaputt macht. Ich glaube es ist ein junger Maulwurf. Ich stelle mir vor, wie seine Mutter in den Erdhügeln nach ihm sucht. Ich will nicht, dass er tot ist. Ich will, dass seine Mutter ihn findet.

Hnusné. Eklig.

Mutter ekelt sich vor einer Grille. Sie ekelt sich vor einer Maus. Sie ekelt sich vor einer Weinbergschnecke. Sie ekelt sich vor einer Blindschleiche. Sie ekelt sich vor allem, was Vater auf dem Heimweg findet und nach Hause bringt, um es mir zu zeigen. Sie ekelt sich vor den Händen, die die Lebewesen gehalten und liebkost haben. Das Wort breitet sich auf ihrem Gesicht aus, ohne dass sie es ausspricht.

Hlatký. Eben. Glatt.

Wie die Haut des Karpfens, den es zu Weihnachten gibt. Vater hält an der Tradition fest. Mutter ist es egal, was wir essen. Der Karpfen schmeckt nicht wie Zuhause. Er hat zu wenig Schuppen. Das Messer rutscht auf der glitschigen Haut ab. Vater holt die Eingeweide aus dem Bauch. Er zeigt mir Gräte mit Widerhaken.

Mutter warnt Jahr für Jahr vor Erstickungsgefahr.

Vater will, dass wir uns anpassen. Mit Haut und Haaren.

Mutter streicht beim Bügeln ihrer Taschentücher mit dem Finger über das aufgestickte R. »Hlatky passt nicht zu mir«, flüstert sie.

Ich wünsche mir, ich könnte Milena Weber heißen.

6

Die Frau, die ich mit dem Jungen bei Antonia gesehen hatte, stand auf dem Trottoir vor dem offenen Gartentor. Sie rauchte und schaute zum Haus, als wartete sie auf jemanden. Ich wunderte mich und stellte mich so ans Fenster, dass sie mich nicht sehen konnte. Sie trug einen knielangen ausgewaschenen Jeansrock, der über dem Bauch spannte, und eine gelbe Kurzarmbluse mit einem großen Ausschnitt. Ich schätzte sie um die fünfzig. Sie wirkte nervös. Immer wieder streckte sie den Arm in Richtung Garten aus und nickte energisch mit dem Kopf. Von da, wo ich stand, konnte ich nur den vordersten Teil des Gartenwegs sehen und da war nichts. Dann tauchte der Junge auf. Mit gesenktem Kopf trottete er in Richtung der Frau. Auf halbem Weg blieb er stehen. Die schulterlangen Haare verdeckten sein Gesicht, an seiner rechten Hand hing das weiße Plüschtier, das bei Antonia auf den Pfirsichen gelegen hatte. Der Kleine mit den Kirschen war das Kind, das in der Nacht über mir weinte?

Ich spürte das Verlangen, mir eine Zigarette anzuzünden. Aber ich rauche nur auf dem Balkon und dorthin wollte ich jetzt nicht. Ich machte einen Schritt zur Seite und spähte aus meinem Versteck hinter dem Nachtvorhangbündel in den Garten.

Der Kleine bewegte sich nicht. Die Frau drückte die Zigarette aus, steckte den Stummel in die Hecke, eilte zu ihm, zog seine Hand von seinem Gesicht weg und redete auf ihn ein. Ich konnte nicht hören, was aus ihrem grell rosa geschminkten Mund auf das Kind niederprasselte. Der Kleine hielt den Kopf gesenkt. Sie kramte in ihrer Handtasche und steckte sich etwas in den Mund. Nachdem sie sich die Tasche wieder umgehängt hatte, fasste sie den Kleinen am Kinn, hob das Gesicht hoch, strich ein paar Haarsträhnen zur Seite und steckte sie mit der Haarspange aus ihrem Mund fest. Ich zuckte zusammen. Ich spürte die scharfe Kante der Haarklemme auf der Kopfhaut, wie sie dem Haaransatz entlang kratzt, nicht festhält, was sie festhalten sollte, wieder herausgezerrt wird, zusammen mit zwei, drei Härchen, die sich bereits verheddert haben, bevor die Haarklemme erneut zuschnappt. Es kam vor, dass auf meiner Stirn ein Kratzer zurückblieb, wenn Mutter ausrutschte, ungeduldig mit meinem widerspenstigen Kinderhaar oder weil sie in Gedanken woanders war. Vor dem Schlafengehen zog ich mir die Spange jeweils selbst aus dem Haar, langsam und vorsichtig, und schob sie auf den Karton, zurück in die Reihe der schwarzen Klemmen. Ich mochte es nicht, wenn eine fehlte.

Die Frau redete immer noch auf den Kleinen ein. Er drehte sich um und drückte sich die Gans aufs Gesicht. Sie fasste ihn an den Schultern, drehte ihn wieder Richtung Gartentor und gab ihm einen Schubs. Ich spürte eine Faust in meinem Rücken, während das Kind ein paar Schritte nach vorne machte und erneut stehenblieb. *Nechci*. Ich will nicht. Als Kind dachte ich das oft. Manchmal schrie ich es auch aus mir heraus. Daran erinnere ich mich genau.

Wie die Frau mit dem Kind umging, kam mir so grob vor. Und wie sie den Kleinen am Handgelenk packte und hinter sich auf die Straße zog, versetzte mir einen Stich. Was für eine unsympathische Person. Was hatte sie überhaupt mit dem Kleinen zu tun.

»Mila, du bist hart geworden«, hatte Franziska gesagt, als ich kurz nach dem Gespräch mit Gerlinde mit Fieber und einer heftigen Bronchitis im Bett gelegen hatte. Ich lag wehrlos unter der Bettdecke, einen feuchten Waschlappen auf der Stirn und im Nacken, Franziska lag mit einer Hygienemaske neben mir. Sie war schwanger, glückselig über die dritte gewünschte Schwangerschaft, dünnhäutig wie schon bei den Mädchen, die jetzt ihr Brüderchen erwarteten. »Jetzt fällst du mir auch noch in den Rücken«, schniefte ich, während sie sich eine meiner verschwitzten Haarsträhnen um den Finger wickelte. Wir hatten uns vor mehr als zwanzig Jahren in einer WG kennengelernt. Franziska studierte Architektur, ich noch Kunstgeschichte. Franziska konnte nicht verstehen, weshalb ich mich gegen die Karriereberatung sträubte. »Mila, du steckst fest. Das merkst du doch selbst. Lass dich doch bitte unterstützen. Es wird deinem Stolz schon nicht schaden.« Klar konnte sie das nicht verstehen. Sie lebt in St. Moritz, hat sich in der Region einen Namen als Innenarchitektin gemacht, ihr Mann Darius ist Sportmediziner und Chefarzt an einer Privatklinik. Mein Patenkind Rosina ist sieben, Johanna vier. Der Hund mit dem grauen, samtigen Fell heißt Grace. Ohne eine Hürde hatte sie sich ein Leben eingerichtet, mit dem sie sich sehen lassen konnte. Ich mag Darius nicht. Und Franziska konnte Luca nicht ausstehen. Sie nannte ihn einen narzisstischen Blender. Ich sagte, dein Darius schleimt.

Auf einmal fühlte ich mich sehr allein hinter dem Fenster. Ich drehte mich um, wusste aber nicht wohin mit mir. Wie so oft in diesen Tagen. Yoga machen, die Zeitung lesen, im Wald spazieren, ins Schwimmbad, ins Museum oder ins Kino gehen, etwas kochen, mit dem Cabrio in ein Aussichtsrestaurant fahren und etwas Gutes essen, die Schränke ausräumen, Kleider entsorgen, den Keller aufräumen, nichts davon mochte ich tun. Bis zum Gespräch mit Sander vertrödelte ich die Zeit. Ich aß, ich schlief, rauchte, ich versuchte, die Wohnung einigermaßen in Ordnung zu halten, ich schnipselte an meinen Balkonpflanzen herum und dazwischen duschte ich kalt. Die Amöbe in mir fraß sich durch meine Nerven. Vielleicht machte es mich deshalb so zornig, wenn ich eine Ansammlung von Blattläusen in der Kapuzinerkresse entdeckte.

Ich ging ins Schlafzimmer, widerstand aber dem Drang, mich ins Bett zu legen. Ich zog mich aus, um zu duschen. Vor dem Spiegel in der Diele blieb ich stehen, zündete eine Zigarette an und blies den Rauch gegen das Spiegelgesicht. Ich betrachtete meinen Hals, das Dekolleté, die Brüste, den Bauch, die weiße Haut. Das Spiegelbild täuschte vor, dass ich mit heiler Haut davongekommen war. Ich fragte mich, ob ich diesen Körper als meinen erkennen würde, wäre er ohne Kopf, etwa in einer Zeitschrift, abgebildet. Ich war mir nicht sicher.

Dieser nahezu unversehrte Körper. Nichts verriet er über mein bisheriges Leben. Er hätte auch zu einem anderen Leben gehören können. Dem einer Frisörin, einer Bibliothekarin, einer Religionslehrerin. Oder einer Schönheitschirurgin, einer Hochstaplerin, einer Kindsmörderin. Einmal hatte ich Luca an einer Party sagen hören: »Mila hat den Körper eines Pin-up-Girls. Wenn ich sie nur dazu bringen könnte, den Bauch straffer zu trainieren.«

Seine Samenschwärme in diesem Bauch.

Ich zog an der Zigarette und vernebelte erneut mein Spiegelgesicht.

Ich legte die Hand auf die Bauchdecke, die sich deutlich mehr wölbte als vor ein paar Wochen und zog sie sofort wieder zurück.

Diese Haut, die alles überdeckt. Mich in sich birgt. Alles von mir verbirgt. Nichts preisgibt. Vorgibt, dass nichts ist. Nein, du siehst doch, dass nichts ist. Warum fragst du?

Ich dachte an den Komponisten, der im Radio gesagt hatte, dass man sich immer wieder neu erfinden müsse. Mit Mitte achtzig war ihm erstmals ein großer Musikpreis verliehen worden.

Sich neu erfinden. Es klang reizvoll. Ich fragte mich, die wievielte Version der Selbsterfindung es war, die dem Komponisten sein spätes Glück beschert hatte. Und was war aus den früheren Versionen geworden?

Die wievielte Version meiner Selbst betrachte ich da gerade? Wann beziehungsweise wie ist sie entstanden, diese Ausgabe der Mila Candrian, die jetzt analysiert und optimiert werden musste? Ich kann mich nicht erinnern, mich erfunden zu haben. Vielleicht ist das der Fehler. Vielleicht muss ich deshalb beraten werden. Und was ist das für ein Ich, das die bisherige Version von mir zu verantworten hat? Ist es in der Lage, mich neu zu erfinden? In diesem zweiundvierzig Jahre alten Körper?

Je länger ich meinen Körper betrachtete, desto fremder wurde er mir. Plötzlich war mir nach Weinen zumute. Nicht nach dem lästigen Heulen der vergangenen Wochen. Nach einem tief traurigen Weinen. Ich dachte an den Kleinen im Garten, aber ich verstand nicht, was es mit ihm zu tun haben sollte.

Ich drückte die Zigarette am Spülbecken in der Küche aus, spülte den Mund aus und trank ein Glas Wasser.

Sich neu erfinden. Pah. Und dann die Haut zu Markte tragen. Angefeuert von Erfolg verheißenden Selbstvermarktungsparolen eines Karriereberaters. Es ist lächerlich. Und der Komponist irrt sich. Er würde ja auch nicht behaupten, dass er die Musik erfindet. Man kann sich nicht neu erfinden.

Das wollte ich auch gar nicht. Ich wollte meinen Weg gehen. Und ich wollte Gewissheit, dass es der richtige Weg war. Ich wollte mir so gewiss sein, dass ich mich gar nicht erst würde fragen müssen, ob der Weg richtig war. So wie Franziska. Sie stellte sich diese Fragen nie. Ihr war immer klar, wo es lang geht. Und bei K. war es genauso. Und auch bei Gerlinde.

Ich hatte Angst. Angst, dass es mir nicht gelingen würde. Aber das hätte ich damals vor dem Spiegel noch nicht so sagen können.

Ich ging zur Balkontür und öffnete sie. Es war still im Quartier, wie meistens an den Vormittagen, wenn die wenigen Kinder, die hier wohnten, in der Schule waren, Mütter und Väter an der Arbeit und sich die vielen Pensionierten auf einen langen Tag vorbereiteten. Es war bewölkt und immer noch ging die Bise. Die Petunienblüten hingen schlapp aus dem Topf. Sie mochten den kühlen Wind nicht. Vielleicht hatte ich ihnen auch zu viel Wasser gegeben. Die kühle Luft legte sich auf meine Schultern, strich über meine Oberarme und über die Schulterblätter den Rücken hinab zu den Pobacken. Ich schaute an mir herab und sah, wie sich die Ränder meiner Brustwarzen zu einer Gänsehaut kräuselten.

Ich spürte Lust, mich auf den Rasen zu legen.

Das Stechen der Grasstoppeln zu spüren, das Gewicht meines Körpers, der die Feuchtigkeit aus den Grashalmen in meine Haut presst, den Schleim der Schnecke, die über meinen Oberschenkel kriecht, den Regenwurm, der unter meinem Schulterblatt erstickt.

C. wäre diesem Impuls sofort gefolgt. Neugierig auf alles, was sich ihr offenbaren würde. Ob allein und unbeobachtet, mit der ganzen Aufmerksamkeit auf ihrem im Gras liegenden Körper und ihren Empfindungen, oder auf einem Schauen, in dem ihr Körper plötzlich liegen würde, in einem kurzen Blick von jemandem, der vorbeiginge oder in einer verweilenden Betrachtung von einer, die am Gartentor stehenbliebe. C. hätte wahrnehmen wollen, was geschieht, wenn das Schauen beendet und der Blick abgewendet wird, was in ihrem Körper davon zurückbliebe, was sich veränderte und so fort.

Das ist C., mein früheres Selbst, die junge Künstlerin, die sich dieses Pseudonym vor langer Zeit gegeben hatte.

C. hatte gewollt, dass ich sie vergesse. Ganz und gar. Alles.

Es war gelungen. Hatte ich bis dahin gemeint.

Jetzt hielt mich ihre überraschende Präsenz fest. Oder ich hielt mich an ihr fest.

Kurz kam ich mir vor wie eine Mutter, die ihrer jungen Tochter dabei zusieht, wie diese tut, was sie meint tun zu müssen, mutig, hemmungslos, unverfroren und mit einem unbändigen Willen.

Ich kann nicht sagen, ob ich mir wünschte, Mutter oder Tochter zu sein.

Dann vergaß ich C. wieder.

Vlna. Wolle.

Die Babina strickt für mich. Sie trennt Pullover auf, aus denen ich herausgewachsen bin. Den gekräuselten Faden wickelt sie um meine Hände, die ich vor mir hochhalte. Meine Schultern schmerzen, aber ich sage nichts. Sie wäscht die Stränge im Waschbecken und hängt sie an die Sonne. Später fragt sie mich, was für ein Muster sie stricken soll. Ich wähle immer Zopf. Wegen den Verschränkungen, in denen ich mich verliere. Es wird kein neuer Pullover. Ich schäme mich ein bisschen und will trotzdem nur diesen einen tragen.

Veselá. Fröhlich.

Die Babina ist eine fröhliche Frau. *Veselá žena.*

Sie sagt, *zamyšlene děcko.* Gedankenverlorenes Kind.

Ein in Gedanken verwickeltes Kind, sage ich.

Zapletená. Verstrickt. Verheddert.

Ich höre Stricknadeln klackern.

Würde die Babina leben, würde sie mich heute so beschreiben, *zapletená.*

Možná. Vielleicht.

Ich würde es zulassen.

Aus ihrem Körper klingt weich, *měkký,* was sie über mich sagt.

Aus dem Körper, in dem die Unerschütterlichkeit wohnt.

7

Bis zum Gespräch mit Sander blieben mir noch zwei Tage. Ich spielte Ausflüchte durch. Ich hätte Grippe, ich müsste plötzlich verreisen, die Mutter im Ausland sei schwer erkrankt, Frühgeburt bei meiner besten Freundin, Wasserschaden im Haus. Oder den Termin einfach vergessen. Zerstreutheit, Konzentrationsprobleme, Vergesslichkeit. Das Arztzeugnis von Dr. B. legitimierte das Vergessen. Ich verbat mir, auszuweichen. Mein Selbstvertrauen hatte bereits einen Schlag abbekommen. Zudem hatte ich mich dem Entwicklungsplan gefügt, den Gerlinde sich für mich ausgedacht hatte. »Vereinbarung für ein bezahltes Urlaubssemester mit Auflagen«, lautete die Betreffzeile auf dem Dokument. Ich selbst sprach von Besserungsurlaub. Unter keinen Umständen würde ich so etwas unterschreiben, hätte ich vor zwei, drei Jahren voller Überzeugung behauptet.

Ich frage mich, ob Gerlinde überrascht war, dass ich unterzeichnet hatte. Oder hatte sie gestöhnt. Ich mutete damit ja auch ihr etwas zu, mit dem sie vielleicht nicht gerechnet hatte. Wie gesagt, sie hätte auch einen für sie einfacheren Weg gehen können: Verwarnung, Auflagen, Auflösung des Arbeitsverhältnisses. Adieu. Weshalb hatte sie den zusätzlichen Aufwand auf sich genommen? Und das Risiko, dazu stehen zu müssen, dass sie sich in meinem Potenzial getäuscht hatte. – Glaubte sie wirklich daran, dass ich mich verändern würde? Dass ich das konnte beziehungsweise, dass ich das wollte? – Oder hatte sie etwas an mir wahrgenommen, das ich selbst noch nicht sehen konnte. Etwas, das sie durch das Arztzeugnis bestätigt sah? Denkbar ist es. Gerlinde war sehr aufmerksam. Die Vorstellung beschämt mich. Ich mag es nicht, wenn ich mich entlarvt fühle. Selbst dann nicht, wenn es gut gemeint ist. Gerade dann nicht.

Nun, ich hatte unterschrieben und ich fühlte mich gedrängt, zu meiner Unterschrift zu stehen und mich entschlossen zu geben. Nach außen und mir selbst gegenüber. Dabei war es gar kein Entschluss. Es war Notwehr. Und die hatte Konsequenzen. Lästige Konsequenzen. Bis Ende Oktober hatte ich schriftlich darzulegen, wie ich den Job als Institutsleiterin in Zukunft auszuüben gedachte. Mit welcher *Motivation,* mit welchen *Zielen* und mit welchen konkreten *Umsetzungsmaßnahmen.* Der Satz kläffte in meinem Kopf, als hätte man mir mit der Vereinbarung den dreiköpfigen Höllenhund mitgeliefert. »Der Karriereberater holt bei der direkten Vorgesetzten, Frau Gerlinde Häberle, eine Fremdeinschätzung ein«, stand unter dem Punkt »Maßnahmen« geschrieben. Wer eine Fremdeinschätzung fordert, hat ein gönnerhaftes Lächeln auf dem Gesicht und kann sich eines zustimmenden Nickens, von einem ebensolchen Lächeln begleitet, gewiss sein. Ich sah den Direktor lächeln, ich sah meine Mitarbeitenden lächeln, auch wenn diese nichts von der Vereinbarung wussten. Ich habe Erfahrung mit diesem Lächeln. Ich hatte es oft genug auf meinem Gesicht. Beispielsweise, wenn ich meinen Mitarbeitenden die jährliche Beurteilung ihrer Ziele und der erbrachten Leistungen vorlegte. Wenn ich ausführte, warum sie meine Erwartungen nur knapp erfüllten. Die Normalverteilung, die wir einzuhalten hatten, zwang mich, die meisten Mitarbeitenden mit einem C (entspricht den Anforderungen) zu bewerten, bei zweien durfte ich ein D (entspricht den Erwartungen nicht) setzen, bei einer Mitarbeitenden setzte ich widerwillig ein B (übertrifft die Anforderungen). Wäre ich frei gewesen, hätte ich die erbrachten Leistungen tiefer bewertet. Aber damit würde ich die einstige Rekrutierung der Mitarbeitenden infrage stellen und ich als ihre Chefin stünde noch schlechter da, hatte Gerlinde gesagt.

Wie ich meine Mitarbeitenden führte, wurde vor zwei Jahren zum ersten Mal bewertet. Sie rächten sich mit einem D. Gerlinde hatte mich wiederholt mit den kritischen Rückmeldungen meiner sogenannt »direkt Unterstellten« konfrontiert und Aussprachen mit meinem Team moderiert. Meine Mitarbeitenden wollten, dass ich wie Gerlinde nach dem Motto des Harvard-Konzepts führte: »Klar in der Sache«, das war ich zweifellos, »weich gegenüber den Menschen«, ich gebe zu, das fiel mir schwer. Aber ich hatte Gründe für meinen Unmut. Die Selbstzufriedenheit, mit der meine Mitarbeitenden ihre durchschnittlichen Leistungen betrachteten, die fehlende Bereitschaft, über den Tellerrand hinaus zu denken und sich zu engagieren, regten mich auf. Und dann die zunehmenden Rekurse der Studierenden nach den Prüfungen, ihre dilettantisch verfassten Arbeiten, das ständige Kommen und Gehen in den Lehrveranstaltungen. In der letzten Mitarbeiterumfrage war mir ein schroffer Umgangston vorgeworfen worden. Ungeduldig sei ich. Herablassend, gereizt, ungehalten bis verletzend würde ich mich äußern, erfüllte man meine überrissenen Ansprüche und Erwartungen nicht. Die Zufriedenheit mit mir war in den roten Bereich gerutscht. Zum ersten Mal in meiner beruflichen Karriere wurde ich so infrage gestellt. Es traf mich. Weit mehr, als ich zugeben wollte.

Dachte ich daran, dass ich mich in den kommenden Wochen mit all dem würde auseinandersetzen müssen, alles in Erinnerung rufen, alles erklären, mich hinterfragen lassen, antworten müssen, sagen müssen, was mein Beitrag zu all dem gewesen war und dabei den Rücken gerade halten und das Kinn gereckt, überfiel mich eine lähmende Müdigkeit, die dazu führte, dass ich die freien Tage bis zu Sanders Gespräch mit Nichtstun vergeudete. Mein Unvermögen, mich zu erholen und Kraft zu schöpfen, verstärkte meine Gereiztheit. Am Morgen überwand ich mich zu ein paar leichten Dehnungsübungen, die meinem verspannten Rücken ein bisschen Linderung verschafften. Gleichzeitig nahmen die Gedanken ihr unerbittliches Kreisen auf und verunmöglichten, dass ich mich aufraffen konnte, etwas zu unternehmen oder einen Tag zu genießen. Einmal am Tag ging ich zu Antonia, um einzukaufen. Ich war gierig nach Rohschinken, Coppa, Salami und rezentem Schafskäse, nach Rindstatar vom Fassona-Rind, eine Spezialität von Antonia, nach Oliven und Chips. Jeden Tag zu Antonia zu gehen und eine überschaubare Menge einzukaufen, war nicht nur ein Fixpunkt im Tag, es gab mir das Gefühl, die Kontrolle zu haben, sei es auch nur über mein Essverhalten.

Am Tag vor dem Gespräch mit Sander gab ich mir endlich einen Ruck und fuhr in die Berge. Ich wollte wenigstens einen Tag so verbracht haben, als hätte ich richtig Urlaub. Ich fuhr zeitig los, um mir an dem Bergsee, von dem mir ein Arbeitskollege einmal Fotos gezeigt hatte, einen guten Platz für den Tag zu sichern. Die Bise hatte sich gelegt. Es würde ein warmer Tag werden. Ich fuhr über Land, mit offenem Verdeck und Musik. Kings of Convenience. Die Könige der Bequemlichkeit lullten mich ein. An einem norwegischen Fjord, in eine Wolldecke gehüllt, eine Tasse Tee trinken und entspannt den vorbeiziehenden Wolken zusehen, lesen, fischen lernen, anfangen zu schreiben. Man kennt diese Filme. Manchmal beruhigen mich romantische Träumereien. Aber es ist wie mit zu viel Alkohol. Der Kater folgt sogleich. Was hielt mich zurück zu kündigen, abzuhauen, aufzubrechen, etwas Neues zu wagen? Im Kopf war es eine attraktive Vorstellung, der Körper antwortete mit Trägheit und Albträumen. Einer verfolgte mich seit Tagen. Vor mir eine Menschenmenge. Bengalische Frauen in bunten Saris und lose um den Kopf gelegten Tüchern. Kantige Gesichter mit eingefallenen Wangen und tiefen Augenhöhlen. Sie drängten immer näher an mich heran. Ihre dunklen Augen waren starr auf mich gerichtet. Ich stand vor ihnen auf einem Podest. Sie erhoben ihre knochigen Zeigefinger, flehten um etwas. Ich konnte sie nicht hören. Es waren stumme Bilder. Fiel mir der Traum ein, so wie jetzt, bekam ich sie nicht mehr aus dem Kopf. In einer Haltebucht hielt ich an, wechselte die Musik, Kosheen, und fuhr weiter.

I'll keep you in safety forever protect you
I'll hide you away from the world you rejected
I'll hide you.

»I'll hide you, I'll hide you, I'll hide you …«, ich schrie die Zeilen des ersten Songs in den Fahrtwind, wie ich es tue, wenn ich genervt, gereizt oder wütend bin. Normalerweise vermengt sich die Energie der Sounds sofort mit meiner eigenen Energie, klärt meine Gedanken und stärkt meine Entschlossenheit. Dieses Mal funktionierte es nicht. Ich stoppte die Musik, hielt ein zweites Mal an und trocknete mir die Augen.

Während ich über den leeren Parkplatz zum Sessellift ging, kramte ich im Rucksack nach dem Handy, um Franziska eine Nachricht zu schreiben. Vergnügt sollte sie klingen. Manchmal hilft es, sich eine froh gestimmte Nachricht auszudenken.

liebe, heute ein ausflug. schwebe gerade über grün ins blau. ich werde wandern, schwimmen, den himmel betrachten, picknicken, dösen. wish you were here. big hug, m

Kurz vor der Bergstation schickte ich sie ab. Franziska. Seit zwanzig Jahren meine Freundin. *The one and only.* Deine treu ergebene Freundin. Lebten wir in einer früheren Zeit, sie würde den Brief so beenden. Franziska hat die Gabe, Freundschaften aufrechtzuerhalten, selbst wenn sie beschädigt sind.

Von der Bergstation aus wanderte ich erst durch Wiesen und dann ein Stück durch den Wald. Das klare Morgenlicht, die kühle Luft, die nach Heu roch, die üppig blühende Alpenflora in den steilen Hängen, das Gebimmel von Kuhglocken – ich war froh, hatte ich mich aufgerafft. Auf der Anhöhe, kurz vor meinem Ziel, blieb ich stehen. Der Bergsee lag regungslos in seiner Kuhle, dem steil abfallenden Voralpengebirge zu Füßen. Noch war er im Schatten. Die dunklen Tannen spiegelten sich in ihm, so dass man ihn leicht hätte übersehen können. Während ich auf ihn zuwanderte, erreichten die ersten Sonnenstrahlen das Wasser. Die sattgrünen Grasmatten in den Steilhängen um den See herum, die Steine im Wasser, die Enten, die auf ihnen schliefen, alles spiegelte sich in einer Schärfe, dass nur noch das Wissen darum, was oben und was unten war, Orientierung gab. Ich lief auf dem Wanderweg hin und her und betrachtete das magische Landschaftsbild aus verschiedenen Blickwinkeln.

Ich fotografierte verschiedene Ausschnitte. Dabei nahm ich ausschließlich Felsen, Steine, Matten und ihre Spiegelungen aufs Bild. Mehr und mehr versank ich in die verwirrenden Bilder, die sich auf dem Display meiner Kamera zeigten, eine Aufnahme ergab die nächste, bis ich ein flaues Gefühl im Bauch bemerkte. Ich erklärte es mir damit, dass ich nicht gefrühstückt hatte. Meine Beine fühlten sich kraftlos an und ich setzte mich. Ich betrachtete einen Felsbrocken, der die Form einer Pyramide hatte und in verschiedenen Grautönen schimmerte. Er lag mitten im Spiegelbild einer Grasfläche und schien zu schweben. Die Wasseroberfläche löste sich in dem leuchtenden Bild, das sie selbst hervorbrachte, auf. Je länger ich auf den See schaute, der sich unsichtbar machte, desto mehr war mir, als ginge von dem Trugbild ein Sog aus, der auf mich gerichtet war. Als wollte mich die Kraft aufsaugen, die von den verwirrenden Spiegelungen ausging und meine Konturen auflöste.

Ich warf die Kamera ins Gras und den Rucksack hinterher, riss die Schuhbändel auf, zog mir Wanderschuhe und Socken von den Füßen und rannte zur Anhöhe zurück, von der ich hergekommen war. Kieselsteine bohrten sich in meine Fußsohlen, ich schnappte nach Luft, hörte mich immer lauter keuchen, griff mir in die Seite, von der ein Stechen ausging, kämpfte mich immer langsamer voran, bis ich vornübergebeugt stehen blieb. Nach ein paar Atemzügen richtete ich mich auf. Ein älteres Paar kam in zügigem Schritt auf mich zu. Das metallene Klacken der Wanderstöcke auf der Forststraße trieb sie voran und an mir vorbei. Der Mann schaute mich fragend an, die Frau beachtete mich nicht. Mein Herz klopfte immer noch heftig. Ich versuchte, meinen Atem tief in den Bauch und in einen gleichmäßigen Rhythmus zu führen. Als ich mich etwas ruhiger fühlte, drehte ich mich um. Der See in der leuchtend grünen Landschaft. Der wolkenlose Himmel. Die Bergrücken im klaren Morgenlicht, die Gipfel, Gebirgskämme und Scharten verbanden. Alles ruhig. Den Bergen war es egal, was hier unten los war. Sie rahmten die Landschaft ein. Standhaft und verlässlich. Außer wenn sie Felsbrocken die steilen Abhänge herunterrollen ließen, die verstreut auf den Wiesen liegen blieben und an ihre Unberechenbarkeit mahnten.

Als mir in den Sinn kam, dass ich die Kamera aus dem nassen Gras holen sollte, fingen meine Hände an zu zittern. Längst vergessen geglaubte Bilder waren plötzlich wieder da. Kinderhände, die das kalte Gehäuse von Rosas Contax umklammern. Die Angst, die Kamera könnte aus den Händen gleiten und zu Boden fallen. Die Empfindung des kleinen Mädchens, das sich vor dem Unsichtbaren fürchtet. Wie es sich vorgestellt hatte, die Mutter zu fotografieren. Kurz bevor diese in die Unterführung abtaucht. Auf einer ihrer Fluchten zum Rhein. Die Fantasie, wie das Kind im Haus auf der Treppe sitzt, mit der letzten

Aufnahme von der Mutter, die barfuß und im geblümten Kleid davoneilt.

Já jdu. Ich gehe. Letzte Worte. Manchmal vom Kind fantasiert, so manches Mal von Rosa ins Treppenhaus geschrien. Noch konnte das Kind nicht darauf vertrauen, dass die Mutter wiederkam.

Ich war durcheinander. Und wütend. Ich wollte weg. Weg von dieser Landschaft, die so tat, als wäre nichts gewesen. Ich würde den Rucksack holen, die Speicherkarte mit den Bildern, die mich so zu verstören vermochten, in den See werfen und nach Hause fahren. Unterwegs in einem schönen Restaurant essen. Viel essen. Zwei Vorspeisen, Hauptgang, Dessert. Ebenso tun, als wäre nichts gewesen.

Der See lag nun zur Hälfte in der Sonne, die Trugbilder waren verschwunden und es war angenehm warm. Die ersten Ausflügler hatten sich bereits am See eingerichtet. Du kannst auch hier so tun, als wäre nichts gewesen, dachte ich und warf mir den Rucksack auf den Rücken.

In sicherer Entfernung vom Steilhang suchte ich mir einen Platz, von wo aus ich über den See schauen konnte. Damit sich niemand in meiner unmittelbaren Nähe niederlassen konnte, verteilte ich große Steine rund um meine Picknickdecke, hingestreut, als hätten sie schon immer da gelegen. Auf einem rotweiß karierten Tuch legte ich das späte Frühstück aus. Brotscheiben, Wurst, Käse, Tomaten, Gurke, Oliven. Ich schnitt alles zurecht und steckte mir die Kopfhörer in die Ohren. Kings of Convenience. *Singing softly to me.* Mein Buffet gefiel mir, und mit jedem Happen besserte sich meine Stimmung. Ich streckte mich auf der Decke aus, streckte die Beine in den Himmel, betrachtete die rot lackierten Zehennägel und wartete auf die Wärme. Ich zog ein Kleidungsstück nach dem anderen aus, bis ich gegen Mittag im Bikini auf der Decke lag. Es war eine angenehme

Mischung aus Dösen, in die Weite schauen, die raue Decke spüren, aus der der Geruch von warmer Wolle aufstieg. Ich genoss es, den Tropfen von Schweiß nachzuspüren, die sich nach und nach aus den Nackenhaaren, aus den Achselhöhlen, zwischen den Schenkeln und aus den Kniekehlen lösten, über die Haut liefen und mich kitzelten. Ich stellte die Beine gespreizt auf, legte mich so hin, dass die Sonne zwischen meine Beine schien und meine Vulva wärmte und ließ die Bilder aufkommen, die ich habe, wenn ich masturbiere. In meinen onanistischen Fantasien ist es immer eine Frau, die mich zu Orgasmen führt. Ich gab mich meiner inneren Liebhaberin hin, stellte mir vor, wie ihre Finger die empfänglichen Punkte suchten, kostete ihr zunächst zärtliches Tupfen und Klopfen aus, verlangte mehr und mehr Druck, bis das Pulsieren begann, dann das unnachgiebige Reiben auf die Welle hin, zu dem ich sie antrieb, hinauszögernd, weiter und weiter, bis der ersehnte Schrei sich nicht mehr aufhalten ließ und sich löste.

Ich stellte mir vor, wie meine Liebhaberin ihre Hand auf meine Vulva legt und mich ausruhen lässt, wie ich mich ins Wasser gleiten lasse, mit kräftigen Zügen in den See hinausschwimme, wie sich mein Körper in der Kälte zusammenzieht und die erlebte Erregung in sich einschließt, als körperliche Erinnerung, aus der eine nächste Lust heranwachsen würde. Benommen setzte ich mich auf und schaute mich um. Das Seeufer hatte sich belebt, aber niemand hatte sich in meiner Nähe niedergelassen, stellte ich erleichtert fest. Ich verweilte in diesem Dazwischen, kostete die Wärme in meinem Unterleib aus, spürte den geschwollenen Schamlippen nach und der Feuchtigkeit in der Bikinihose. Nach einer Weile stand ich auf und ging zum Seeufer hinunter. Der weiche, schlammige Boden war widerlich. Ich überwand mich, tastete mit den Füßen nach Steinen, suchte Halt. Trotz aller Vorsicht rutschte ich aus und fiel ins knietiefe Wasser. Ich lag in einer braunen Wolke aus Wasser und aufgewühltem Schlamm auf dem Grund, den Kopf hatte ich gerade noch über Wasser halten können. Wütend schaute ich mich um, ob mich jemand gesehen hatte. In der Nähe stand ein junges Paar, das tatsächlich in meine Richtung schaute. Ich fürchtete, dass ich nicht aus dem weichen nachgebenden Boden in den Stand kommen würde, womöglich noch einmal hinfallen würde. Ich drehte mich auf den Bauch, um auf den Händen Richtung Schwimmtiefe weiterzurobben. Die Hände versanken im Boden. Es war eklig und ich stellte mir vor, wie das junge Paar die Frau, die sie an ihre Mütter erinnerte, beobachtete, wie sie sich schwerfällig auf allen Vieren voranschob. Es hätte mir egal sein können. War es aber nicht. Ich schwamm eine Runde, obwohl mir das Wasser viel zu kalt war. Verstimmt kehrte ich an meinen Platz zurück und trocknete mich ab. Meine Haut spannte. Ich wünschte mir eine Dusche. Rund um den See stieg Rauch von Grillstellen auf. Familien, die sich unter Sonnenzelten eingerichtet hatten, Väter und Mütter, die ihre Kinder am Seeufer an der Hand hielten und auf Enten zeigten, Jugendliche, die sich johlend in den See warfen, das junge Paar, das mit den Füßen im Wasser knutschte, eine Gruppe von Wanderern, die singend vorbeizog. Ich sah niemanden alleine am See.

8

Sander soll sich anstrengen. Nicht ich. Um vier Uhr war ich erwacht und hatte nicht mehr in den Schlaf gefunden. Gereizt und mit geschwollenen Augen stand ich um sechs auf. Ich wollte meine Nervosität in Kampflust verwandeln und versuchte es mit Yoga: Tapferkeitshaltung, Krieger eins, Krieger zwei, Pfeil abschießen, Löwengebrüll mit ausgestreckter Zunge, Feueratmung. Danach prüfte ich meine Standfestigkeit. Frau Candrian, wofür wollen Sie in die Beratung kommen, antizipierte ich eine von Sanders Fragen. Bei der Formulierung der Frage fühlte ich mich kurz stark. Beim Warten auf eine Antwort fiel ich wieder in mich zusammen. Statt mit schlagfertigen und selbstbewussten Sätzen zu kontern, schlich ich auf den Balkon und rauchte eine Zigarette. Seit Jahren beschäftigst du dich mit allen möglichen Formen von Kommunikation, hältst Vorlesungen, berätst Unternehmen, bietest Workshops in Verhandlungstechnik an und setzt dich im zähen Gerangel um Honorare und Budgets durch. Es gibt genug Erfolgsgeschichten, mit denen du dich diesem Sander präsentieren kannst, also reiß dich zusammen! Ich redete auf mich ein, während die Amöbe in mir mein bis vor wenigen Wochen forsch an den Tag gelegtes Selbstbewusstsein in ihrem zähflüssigen Glibber auflöste. Aus meinem Inneren sabotierte mich eine Feindseligkeit, gegen die ich nicht ankam. Sie setzte mir weit mehr zu als Gerlindes Entscheidung.

Ich blickte auf das Gartenrechteck, das in der Morgensonne leuchtete. In der Hecke tschilpten Spatzen, flogen auf, tauchten wieder ab, ein geschäftiges Geflatter. Es roch nach einem warmen Sommermorgen. Nach einem Tag, den man unbeschwert und ausgelassen auskosten sollte. Wie in *Schloss Gripsholm*, dem Film mit Heike Makatsch. Wie sie zu dritt mit dem Fahrrad durch die Sommerfrische pedalen und vor Vergnügen johlen. Ich erinnere mich an ihre Stimmen in den hohen Räumen des Schlosses und im Park, wie sie flüstern, nach jemandem rufen, kichern und lauthals lachen. Ich sehnte mich danach, von einer solchen Unbeschwertheit mitgerissen zu werden, aber hätte jemand an der Haustüre geklingelt, um mich für eine kurze Flucht abzuholen, hätte ich müde abgewunken, oder noch wahrscheinlicher, gar nicht erst geöffnet. Irgendwann in diesem Sommer holte ich das Buch aus dem Regal. Kurt Tucholsky. *Rheinsberg und Schloss Gripsholm.* »Gelesen unter dem ›Blätterdach‹ im Garten vom Hjorts Hotel«, hatte ich an den oberen Rand der Seite notiert, bei der das Buch aufklappte. Mit einem dunkelblauen Stift waren zwei Stellen unterstrichen:

»Glücklich sein, aber nie zufrieden«, und »Es gibt keine tiefere Sehnsucht als diese: die Sehnsucht nach der Erfüllung. Sie kann nicht befriedigt werden …«

Dass ich das markiert hatte, erstaunte mich. Ich hätte behauptet, dass ich mir damals über meine Befindlichkeit nicht allzu viel Gedanken machte. Diesen Urlaub verband ich in erster Linie mit Lucas unentwegtem Klagen über unsere Fehlentscheidung, die wenigen freien Tage jenes Sommers in Dänemark zu verbringen. Das Hotel servierte nur bis zehn Uhr Frühstück, der Kaffee war dünn, das Wetter meist regnerisch und kalt, das Abendessen durchschnittlich gut und überdurchschnittlich teuer, die Zimmer hellhörig.

»Sie habe noch keinen gefunden, der Mann gewesen wäre, ohne ein Sexualtier zu sein.«

Ich lachte laut auf, als ich entdeckte, dass ich auch diesen Satz unterstrichen hatte. Ja, Luca war ein Sexualtier. Mit der Zeit vorwiegend außerhalb unserer Beziehung. Aber vergessen wir Luca.

Ich stieg die Stufen zum Garten hinunter, streckte das Gesicht in die Sonne und strich mit der Fußsohle über die Spitzen der Grashalme. Das leichte Kitzeln beruhigte mich ein wenig. Ich wollte mir eine Handvoll Johannisbeeren vom Strauch holen, als oben die Balkontür geöffnet wurde. Ich warf die Hände in die Luft und flüchtete zurück auf meinen Balkon. Die ganze Woche über war es mir gelungen, meinen neuen Nachbarn nicht zu begegnen. Gehört hatte ich sie. Ich lauschte ja in einem fort. Lauerte geradezu auf ein Geräusch, das mich stören würde. Und die Frau – ich stellte mir vor, dass es die Frau war – erfüllte meine Befürchtungen. Sie donnerte in einem ausgeprägten Fersengang über das Parkett, verrückte die Stühle auf dem Balkon, telefonierte mit lauter Stimme, und das Kind weinte Nacht für Nacht über meinem Bett. Einmal war ich kurz davor gewesen, nach oben zu gehen, zu klingeln und mich zu beschweren oder wenigstens zu verlangen, dass das Kind in ein anderes Zimmer verlegt würde. Es wäre ein wirkungsvoller erster Auftritt gewesen. Danach wären sie bestimmt *mir* aus dem Weg gegangen und ich hätte meine Ruhe gehabt. Ich war versucht gewesen, den Vermieter anzurufen, und zwar mitten in der Nacht. Sollte er doch auch seinen Teil abbekommen. Stattdessen hatte ich wütend eine E-Mail an ihn getippt, die ich sofort wieder löschte. Wegen dem Kind.

Ich setzte mich auf die sonnengewärmten Stufen, die zu meinem Balkon führten, und lehnte mich an die Hauswand. Wieso mussten die jetzt hier sein und mich in Aufruhr versetzen? Ich hatte schon genug Ärger. Erneut schrappten Stuhlbeine über den Betonboden. Ich zuckte zusammen. Das Geräusch macht mich wahnsinnig. Der Vermieter muss dringend etwas dagegen tun, wenigstens das. Das ist er mir schuldig. Die Frau rief nach dem Kleinen. Sie lockte ihn mit süßen *Melonenstückchen*, mit einem *Brötchen*, das sie ihm mit Marmelade bestreichen würde, mit einem *Säftchen,* einem *Joghurtchen.* Warum muss in dieser Sprache immer alles verkleinert werden. Der Kleine war offenbar immer noch nicht am Tisch und die Frau versprach mit lauter Stimme, dass sie vom Balkon aus den *Tatinek* nach Hause kommen sehen würden. Mirko Černý. Verdammt. An den hatte ich gar nicht mehr gedacht. Der Kleine, die Frau, ihre Sprache. Diese Besetzung hätte mir gereicht. Ich zog mich auf meinem Balkon zurück, um sofort verschwinden zu können, sollte der Vater durch das Gartentor kommen.

Tatinek. Nie hatte ich Vater so genannt. Er hatte bestimmt, dass die Familiensprache Deutsch ist. Er hatte es ebenso unermüdlich eingefordert, wie Mutter sich weigerte, zuhause Deutsch zu sprechen. Beim Einkaufen im Dorf sprach sie Hochdeutsch und zelebrierte ihren ausgeprägten Akzent. Lange tat sie so, als würde sie den Dialekt nicht verstehen und zwang so die Leute im Dorf, Hochdeutsch mit ihr zu sprechen. Sie sprachen es langsam und es klang schwerfällig. Ich schämte mich, wenn Mutter sich absichtlich unbeholfen gab. Umso eifriger führte *ich* vor, wie gut ich ihre Sprache beherrschte. Dafür wurde ich mit einem Sugus, einer Scheibe Wurst oder einer Ecke Käse belohnt.

»Was darf es sein, Frau Hlatky.« Sie ließen das K krachen wie in der einstigen Werbung für Toblerone Schokolade. Der Name fiel auseinander wie die beiden Schalen einer Baumnuss. Am Mittagstisch äffte Mutter sie nach: »Hlat-ky, Hlat-ky, Hlat-ky«, reihte sie aneinander, bis es klang, als hätte sie einen qualvollen Schluckauf. Dann beklagte sie sich, man mache sich im Dorf über sie lustig, Vater herrschte sie an, sie solle den Mund halten, er wolle in Ruhe essen, oder er stand ohne ein Wort zu sagen auf, knallte die Haustür zu, stieg auf sein Fahrrad und fuhr ins Büro. Jahre später hörte ich Rosa mit einer deutschen Künstlerin Hochdeutsch sprechen. Der tschechische Akzent war kaum mehr zu hören.

Růžená Řezníková. Früh will ich schreiben können. Mutter bringt es mir bei. Sie liebt die Häkchen und Striche auf den Buchstaben ihres Mädchennamens. «Schau, wie fröhlich das aussieht», sagt sie, «meine Namen leben. Eines Tages fliegen sie davon und ich mit ihnen.»

Ich verziere die Buchstaben meines Namens mit Häkchen und Strichen.

Sie streicht ihn durch. «In deinem Namen gibt es das nicht.»

Auf Geheiß des Vaters sollte man sie im Dorf Rosa nennen. Das passe gut zum Dialekt, zum Dorf, zum Land, entschied er und stellte sie so vor. »Das ist meine Frau, Rosa.« Sie bemerkte: »Eigentlich Růžená, aber das kann sich hier niemand merken.« Ich hasste sie dafür. Von mir verlangt sie, sie Růžená zu rufen. Mutter wollte sie nicht gerufen werden, schon gar nicht Mama oder Mami. Kein Kind im Dorf nannte die Mutter beim Vornamen. Später rief ich sie nur noch Rosa, weil sie es hasste. Als Künstlerin kennt man sie als Růžena Jíra.

Rozmazlenec. Weichling. *Rozmazlit* bedeutet verzärteln. Und *rozmazat* verschmieren und verwischen. In dieser Sprache ist man als Weichling gut aufgehoben.

Das Weiche der tschechischen Sprache – das Franziska so mag – passt nicht zu Rosas Wesen. Sie ist weder weich noch sanftmütig. Im völligen Gegensatz zu den Gesichtern der Madonnen, mit denen sie sich in ihrem viel späteren Leben für die Fotoserie *Maria* beschäftigte. Franziska war auf das Werk gestoßen. Über einen Freund, der sich ebenfalls auf die Fotografie von Heiligendarstellungen spezialisiert und ihr begeistert von der Ausstellung in Berlin erzählt hatte. Franziska konnte es nicht lassen, mir Kopien von Bildern aus dem Ausstellungskatalog zu schicken. Immerhin kommentarlos. Sie weiß, wie ich zu Rosa stehe, auch wenn es ihr schwerfällt, es als unveränderlich hinzunehmen. Die Aufnahmen der Madonnen waren eindrücklich. Sie berührten. Das muss ich zugeben.

»Die tschechische Sprache ist ideal zum Scherzen, Frotzeln und Necken«, habe ich kürzlich in einem Buch über die tschechische Kultur gelesen. Bei der Babina war es so. Nicht bei Rosa. Sie machte die Sprache zu einem Kokon, in den sie ihr Heimweh einspann, die Gewissheit, eines Tages in ihre Heimat zurückzukehren und die Vision, als Fotografin zu arbeiten. Ein Kokon mit Stacheln, den sie umsorgte wie kaum etwas anderes. Rosa war nicht erreichbar. Nicht für das Kind, nicht für den Vater, nicht für die Nachbarinnen. Nur für die Babina, die ihr für fünf bis sechs Wochen im Jahr die Heimat brachte.

Heute kommt es mir vor, als hätte sie die Sprache nach und nach zur Ikone ihres Selbst erhoben.

Ich betrachtete die Handvoll Blüten, die ich abgezupft hatte, während ich gelauscht hatte, was auf dem Balkon über mir vor sich ging. Die Blüten hatten zwar ihre Festigkeit verloren, nicht aber ihre Leuchtkraft. Rosa, violett, gelb, orange, wenig grün. Behutsam legte ich das Häufchen auf das Fell im Schaukelstuhl. Ich wusste nicht, was ich von der Melancholie halten sollte, die ich dabei empfand. Ich verhielt mich wie eine Katze, die sich auf den Rücken legt, um gestreichelt zu werden und gleichzeitig mit ausgefahrenen Krallen die Pfoten in die Luft schlägt.

Wo ich wohne, wird seit neuestem Tschechisch gesprochen. Würde ich diesen Satz Franziska schreiben, würde sie antworten, dass das kein Zufall sein konnte. Vermutlich würde sie sogar noch weitergehen und anmerken: Siehst du, irgendwann kommt zurück, was man verdrängt und nicht bearbeitet hat.

Ob Zufall oder nicht, in mein emotionales Wirrwarr mischten sich nun auch noch Gefühle von Beklemmung und Wehmut.

Oben war es ruhig. Vielleicht war der Kleine endlich herausgekommen, saß am Tisch und kaute lustlos an einem Brötchen. Oder die Frau hatte ihre Bemühungen aufgegeben. Plötzlich rief der Kleine *nechci*, es folgte erneut das widerwärtige Geräusch der Stuhlbeine, das in den Ohren schmerzte.

Es war das erste Wort, das ich von ihm hörte. *Nechci,* ich will nicht. Ich lächelte. Ich hatte Frühstück auch nie gemocht. Von warmer Milch wird mir heute noch übel. Ich hörte ihn durch das Wohnzimmer rennen. Sie rief ihm hinterher, was für ein unartiger Junge er sei, dass er seinem Vater versprochen hatte, brav zu sein, und dass sie ihm erzählen werde, dass er nicht gehorcht. Herrgott, lass ihn doch einfach, wenn er nicht will und lass dir etwas Originelleres einfallen, um mit dem Jungen zurechtzukommen, schimpfte ich leise. Dann zog auch ich mich zurück. In meine Wohnung, in die sich etwas hineingedrängt hatte, das ich für meine Lebzeit ausgesperrt geglaubt hatte.

Ich machte mich für das Gespräch mit Sander fertig. Ich duschte, rasierte Beine und Achselhöhlen und cremte mich mit einer dezent duftenden Bodylotion ein. Die Haare steckte ich zu einer leicht verrutschten ›Banane‹ hoch. Sie glückte mir auf Anhieb. Die Fingernägel lackierte ich in einem klassischen Rot. Ich entschied mich für das royalblaue, knielange Wickelkleid. Der Stoff war etwas zu warm für einen Hochsommertag, aber ich gefiel mir in dem Kleid. Es war schlicht, elegant und die Farbe ließ meine helle Haut schimmern, wie der Besitzer meines Lieblingsgeschäfts gesagt hatte.

»Mila Candrian«, ich streckte meinem Spiegelbild die Hand entgegen. Das distanzierte Lächeln, mit dem ich zu einem Businessmeeting einlade, die gewollte Nachlässigkeit meiner Frisur, das blasse Dekolleté mit den Sommersprossen, auf das ich den Anhänger mit dem Opal legte. Die Geschäftsfrau war zurück. Aber nicht nur sie.

»Machst du jetzt wieder dieses Pilzgesicht?« Rosa sagte das. Mit dem leisen Kratzen in ihrer Stimme, das nur ich hörte. So glaube ich. Sie sagte es, wenn ich wütend, verzweifelt oder traurig war oder alles zugleich durch meinen Körper wirbelte. Das Pilzgesicht hing eingerahmt im Treppenhaus an der Wand. Ich muss vier oder fünf Jahre alt gewesen sein, etwa so alt wie der Kleine. In einem türkisfarbenen Anorak stehe ich unter einem dunkelgrau bedeckten Himmel vor einem schroffen Bergpanorama und halte einen weißen Pilz in den Händen, der nahezu so groß ist wie mein Kopf in der roten Mütze, die an eine eng anliegende Badekappe mit Riemchen unter dem Kinn erinnert. Von der dünnen Luft war mir schlecht geworden. Ich konnte mich vor Übelkeit kaum auf den Beinen halten, aber Rosa wollte unbedingt diese Aufnahme machen. Sie nahm sich so viel Zeit wie immer, um am Objektiv zu drehen, ihre Position zu verändern und mir Anweisungen entgegenzurufen, wie ich mich hinstellen sollte und wie ich den Pilz zu halten hatte. Ich versuchte zu lächeln, das Lächeln verrutschte und ich wusste im Vornherein, wie dieses verrutschte Gesicht auf dem Abzug aussehen würde.

Unavena. Müde.

Das Kind trägt ein knielanges weißes Nachthemd. Hockt auf einem Steinblock und muss auf das reißende braune Wasser schauen. Baumstämme schnellen vorbei, werden von den Strudeln gekreiselt, untergetaucht und weitergeschleudert. Der Rhein ist in Rage. Mutter lacht. Sie fotografiert. Der Wind zerrt an ihren Haaren, macht eine schwarze Fahne aus ihnen. Wirf einen Stein ins Wasser, setz dich, streck die Beine aus, steh auf, schau aufs Wasser, schau in den Himmel.

Regentropfen fallen dem Kind ins Gesicht.

Noch ein Bild, ruft sie, und dann, lauf nach Hause, ich komme gleich nach.

Sie fotografiert wie das Kind rennt, das Nachthemd aufgebauscht, barfuß, über abgefressenes Gras und Kuhfladen, die unter der Kruste warm sind.

Sie zieht die Abzüge sorgfältig aus einem Becken und hängt sie an der Wäscheleine auf. Der Vater wird wütend. Du spinnst. Die Mutter schreit. Du hast mich in dieses sterbenslangweilige Dorf gebracht, ich tue was ich will.

Jahre später gibt es im Gemeindehaus eine Ausstellung über den Rhein. Mutter fragt nicht, ob das Kind sich dort hängen sehen möchte.

Das Pilzgesicht ist in mir. Es kann sich wie eine Maske auf mein Gesicht legen, sich festsaugen und die Muskeln in meinen Wangen und um meinen Mund herum versteifen. Ich kann es nicht verhindern, selbst wenn ich mich noch so anstrenge. Ich fürchte, ich hatte diesen Ausdruck vor meiner Beurlaubung öfters, und ich frage mich, wie es sein kann, dass ich es nicht bemerkt hatte.

Jetzt betrachtete das Ich mit dem verrutschten Gesicht die Geschäftsfrau, die eben noch selbstbewusst die Hand ausgestreckt hatte. Im Gespräch mit Sander musste es mir gelingen, so zu sein, wie sie.

An diesem Vormittag wurde der Weg zum Gartentor zu einem Catwalk, auf dem eine Frau und ein Mann aufeinandertrafen, die sich anderswo mit Sicherheit nicht begegnet wären. Eine Geschäftsfrau, fein gemacht, unterwegs zur Verteidigung ihres Selbst, und ein unrasierter, übermüdeter Mann mit dunklen Locken, die ihm über die Augen hingen. Er trug ein aufgeknöpftes, hellblaues Leinenhemd, das leicht nach Schweiß roch, und eine braune Bermudas. Ein goldenes Kettchen mit mehreren Anhängern lag auf seiner hellen, unbehaarten Brust. Lady Sunshine und Mister Moon blieben auf halbem Weg stehen. Ich hielt die puderfarbenen Pumps in den Händen. Ich wollte nicht riskieren, dass die Absätze auf dem gepflasterten Gartenweg Schaden nahmen. »Frau Candrian?«, fragte er. Seine Stimme klang so müde, wie er aussah. Ich streckte die Hand aus, wie ich es vor dem Spiegel gesehen hatte, und stellte mich vor.

»Ja, Mila. Mila Candrian.«

»Mirko, es freut mich, Sie kennenzulernen.«

Voilà. Er hatte »kennen-lärnen« gesagt. Mit lallendem L. So typisch für den tschechischen Akzent. Es war nie vorgekommen, aber ich war mir sicher, wäre ich dem Mann in einer Bar begegnet, ich hätte mich abgewendet. Der Akzent hätte jegliche Anziehungskraft sofort zunichte gemacht.

Er entschuldigte sich für sein Aussehen, er sei die ganze Nacht gefahren. Er habe Mischa überraschen wollen. Zu Hause sein, wenn der Kleine aufwache. Aber er sei zu spät losgekommen, viel Verkehr, Stau. Er zuckte mit den Schultern und lächelte, als hätte er das Bild vor Augen, das ihn auf der nächtlichen Autofahrt wachgehalten hatte. Er sprach fließend Hochdeutsch. Etwas bewegte sich an der Innenseite seines Mundwinkels. Rund und glatt. Wie eine fleischfarbene Murmel. Er hob den Blick, winkte in Richtung Haus und seufzte. Die Frau stand auf dem Balkon, sie hatte das Kind hochgehoben, damit es den Vater sehen konnte. Der Kleine hing steif und mit grimmigem Gesicht in den Armen der Frau. *Zuřivý.* Ein Synonym für Pilzgesicht.

»Der Kleine hätte sich bestimmt gefreut«, sagte ich. »Und wer ist die Frau bei dem Kleinen?«, schob ich nach.

Es klang streng. Er schaute mich überrascht an.

»Hat sie sich noch nicht vorgestellt?« Er runzelte die Stirn. Jetzt sah er gequält aus.

»Nein.« Ich ließ es so klingen, als wäre es ein Versehen der Frau. Richtig gemein.

»Pavlina ist Mischas Großmutter.« Er schaute erneut zum Balkon hoch. »Sie passt eine Zeit lang auf Mischa auf.« Er hielt inne, er schien zu überlegen und fuhr fort, »es ist eine Notlösung. Ich muss oft ins Ausland reisen, aber nicht mehr lange.«

Ich war drauf und dran zu sagen, dass ich froh wäre, wenn ich wüsste, wer im Haus ein und aus ginge, als ich den Glanz auf seinen Augen sah.

»Ich muss«, verabschiedete ich mich hastig.

Ich winkte dem Kleinen und eilte zum Gartentor. Auf dem Trottoir schlüpfte ich in die Schuhe und schaute zum Haus zurück. Alle drei waren verschwunden.

Bolesti. Schmerzen.

Großmutter hat Krampfadern. Dick wie die Schnecken, die wir salzen. An den Knöcheln rollen sie sich zusammen. Wenn sie glaubt, dass ich nicht mithöre, sagt sie zu Mutter, dass die Beine schmerzen. Es macht mich traurig.

Kde te bolí? Wo tut es weh, fragt sie mich.

Uši. Ohren.

Hlava. Kopf.

Břicho. Bauch

Habe ich Durchfall, kocht Mutter scheußlichen Tee. Ich gebe vor zu schlafen. Sie fährt ins Dorf, kauft für mich eine Flasche Coca-Cola und ein Micky Maus Heft, für sich Zigaretten. Sie raucht nur, wenn ich krank bin. Der Geruch von Zigarettenrauch steigt von der Terrasse hoch und durch das Fenster von meinem Zimmer zu mir. Ich stehe auf, gehe ans Fenster, lege mir Zeige- und Mittelfinger auf die Lippen, ziehe den Atem ein, atme aus und stelle mir vor, wie mein krank riechender Atem durch das Band aus Rauch zu ihr getragen wird.

9

Bevor ich zu Sander fuhr, machte ich bei Antonia Halt, um meinen Auftritt zu proben und einen Espresso zu trinken. Antonia begrüßte mich mit einem überschwänglichen »bellissima«, drückte mir einen Kuss auf die Wange und überhäufte mich mit Komplimenten. Es tat mir gut, dass mein Äußeres wirkte. Gleichzeitig fühlte es sich falsch an. Fake. »Fake, Alte.« So redeten die Studierenden. Nie mir gegenüber. Vor mir hatten sie Respekt. Ich kam aus der Privatwirtschaft. Ich referierte aus der Praxis, nicht nur aus der Theorie. Ich vermittelte ihnen spannende Kontakte für ihre Abschlussarbeiten. Ich vergab Noten. Und ich bewertete streng.

Heute half mir das nicht weiter. Meine Stimme klang viel zu verhalten, als ich Antonia sagte, ich sei zu einer wichtigen Sitzung unterwegs. Ich räusperte mich und schob nach, dass ich deswegen ein bisschen nervös sei. In den ersten Tagen meiner Beurlaubung hatte ich ihr erzählt, ich hätte ein Freisemester, um an einem Projekt zu arbeiten, und als Ausgleich würde ich meine Wohnung streichen. Fake zum Zweiten. Was hätte ich sonst sagen sollen? Wie hätte ich ihr dieses Konstrukt, in dem ich steckte, verständlich machen sollen, ohne mich und die Businesswelt, in der ich mich bewegte und ziemlich viel Geld verdiente, fragwürdig darzustellen? K. hatte gesagt, ich solle diesen Sommer als persönliches Projekt betrachten und auch so darüber zu sprechen, würde ich gefragt, was ich gerade mache. Nur, es war falsch zu sagen, ich *habe* ein Projekt. Ich hätte sagen müssen, ich *bin* ein Projekt. Ziel eines jeden Projekts ist es, den Wert des Produkts (hier Mila Candrian) in einem Entwicklungsprozess zu steigern. Dafür braucht es einen Berater.

Sagt die *project ownerin*, Gerlinde Häberle, die für das Projekt verantwortlich ist.

In dieser Mission war ich an diesem Tag unterwegs und ich benutzte die Begegnung mit Antonia, um mich warmzureden, *business talk* einzuüben, die Stimme zu schärfen. Nach dem ersten Schluck von Antonias exquisitem Espresso sagte ich: »Wie gewohnt werden ausschließlich Männer da sein, die danach streben, die Diskussion zu dominieren und sich durchzusetzen. Es ist immer dasselbe. Man bzw. Frau muss schnell, scharfsinnig und überzeugend argumentieren und gleichzeitig die Grandiosität jedes Einzelnen anerkennen. Dabei sachlich, entspannt und charmant bleiben. Ich habe überhaupt keine Lust dazu.« – Auch wenn ich es mittlerweile ganz gut kann –, ließ ich weg. »Ich möchte lieber zurück in meine Küche und dort weiterpinseln.« Meine Stimme näherte sich der Souveränität, die ich Sander gegenüber unbedingt zeigen wollte. Aber sie fühlte sich leer an. Mein Kopf fühlte sich leer an. Die Amöbe schien gut gefrühstückt zu haben.

Ich trank den Espresso aus und verabschiedete mich. Antonia begleitete mich hinaus. Unter dem Sonnendach hängte sie mir ein Kirschenpaar ans Ohr: »Corragio, Mila«, sagte sie, legte mir eine Hand auf den Rücken und schob mich auf den Gehsteig. Ich bog um die Ecke, blieb im Schatten eines Baums stehen, zündete mir eine Zigarette an und nahm ein paar gierige Züge.

Geht es dir jetzt etwa besser? Das ist peinlich. Geradezu erbärmlich, schimpfte ich mit mir. Wütend drückte ich die Zigarette an einem Mäuerchen aus.

Als ich zum Auto ging, fühlte ich mich wie das Kind, das Rosa vor Prüfungen aus dem Haus schob und dabei sagte: Das wird schon, du kannst das. Ich glaubte ihr kein einziges Mal.

Corragio, Mila, hast du gehört?

Mila Candrian, freut mich, Herr Sander.

Sie muss es sein, die Sander gegenübersitzen wird.

Ich wäre gerne ein Stück in hohem Tempo gefahren, mit lauter Musik, um mich aufzuputschen, aber der Verkehr stockte schon am Anfang der langen Gerade dem Fluss entlang. Das würde dauern. Ich fluchte und schlug aufs Lenkrad. Jetzt beruhig dich, noch ist nichts passiert, wies ich mich zurecht. Ich suchte in meinem Kopf nach etwas, das mich ablenken würde. Ich schaute auf den Fluss, auf das Türkis, auf die Schatten der Platanen auf dem Wasser, sah Menschen, die sich treiben ließen, ein Schlauchboot, in dem ein Mann und zwei Kinder mit Schwimmflügeln und Sonnenhüten saßen. Meine Sicht auf den Fluss wurde von vorbeifahrenden Autos auf der Gegenfahrbahn unterbrochen, was mich nervös machte. Vor mir fuhr ein Lieferwagen einer Möbelkette, hinter mir eine schwarze Limousine. In der Frontscheibe spiegelte sich die Sonne. Ich konnte nicht sehen, wer am Steuer saß.

Rosa kam mir in den Sinn. Ihre Fluchten mit dem beigefarbenen Audi. Wie sie am stillen Vormittag ins Kinderzimmer gestürzt kam, meine Hand packte, mich in der kleinen Siedlung am Dorfrand hinter sich her auf den Parkplatz zum Auto zog, das sie bereits aus der Garage geholt hatte, wie sie mich auf den Rücksitz schob und losfuhr. Auf eine Anhöhe, zu einem See oder in ein weites Feld hinein. Dort stand sie dann lange an die Fahrertür gelehnt, mit dem Rücken zu mir, die im Auto sitzen bleiben musste, und schaute in die Ferne. Ich hätte sie gerne gefragt, wohin sie schaute, was sie sah. Aber ich ahnte, dass sie lieber allein gefahren wäre und deshalb blieb ich still. Während den Fahrten setzte ich mich immer so auf die Rückbank, dass ich ihr Gesicht im eckigen Rückspiegel mit dem silbern glänzenden Rahmen sehen konnte. Meistens trug sie eine große Sonnenbrille. Mit einer ebenfalls silbern glänzenden Fassung. Die langen schwarzen Haare trug sie in der Mitte gescheitelt, manchmal lose hochgesteckt, manchmal zu großen Locken gedreht. Was für eine schöne Mutter du hast, sagte der Mann im blauen Overall mit den schwarzen Händen, der die Benzinpumpe bediente und Rosa verdrehte lachend die Augen. Ich weiß nicht, ob ich sie schöner fand, als die anderen Mütter. Ihr Haar war dicht und kräftig. Manchmal forderte sie mich auf, ihr die Lockenwickler aus dem Haar zu lösen. Sie setzte sich im Badezimmer vor dem Lavabo auf einen Hocker, schloss die Augen und ich zog die Plastiknadeln heraus und rollte langsam und behutsam die bunten Rollen mit den Bürsten darin auf. Es schauderte mich immer ein wenig, wenn ich die dicken schwarzen Haare aus der weißen Kopfhaut sprießen sah. Ich stellte mir vor, dass es schmerzte, wenn sie die Kopfhaut durchstießen. Vielleicht war es das, was Rosa weh tat. Eine plausible Erklärung für ein Kind. Manchmal gab sie ein leises Knurren von sich. Es klang zufrieden und es machte mich stolz.

Ich kam nur langsam voran. Ich hatte den Verkehr unterschätzt. Um diese Zeit war ich sonst nie in der Stadt unterwegs. Ja nun, dann werde ich eben zu spät kommen. Es wird das Gespräch verkürzen. Auch gut.

Ich richtete den Rückspiegel so aus, dass ich den Rücksitz sehen konnte. Wenn ich Franziska besuchte, drehte ich mit Johanna und Rosina eine kleine Runde. Sie mochten die Ausfahrten im Cabriolet. Angegurtet, im Arm je ein Plüschtier und eine Trinkflasche, plapperten und trällerten sie in ihren Kindersitzen, bis sie einnickten, während ich mich mit regelmäßigen Blicken in den Rückspiegel vergewisserte, dass es ihnen gut ging. Jetzt sah ich ein anderes Kind. Schweigend saß es auf dem Rücksitz. Blonde Strähnchen fielen ihm ins Gesicht. Im Arm hielt es eine Gans. Ich schüttelte den Kopf, schaute wieder nach vorn, gerade noch rechtzeitig, um voll auf die Bremse zu treten. Beinahe wäre ich aufgefahren.

Kosheen. Ich drehte die Lautstärke auf. *I'll hide you* ... Eine Frau auf einem Fahrrad verlangsamte ihre Fahrt auf dem Trottoir: »Geht's noch lauter?«, herrschte sie mich mit funkelnden Augen an. Ich drückte auf die Hupe. Sie schreckte zusammen, zeigte mir den Vogel und fuhr weiter. »I'll hide you away from danger«, sang ich lachend.

Wenige Minuten vor dem vereinbarten Termin parkte ich das Auto auf einem der Kundenparkplätze hinter dem Geschäftshaus. Ich schaute in den Rückspiegel, um Frisur und Lippenstift zu überprüfen. Die Kirschen hingen noch an meinem Ohr. *Třešně*. Kaum aussprechbar für jemanden, der nicht mit der Sprache aufgewachsen ist. Das R mit dem Häkchen muss energisch aus dem Mund geschleudert werden damit es richtig klingt. Das Wort kracht im Kopf. Wie wenn man versehentlich auf den Kern beißt. Ich steckte mir die Kugeln in den Mund. Die Kerne spie ich aus dem Fenster. Ich traf die Tür des weißen Autos, neben dem ich geparkt hatte. Sanders Wagen? Dann wären es zwei purpurfarbene Punkte für mich.

10

»Was ist passiert, Frau Candrian? Weshalb sind Sie hier?«

Sander hatte eine tiefe, warme Stimme. Auf seiner Nasenwurzel liefen zwei dicke Falten aufeinander zu, die ihn besorgt aussehen ließen.

Dr. Mark A. Sander. Managing Partner Outplacement & Career Consulting. Executive MBA Universität St. Gallen.

Ich starrte auf die Visitenkarte, die er mir zugeschoben hatte, und auf einen Fleck auf der Tischplatte aus Glas.

»Was passiert ist«, wiederholte ich langsam.

Man könnte es Überfall nennen. Entreißdiebstahl. Beziehungsdelikt. Sogar Verleumdung. Der Fleck auf der Tischplatte erinnerte mich an die Form von Island.

»Es ist eine Naturkatastrophe passiert«, sagte ich.

Sander hob die Augenbrauen.

Nach einer kurzen Pause fügte ich hinzu: »Es sieht so aus, als würde ich mit meiner Natur eine Katastrophe für meinen Arbeitgeber verkörpern.«

Ich sprach den Satz ganz langsam aus, um ohne mich zu verhaspeln wiederzugeben, was sich in meinem Kopf zusammensetzte. Das Wort »verkörpern« echote in meinem Kopf und hellte kurz meine Stimmung auf. Auf die Schnelle bekam ich nicht zu fassen, was es war. Mit der Situation hatte es nichts zu tun. Ich hätte das Wort gerne festgehalten, aber ich hatte nichts zum Schreiben dabei.

Ich wandte mich wieder Sander zu. Er lächelte. Seine Zähne waren ungewöhnlich klein. Wie Milchzähne. Die kurz geschnittenen, dunkelgrau melierten Haare lagen dicht an seinem Kopf, die Stirnfransen waren zu einer kleinen Bürste aufgerichtet, was das Jugendliche an ihm verstärkte. Er trug ein hellblau-weiß kariertes Hemd ohne Krawatte. Es stand ihm.

»So etwas hat hier noch nie jemand gesagt«, sagte er.

Er wartete, bis sein Gesicht wieder in die besorgte Mimik zurückgefunden hatte und fuhr fort: »Den Menschen, die zu uns kommen, ist immer etwas passiert. Es ist mir wichtig zu hören, wie die betroffene Person das Geschehene schildert. Darf ich Sie nochmals bitten? Warum sind Sie hier, Frau Candrian?«

Weil meine Chefin das so will, weil ich für das System eine Zumutung geworden bin, weil ich schriftlich darlegen muss, wie ich mich bessern will. Ich hätte mich vorbereiten sollen. Ich schwieg, versuchte Ärger und Trotz zurückzudrängen und mich souverän zu geben. Meine Lippen lagen schwer aufeinander. Mir war, als würde ich sie nicht einmal öffnen können, um einen Schluck Wasser zu trinken. Ich starrte auf das Bild, das über einem Sideboard hing. Eine dilettantische Nachahmung eines Rothkos. In einen Rothko kann man eintauchen, die Bilder haben einen Sog, bei diesem passierte nichts. Mein Vorsatz, Sander die Arbeit machen zu lassen und möglichst wenig von mir preiszugeben, fiel mir wieder ein.

»Ich muss eine Beratung in Anspruch nehmen. Wie gehen Sie vor, Herr Sander?«

Meine Stimme klang leicht forsch und ich entspannte mich ein bisschen.

»Ich werde Ihnen unseren Beratungsprozess gleich ausführlich erklären«, antwortete er. »Erlauben Sie mir zuvor noch eine Frage. Was ist *Ihr* Anliegen an die Beratung, Frau Candrian.«

Sander schraubte die Kappe seines silbernen Füllers auf, schrieb etwas in das aufgeklappte Notizbuch und unterstrich es. Dieses Mal fiel mir keine Gegenfrage ein.

Nach einer Weile sagte ich: »Eine herausragende Arbeit zu machen, zusammen mit kompetenten Menschen, die ebenfalls exzellente Arbeit machen wollen«. Mein Ton blieb am Ende meiner Antwort wider meines Willens oben hängen, als Frage, blutleer, wie das missglückte Bild über dem Sideboard.

Sander schrieb meine Antwort nicht auf. Hätte ich auch nicht gemacht. Sie war ebenso oberflächlich wie die Selbstdarstellungen der Beratungsfirmen auf ihren Webseiten:

Den Arbeitsplatz auf Lebenszeit gibt es nicht mehr. Krisen sind unvermeidlich. So schwierig es auch sein mag, man sollte eine Krise als Neuanfang betrachten. Im Mittelpunkt unseres Handelns steht der Mensch.

Sander ließ nicht locker: »Wie kann ich Sie beim Erreichen Ihrer eigenen Ziele unterstützen, Frau Candrian?«, hakte er erneut nach.

Indem Sie aufhören, diese Fragen zu stellen. Mein Gehirn gab nichts her, als peinliche Flucht- und Kampfreflexe. Ich betrachtete den Pfennigabsatz meines Schuhs, den mein Fuß nervös auf und ab bewegte.

»Wissen Sie, Herr Sander, ab und zu gehe ich zu Portobello, ein Geschäft an der Krautgasse. Es gehört Arturo. Wir trinken Kaffee, wir reden, Arturo erzählt von seinen Töchtern, seinem Freund, den gemeinsamen Hunden, und dann sucht er zwei, manchmal drei Kleider für mich aus. Eines passt immer. Ich kann mich darauf verlassen. Ich glaube, er denkt bereits bei der Auswahl der Stoffe und der Schnitte an seine Stammkundinnen.«

Sander ließ sich nicht beirren und schaute mich weiterhin ruhig an.

Eine solche Arroganz, wie ich sie zum Besten gab, weckt Argwohn. Im besten Fall bewirkt sie, dass das Gegenüber auf der Hut ist. Im schlechtesten Fall, dass sich der andere angestachelt fühlt, zu bohren und etwas aufzudecken, das weh tut. Sander war psychologisch geschult und erfahren darin, andere einzuschätzen. »Einer der besten«, hatte K. gesagt. Das hatte ich außer Acht gelassen.

»Sie verstehen, was ich meine?«, fragte ich etwas zu zaghaft.

Sander schrieb etwas in sein Heft und ich fragte, was er sich notiere.

»Möchte entdeckt werden«, antwortete er geradeheraus. Ich hörte keine Ironie. Er hatte es eher bedauernd gesagt. Es traf mich. Aber Sander hatte Recht. Es war immer so gewesen, dass jemand auf mich und meine Fähigkeiten aufmerksam geworden war. Ich wusste, wie man über Projekte sprechen musste, und ich nutzte die Gelegenheit, es zu tun. Es hatte funktioniert. Ich war gesehen, gefördert und befördert worden. Jobangebote waren an mich herangetragen worden. Ausschließlich von Männern. Das fiel mir erst jetzt auf. Von Männern, die es zu schätzen gewusst hatten, dass ich ihrer Entscheidung gerecht wurde und gute Arbeit leistete. Nein, ich schlief mich nicht nach oben, wie Kollegen mir augenzwinkernd zu verstehen gegeben hatten, dass sie das glaubten. Arbeitskollegen, die frustriert waren, weil sie nicht befördert worden waren. Weil sie nicht *smart* genug waren, sich zu positionieren. »*Talent and visibility,* versuch es mal damit«, riet ich ihnen jeweils, »ist ganz einfach, glaub mir. Ich habe jahrelange Erfahrung darin. Und wenn das bei dir nicht funktioniert, dann versuch, dich nach oben zu schlafen.«

Gerlinde war die erste, die mich hatte auflaufen lassen. Ich hatte nicht realisiert, wie sie die Machtverhältnisse an der Schule verschoben hatte. Ich hatte übersehen, dass ich keinen internen Promotor mehr hatte. Insgeheim hatte ich wohl gehofft, die Situation würde sich von allein lösen. Indem jemand ein attraktives Jobangebot an mich herantrug. Mich »entdeckte«, wie Sander es gesagt hatte. Er hatte mich entlarvt.

»Und, nehmen Sie solche Aufträge an?«, fragte ich.

Sander lachte. Sein Lachen war gewinnend. »Ich bin mir sicher, dass es bei Ihnen einiges zu entdecken gibt, Frau Candrian.«

Er holte einen dicken, weißen Ordner aus dem Sideboard und setzte sich neben mich. Er trug einen außergewöhnlichen Duft mit einer Spur Weihrauch. Anhand eines Schemas erklärte er mir das Vorgehen. Kapitel für Kapitel arbeitet man sich zu einer beruflichen Perspektive vor, beginnend mit der Analyse des Vorgefallenen mit den persönlichen Einsichten daraus – für mich klang es mehr nach Eingeständnissen –, einem ausführlichen Rückblick auf das bisherige Leben mit den prägenden Lebensereignissen, über die Darstellung der eigenen Kompetenzen, Leistungen und Erfolge hin zu einer individuellen Strategie für das Selbstmarketing.

»Der Prozess folgt einer bewährten Logik«, sagte Sander. »Unsere Kundinnen und Kunden sind sehr zufrieden mit unserem Konzept. Die Mehrheit setzt ihre Karriere erfolgreich fort und empfiehlt uns weiter.«

Geschätzte dreihundert Seiten Material lagen vor mir, im Selbststudium zu lesen und zu bearbeiten. Ich blätterte durch die Register. Seitenweise mit Zahlen, Punkten und Sternen gegliederte Texte, am linken Rand Zitate von Konfuzius, Kafka, Molière und Marc Aurel, dazwischen mit einer schwarzen Pinnadel markierte Aufgaben und die Aufforderung: »Jetzt Sie.«

Was würden Sie tun, wenn Sie wüssten, dass Sie nur noch wenig Lebenszeit vor sich hätten?

Darunter ein schwarzer Rahmen für die Antworten. Ich klappte den Ordner zu.

»Was halten Sie davon, Frau Candrian?«

»Ehrlich gesagt, halte ich das für eine verordnete Nabelschau, die mich langweilen wird«, sagte ich, »aber vermutlich gibt es für die Auseinandersetzung mit fehlender Motivation auch ein Arbeitsblatt, oder?«

Sander lachte.

»In der Tat. Und bei anhaltender Lustlosigkeit biete ich Ihnen persönliche Gespräche an.«

Die Sorgenfalten auf seiner Stirn schwollen wieder an.

»Was ist die Alternative, Frau Candrian?«

Jetzt kam er mir vor wie ein Arzt, der seine Patientin zu einer zermürbenden Therapie überreden will. Seine mit einem übertrieben fürsorglichen Ton vorgebrachte Absicht, mich den Mangel an Alternativen eingestehen zu lassen, nervte mich.

»Die Alternative könnte ein anderes Beratungsunternehmen sein. Gründelmayer und Partner, Leutwylergroup, das Karriereatelier.«

Bei allen die gleichen Versprechen, die gleichen Schlagwörter, die gleiche Sprache, die gleichen blauen Anzüge und Kostüme auf den Fotos, die gleiche Entlarvungsgier, das gleich hohe Honorar. Das behielt ich für mich.

»Was ist ihr USP?«, fragte ich.

Eine Überschrift im Ordner hatte mich auf die Frage gebracht. Sander drehte den Deckel seines Füllers hin und her.

»Um ehrlich zu sein, ich mag diese Frage nicht. Ich weiß aus eigener Erfahrung, wie schwierig es ist, sie zu beantworten. Vor allem, wenn es um die eigene Person geht. Aber wir machen die Erfahrung, dass sie sehr ergiebig ist. Um sich selbst zu orientieren und um zu überzeugen.«

Mit dieser Selbstoffenbarung hatte ich nicht gerechnet.

»Sie wollen keine Beratung, Frau Candrian.«

Er fragte mich nicht, ob er Recht hatte, und vielleicht war es das Fehlen dieser Frage, das meinen Widerstand zu Fall brachte.

Sander ließ mich kurz allein, holte Kaffee und ich versuchte, mich zu fassen. Ich wollte weder mein Leben durchanalysieren, noch hohle Alleinstellungsmerkmale in schwarze Rahmen abfüllen. Ich wollte einfach nur wissen, wie es mit mir weitergehen sollte. Am liebsten ohne Beratung. Aber meine verirrte Vernunft klammerte sich plötzlich an die Hoffnung, auf diese rettende Unterstützung, wie ein verängstigtes Kind, das sich an das Bein seiner Mutter klammert.

Sander kam mit einem Espresso und zwei Pralinen für mich zurück.

»Ich werde Ihre Beratung in Anspruch nehmen«, sagte ich, »ich brauche eine Perspektive. Und zwar möglichst schnell.«

Nachdem ich den Espresso getrunken hatte, schilderte ich ihm meinen beruflichen Werdegang: Abschluss in Betriebswirtschaft, Trainee Programm bei einer Großbank mit Aufenthalt in London, Junior und Senior Consultant für Kommunikationsstrategien bei einer renommierten Agentur, nach Abschluss eines großen Projekts Übernahme der Leitung für Investor Relations in einem Industriebetrieb, missglückter Wechsel in eine Privatbank, Kündigung nach sechs Monaten, danach Leitung des Institutes for Competitiveness and Communication an der Fachhochschule, Neuausrichtung des Instituts, erfolgreich, bis Gerlinde den Job bekam, den auch ich gewollt hatte. Sander stellte Fragen. Wie es zu den Wechseln gekommen war, wovon ich mich bei meinen Entscheidungen hatte leiten lassen, ob es zwischen den Funktionen längere Unterbrüche gegeben hatte, was ich jeweils hinter mir gelassen und was ich dazu gewonnen hatte. Die Antworten fielen mir leicht. Es lief wie bei früheren Bewerbungsgesprächen. Bis Sander fragte: »Und wo gab es den ersten Bruch in ihrem Leben?«

Er sagte Bruch. Ich nenne es Schnitt. *The first cut is deepest.* Ich erinnere mich nicht, von wem das ist. Dass ich, genau genommen, dass C. diesen Schnitt vollbracht hatte und ich mich danach für eine Karriere im Business entschied, verriet ich ihm nicht.

11

Meine Bedürftigkeit hatte sich Sander vor die Füße geworfen. K. hatte Recht gehabt: Sander war gut. Es war ihm gelungen, mir den Auftrag abzunehmen. Ohne, dass er sich hatte anstrengen müssen. Ich ärgerte mich, dass ich es ihm so leicht gemacht hatte, und noch mehr ärgerte ich mich, dass ich mir von seiner Beratung Rettung erhoffte.

Der weiße Ordner lag vor mir auf meinem Arbeitsplatz vor dem Fenster zum Garten und glänzte in der Morgensonne. Provokativ und anmaßend wie der Satz auf der Webseite von Sanders Beraternetzwerk: »Menschen, die vor Karriereentscheidungen stehen, brauchen konsequente Unterstützung und fordernden Antrieb.« Ich war gereizt. Ich hatte miserabel geschlafen.

Der Kleine hatte mehrmals geweint. Kurz vor drei Uhr hatte ich im Treppenhaus gestanden. Zum ersten Mal hatte ich mich auf den Weg nach oben gemacht. Aber was hätte ich sagen sollen. Zudem hätte es sein können, dass Mirko oder die Frau mit dem Kleinen auf dem Arm an die Tür gekommen wären. Das Kind sollte auf keinen Fall denken, dass ich wegen ihm aufgebracht war. Ich wollte einfach nur schlafen. Ich *musste* schlafen. Ich brauchte einen klaren Kopf, um die Unmenge an Aufgaben im Ordner anzugehen. Zurück in der Wohnung verschob ich die Weckzeit von sieben auf neun Uhr, machte eine Tasse Milch heiß und rührte drei Esslöffel Honig ein. Der süße Trank wärmte meinen Bauch. Ich wanderte mit der Tasse in der Hand durch die Zimmer, die wegen der Straßenlampe vor dem Haus nie ganz dunkel waren. Ich strich mit der freien Hand über Türrahmen, Fenstersimse und den Esstisch, ließ die Finger über Bücherrücken gleiten und über das Muster der Jakobsmuschelschalen, die ich aus einem Urlaub in der Bretagne mitgebracht hatte, betrachtete den Ordner, der auf der freigeräumten Arbeitsplatte lag. Bereit für den Einsatz an mir.

Gib ihn zurück, sagte es in meinem Kopf.

Ich wischte den Gedanken weg, nahm einen letzten Schluck von der warmen Milch und brachte die leere Tasse in die Küche. Ich blieb noch einen Moment am Fenster stehen und betrachtete die kleine Mondsichel. Ich zeichnete das kleine Schulschrift-a in den Nachthimmel. Abnehmend. Es war still im Haus. Vielleicht hatten sie den Kleinen auch mit einer Honigmilch beruhigt. So wie mich die Babina einst beruhigt hatte. *Mléko s medem.* Vielleicht hatten sie dem Kind den Mond gezeigt. Schau, der kleine Mond. *Měsíček.* Vielleicht hatten sie ihm ein Liedchen gesungen. *Písnička.* Ich kannte kein tschechisches Einschlaflied. Aber ich erinnerte mich an die Stimme der Babina. Ich legte ihr die vergessen geglaubten Wörter in den Mund, so wie ich ihr einst die Brotstückchen in den Mund steckte, die ich nicht essen wollte. *Papej*, sagte ich ihr, iss. Sie hatte immer Appetit. Im Gegensatz zu mir, die damals nicht essen wollte. Ich habe keine Erklärung, weshalb das so war.

Ich zwang mich, noch einmal ins Arbeitszimmer zu schauen. Das ist deine Aufgabe, schärfte ich mir ein.

Gib den Ordner zurück, hallte es erneut in meinem Kopf. – *No way.* Aber ich werde nichts auf die vorgedruckten Seiten schreiben. Mit diesem Vorsatz schlief ich ein.

Nun saß ich da, schon am ersten Tag mit zwei Stunden Verspätung. Ich goss mir einen Espresso ein und lauschte. Oben war es ruhig, vermutlich brauchten auch sie den verlängerten Schlaf. Drei Stunden lang würde ich den Arbeitsplatz am Fenster nur für Toilettengänge, einen Nachschub Kaffee und maximal zwei Zigaretten verlassen, so hatte ich es mir auferlegt.

Sander hatte mir geraten, eine Tagesstruktur zu entwickeln. Ich hatte mich ertappt gefühlt und ergeben genickt. Ich machte ja nichts, außer zu viel zu essen, meine Nachbarn zu belauschen und mich zu Sentimentalitäten und nutzlosen Erinnerungen an meine Kindheit verleiten zu lassen.

Ein Drittel des Tages für die Auseinandersetzung mit der beruflichen Laufbahn, ein Drittel für körperliches und emotionales Wohlbefinden, ein Drittel Bildung. Das war Sanders Rezept. Als Anregung hatte er mir die Fotokopie eines Zeitungsartikels in den Ordner geheftet. Es war ein Portrait über den erfolgreichen 78-jährigen Unternehmer W. K., der seit 30 Jahren jeden Tag einem strikten Plan folgte:

7.00 h Kaffee, Zeitung und Planung des Tages, 7.30 h Krafttraining, 8.00 h E-Mails, Sitzungen und Telefonate, 10.30 h Waldgang mit Hund und einkaufen, 12.00 h Mittagpause. Projektarbeit ab 14.00 h, Musik und Kunst ab 16.00 h, Abendessen um 18.00 h, um 19.00 h den Tag nachbereiten, ab 20.00 h Varia. Schlafen um 22.30 h. Er halte sich daran, um das Maximum aus seinen Tagen herauszuholen. Auf den ersten Blick eine bemerkenswerte Disziplin. W. K. sah aus wie eine Mischung aus buddhistischem Mönch und George Clooney in 25 Jahren. Er trug eine schwarze, runde Brille, seine Augen wirkten lebendig, sein Oberkörper fest und muskulös. Er könne sich nicht sattleben, wurde er zitiert. Es sollte positiv klingen. Nach einer unbändigen und unstillbaren Freude am Leben. Die man sich antrainieren konnte, sollte sie einem nicht in die Wiege gelegt worden sein.

Lieber W. K., ich lese dich anders. Seit 30 Jahren setzt du dich jeden Tag nach der gleichen Struktur zusammen, um der zu sein, der du sein willst. Es ist dir gelungen. Dafür beneide ich dich. Seit Jahrzehnten verkaufst du mit Erfolg Abos für deine Studios, in denen Menschen ihre Muskeln kräftigen. Nach deinem Vorbild. Aber deine Augen verraten dich. Da ist Melancholie. Sehnsucht. Vielleicht auch ein Bedauern. Sei ehrlich.

Du brauchst deine Disziplin, um zu ertragen, dass dir immer etwas fehlen wird. Jeden Morgen erwachst du mit dem gleichen Hunger, den du nie wirst stillen können. Ein hungriger Wolf bist du. In einem Teil deines Lebens. Und ein erfolgreicher Jäger. In einem anderen Teil. Immerhin. Die Leerstelle dazwischen tragen deine Muskeln.

Ich zeichnete die Augen von W. K. in mein Notizbuch. Die Falten in den Augenwinkeln und unter den leicht geschwollenen Tränensäcken, die buschigen Augenbrauen. Die Augen sahen älter aus als die anderen Partien seines Gesichts. Das rechte war kleiner als das linke. Das Lid verdeckte den obersten Teil der dunkelbraunen Pupille. Vielleicht war das Auge müde geworden. Vom ewigen Dienst am Willen, nur das ins Sehfeld eindringen lassen zu dürfen, was den Erwartungen von W. K. genügte. Oder lieber, was seine Erwartungen übertraf. Das Auge war erschöpft davon, zeitlebens Unerschütterlichkeit aufscheinen lassen zu müssen. Armes Auge. Sklave von Willen und Disziplin. Es war ermattet und musste trotzdem weitermachen. Die Kraft in den gestählten Muskeln an Brustkorb und Armen ließ kein Nachlassen zu. »Mister Nimmersatt«, schrieb ich unter das Augenpaar und betrachtete es. Die Augen waren mir gelungen. Früher hatte ich mich gesträubt, Augen zu zeichnen. Portraitieren hatte ich gehasst. Was von diesen Augen ausging, gefiel mir. Ich legte den Zeitungsartikel zum Altpapier, den Unnachgiebigen nach unten gedreht.

Ein Augenpaar, ein Häufchen roter Nagellackkrümel und ein Kaffeefleck, das war alles, was ich nach zwei Stunden Versuch, mich mit Sanders Aufgaben zu beschäftigen, aufs Papier gebracht hatte. Vorgenommen hatte ich mir, mich einzulesen, mindestens ein Arbeitsblatt durchzuarbeiten, aber nichts in den Ordner zu schreiben.

Ich hatte den Lack von den Fingernägeln gekratzt, während meine Augen über Worthülsen wie demographische Entwicklung, Verlust von sicheren Arbeitsplätzen, Umstrukturierung, Fluktuation, Stellenabbau, schwindende Firmentreue und sinkende Loyalität hasteten. Bei der Überschrift *Das einzig Sichere im Leben ist der Wandel* seufzte ich. Die Sätze im ausufernden Vorwort beinhalteten nicht einmal das, was jeder kennt, der Zeitung liest. Es muss nicht einmal die *Neue Zürcher Zeitung* sein. Ein paar Abschnitte weiter wurde ich persönlich angesprochen. Ich wurde ermahnt, mich keinesfalls als Opfer zu sehen, sondern positiv in die Zukunft zu blicken und die Gelegenheit einer beruflichen Neuorientierung beherzt anzupacken. Das *Wechselbad der Gefühle* wurde bemüht, mit dem Hinweis, sollte man von starken Emotionen erfasst werden, was sehr individuell sei – was wohl den Appell beinhaltete, es gar nicht so weit kommen zu lassen –, solle man nicht dagegen ankämpfen, jedoch zusehen, möglichst schnell wieder aus ihnen herauszukommen. Denn Existenz- und Versagensängste könnten lähmend wirken. *Begreifen Sie diese Situation als Chance!* Ich begriff, dass dieses Gerede einem erschütterten Selbst den abschließenden Tritt versetzte. Wer bis dahin nicht beratungsreif war, gab sich spätestens jetzt geschlagen.

Woher nimmt sich ein Berater das Recht, mich zu ermahnen, mich nicht als Opfer zu fühlen. Ich sah mich nicht als Opfer. Aber hat man überhaupt Einfluss darauf, ob man sich als Opfer fühlt oder nicht? Und falls es einem passiert, dass man sich als Opfer fühlt, ist das nicht unerträglich genug? Niemand will das. Niemand will und niemand mag das Gefühl, nicht stark genug gewesen zu sein, um sich erfolgreich zur Wehr zu setzen. Man will es nicht auch noch vorgeworfen bekommen. Das hat man nicht verdient. Es ist schlimm genug, dieses Versagen in sich beherbergen zu müssen. Solche Ermahnungen sind demütigend. Verletzend. Und verletzt war ich schon. Ich fühlte mich zurückgestoßen und missachtet. Vermutlich auch gekränkt. Aber eine emotionslose Gefügigkeit ließ ich mir nicht abringen. Da konnte sich Sander sicher sein.

Ich blätterte zu den ersten Aufgaben.

»Damit Ihr Berater Sie wirkungsvoll unterstützen kann, benötigt er Informationen über die wahren Hintergründe.«

Wahre Hintergründe! Der wahre Hintergrund dieses Satzes ist: Ihr Berater weiß, dass Sie dazu neigen, sich etwas vorzumachen. Versuchen Sie es erst gar nicht. Er wird Sie entlarven. Also packen Sie aus. So kam das bei mir an.

Ich zwang mich, eine weitere Stunde sitzenzubleiben, im Versuch, dem Ordner wenigstens eine Erkenntnis abzuringen, die mich weiterbringen oder motivieren würde, dranzubleiben. Ich hatte den Auftrag, einen Nachweis zu erbringen. Wie meine Studierenden, die lustlos, manchmal auch verzweifelt, nach Literatur für ihre Leistungsnachweise fahndeten, zu mühselig ausgearbeiteten Fragestellungen und Hypothesen, und nichts Brauchbares fanden. Vermutlich ging es einigen von ihnen wie mir damals, als ich ganze Nachmittage lang in der Bibliothek für Betriebswirtschaft Buch um Buch durchblätterte, Inhalte überflog, die mich nicht interessierten, Stunde um Stunde verging, ohne dass ich etwas fand, das ich für das vorgegebene Thema einer Hausarbeit verwenden konnte, wie mich Widerstand, das Gefühl von Sinnlosigkeit und der Wunsch, zu flüchten, immer stärker vereinnahmten, mir die Konzentration raubten, ich nicht mehr mitbekam, was ich auf den unzähligen Seiten überflog, trotzdem weiter und weiter blätterte, und die Angst mich besetzte, es bis zum Abgabedatum nicht zu schaffen, es vielleicht überhaupt nicht zu schaffen. Ich musste das Studium schaffen. Abbrechen erlaubte ich mir nicht. Ich musste beweisen, dass ich mit diesem zweiten Studium meinen eigenen Weg eingeschlagen hatte.

Mit schmerzendem Nacken blieb ich sitzen und überflog Fragen wie: Welche Ziele verfolgt Ihre Organisation? Wie sieht es mit Ihrer Identifikation aus? Welche Verhaltensnormen gelten in Ihrer Organisation? Wie verhalten Sie sich? Welchen Ruf haben Sie im Unternehmen? Welchen Beitrag leisten Sie? Was sind Ihre Anteile an der aktuellen Situation? Was sind die Anteile Ihres Vorgesetzten? *Ihrer Vorgesetzten,* korrigierte ich. – Welchen Sinn hat Ihre Tätigkeit für Sie? Welchen Sinn hat Ihre Tätigkeit für die Organisation?

Nach jeder Frage ein leerer schwarzer Rahmen für die Antwort. Ich fragte mich, wie jemand auf diese Idee kam. Wie man außer Acht lassen konnte, dass es wie die Vorlage für eine Todesanzeige aussieht. Vielleicht wollten sie damit die Dramatik verschärfen.

Ich las die Fragen, und während ich sie las, entglitten sie mir. Ich schrieb *Identifikation* auf ein Notizpapier und rahmte das Wort ein. Ebenso *Verantwortung. Sinn.* Mein Gehirn reagierte nicht. Es gab keine Synapsen, keine Verknüpfungen, an die die Begriffe hätten andocken können. Ich habe in den drei Jahren an der FH hervorragende Arbeit geleistet, verdammt nochmal. Mich für den Bereich eingesetzt. Um Projekte gekämpft. Aber als ich vor dem Ordner saß, war mir, als müsste ich tote Materie beleben. Ich holte die Mappe aus dem Schreibtisch, in der ich Arbeitszeugnisse und Protokolle von Qualifikationsgesprächen aufbewahre. Ich las die guten Bewertungen und die lobenden Ausführungen, Milena Candrian hat ..., Frau Candrian hat ... mit großem Bedauern nehmen wir zur Kenntnis, dass Frau Candrian ... Außer der anhaltenden Gereiztheit regte sich weiterhin nichts in mir. Als wäre nicht ich die gewesen, die das alles geleistet hatte.

Und dann würde, was uns groß und wichtig erscheint, plötzlich nichtig und klein. Ich hatte dieses Lied nie gemocht.

»Sie sind suspendiert?«, hatte Sander gefragt, nachdem er das Papier mit den Auflagen gelesen hatte, das ich ihm über den Tisch zugeschoben hatte. Anstelle einer Antwort auf seine Frage nach dem ersten Bruch in meiner beruflichen Laufbahn. Während er die Vereinbarung studierte, dachte ich darüber nach, dass er suspendiert gesagt hatte. Ein weiteres Wort für meinen Zustand. Es klang nach medizinischer Diagnose. Amputiert. Transplantiert. Oder implantiert. Das wäre die einfachste Lösung. Ein Chip und subito wäre ich die gewünschte umgängliche, warmherzige und verständnisvolle Chefin, die vor allem die Ressourcen ihrer Mitarbeitenden im Auge hat. Ob ich so hätte sein wollen? – Toleranter ja, entspannter, gelassener, vielleicht auch großzügiger. Vor allem aber geduldiger – und weniger streng. In erster Linie das. Weniger streng. Woher diese Strenge in mir kommt, weiß ich nicht. Ich weiß nur, Weichheit steht mir nicht.

Sander hatte nicht gefragt, was die Direktion zu diesem Schritt veranlasst hatte. Das überließ er dem Ordner.

Am Abend beantwortete ich die SMS von K. Er hatte sie am frühen Nachmittag geschickt. *Zufrieden mit Sander?* Es regte mich auf, dass K. wusste, dass ich den Termin wahrgenommen hatte. Sander musste ihm geschrieben haben: Sie ist gekommen. Hat zugesagt. Blöde Situation. Ich tu, was ich kann. Wird aber nicht einfach mit ihr. Toughe Frau. Hat viel Potenzial. Steht sich aber selbst im Weg. Möglicherweise Lebensmittekrise. Kein Partner, keine Kinder, oder?, fantasierte ich.

sander ist ok. das beratungskonzept überzeugt mich noch nicht. stolzer preis für einen ordner, den man weitgehend allein durchackern muss. hätte mehr persönliche beratung erwartet. wie läuft es bei dir? big hug, m

Gegen dreiundzwanzig Uhr die Nachricht,

Bleib dran, Mila. Sander ist top. Du wirst sehen. Take care. Bei mir alles im grünen Bereich.

Hey, haben wir nicht eine Affäre? Seine Nachrichten sahen nicht gerade danach aus. Verließ ihn der Mut? Ich überlegte, wie ich ihn herausfordern konnte. Mir fiel nichts ein und Lust auf einen Flirt hatte ich auch keine. »Du bist doch sonst nicht auf den Mund gefallen«, hatte Franziska unlängst am Telefon entgegnet, als ich ihr ein weiteres Mal erklärte, dass ich nicht ausgehen mochte. Ich wüsste nicht, was reden. Und schon gar nicht, was sagen, sollte jemand fragen, was ich beruflich mache. Und das wurde immer gefragt. Und wehe, die Antwort war nicht attraktiv. Eine Bekannte hatte mir einmal erzählt, sie hätte sich an einer Party aus Neugier als Charcuterieverkäuferin ausgegeben. Um halb elf sei sie wieder zu Hause gewesen.

»Doch, ganz genau, ich bin auf den Mund gefallen. Voller Aufprall auf den Mund«, hatte ich in den Hörer gerufen. »Nichts als Peinlichkeiten gebe ich gerade von mir.« Sprache und Kommunikation waren zeitlebens sichere Werte für mich. Meine Verbindung zur Welt. Sprachlosigkeit fühlt sich für mich an, wie hirntot sein.

dlouha chvila
vzpomínky
životopis *
Für sich genommen sind die Wörter schön.

* Langeweile, Erinnerungen, Lebenslauf

12

Die folgenden Tage verliefen nach dem gleichen Muster. Ich stand verspätet auf, dehnte meinen Körper mit Yoga, versorgte die Blumen auf dem Balkon, lauschte, was sich oben tat, ausser Schritten, hörte ich tagsüber kaum etwas, und saß die drei Stunden am Ordner ab. Das Wetter war wechselhaft und die Temperatur zu kühl für Ende Juli, was mir recht war. Niemand störte meinen Blick auf den Garten, ich musste den Rasen nicht bewässern, Prometheus fand genug Würmer und ich geriet weniger unter Druck, die Sommertage auskosten zu müssen. In den verordneten drei Stunden beschäftigte ich mich mehr damit, die Strategie hinter den Aufgaben aufzudecken, als mit den Aufgaben selbst. Was ich herauszulesen meinte, war die Aufforderung: Bruchstücke aufheben, die eigene Schuld an der Krise zugeben, sich wieder zusammensetzen, die Bruchstellen glätten und schnell ins Business zurück. Alles möglichst lautlos. Als wäre nichts gewesen. Die Fragen im Ordner dienten als Schallschutzmauern, an denen jeglicher Impuls, »nochmal neu anfangen« oder »etwas ganz anderes tun« zu wollen, abprallen sollte. Das würde viel zu lange dauern. Es wäre zu ungewiss. Und es würde die Erfolgsstatistik des Beratungsunternehmens verfälschen. Erfolgreich war in diesem Geschäft, wer möglichst viele Kundinnen und Kunden möglichst schnell wieder in eine vergleichbare oder in eine bessere Funktion zurückschleuste. Kurz gesagt, die Strategie hieß: Mehr desselben. Ich war noch nicht lange »draußen« – so sagte ich –, aber es kam mir vor, als wäre ich schon Monate weg vom Institut. Ob ich den Wunsch verspürte, neu anzufangen? Hätte mich jemand gefragt, ich hätte den Kopf geschüttelt. Ich hatte keine Ahnung, was ich wollte. Ich wollte nur aus dieser Sackgasse herauskommen. Was das bedeutet, hätte ich nicht erklären können.

An die Nachmittage erinnere ich mich kaum. Nur an den einen, als ich den Schanzengraben entdeckte. Bis dahin hatte ich keinen Ort außerhalb meiner Wohnung, an dem ich allein sein wollte. Wohin ich flüchten konnte, hielt ich es im Haus nicht mehr aus. Wo ich in meinem Zustand verweilen konnte. Ich kannte zahlreiche Cafés, Restaurants, Bars, das Seebad. Alles Orte, an denen es wahrscheinlich war, dass mich jemand erkennen würde.

Im Museum lauerte die Amöbe. Ich hatte Mühe, mich zu konzentrieren, merkte, wie erschöpft ich war. Das tat mir nicht gut. Parkanlagen waren mir zu gepflegt. Friedhöfe zu strukturiert.

Ich entdeckte den Ort, weil ich einem Randständigen folgte. Ich begegnete ihm auf dem Heimweg nach der Dentalhygiene. Der Mann zog auf einem Fußgängerstreifen an mir vorbei. *Wie lang bin ich noch allein?,* sang er mit heiserer Stimme und in falscher Tonlage vor sich hin. Ich blieb auf dem Trottoir stehen, schaute zurück und ihm nach, wie er mit schiefem Oberkörper und zur Seite gekipptem Kopf davonhastete. Der Kehrreim schien ihn anzutreiben. Mein Kopf wiederholte die Liedpassage und fand sofort die Melodie und weitere Bruchstücke des Schlagers: … *wo ich die Liebste fand, da ist mein Heimatland, wie lang bin ich noch allein…* Ich hörte, wie eine zweite Stimme, *schön war die Zeit,* echote. *So schön, schön war die Zeit,* und ich erinnerte mich, dass das Lied so ausklang, diese Wortreihe wiederholend. Das prekäre Aussehen des Mannes zusammen mit dieser Melodie traf mich. Ich kehrte um, überquerte die Straße, folgte ihm ein Stück der Straße entlang und stieg eine Treppe hinunter, die ich zuvor nie beachtet hatte. Dorthin war er verschwunden.

Dieser Einschnitt in der Stadt gefiel mir sofort. Auf der einen Seite des knietiefen Wassergrabens führte ein Holzsteg vom Hauptbahnhof in Richtung See. Wo Sonnenstrahlen durch das dichte Laub der Bäume dringen konnten, glitzerte das Wasser. Menschen saßen auf dem Steg und tauchten ihre Füße ins Wasser, zwischen ihnen lagen Pizzaschachteln und Salatschalen, auf den Sitzbänken futterten Schülerinnen und Studenten neben Businessleuten aus Take-away-Boxen, auffallend viele aßen mit Stäbchen. Der singende Randständige von vorhin stand vor einer jungen Frau, die ein Heft auf ihren Oberschenkeln liegen hatte und in ihrem Rucksack wühlte. Er streckte die Hand aus, dann eilte er ein Stück weiter, blieb vor zwei Männern in weißen Hemden mit aufgekrempelten Ärmeln stehen, zog weiter, ohne die Hand ausgestreckt zu haben, blieb vor einem Paar mit Kinderwagen stehen, bekam wieder nichts und hastete weiter.

In den vergangenen Jahren hatte ich mich selten an Orten aufgehalten, an denen ich mit der Bitte um Geld angegangen worden war. Aber wenn, dann zog ich ohne zu zögern das Portemonnaie aus der Tasche. Ich gab immer etwas, wenn ich nicht ausreichend Münzen hatte, auch einmal eine Note. Dass das Erstaunen auslöste, bekam ich nur mit, wenn ich in Begleitung war und auf meine übertriebene Gabe aufmerksam gemacht wurde. Ich hinterfragte es nicht.

Ich ging ein Stück in Richtung See und setzte mich auf eine freie Bank. Die Geräusche der Stadt waren hörbar, der Steg war belebt und doch war es ruhig. Enten paddelten auf dem Wasser zwischen dem überwachsenen Abhang und der Mauer gegenüber. Weiter vorne in Richtung See stand regungslos ein Reiher auf einem besonnten Stein. Sein Gefieder war zerzaust und doch sah er anmutig aus, wie er mit seinem langen, schmalen Körper und dem hoch gereckten Kopf dastand.

So schön.

Der Schlager ging mir wieder durch den Kopf. *So schön, schön war die Zeit.* Grölende Menschen kamen mir in den Sinn, die schwere Luft im Festzelt, die nach niedergetrampeltem Gras, feuchter Erde, Zigaretten- und Grillrauch, abgestandenem Bier, verschwitzter Synthetik und Fürzen roch. Es war überhaupt nicht schön gewesen. Ich hasste es, wenn Vater mich dorthin schleppte, um als einer vom Dorf angesehen zu werden. Ich kämpfte mit der Haut der Bratwurst, die mich bei jedem Bissen würgte, während Vater darauf wartete, dass ich vorführte, wie perfekt ich den Dialekt des Dorfes beherrschte und selbst ein paar Sätze zum Besten gab, während er sein Bier trank.

Und der Randständige? Wo hatte er die Melodie gehört?

Ich schaute nach ihm. Konnte ihn aber nicht mehr sehen. Er hatte mir den Ohrwurm und ein Gefühl von Enge in der Brust zurückgelassen. Beim Versuch, tief und langsam zu atmen, bekam ich noch weniger Luft. Irgendwann kein Geld mehr zu haben, davor hatte ich keine Angst. Ich hatte in den letzten Jahren mehr als gut verdient, ich hatte Erspartes und die Erbschaft von meinem Vater. Das würde lange reichen. Einen »Liebsten« suchte ich nicht. Ich war froh, allein zu leben. Und die Sehnsucht nach dem Heimatland belächelte ich als Kitsch. Ich hatte mich im Dorf nie fremd gefühlt, auch wenn mir das Fremde zugesprochen wurde: »Ihr seid Fremde.« Die das sagten, waren die Kinder. Nie die Erwachsenen. Die waren freundlich zu mir. Lächelten mir zu. Ich glaubte ihnen. Fremd fühlte ich mich, wenn man mir das Land unserer Herkunft als Heimat aufdrängen wollte. Man hätte mir genauso gut sagen können, du bist in Finnland, in Portugal, in Schottland geboren, ich hätte es geglaubt. Ich hatte keine Vorstellung davon, wie die Landschaft aussah und wie es dort war, wo Rosa und Vater herkamen. Deshalb behauptete ich als Kind, ich sei in Zürich zur Welt gekommen. Meine Verwandten würden dort leben, ein Großvater, Tanten und ein Onkel, Cousins und Cousinen.

Vater und Mutter hätten lediglich eine Zeit lang im Ausland gelebt.

Und warum spricht deine Mutter dann so schlecht Deutsch, blafften meine Kameradinnen. Weil ihre Sprache schöner ist, als der Dialekt, der hier gesprochen wird, sagte ich trotzig und schluckte den Kloß im Hals. Weil die Märchen, die sie für mich erfindet, in ihrer Sprache schöner klingen. Aber die Sprache ist wahnsinnig schwer zu lernen. Darum kann ich sie nicht sprechen, log ich.

Ich spürte, wie sich meine Kiefermuskeln verkrampften; das Pilzgesicht hielt sich an ihnen fest. Ich zündete mir eine Zigarette an und blies die aufkommende Wut in die Luft. Es geht jetzt nicht um Rosa, wiegelte ich ab. Und auch nicht um Herkunft oder Heimatlosigkeit. Nichts als überflüssige Gedanken sind das, fehlgeleitet von einer lästigen Sentimentalität. So sah ich das.

Es gelang mir nicht, mich von der Begegnung mit dem Randständigen zu lösen.

Wir könnten gleich alt sein.

Ich sah mich als Achtzehn- oder Neunzehnjährige, die Haare im Punkstil hochtoupiert, die Augen schwarz umrandet. Die junge Frau trägt seine Lederjacke. Speckig glänzendes Leder an den Stellen, die nicht abgewetzt sind. Auf der Haut das zerrissene Futter, starr vor Schweiß und Talg, mit dem sauren Geruch eines vernachläßigten Körpers. Unter der Jacke trägt sie lediglich einen gerippten, weißen Slip. Sie ist dünn. Nahezu mager. Mit funkelnden Augen schaut sie mich an, herausfordernd, provokativ, der verächtlich grinsende Mund ist dunkelviolett geschminkt.

Ich sah sie so deutlich, dass ich sie leicht hätte zeichnen können. Es war nicht C. – Eine andere Version meines jungen Selbst? Zu der es ebenso hätte kommen können?

Eine Ente schreckte mich auf. Der Erpel war nahe an mir vorbeigeflogen, landete jetzt auf dem Wasser, um einem anderen Männchen nachzujagen, bevor er sich an ein Weibchen heranmachte, das schnatternd davonpaddelte und weitere Weibchen aufscheuchte. Es war aus mit der Mittagsruhe im Entenschwarm.

Mich fröstelte. Ich saß inzwischen im Schatten, aber ich mochte nicht aufstehen und mir einen besonnten Platz suchen. Und das Zittern kam sowieso mehr von Innen als von Außen.

Fade away and radiate. Blondie. Einer meiner Lieblingssongs damals.

Warum diese Erinnerungen und Fantasiebilder? Warum werden sie mir nach dem jahrelangen Vergessen gerade jetzt vorgeführt. Erst von einem Kind, dann von einem Randständigen. Es ist absurd, dachte ich, während ich eine weitere Zigarette rauchte und dem Aufruhr im Entenschwarm zuschaute.

Unlängst bin ich Louise Bourgeois' Arbeit *Ode à l'oubli* nachgegangen. Bislang kannte ich lediglich ihre Spinnenskulpturen, die sie *Maman* genannt hatte. Ich habe eine ausgeprägte Spinnenphobie. Nicht einmal zeichnen könnte ich eine Spinne. Ihre klebrigen Fäden sind mir ein Graus. Ein Faden im Gesicht und ich drehe beinahe durch. Dass die Spinne eine Ode an die von ihr so geliebte Mutter sein sollte, verstehe ich nicht. Die Arbeit *Ode à l'oubli* hingegen berührt mich. Es ist eine textile Hommage an das Vergessen, zusammengenäht aus alten Kissenbezügen und abgelegten Kleidern. Der langjährige Assistent der Bourgeois sagte 2004 gegenüber der New York Times (im Alter von dreiundneunzig gab die Künstlerin keine Interviews mehr), dass es Louise um die Idee von Wiederherstellung gegangen sei. Darum, die Dinge angesichts eines drohenden Zerfalls zusammenzuhalten.

Dank dieser Arbeit verstehe ich jetzt besser, wovor ich mich als Zweiundvierzigjährige fürchtete, wovor sich bereits die

Zwanzigjährige gefürchtet hatte und wovor ich mich wahrscheinlich noch eine Zeit lang fürchten werde.

Ich zog mir die Schuhe aus, setzte mich auf den Steg und tauchte die Beine ins Wasser. Ich bewegte sie hin und her, erst langsam, dann immer schneller und mit immer kräftigeren Bewegungen. Ich wühlte das Wasser auf wie der Erpel, der dem Weibchen nachjagte und selbst gejagt wurde.

Mein innerer Aufruhr ging von einer Frau aus.

13

Nach einer Woche kehrte der Sommer zurück, Hitzetage waren angesagt worden und es passierte, was ich befürchtet hatte. Die Frau und das Kind richteten sich im Garten ein. Ich hatte mich gerade an meinen Arbeitsplatz gesetzt, als der Kleine eine große weiße Einkaufstasche, auf die eine Riesenerdbeere aufgedruckt war, über den Rasen schleifte. Sein Oberkörper war leicht nach vorne gebeugt. Er hielt den Kopf gesenkt und die langen Haarsträhnen verdeckten sein Gesicht. Die *Notlösung,* wie Mirko die Frau genannt hatte, folgte mit einem Holztischchen und einem Stühlchen. Auch das noch, stöhnte ich. Der Kleine schaute zu, wie sie Spielsachen aus der Tasche holte und auf das Tischchen legte. Ich rückte von meinem Arbeitsplatz zurück, damit die beiden mich nicht sehen konnten. Die Frau ging nochmal ins Haus. Der Kleine griff sich die Gans, die auf dem Stühlchen lag, presste sie an seine Brust, stellte sich neben den Stamm der Birke und steckte sich den Daumen in den Mund. Dann versank er in eine Art Starre. Die Frau kehrte mit einem weißen Billigkunststoffsessel zurück, stellte ihn unter der Birke ab, breitete eine karierte Wolldecke neben sich aus und stellte ein rotblaugelbes Kassettengerät zu den Spielsachen auf dem Tischchen. Will sie den Garten jetzt etwa auch noch mit Endlosschleifen von Kinderliedern beschallen. Ich bereute sofort, dass ich das Fenster nicht ganz geschlossen hatte. Während ich genervt aufschoss, ließ sie sich in den Sessel fallen. Breitbeinig fläzte sie sich in ihrem engen Jeansrock in dem weißen Ungetüm und schaute den Kleinen an. Ihr Gesichtsausdruck wirkte gequält. Und müde. Beide sahen müde aus. Ich setzte mich wieder. Sie zündete sich eine Zigarette an, tippte eine

Nachricht in ihr Mobiltelefon und fischte ein *Gala*-Magazin aus der Tasche. Auch mich verlangte nach einer Zigarette, aber ich mochte meinen Beobachtungsposten nicht verlassen. Es dauerte eine Weile, bis der Kleine sich setzte und begann, die Gegenstände auf dem Tischchen zu verrücken. Eine Trinkflasche, eine Schale mit Apfelspalten, ein Bilderbuch, eine Schachtel mit Bausteinen, das rotblaugelbe Kassettengerät, an das er die Gans lehnte. Dann ließ er die Hände in den Schoß fallen, betrachtete die Ordnung, rückte die Spielsachen nochmals zurecht, bevor er sie erneut betrachtete. Er bewegte sich langsam und behutsam, ganz anders als Johanna und Rosina, die herumwirbelten und unaufhörlich plapperten. Die Frau warf ab und zu einen Blick auf den Kleinen, fragte, ob er sich nicht ein Stück vom »Äpfelchen« nehmen wolle, ob er nicht aus seinem »Fläschchen« trinken wolle, ob er sich nicht hinlegen und ein »Schläfchen« machen wolle. *Spinkat*, mit diesem Wort lockte sie ihn auf die Wolldecke. Er rührte sich nicht, sagte nichts oder so leise, dass ich es nicht hören konnte. Der Kleine wirkte befremdlich. Entrückt. Als würde er in einem stillen Kummer ruhen, in dem er nicht gestört werden wollte. Oder aus dem er sich nicht lösen wollte. Ich rührte mich nicht, schaute zu, wie er vorsichtig ein paar Bausteine auftürmte, wie er den Kopf schüttelte, als ihm seine Großmutter die Trinkflasche an den Mund hielt, wie er ihre Hand zur Seite schob, als sie ihm ein Stück Apfel entgegenstreckte. Ihn zu beobachten versetzte mich in eine Art Trance und ich blieb sitzen, bis die beiden um den Mittag herum die Sachen zusammenpackten und ins Haus gingen. Meine drei Arbeitsstunden waren zwar noch nicht um, aber ich klappte den Ordner zu, stand auf und legte mich aufs Bett. Ich lauschte. Es war still. Ich stellte mir vor, wie das Kind über mir in seinem Bettchen lag, im Arm seine Gans, und so tat, als würde es schlafen. Ich drehte mich auf die Seite. Kurz bevor ich einschlief war mir, als würde eine Hand behutsam über meinen Kopf streichen.

Es war gegen fünf Uhr, als ich aufwachte. Ich war überrascht, dass ich so lange geschlafen hatte.

Luba. So nannte ich die Sprecherin im Übersetzungsprogramm. Ich hatte das Wort für Garten eingetippt, an das ich mich zu erinnern glaubte. »Meinten Sie *zachránit?*« Ich bestätigte, obwohl ich wusste, dass das ein Verb war. *Zachránit* – in Sicherheit bringen, bergen. Ich klickte auf das Lautsprechersymbol unter dem tschechischen Wort. Die Frauenstimme klang sanft, beinahe zärtlich. Sie dehnte das A mit dem Akzent und schob ein weiches J vor das I. Ich klickte nochmal auf das Lautsprechersymbol. Sie ließ sich Zeit, das Wort zu sprechen, als sei es kostbar wie das Objekt, das in Sicherheit gebracht wurde. Ich tippte *zahrabat* – vergraben, ein und ließ es mir vorlesen. Die gleiche Stimme. Dann Garten – *zahrada*. Ich hatte es beim ersten Versuch falsch geschrieben. Ich hatte die Sprache meiner Mutter weder lesen noch schreiben gelernt. Luba sprach es mit tiefer Stimme aus. Als würde sie mir ein Geheimnis verraten. *Zahrada*. Lautlos sprach ich es nach. Tastete mich durch die Silben wie ein Kind, das lesen lernt. Machte weiter. Tippte Gras, Himmel, Löwenzahn, Amsel, Stadt ein. Luba sprach jedes Wort anders aus. Einmal flüsterte sie nahezu, einmal rief sie mir das Wort entgegen, als wollte sie mir etwas zeigen. Zum Beispiel Gans. *Husa*. Als wollte sie mich aus Spaß aus ihrem Versteck in einem Gebüsch heraus erschrecken. Ich fantasierte, wie die Frau mit einem Kopfhörer in der Box eines ausgedienten Sprachlabors saß und Wort um Wort einsprach. Ein Mikrojob. Pro Wort bezahlt. Ich überprüfte, ob das möglich war, und sprach zehn Wörter vor mich hin. Ich trennte sie mit einem tiefen Atemzug, was nicht ausreichte, um mir für das Wort einen Zusammenhang vorzustellen, aus dem heraus ich es aussprechen konnte. Ich brauchte fünfunddreißig Sekunden. Ein halber Cent pro Wort, wenn die Frau zwischen den Wörtern tief einatmete. Sie würden ihr den Atem nicht geben. Jemand hatte gemessen, dass man zehn Wörter in achtzehn Sekunden schaffte. Der Chef – *šéf*, ich lachte laut auf, als ich sah, wie das Fremdwort ans Tschechische angepasst wurde, – bezahlte für zehn Wörter in fünfzehn Sekunden. Ein Wort war ihm einen Viertel Cent wert, rechnete ich aus. Der Frau waren die Wörter mehr wert. Ich malte mir aus, wie sie sich in der Box ihren Gedanken hingab, abschweifte. Dass sie manchmal nur vier Wörter pro Minute sprach, was einen Stundenlohn von zehn Cents ergab. Das war ihr schon passiert. Sie beeilte sich, um wenigstens drei Euro zu schaffen. Aber sie ließ es sich nicht nehmen, mir die Wörter zu erzählen. Ich schrieb *zachránit* in mein Notizbuch und ließ es mir noch einmal vorsagen. Das Spiel mit Luba gefiel mir.

Später am Abend machte ich mir ein Rührei. *Vaječina*. Schon als Kind liebte ich diese tröstliche, rasch zubereitete Speise. Vielleicht würde Luba das Wort anders aussprechen. Eine Sprache verändert sich über die Jahre. Höre ich in der Stadt jemanden tschechisch sprechen, verstehe ich in etwa die Hälfte, bei jungen Menschen fast gar nichts. Meine Sprechkompetenz war über die Jahre auf das Sprachniveau des Kleinen von oben geschrumpft.

Ich überlegte, wie die Stimme in meinem Kopf, die *vaječina* sagte, klang. Nicht anders, als wenn ich Hammer, Nagel, Schraubenzieher, Schere, Feile, Messer, Gabel, Kühlschrank, sage oder einen Einkaufszettel schreibe, kam ich zum Schluss. Während diesen ersten Spracherkundungen meldete sich die innere Zensurstelle nicht ein einziges Mal. Sich an einzelne Wörter zu erinnern, schien ihr ungefährlich. Sie täuschte sich. Sie übersah, dass da ein Durchschlupf war. So klein, dass nur ein Kind ihn entdecken konnte.

Auch am nächsten Tag richteten die beiden von oben ein Spielzimmer unter der Birke ein. Vielleicht hatte dem Kind die Zeit im Garten gutgetan. Ich hatte es in der Nacht nicht weinen gehört, fiel mir ein. Es lief gleich ab wie am Vortag. Der Kleine ließ sich erst einmal viel Zeit, um die Spielsachen auf dem Tischchen in eine für ihn passende Ordnung zu bringen. Immer wieder saß er regungslos da, wartete mit seinen Händen im Schoß, schaute und räumte die Sachen wieder um. Später schlenderte er durch den Garten. Die Gans hing an seinem Händchen und schleifte über den Rasen. Er zupfte am einen oder anderen Blatt eines Strauchs, berührte etwas auf dem Boden, betrachtete die reifen Dolden der Johannisbeeren, streichelte den Stamm der Birke, schaute in die Baumkrone als Prometheus dort landete und zu einem Reviergesang ansetzte. Die Frau tippte in ihr Mobiltelefon, rauchte und forderte den Kleinen immer wieder auf, etwas zu trinken. »Du musst trinken, es ist heiß«, sagte sie mit eindringlicher Stimme. Er schien sie nicht zu hören. Ab und zu ging sie zu ihm hin, um ihm das Mundstück der Trinkflasche zwischen die Lippen zu schieben. Nicht einmal sah ich ihn zu seiner Großmutter gehen, um sich liebkosen zu lassen.

Er schaute sich ein Bilderbuch an, als sie aufstand, etwas zu ihm sagte, auf einen der bunten Knöpfe auf dem Kassettengerät drückte und ins Haus ging. Nach den ersten Tönen drückte er die Ausschalttaste, stand auf, griff nach der Gans, die auf der Wolldecke lag, stellte sich neben den Stamm der Birke und steckte den Daumen in den Mund. Er nuckelte heftig an seinem Daumen, alles andere an ihm war starr. Was ist mit diesem Kind, fragte ich mich. Was geht in ihm vor. Es schmerzte mich, ihn alleine da stehen zu sehen. Es machte mich traurig und auch wütend, dass die Frau sich nicht mehr um ihn kümmerte. Ich begann, den Jungen und die Dinge um ihn herum zu benennen: *chlapek, stolek, židlička, hračky, ptáček, slimak, růže, motýl, letadlo* *. Ich stand vom Beobachtungsposten an meinem

* Bübchen, Tischchen, Stühlchen, Spielsachen, Vögelchen, Schnecke, Rose, Schmetterling, Flugzeug

Arbeitsplatz auf, hielt nach weiteren Dingen Ausschau, die ich in seiner Sprache benennen konnte, reihte aneinander, was mir einfiel, wiederholte die Wörter, bis ich ein neues fand, fügte es ein, suchte weiter.

Der Kleine macht das Gleiche wie ich, dachte ich plötzlich. Er sagt sich die Welt vor, während er hektisch an seinem Daumen saugt – und ich an einem Fingernagel kaue.

Was fehlt dir? Wir, das Kind und ich, hatten keine Sprache dafür. Weder für die Frage noch für eine Antwort.

Am Tag darauf kamen sie wieder in den Garten. Nachdem sie sich eingerichtete hatten, zappelte der Junge erst einmal auf der Wolldecke herum. Seine Bewegungen sahen absonderlich aus. Als müsste er etwas aus sich herausschütteln. Die Frau ging nicht darauf ein. Es gefiel mir nicht. Obwohl ich mich bei Franziska immer aufregte, wenn sie umgehend auf jede Regung in der Befindlichkeit, auf jede Frustration der Mädchen reagierte. Später malte er länger mit einem dicken grünen Stift. Er schien ganz versunken und schaute nicht einmal auf, als die Frau ihm sagte, sie würde aufs Klo gehen. Ich wartete, bis ich die Haustür zufallen und sie durch die Wohnung gehen hörte. Ich stand auf, öffnete ganz langsam das Fenster und lehnte mich so weit wie möglich über den Arbeitstisch. So wie er saß, musste er mich sehen. Er schaute kurz auf, dann begann er, nervös seine Spielsachen hin- und herzuschieben. Als er ein weiteres Mal aufschaute, lächelte ich und winkte, langsam wie in Zeitlupe. *Ne bojse.* Hab keine Angst. Wie oft die Babina das zu mir gesagt hatte. Der Kleine senkte sofort den Kopf und fuhr fort, seine Spielsachen herumzuschieben. Seine Bewegungen wirkten hektisch, beinahe spastisch. Meine Kamera lag noch auf dem Tisch. Seit Tagen wollte ich die Bilder von meinem Ausflug an den Bergsee auf das Laptop laden. Ich griff sie mir, schaltet sie ein, zoomte. Als ich scharf stellte schaute er hoch. Ich drückte ab.

Nemilosrdný, sagt Luba. Schonungslos. Oder, ein Herz das nicht zu lieben ist. Wenn ich es wortwörtlich nehme, könnte es auch das bedeuten.

14

Am Abend klingelte es. Ich lag auf der Matratze im Wohnzimmer und schaute mir einen dieser peinlichen Spielfilme an, die an der Südküste von England gedreht wurden. Ich machte den Ton aus. Ich hatte das schrille Klingeln der Glocke an der Wohnungstür ewig nicht gehört. Die Engadiner, die die kleine Wohnung nebenan für ihre Kulturausflüge in die Stadt gemietet hatten, konnten es nicht sein. Sie verbrachten diesen Sommer bei ihrer Tochter in Finnland. Es klingelte ein zweites Mal. Länger. Bestimmter. Ich bewegte mich nicht und starrte in das halbdunkle Zimmer. Die Tage wurden bereits wieder kürzer. Ich hatte kein Licht angemacht. Ich hätte auch weg sein können. Oben war es still. Dann klopfte es an der Tür. Es klopfte drei Mal, dann folgte eine kurze Pause, bevor es erneut drei Mal klopfte. Das wiederholte sich. Mein Herz ließ sich zu einem höheren Puls hinreißen. Als ich aufstand, um in den Flur zu schleichen, ging das Klopfen in ein Poltern über.

»Wer ist da?«, rief ich leicht panisch.

»Mirko. Machen Sie auf, Mila. Ich weiß, dass Sie da sind. Sie haben meinen Sohn fotografiert. Was soll das?«

Verdammt. Mein Kopf leerte sich augenblicklich. Ich zog mich zur Badezimmertür zurück und rief: »Einen Moment bitte, ich war unter der Dusche.« Hastig puderte ich mir das Gesicht, legte hellen Lippenstift auf, riss den Gummi aus den Haaren, lockerte und zerzauste sie zu einem wilden Durcheinander und zupfte vor dem Spiegel im Korridor Jogginghose und Shirt zurecht. Rettende Worte fielen mir keine ein. Auf wackligen Beinen ging ich zur Haustür und öffnete. Er stand im Halbdunkel, zwei Schritte von meiner Tür entfernt, und stützte sich mit ausgestrecktem Arm an die Wand. Dieses Mal trug er ein dunkelblaues Leinenhemd mit hochgekrempelten Ärmeln und eine verwaschene Jeans. Er war barfuß. Er schlug auf den Lichtschalter und wiederholte wütend: »Sie haben meinen Sohn fotografiert. Was soll das?«

Die fleischfarbene Murmel in seinem Mundwinkel hüpfte auf und ab. Sah aus, als würde sie gleich aus dem Mund fallen. Ich trat einen Schritt zurück, starrte in das lockige Haar, das ihm über die Augen hing, auf die angespannten Muskeln um seinen Mund, die zum Angriff bereit waren. Ich senkte den Blick, blieb am ausgefransten Rand seiner Jeans hängen und an den kleinen weißen Löchern im Saum, betrachtete die nackten Füße, die Venen, die sich auf dem Fußrücken verzweigten und die hellen, sauber geschnittenen Zehennägel. Ich durchkämmte meinen Kopf nach Erklärungsversuchen und Ausreden. Es ist nicht wahr, ich kann Ihnen nicht sagen, weshalb ich das getan habe, lassen Sie mich in Ruhe, ich bin keine Spannerin, ich will nichts von Ihrem Kind. Der Kloß in meinem Hals schwoll an. Ich versuchte an etwas zu denken, das mich souverän aussehen lassen würde. Aber das Durcheinander in meinem Kopf löste einen Druck hinter der Stirn aus, der das Denken zusätzlich behinderte. Ich weiß nicht, was ich ausstrahlte, aber Mirko ließ den Arm sinken, machte einen Schritt auf mich zu, räusperte sich und streckte mir die Hand entgegen.

»Bitte, Mila, fangen wir nochmal von vorne an.«

Mila. Mit kurzem I und lallendem L. Das klatschte, als würde mich mein eigener Name ohrfeigen. Ich gab ihm die Hand und sagte: »Miiila, man spricht meinen Namen mit einem langen I aus.« Nicht so, wie Euer Wort für lieb, das ich nicht mag. Das ich nicht mit mir verbinde. Das behielt ich für mich.

Sein Adamsapfel bewegte sich. Wir schwiegen und ich betrachtete seinen Mund, der leicht geöffnet war, die schön geformten Lippen, hinter denen das sonderbare Ding lauerte, den Schatten unter seiner Unterlippe, das Grübchen im Kinn.

»Was ist mit Ihrem Mund passiert?«

Er zuckte zusammen. Nun sind wir beide in der Defensive, dachte ich. Er schloss den Mund. Mit der Zungenspitze wölbte er die unversehrte Wange.

»Sind Sie immer so direkt?«

»So oft wie möglich. – Wie gefällt es Ihnen hier?«

Er lächelte, dann zog er sich einen Schritt zurück und schaute mich streng an.

»Sie haben meine Frage nicht beantwortet, Mila.« Jetzt sprach er meinen Namen aus, wie ich es ihm vorgesagt hatte. »Warum haben Sie meinen Sohn fotografiert?«

»Sie haben vorgeschlagen, dass wir von vorne anfangen.«

»Erst will ich wissen, warum Sie am Fenster stehen, meinen Sohn und Pavlina beobachten und Mischa fotografieren.«

Ich spürte, dass er seinen Ton kontrollierte. Wie ich aus der Situation herauskommen würde, wusste ich immer noch nicht, aber etwas stachelte mich an.

»Was ist schlimm daran? Ich fotografiere den Garten oft. Es ist ungewohnt, dass mein Garten plötzlich Tag für Tag in ein Kinderzimmer umfunktioniert wird.« Ich ärgerte mich über meine Bemerkung. Ich wollte den Kleinen auf keinen Fall aus dem Garten vertreiben. Im Gegenteil. Ich wollte ihn sehen.

»Und weshalb sind Sie den ganzen Tag zu Hause?«

»Ich habe das Bild gelöscht. Wollen Sie sich vergewissern?«

Der Nachbar schüttelte den Kopf. Er strich sich die Haare aus der Stirn. Das Licht ging aus.

Wieder räusperte er sich: »Hören Sie, Mila, ich möchte einfach wissen, mit wem wir hier wohnen.« Er schien auf einmal nervös. Er machte das Licht wieder an.

»Wollen Sie jetzt meinen Pass sehen?«

Ich ließ ihn nicht antworten.

»Und Sie? Ein Mann zieht hier ein, den man nie zu sehen bekommt. Man sieht ein kleines Kind, das unglücklich aussieht.

Das nicht schläft. Man sieht eine Frau, von der man nicht weiß, wer sie ist und was sie mit dem Kind zu tun hat. Wissen Sie, wie lange der Kleine in der Nacht weint? Sehen Sie die Schatten unter seinen Augen?«

»Haben Sie deshalb das Foto gemacht?« Er wirkte erschrocken.

»Nein. Das war nicht der Grund.«

»Und was war der Grund?«

»Es gibt keinen Grund. Es war ein Impuls. Einfach so.«

Er schaute mich lange an. Ich glaube, er wusste nicht, was er von meiner Antwort halten sollte. Dann sagte er: »Fangen wir noch einmal von vorne an, Mila, vielleicht gelingt es uns ja dieses Mal.« Wozu sollen wir von vorne anfangen, dachte ich, es läuft doch gut.

»Also gut«, sagte ich dennoch.

Das Licht ging aus, er drückte den Lichtschalter und fing tatsächlich nochmal ganz von vorne an. Er gab mir die Hand, nannte noch einmal seinen Namen und begann zu erzählen, dass er bereits vor einem Jahr nach Zürich gekommen sei, um für eine IT-Firma zu arbeiten, dass er sich von seiner Frau getrennt hätte, die in Tschechien lebe. Er habe eine Wohnung in der Altstadt gehabt. Noch sei Mischa nur vorübergehend hier. Er sei beruflich viel unterwegs. Aber das werde sich demnächst ändern. Zudem müsse er immer wieder nach Tschechien reisen. Das Sorgerecht für den Kleinen erwirken. Die Mutter könne sich nicht um ihn kümmern. Die Chancen stünden gut, deshalb habe er sich für die Wohnung mit Garten entschieden. Er wolle den tschechischen Behörden zeigen, dass Mischa hier das bessere Zuhause haben werde. Dem Kleinen werde es hier gefallen. Der Vermieter habe ihm gesagt, dass sie den Garten benützen dürften. Dass die Nachbarin selten zu Hause sei.

»Entschuldigen Sie bitte, dass wir Sie nicht informiert haben.«

Während er sprach, starrte ich auf die Murmel, die in seinem Mundwinkel ein und aussprang. Je länger er sprach, desto mehr rötete sie sich. Ich fragte mich, was es war. Eine Kugel aus Mundfleisch, eine Geschwulst, das Überbleibsel einer Verletzung. Ich betrachtete es so, wie man etwas betrachtet, vor dem man sich möglicherweise ekeln würde. Ich fragte mich, ob es weich oder fest, glatt oder rau war.

»Entschuldigung, dass ich Sie mit unserer Situation belästige. Ich wollte nur, dass Sie verstehen, weshalb ich so selten da bin. Das wird sich ändern. Ich werde mich bald mehr um Mischa kümmern können. Und Sie?«

Das Licht ging aus.

»Bitte lassen Sie das Licht aus, es ist noch hell genug. Es macht mich nervös, wenn es ständig an- und ausgeht.«

»Verzeihen Sie«, sagte er. Nun reicht es langsam mit den Entschuldigungen, dachte ich.

»Ich? Ich leite ein Institut an einer Fachhochschule. Institute for Competitiveness and Communication.«

»Interessant. Dann haben Sie jetzt Semesterferien?« Darauf hätte ich auch selbst kommen können. »Ja, es sind Semesterferien«, sagte ich, »und ich arbeite an einem Projekt.«

»Stört es Sie, wenn meine Schwiegermutter mit dem Kleinen im Garten ist?«, fuhr er dazwischen.

»Nein«, sagte ich etwas genervt, »ich bin es einfach nicht gewohnt, dass im Haus Betrieb ist.«

Er bat mich rechtzeitig Bescheid zu sagen, wenn mich etwas stören würde. Und wenn alles organisiert sei und er mehr da sein könne, werde er auch gerne Gartenarbeit übernehmen. Das hätte er dem Vermieter bereits angeboten.

Wie zuvorkommend, spottete es in mir, und ich sah ihn am Samstag mit dem Rasenmäher vor meiner Wohnung hin- und hergehen. Er schob die Hand unter seine Locken und rieb sich den Nacken. Eine Geste, die er gut draufhatte. Die ich eigentlich mochte. Ich blockte sie ab. Eine neue Männerbekanntschaft kam nicht infrage, auch keine Affäre und schon gar nicht mehr. Nicht jetzt. Nicht hier.

Mirko machte das Licht wieder an.

»Oh, entschuldigen Sie bitte, ein Reflex. Das werden wir hinbekommen, Mila, oder?« Was für eine Frage. Ich wusste nicht, was mir mehr auf die Nerven ging. Seine unterwürfige Besorgnis, der tschechische Akzent oder die Frage, die eine Nähe schuf, die mir zu weit ging. Was wollte er von mir? Was sollten wir hinbekommen? Ich wollte kein *wir.* Ich hatte genug mit *mir* zu tun. Hätte man das Licht manuell ausschalten können, hätte ich es umgehend ausgemacht. Er gab mir Zeit, zu antworten. Das Kind fiel mir ein. Scheiße, vielleicht steht es oben in der offenen Tür und lauscht. Den Daumen im Mund und die Gans unter dem Arm. Wenn, dann hat es mich gehört. Abweisend, schroff und unfreundlich. *Škareda.* Garstig. Die Wörter der Babina, wenn sie mich zweisprachig zurechtwies.

»Hören Sie, ich habe nichts gegen Sie. Ich bin nur gerade etwas …«, ich suchte nach einem möglichst unverfänglichen Wort, »ich bin nur gerade etwas angespannt. Wegen meinem Projekt. Es ist ein sehr wichtiges Projekt für mich.«

Ich scharrte mit den Zehen in der sandfarbenen Türmatte. »Wie gesagt, ich bin es nicht gewohnt, dass ein Kind im Haus ist. Ihr Junge soll sich hier wohlfühlen. Ich brauche einfach meine Ruhe, um zu arbeiten. Entschuldigen Sie mich jetzt bitte. Gute Nacht.«

Ich sprach über die Treppenstufen nach oben, so weich wie ich konnte, und schloss behutsam die Tür.

Vařila myšička kašičku na zeleném rendlíčku,

tomu dala, tomu též … Eine Maus kocht Brei. In einem grünen Kochtöpfchen. Die Babina hält meine Hand, kreist mit dem Zeigefinger in meiner Handfläche, als würde die Maus da im Brei rühren. Dann ruckelt sie an meinen Fingern, diesem gibt sie, diesem nicht. Sie kichert.

Gleich wird sie mir ihren Zeigefinger in die Achselhöhle stecken und sagen, dass sich in ihr ein kleiner Wicht versteckt. Ihr Finger sticht. Ich will kein Versteck in meiner Achselhöhle haben. Ich will nicht der Wicht sein, der sich verstecken muss. Ich fürchte mich vor Verstecken.

Spinkej. Schlaf. Ich stelle mir vor, wie ich dem Kleinen das Wort zuflüstere. Wie er sich auf der Wolldecke zusammenrollt, wie er sich den Daumen in den Mund steckt, seine Plüschgans kuschelt, wie er mich anschaut, bis ihm die Augen zufallen.

Ich möchte, dass das Kind mich mag.

15

Es musste Samstag gewesen sein: ein wolkenloser Himmel, ein ebenmäßiges Blau, klares Licht, eine leichte Bise. Mirko hatte sein Auto auf dem Trottoir vor dem Haus geparkt und wenig später trug er volle Taschen und einen Sonnenschirm durch den Garten. Pavlina und der Kleine folgten ihm, das Kind langsam und scheinbar widerwillig, unter dem Arm die Gans. An seinem Rücken hing ein schlapper Marienkäfer. Viel mehr als ein Badehöschen und eine Trinkflasche konnte in dem Rucksäckchen – *batůžek*, übersetzte Luba – nicht sein. Es wunderte mich, dass er sich überhaupt etwas hatte umhängen lassen. Der Kleine kam mir so zerbrechlich vor. Ich wartete kurz, sie konnten etwas vergessen haben, dann richtete ich mich unter der Birke ein. Ich trug einen Stuhl und einen Klapptisch in den Schatten und legte mir eine Ordnung aus Notizblock, gespitzten Bleistiften, Ordner, Zigarettenpackung, Wasserflasche, einer Schale mit Nüssen, einem Pfirsich sowie einem Zettel mit der Ermahnung, »Fingernägel in Ruhe lassen«, zurecht. Ich räumte um und wieder um, bis ich mit dem Stillleben zufrieden war. Ich setzte mich, betrachtete die Ordnung, die mich seltsam berührte, lehnte mich zurück und schaute in die Krone der Birke. Die Blätter schaukelten im Wind. Zuzuschauen, wie sie sich im gleichen Rhythmus bewegten, besänftigte mich. Auf einmal begann ein einzelnes Blatt zu flattern. Ein Solo. Die anderen Blätter hielten inne, als würden sie den Atem anhalten. Dann auch das eine. Nach einer Weile wiegten sie sich wieder gemeinsam. Wenig später legte sich ein Birkenblatt in mein Stillleben. Ich bildete mir ein, dass es die Solistin war.

Was ich da tat, fühlte sich feierlich an und ich empfand es weit befriedigender, als das unergiebige Ausharren der vergangenen Tage. Vielleicht hatte es auch damit zu tun, dass ich das Haus und den Garten den ganzen Samstag für mich allein haben würde und womöglich auch den Sonntag, so bepackt wie die drei gewesen waren. Ich überlegte, ob ich mir eine Flasche Prosecco aus dem Keller holen sollte, so aufgeräumt war meine Stimmung. Trotz der E-Mail, die Franziska mir am Morgen geschickt hatte. Mit einer Zeichnung, »für Mila von Johanna«. In blauem Strich ein runder Kopf, aus dem ein halbes Dutzend Haare ragten, die Augen schwarze Punkte in großen schwarzen Kreisen, aus denen vier lange rote Wimpern hochstiegen. Der Kopf auf einem schmalen Strichhals, links und rechts stachen zwei lange braune Linien in die Höhe. Von dem Kopffüßler ging eine Empörung aus, als hätte Johanna verstanden, wie mir in diesen Tagen zumute war. Oder als hätte sie ihre eigene, allmählich heranreifende Empörung über die Aufforderungen, für Oma, für Opa, für Papa, für Mila, eine Zeichnung anzufertigen, ausgedrückt. – Oder sah das Kind in mir eine mit großem Kopf und fehlendem Herzen? Johanna hatte im vergangenen Winter mitbekommen, wie wir stritten. Franziska hatte zum wiederholten Mal gemeint, ich könnte den Mädchen doch bei meinen seltenen Besuchen das Zeichnen beibringen, und wie immer hatte ich mich geweigert. Daraufhin herrschte sie mich an: »Wenigstens dafür könntest du deine Begabung einsetzen.« Es gab Themen, die konnte Franziska einfach nicht seinlassen. Heute morgen hatte mich ihre Nachricht noch aufgeregt. Ich hasste ihre Anspielungen, manchmal waren es auch Aufforderungen, mehr mit den Mädchen zu unternehmen, vor allem mit Rosina. Du bist doch ihre Patin. – Na und, deswegen bin ich noch lange nicht dafür zuständig, deine Kinder zu bespaßen, dachte ich jeweils, nicht ohne schlechtes Gewissen. Eigentlich war ich jedes Mal gut gelaunt, wenn ich mit den Mädchen zusammen gewesen war. Und doch konnte ich mich häufig nicht überwinden.

Was Johanna gezeichnet hat, könnte auf mich zutreffen. Kopffüßlerin.

Ich nahm mir vor, die Zeichnung auszudrucken und in mein Notizheft zu legen.

»Schauen Sie zurück«, hatte mich eines der Arbeitsblätter im Ordner aufgefordert, »auf Ihre Kindheit, auf Menschen die Ihr Leben geprägt haben, auf Ihre Laufbahn, auf Ihre Leistungen, auf besondere Lebensereignisse.« Als die Frau von Lot entgegen dem Verbot der Engel auf Sodom zurückblickte, erstarrte sie zu einer Salzsäule. Wie ich in den drei Stunden, die ich mir für die Arbeit mit dem Ordner verordnet hatte. Ich schlenderte durch den Garten, zupfte ein paar dürre Blätter von den Sträuchern ab. Sie hatten sich zusammengerollt, jedes ein bisschen anders. Ganz leicht waren sie. Ich mochte das Knistern, wenn ich sie mit der Hand umschloss.

Ich setzte mich wieder. Ein Sonnenstrahl beleuchtete den weißen Ordner. Ich brauchte ihn nicht zu öffnen. Ich kannte die Fragen, die ich nicht beantwortet hatte, die leeren schwarzen Rahmen und die Aufforderung: »Und jetzt Sie. Und jetzt Sie. Und jetzt Sie …« Ich machte die Augen zu.

Ich sah die Rahmen. Schwarze Rechtecke auf weißem Grund. In verschiedenen Größen. Sie bewegten sich aufeinander zu, bildeten Schnittmengen, schoben sich ineinander, brachen wieder aus, vereinzelten sich, um sich zu neuen Gebilden zusammentun, sie warfen rechteckige Schatten, die sich mit den scharfen Linien vermengten. Dann füllten sich die Rechtecke mit Farbe. Hellgrün, gelb, rot, rosa. Die schwarzen Linien formten unter den satt aufgetragenen Farben die Umrisse einer Märchenfigur. Eine Schleife im hochgesteckten Haar, weit aufgesperrte Augen mit langen Wimpern, eine Bluse mit gepufften Ärmeln, eine Schürze über einem langen gebauschten Rock. Eine Kinderhand klammert sich an einen Buntstift. Mit festem Druck malt sie über die Linien hinaus, hin und her, ohne abzusetzen, malt, bis der Stift stumpf ist, wirft ihn weg und greift hastig nach dem nächsten, malt und malt, bis alles Weiße verschwindet, bis die Umrisse der Figur kaum mehr zu erkennen sind und auf dem Blatt ein Sturm aus dunklen Farben liegt, violett, dunkelgrün, braun und blau. Der schwarze Stift liegt im Bach vor dem Haus. Das Kind mag Schwarz nicht. Es klettert auf den Tisch. Drückt die Stirn an die Fensterscheibe, legt die Hände neben den Kopf, atmet gegen das kalte Glas. Es darf nicht auf den Tisch klettern. Es darf das Fenster nicht öffnen. Es atmet schnell und schwer, es keucht, während es wartet, bis es die Mutter aus der Dunkelheit der Unterführung auftauchen sieht. Mit bloßen Füßen kommt sie über die Holzplanken geeilt, die mit frischen und eingetrockneten Kuhfladen so dicht gepflastert sind, dass man sie nicht überspringen kann. Hier ekelt sie sich nicht. Nicht einmal vor den Schwärmen der Fliegen, die sie aufscheucht und die aufgebracht sirren. Das Kind fürchtet sich in der Unterführung. Es beobachtet die Hände der Mutter, die gestikulieren und etwas Unsichtbares in die Luft werfen, nach vorne, auf die Seite und zurück in die dunkle Unterführung. Es schaut auf den geblümten Rock, in den die bloßen Beine der Mutter kicken. Das Gesicht unter den zerrauften Haaren will es nicht sehen, nicht die blitzenden Augen, nicht den weit aufgerissenen Mund.

»Wäre dieses Kind nicht, wäre ich längst weg«, schreit die Mutter im Streit mit dem Vater. Ihre Hand schnellt in Richtung des Kindes, das unbeweglich im Türrahmen zum Wohnzimmer steht. Wenn sie aus dem Haus stürzt und zum Rhein flüchtet, hat sie denselben Ausdruck.

Das Kind eilt die Treppe hinunter, setzt sich auf die unterste Stufe und wartet. Es sieht die Mutter durch die Glasscheibe mit dem Bläschenmuster vor der Haustüre stehen. Es sieht, wie sie sich das Kleid glattstreicht, wie sie mit den Händen durch die Haare fährt, die Füße auf dem Fußabtreter abreibt, die flache Hand auf das Glas klatscht. Das Kind weiß, dass die Mutter als erstes ins Badezimmer geht, es hört, wie die Bürste ihre Fußsohlen schrubbt, wie sie seufzt. Und es weiß, wie fest die Mutter dabei drückt. Im Sommer schrubbte sie mir jeden Abend die Füße und vergaß, dass es meine waren.

Rosen säumten die Treppe zur Haustür. Der Vater hatte eine hochwachsende Sorte gepflanzt. Gelbe Blüten mit rosa Rand. Ich erinnere mich an den süßen Duft, den ich mit geschlossenen Augen einatmete, während ich gegen die Versuchung ankämpfte, mir die Spitze der roten Dornen unter einen Fingernagel zu schieben.

Wir wohnten in einem von sechs Doppelhäusern. Die Fabrik hatte sie bauen lassen. Hinter dem Haus, das wir bewohnten, fingen die Weiden für die Kühe an, unmittelbar neben unserem Hausteil führte eine Schnellstraße von Norden nach Süden. Durch die Unterführung wurden Kühe und Haflingerpferde ins Rheinvorland hinter der Schnellstraße getrieben. Am anderen Ufer des Rheins war Österreich, und eine Bergkette, hinter der die Sonne aufging. Dort, wo die Sonne aufgeht, ist Osten, hatte die Lehrerin erklärt. Dorthin schaute Rosa lange, wenn sie mich – selten – auf eine ihrer Fluchten mitnahm und wir zusammen auf den Damm kletterten.

Alle anderen, die in der kleinen Siedlung wohnten, waren Zugezogene aus anderen Landesteilen. Die Männer – auch mein Vater – hatten leitende Positionen in der Fabrik, die Frauen – außer Mutter – pflegten Rosen- und Gemüsebeete, kochten Marmelade und Kompott ein, strickten beigefarbene und braune

Westen und Socken, flochten Adventskränze und blätterten in Illustrierten. Im Dorf sagte man, dass die nicht redeten, wie ihnen der Schnabel gewachsen sei, und rümpfte die Nase. Ich lernte einen Dialekt für die Siedlung und einen für die Verkäuferinnen in der Bäckerei, in der Metzgerei, in der Käserei und für die Kinder, denen ich mich später auf dem Schulweg anschloss. Alles war weit weg von unserer Siedlung. Einkaufen gingen wir zu Fuß, Mutter und ich, weil Vater es so wollte. Er wollte, dass wir gesehen werden. Die schwarzhaarige Frau in der Blüte ihres Lebens, das Einkaufsnetz in der einen, das Kind an der anderen Hand. Noch heute spüre ich Rosas harten Griff.

Ich stand auf und drehte eine Runde im Garten. *Zahrada*. Ich streifte an der Hecke, den Sträuchern und an der Hauswand entlang. Meine Hand glitt über Blätter und Äste, ließ sich streicheln, kratzen und stechen. In einem weiten Bogen ging ich um den Tisch herum, um den Ordner mit den leeren schwarzen Rahmen, um das Notizbuch mit den leeren Seiten, um den Stuhl, auf dem ich sitzen sollte.

*Zahrada – zahrabat – zachránit**. Ich ging im Rhythmus der Wörter, die Luba mir beigebracht hatte. Die Wörter flüsterten, schoben mich, ich ließ es geschehen, ging weiter im Kreis, wie ferngesteuert, bis mir schwindelte und leicht übel wurde. Ich setzte mich vor der Hecke auf den Rasen. Ich versuchte, mich anzulehnen, aber die Hecke hielt mich nicht. Ich starrte auf das Haus, in die schwarzen Rechtecke der offenen Fenster. Niemand ist da, niemand wird herausschauen. In diesem Haus wohnt Mila Candrian. Die Wohnung ist nicht ihre eigene. Die Möbel hat sie übernommen. Die Kleider im Schrank gehören einer gestrandeten Businessfrau. Schweiß lief mir von der Stirn in die Augen. Sie brannten und begannen zu tränen. Mein Shirt klebte

* Garten, vergraben, in Sicherheit bringen

am Rücken. Ich zog es aus und rieb mir mit einem trockenen Stück Stoff die Augen. »Wem gehörst du?«, hatten sie im Dorf gefragt. Sie hatten jedes Kind gefragt, das sie nicht kannten. Sie wollten wissen, welcher Familie sie ein besonders »härziges« Kind oder einen frechen Bengel zuordnen konnten. Die Kinder antworteten meist bereitwillig, ich senkte den Kopf und schwieg.

Ich stand auf, legte mir das feuchte Shirt um den Hals, holte die Zigaretten vom Tisch unter der Birke, kehrte an meinen Platz vor der Hecke zurück und starrte weiter auf das unbewohnte Haus. Ich weiß nicht wie lange es dauerte, bis ich spürte, dass da eine Andere saß.

Sie rauchte, ließ Gedanken kommen und gehen, ich kann mich nicht erinnern, welcher Art sie waren. Vier Zigarettenstummel lagen neben ihr im Gras. Sie wusste, dass sich etwas zeigen wird. Sie vertraute darauf, dass warten sich lohnt, sie hatte es oft erlebt, auch wenn das lange her war. Irgendwann drückte sie eine weitere Zigarette aus, stand auf, ging durch den Garten ins Haus, in den Keller, holte sich Spaten und Schaufel. Neben dem Stamm der Birke hob sie ein Stück Rasen aus, etwas größer als ein Blatt Papier. Sie war zufrieden, wie sauber sie das Rasenstück ausgestochen hatte. Sorgfältig legte sie es auf die Seite und hob etwas Erde aus. Sie war schnell fertig. Es braucht nicht viel Tiefe, um einen Ordner einzugraben.

Ich spürte, wie mich die Andere herausfordernd anschaute. Und jetzt du, hörte ich sie sagen.

Sie spürte Genugtuung, ich sagte, dass ich das nicht kann. Sie schob mich an den Tisch. Meine Hände zitterten, als ich den Ordner hochhob, mein Herz raste. Sie zog mich an die Stelle zurück, die sie vorbereitet hatte.

Sie war sich sicher, während ich schwankte, schwer atmete, schwitzte und Angst hatte, in Ohnmacht zu fallen. Ich muss wie eine der Protagonistinnen in den Videos von Paul McCarthy ausgesehen haben. Durch und durch hässlich.

Los, verabschiede dich, forderte sie mich auf. Adieu. Es ist ganz einfach.

Es war überhaupt nicht einfach. Ich wollte noch eine rauchen, konnte mich aber nicht bewegen.

Die Andere ließ nicht locker. Weg mit dem Ordner. Keine Rahmen mehr. Keine verordnete Ordnung.

Dusty frames that still arrive, die in 1955 ... fade away and radiate ... fade away and radiate. Die Andere summte die Melodie.

Endlich tat ich, was die Andere mir sagte.

Ich zog mir das verschwitzte Shirt über, trank die Wasserflasche leer, warf mir eine Handvoll Nüsse in den Mund, sammelte die Zigarettenstummel auf – es waren viel zu viele für die kurze Zeit, das musste unbedingt aufhören – und warf meine Schreibutensilien auf den Stuhl. Ich griff mir Schaufel und Spaten, um sie zurück in den Keller zu bringen. Auf dem Weg ins Haus dachte ich mir Sätze für eine E-Mail an Sander aus, Sätze wie: »Geschätzter Herr Sander, die ›bewährte Logik‹ (Ihre Worte) ist nichts für mich. Ich funktioniere nicht nach einer bewährten Logik. Ihre Methode funktioniert bei mir nicht.« Ich warf Spaten und Schaufel in das dunkle Kellerabteil, das nach Schimmel und angefaulten Äpfeln roch, obwohl da längst keine mehr gelagert wurden. Ein Schauder schüttelte meinen verschwitzten Körper.

»Kennen Sie den Satz von Rilke, Herr Sander«, machte ich weiter, als ich die Kellertreppe hochstieg, »›*Versuchen, die Fragen selbst lieb zu haben, wie verschlossene Stuben, und wie Bücher, die in einer sehr fremden Sprache geschrieben sind.*‹ Ihre Fragen sind kalt. Kalt und abweisend. Ich mag sie nicht. Ihre Rahmen engen mich ein.« Die Andere warf die Haustüre hinter mir zu, mein Herz klopfte immer heftiger und meine Beine zitterten, während ich im Kopf weitertextete. »Ich habe mich umentschieden. Ich ergebe mich meiner Haltlosigkeit.« Diesen Satz schrieb ich ins Notizbuch, quer über eine ganze Doppelseite. *That's the way I like it*, frohlockte die Andere, als ich das Portrait von W. K. überblätterte.

Ich brachte das Geschirr vom Balkon in die Küche und warf die Zigarettenstummel in die Tomatendose vor dem Küchenfenster. Ich steckte mir eine Zigarette in den Mund, ohne sie anzuzünden. »Ich bin suspendiert. Ich nehme die Herausforderung an und entbinde Sie von Ihrem Mandat, Herr Sander. Mit Ihnen hätte ich mir die Zusammenarbeit vorstellen können. Nicht mit dem Ordner. Ich bin schon zu weit aus dem Rahmen gefallen. Mission impossible. Sie können aufatmen. Ich werde Ihre Produktion von *success stories* nicht stören. Ich werde Ihre Statistik nicht gefährden. Der Ordner ist mir leider abhandengekommen. Schicken Sie mir eine Rechnung. Ich grüße Sie freundlich, die andere Version von Mila Candrian.« Zuletzt holte ich den Stuhl vom Balkon und stellte ihn zurück an den Esstisch. »PS: K. werde ich selbst informieren. Und auch meine Chefin. Sollte sie sich bei Ihnen melden, halten Sie sich bitte an die Schweigepflicht. Ich gehe davon aus, Sie haben eine.«

Was ich da zusammenreimte war ungehörig. Genauso ungehörig wie die Frage: »Wem gehörst du?«

Tvrdohlavá a rozzlobená. »Dickköpfig und zornig. Ja, das bin Ich, Herr Sander. Versuchen Sie nicht, mir meine Wut auszureden. Sie ist ein Erbstück.«

Während ich duschte fiel mir ein, dass Samstag war und Antonia nur bis vier geöffnet hatte. Ich überlegte, was ich einkaufen musste. Die E-Mail an Sander vergaß ich.

TEIL 2

16

In der Nacht darauf tauchte C. auf. Die Heimsuchung gipfelte in ihrer Signatur, die ich am späten Vormittag des folgenden Tages entdeckte. Zusammengesunken hing ich auf der Kloschüssel. Mir war schlecht und schwindlig. Nach einer Weile richtete ich mich auf, streckte den Rücken durch und – erstarrte. Ein fettes weißes C. war über die ganze Fläche des Spiegels geschmiert.

Das gibt es nicht. Bitte nicht. Bitte, bitte nicht.

Ich rieb mir die Augen. Das fette weiße C. war auf dem Spiegel.

Ich spürte einen Brechreiz. Was, wenn ...

Ich schloss die Augen und lenkte meine Aufmerksamkeit zu den Oberschenkeln. Nichts. Keine außergewöhnliche Empfindung. Ich spreizte die Beine und öffnete langsam die Augen. Alles unversehrt. Wenigstens das.

Ich begann zu rekonstruieren, was in der Nacht geschehen sein konnte.

Nach dem Abendessen hatte ich mich mit einem Whiskey in die Schlafkoje gelegt und das Glas erhoben.

Auf die Andere. – Auf die Andere.

Wenn schon Nabelschau, dann auf meine Art.

Auf deine Art. Jawohl.

Dann, *la blanche et la noir*. Ich hatte mich in das doppelseitig im Katalog abgedruckte Gemälde von Vallotton vertieft. Erst hatte ich die jüngere Frau betrachtet, die nackt auf einem weißen Tuch liegt. Ihr Körper mit den wohlgeformten Brüsten ist der Betrachterin zu- und gleichzeitig abgewandt. Ihre Wangen glühen. Ihre Augen sind geschlossen. Die Finger ihrer rechten Hand sind gerötet und liegen schlaff neben ihrem Bauch. Sie hat die gleichen hellroten Schamhaare wie ich. Die Ränder sehen rasiert aus. Eine leichte Rötung, wo die Oberschenkel aufeinander liegen.

Die Ältere sitzt zu ihren Füßen auf dem Bett, leicht nach vorne gebeugt, die Unterarme locker auf den Oberschenkeln übereinandergelegt. Sie trägt ein trägerloses petrolfarbiges Kleid. Auf ihrem schwarzen Haar liegt ein geknotetes Tuch, leuchtend orange wie die kleine Kugel, die an ihrem Ohrläppchen hängt und die lange Kette um ihren Hals. Die brennende Zigarette in ihrem Mund ist wie ein Pfeil auf die Ruhende gerichtet. Sie zieht die Augenbraue hoch. Ich hatte mir vorgestellt, dass sie sich unverhohlen ihren Empfindungen hingibt. Wenigstens für die Dauer der Zigarette. Schaut sie die junge Frau abfällig, verächtlich, hämisch oder aus Neid an? Die Ruhende scheint währenddessen in ihrem Erleben zu verweilen. Vielleicht kostet sie in Gedanken aus, was sie soeben erlebt hat, will es sich ganz genau einprägen, um es bewahren und später jederzeit abrufen zu können. Oder will sie sich nur nicht vorzeitig dem Blick der Anderen preisgeben? Sind ihre Augen gar nicht ganz geschlossen und sie tastet ab, was sie beim Öffnen der Augen erwartet? Überlegt sie, wie sie der Älteren begegnen soll? Spürt sie eine Scham, den Stachel einer Überlegenheit?

Das geheimnisvolle Dunkel zwischen den beiden Frauen fesselt mich jedes Mal, wenn ich das Gemälde betrachte. An diesem Abend spürte ich einen starken Drang, ja geradezu einen Sog, mich der Schonungslosigkeit eines Blicks auszusetzen, wie er von der Älteren ausging.

Ich zog mich aus. Ich rückte die Kissen im Rücken zurecht, bis mein Oberkörper leicht erhöht lag. Ich drehte mich nach rechts und breitete meinen Körper vor einer imaginierten

Betrachterin aus, so dass sie meinen Hals, meine Brüste, beide Brustwarzen, den Bauchnabel, die Scham, die aufeinanderliegenden Oberschenkel genau betrachten konnte. Ich hatte es noch im Körper, wie man das macht.

Kurz nach meinem achtzehnten Geburtstag – vorher hätte ich die Erlaubnis von Rosa gebraucht – war ich einem alten Maler für seine Aktbilder Modell gestanden und gelegen. Ich hatte meinen Körper erleben wollen, erfassen wollen, was sich in mir tut, wenn er gemustert und vermessen wird. Ich kann die langen, knochigen Finger und die trockene Haut der warmen Hände des Alten immer noch spüren. Wie er meine Gelenke mit einem angestrengten Ächzen in die gewünschte Position führte. Er versuchte, mich so wenig wie möglich anzufassen, am liebsten nur mit Zeigefinger und Daumen. Als würde er mit einer Pinzette ein Präparat erforschen, vor dem er sich ekelt. Er arbeitete wie in Zeitlupe, während ich übte, den Schmerz auszuhalten, den mir das lange Stillhalten bereitete. Die Übung faszinierte mich und verschaffte mir ein Gefühl der Genugtuung. Wenn der Alte mir einen abgewetzten Frotteebademantel über den Körper warf, verharrte ich regungslos. Lassen Sie mich, bat ich ihn, lassen Sie mich, bis Sie Ihren Kaffee getrunken haben. Er schüttelte den Kopf, ließ mich aber sein, bis er zurückkam, manchmal erst nach einem Schläfchen. Oder seine Frau kam und schickte mich weg. Ich war stolz, wenn es mir gelang, im Schmerz auszuharren. Es kam vor, dass ich ihn überhaupt nicht mehr spürte. Eigentlich ging ich nur deshalb so lange zu dem Alten.

Ich korrigiere mich. Es war C., die sich als Modell angeboten hatte, die sich für Körperempfindungen interessierte und diese am eigenen Leib erforschte. Insbesondere den Schmerz.

Ich vermute, ich trank einen weiteren Whiskey. Ich lag immer noch in der Schlafkoje. Neben dem Tisch sah ich C. stehen. Sie trug ihren weißen Arbeitskittel, die Ärmel hochgekrempelt, die Hände lässig in den Taschen. Unter dem Mantel war sie nackt. Wie früher, wenn sie malte. Sie musterte mich. Ich sah die Verachtung in ihrem Gesicht. Ich spürte sie.

Mein Körper fühlte sich taub an. Kraftlos. Erstarrt. Ich fühlte mich in ihm eingesperrt und gleichzeitig außerhalb von ihm.

Ich fragte mich, als wer ich vor ihr lag. Wen C. sah.

Ich schämte mich, wie ich dalag, meinen ohnmächtigen Leib ausgebreitet. Ich spürte einen stechenden Schmerz im oberen Bauch und in den Lungen, der den Puls hochjagte und mir das Atmen schwer machte. C. stand regungslos da, beobachtete, wie ich gegen die aufkommende Panik ankämpfte. Ich starrte sie an, ich hielt mich an ihr fest, alles andere rund um sie herum verschwamm. Es machte mich wütend, wie sie dastand und ungerührt auf mich herabschaute.

»Ja, glotz nur, schau genau hin, so sieht sie aus, diese Scheißpanik. Mal sie doch, wenn du es dir zutraust. Na los, zeig was du kannst, zeig, was du aus diesem Körper herausholen kannst«, schrie ich.

C. schaute mich unbeirrt an. Die fleischliche Behausung von Abgründen hatte sie immer angezogen.

Später saß ich am Tisch und versuchte, etwas von diesem Wechselspiel festzuhalten, das C. und ich in meiner traumähnlichen Geistesverfassung aufführten. Mal war ich mein jüngeres Selbst, mal mein jetziges; zwei Empfindungszustände, die beim Betrachten eines bekannten Gemäldes aufeinandertrafen und sich in einem fantasierten Raum überlagerten.

Es war ein erbärmliches Kritzeln. Meine Hand war ungelenk und steif. Die Bewegungen waren zu schnell und zu hektisch. Der Körper wollte weit mehr, als die Hand zustande brachte. Ich versuchte mich an der Schulter, dem angewinkelten Ellbogen, der Wölbung der Brüste, dem Knick der Hüfte der Liegenden auf dem Bett. Ich sprang fluchend auf, rauchte, duschte mit kaltem Wasser, zerknüllte oder zerriss ein Blatt nach dem anderen. Es drängte mich. Unerbittlich, wie es C. einst gedrängt hatte.

Ich versuchte mich am Kittel der jungen Malerin, die ans Bett gelehnt auf dem Boden sitzt, an ihrem Oberkörper, ihren Beinen, Knien und Füßen. Ich riss Kataloge aus dem Gestell, um eine sitzende Frau zu finden, an der ich mich orientieren konnte.

Ich sprang hin und her, war mal bei der Älteren, die auf dem Bett lag, mal bei der Jüngeren. Nach Stunden zähen Ringens ging es plötzlich. So war es immer gewesen. Die Skizze lag vor mir. Die Szene war deutlich erkennbar. Die Ältere liegt nackt auf einem zerwühlten Tuch auf einem Bett. Sie dreht ihren Körper der Betrachterin zu. Das lediglich angedeutete Gesicht mit der großen Sonnenbrille wendet sie ab. Sie gibt vor, zu schlafen. Die Jüngere sitzt erschöpft vor den Beinen der Liegenden auf dem Boden, den Rücken ans Bett gelehnt, den Kopf zurückgelegt, die angewinkelten Beine spannen den weißen Kittel auseinander. Brüste, Schamhaare, Vulva, Schamlippen, in energischem Strich festgehalten. Ihre Hände liegen schlaff neben ihr auf dem Boden. Sie ist erschöpft. Von der Wut, die ihren Schmerz überdeckt und vom Versuch, in den ihr abgewandten Leib vorzudringen. Von der Verzweiflung, es wieder nicht ... Was? C. weiß es nicht. Sie kann es nicht fassen. Es ist ein Gefühl, dem sie sich immer wieder vergeblich aussetzt.

Das C. auf dem Spiegel war real und ich saß fest. Nicht nur auf der Kloschüssel. Wollte ich aus dem Badezimmer, musste ich am Spiegel vorbei. Selbst wenn ich den Kopf nach rechts drehte, würde er sich im Bogen des Großbuchstabens spiegeln. Mich einverleiben, ob ich wollte oder nicht, ob ich es sah oder nicht. C. drückte mir ihre Signatur auf. Und mit dem großen, fetten Punkt zeigte sie mir, dass kein Weg an ihr vorbeiführte. Sie hatte den Stein vor die Höhle gesetzt.

Auf dem Schränkchen unter dem Lavabo stand der offene Tiegel mit der Körpercreme. Kenzo. Meine Lieblingsbodylotion, die es nicht mehr zu kaufen gab. Für eine sinnlose Tat vergeudet.

Ich könnte mich ducken und mich wegschleichen. Ich könnte Annarita anrufen und ihr sagen, die Wohnung müsse dringend gründlich gereinigt werden. Kinder seien zu Besuch gewesen. Ich könnte mir den Finger in den Hals stecken. Die ganze Nacht aus mir herauskotzen. Es würde leicht gehen. Mir war schon speiübel. Ich ließ es bleiben. Es hätte nicht geholfen. Erbrechen ist keine Ausscheidung. Es ist eine Pathologie.

Das Pilzgesicht, C., Mila Candrian. Eine gemeinsame Erscheinung, ein unwillkürliches Geschehen, ausgelöst von Übermüdung, Anspannung und Orientierungslosigkeit. Das ist die Erklärung, die Dr. B. mir angeboten hätte.

Es war etwas anderes. Es war die Manifestation von C.

17

Die Wohnung war über Nacht in zwei Teile zerfallen. Ich stand im Flur und schaute auf das Chaos im Wohnzimmer. Papierknäuel und -fetzen auf Tisch und Boden, die Leselampe am Bücherregal brannte, auf dem Boden neben der Matratze mein Kleid, meine Unterwäsche und ein weißes Badetuch, auf dem Tisch der volle Aschenbecher und die zerknüllte Zigarettenpackung, die Whiskeyflasche, es war deutlich weniger drin als am Vortag, ein Haufen Spitzabfall auf einem weißen Blatt, in der Schlafkoje offene Ausstellungskataloge mit Aktbildern: »Shit.« Im Arbeitszimmer sah es bis auf eine aufgezogene Schublade aus wie immer.

Wenigstens ist dieses Zimmer noch mein, dachte ich. Aber was heißt schon mein.

Die Wohnung stank nach Zigarettenrauch und mir wurde übel. Ich ging in die Küche, um mir Kaffee zu machen. Die Espressokanne stand halbvoll neben dem Herd. Immerhin war ich gegenwärtig genug gewesen, die Kanne wegzuziehen und den Herd auszuschalten. Das beruhigte mich ein bisschen.

Der Boden vor dem Herd war klebrig, gebrauchtes Geschirr stand neben der Spüle, dazwischen lag eine Nektarine, die eine Hälfte grau und schrumplig. Angewidert wandte ich mich ab.

Ich bemerkte die Spuren von Tropfen auf der Fensterscheibe und mir fiel auf, dass ich im Frühjahr vergessen hatte, sie reinigen zu lassen, der Schrank mit den Lebensmitteln musste durchgesehen werden, geschmacklose Gewürze und angebrochene Packungen Mehl, Zwieback, Müesli und Pasta aussortiert werden, das Gefrierfach war seit langem vereist, der Zeitungsstapler quoll über, noch ein zwei Zeitschriften, und der

Stapel würde abrutschen. Bin ich gereizt, sehe ich alles, was in Ordnung gebracht werden müsste, und meine Laune fällt vollends zusammen. Ich setzte frischen Kaffee auf und ging ins Schlafzimmer, um mir etwas Frisches anzuziehen.

Der Kleiderschrank war leergeräumt. Ein einziger Metallbügel hing an der Stange. Ich ließ mich auf die Bettkante fallen und starrte auf den Bügel, der in der Leere schaukelte und gegen die Rückwand des Schranks schlug. Auf dem Schrankboden lag eine meiner weißen Blusen. Ich hob sie auf. Es war eine Designerbluse, die ich vor Jahren im Sale zu groß gekauft und deshalb nie getragen hatte. Der Kragen war weggeschnitten. Zerfranste Überreste ragten aus der Naht. Ich schleuderte die Bluse zurück in den Schrank und warf die Schranktür so heftig zu, dass sie sofort wieder aufschoss und mir an den Kopf knallte. Wütend schlug ich sie nochmal zu. Sie widersetzte sich und schwang zurück. Ich ließ mich rücklings aufs Bett fallen und schloss die Augen.

»Du brauchst einen Arbeitskittel«, echote das Phantom der letzten Nacht.

Ich setzte mich auf.

Ganz bestimmt nicht. Das ist vorbei. Die Entscheidung war klar, unwiderruflich, endgültig gewesen. Ich werde nicht mehr malen. Daran gab es in all den Jahren nie nur den geringsten Zweifel. Es gab nie nur ein winziges Bedürfnis, die Entscheidung infrage zu stellen. Und das wird auch so bleiben. Ich werde aufräumen, die Wohnung sauber machen und alles wieder in Ordnung bringen.

Meine Kleider fand ich unter dem Bett. Hosenanzüge, Deux-Pièces, Kleider, viel blau und schwarz, dazwischen Flecken von weißen Blusen, ein paar Zipfel von gemusterten Strandkleidern. Ich zog an einem gestreiften Stoff, aber er hing im Knäuel fest. Ich ließ es bleiben. Der Schrankteil mit den Pullovern, Shirts und Sportsachen war unberührt. In den Fächern stapelten sich getragene und ungetragene Pullover, Shirts und Strickjacken. Bekleidungsspuren von Jahren in verschiedenen Funktionen und ohne Freizeit. Auch hier müsste dringend aussortiert werden. Eine anstrengende Arbeit. Und Potenzial für schlechte Laune. Darum hatte ich noch nicht damit angefangen. Zeit dafür hätte ich gehabt. Ich zog mir Yogaleggings und ein Top über, griff nach der Hemdbluse, kehrte in die Küche zurück und stopfte sie in den Abfallsack.

Ich trank zwei Tassen Espresso und schenkte mir eine dritte ein. Meine Hände zitterten, und ich ließ die Tasse in der Küche stehen. Ich setzte mich in den Sessel im Arbeitszimmer, legte die Füße hoch und den Kopf zurück.

Super. Jetzt ist die Candrian drauf und dran, vollends die Kontrolle zu verlieren. Dr. B. anrufen? Sie wird auch nicht weiterwissen. Ich musste mir selbst helfen. Im Badezimmerschrank lag eine angebrochene Packung Temesta, die sie mir gegen meine Flugangst verschrieben hatte. Nur, dort lauerte das aufgeschmierte C.

Warum bist du zurück? Was willst du von mir?

Warum hast *du* mich gerufen? Was willst *du* von mir, antwortete C.

Genie in a bottle. Ich habe dich nicht gerufen. Verschwinde wieder.

Ich kroch auf allen Vieren ins Badezimmer und schnappte mir die Packung Temesta aus dem Schränkchen unter dem Lavabo. Ein Viertel einer Temesta und die Geborgenheit des eiförmigen Sessels beruhigten mich. Ich schloss die Augen und dämmerte weg.

Ein paar Tage später kam per Post ein Paket. Offenbar hatte ich in der Nacht der Heimsuchung per E-Mail einen weißen Arbeitskittel bestellt.

18

Ich schreckte auf. Ich war durcheinander und mein Herz klopfte heftig. Das Fenster knallte zu und ich zuckte erneut zusammen. Als ich aufstand, um es zu schließen, hörte ich Mirko.

Scheiße, sie sind wieder da. Ich kehrte in den Sessel zurück und schaute zu, wie das Fenster langsam aufging. Bevor es erneut zufiel, steckte ich mir die Finger in die Ohren. Er wird es hören. Er wird nach oben schauen. Neugierig, ob ich mich zeigen werde. Wahrscheinlich hat er sich bereits überlegt, was er mir zurufen wird, würde ich am Fenster erscheinen.

»Komm ... lauf schon ... los, Mischa, beweg dich ein bisschen ... schau, was das für ein Spass ist«, rief Mirko. Die Wörter in seiner Sprache kamen durch das geöffnete Fenster geflogen wie Papierflieger mit einer scharf gefalteten Spitze, die auf mich zielten. Ich flüchtete in die Küche, packte ein Wasserglas und schleuderte es auf den Boden. Ich griff nach einer spitzen, großen Scherbe und ließ sie sofort wieder fallen.

Raus. Weg von hier. Sofort, befahl ich mir.

Ich packte den Schlüsselbund und hastete die Treppe hinunter aus dem Haus.

Vor der Haustür blieb ich stehen und fluchte. Mirko und der Kleine. Ich konnte nicht durch den Garten.

Ich kletterte über den Zaun aufs Grundstück der Nachbarn, schlich hinter ihrem Haus vorbei, rannte über deren Gartenweg auf die Straße, gebückt der Hecke meines Gartens entlang bis zur Treppe, die auf den Hügel und zum Wald hoch führte. Schon bei den ersten Stufen begann ich schwer zu atmen. Ich verlangsamte das Tempo, trieb mich aber an, auf keinen Fall stehen zu bleiben. Der Schweiß lief mir am ganzen Körper herab. Ich kämpfte mich Stufe um Stufe voran, bis ich keuchend, schwitzend und mit Seitenstechen oben ankam. Ich torkelte zu einer freien Bank unter den Kastanienbäumen. Mein Herz raste und es dauerte, bis sich mein Atem beruhigte und ich aufschauen konnte. Am äußeren Rand der anderen Bank saß eine alte Frau und schaute auf die Stadt hinunter, auf die Häuserblöcke die in Bau waren, auf die glänzenden Fassadenflächen, die den Gebäuden etwas Abgestumpftes verliehen.

Erst jetzt bemerkte ich das Blut an meiner Hand und auf dem Shirt. Hatte ich mich also doch geschnitten. Ich leckte das Blut ab. Der Schnitt war in der Fingerbeere des Ringfingers meiner rechten Hand. Er war nicht allzu tief. Ich ging zum Brunnen und ließ das kalte Wasser über den Finger laufen. Ich wusch mir die Hände, zog mir das Shirt über den Kopf, wusch es aus, zog es mir nass wieder über und setzte mich zurück auf die Bank. Die Frau war inzwischen gegangen. Mich fröstelte im Schatten der Bäume, aber das nasse Shirt erfrischte meinen Geist.

Die Stadt war im Umbau. Herausgeputzt, urban und aufstrebend sollte sie sich in naher Zukunft präsentieren. Als Wahrzeichen des Umbruchs wurde ein Turm hochgezogen. Er sollte dereinst den Ton angeben. Um ihn herum wurde abgerissen und platt gemacht. »Bauen zwischen Resignation und Utopie«, hatten sie in einer Zeitung geschrieben. Irgendwie trifft die Schlagzeile auch für mich zu, dachte ich erst. Wie ein Hündchen renne ich hechelnd zwischen den beiden Polen hin und her und bekomme nichts zu fassen. – Für die Resignation gab es Zeugen. Und die Utopie? – *Nothing but nothing.* Ich betrachtete die Ausdehnung der Stadt, die Wolken über dem See, die Berge, die in der Ferne schwach zu erkennen waren. Ich dachte an Luba in ihrer Sprachlaborbox. Konnte sie mit dem Wort etwas anfangen? Ich versuchte sie nachzuahmen: *Utopie.* Vermutlich spricht sie das E aus und zieht es in die Länge. Damit sich das Wort in die Sprachmelodie einfügt: *Utopieee. Utopit.* Ertrinken. *Udusit.* Ersticken.

Dieser Sprachtick ist ein sinnloses rückwärtsgewandtes Hirngespinst. Eine unnötige Sentimentalität. Abwegig, schnaubte ich.

Ich tat mir unrecht. Es war nicht abwegig. Es war abgründig. Die Utopie lag hinter einem Schmerz unter der Sprache verborgen, den C. zu durchdringen und zu überwinden versucht und Mila Candrian verbannt hatte.

Auf der Bank auf dem Hügel fragte ich mich: Was mache ich eigentlich da unten, in dieser kleinen Wohnung, die mir nicht einmal gehört, in diesem konservativen und öden Wohnquartier? Warum sperre ich mich dort ein? Verstecke mich vor den Nachbarn und mache mich lächerlich. Oder andersherum, warum lasse ich all das mit mir machen? Warum lasse ich mich so niederdrücken? Warum lasse ich mich in die Enge treiben? Ich hatte genug Erspartes, um ein, zwei Jahre durchzukommen. Würde ich die Ausgaben reduzieren, sogar länger. Und für den schlimmsten Fall gab es das Konto, das Vater mir hinterlassen hatte.

Tu etwas, anstatt zu jammern. Zum Beispiel kündigen, forderte ich mich auf.

C. hätte es getan. Umgehend. Sie hätte das nicht über sich ergehen lassen. Ein Entscheid und zack. Warum verliere *ich* mich in Widerstandslosigkeit, Unzufriedenheit und Mutlosigkeit? Was hält mich in diesem beschissenen Zustand fest?

Als ich mit dem Daumen dem Schnitt in meinem Finger entlangfuhr und den brennenden Schmerz spürte, hörte ich Rosa mit vorwurfsvoller Stimme fragen: »Hast du dich schon wieder geschnitten?«

Die Haut hatte sich inzwischen zusammengezogen, die Zellen hatten sich bereits an die Arbeit gemacht. Langsam zog ich den Schnitt auseinander. Sofort füllte er sich mit Blut. Ich saugte es auf.

Krev, Blut. Nüchtern wie die Feststellung eines Chirurgen während der Operation. Vielleicht würde Luba dem Wort Trost einhauchen. Zu Hause werde ich mir anhören, wie sie das Wort ausspricht. Zu Hause. Es klang falsch. Ich fühlte mich wie ein Tier in einer Schuhschachtel, das durch ein paar Löcher im Deckel Luft zum Atmen bekommt und keine Ahnung hat, wohin es gebracht wird.

Selbstmitleid ist erbärmlich. Ich schob den Nagel des Kleinfingers der linken Hand langsam in den Schnitt, schloss die Augen, atmete ein und stieß zu.

Zurück in der Wohnung desinfizierte ich den Schnitt, klebte ein Pflaster um den Finger und umwickelte ihn mit einem Vliesband. Ich war wütend. Aber ich wusste nicht auf wen oder auf was. Auf mich, die es nicht im Griff hatte? Auf C., die zurückdrängte? Auf die Nachbarn, die mich störten? Auf Gerlinde?

»Und jetzt Sie.« Ich setzte zu einem nächsten Akt an. Ich war zu erschöpft, um mich zu stoppen. Um der Inszenierung, die ich C. zuschrieb, etwas entgegenzusetzen.

Ich nahm einen Schminkpinsel und den Topf mit der Körpercreme und stellte mich vor den Spiegel im Schlafzimmer. Ich tauchte den Pinsel in die Creme und pinselte die Konturen meines Spiegelbilds nach. Schultern, Rumpf, Brüste, Hüften und Beine, drei kräftige Striche, die unter dem Nabel auf das Ende des langen Strichs der aneinander liegenden Oberschenkel trafen, Arme und am linken Spiegelrand eine große erhobene Hand. In meinem Arm regten sich die Empfindungen früherer Malbewegungen. Ich spürte eine Entschlossenheit aufkommen, die mit jedem Pinselstrich stärker wurde. Ich fügte die Umrisse eines Kopfes hinzu, eine Haarpartie mit einem Dutt, Striche für geschlossene Augen und nach unten gezogene Mundwinkel. Als ich fertig war, trat ich einen Schritt zurück und betrachtete mein »Werk«.

Etwas fehlte.

Nach einer Weile ging ich ins Badezimmer, warf dem C. auf dem Spiegel einen triumphierenden Blick zu, griff nach Rouge Dior und kehrte ins Schlafzimmer zurück. Mit dem Lippenstift malte ich dem Spiegelbild ein Messer in die Hand. Cut. C.

Ihre Entschlossenheit. Ihre Unerschrockenheit. Ihre Selbstgewissheit. Ihre kreative Potenz. Die Beherrschung von Schmerz.

Ich legte meine Hand auf die Hand mit dem Messer und spürte, wie mich eine tiefe Trauer einnahm.

19

Ich wachte kurz nach fünf Uhr auf und fühlte mich erstaunlich ausgeschlafen. Ich stand auf, absolvierte meine Yogasequenz, duschte, trank Kaffee und bereitete mir sogar ein warmes Müsli mit Zimt und Honig, das ich auf dem Balkon aß. Für die Tageszeit war es schon sehr warm. Ich goss die Pflanzen, knipste verdorrte Blätter und Blüten ab und machte mich an die Arbeit. Ich zerrte die Kleider unter dem Bett hervor, die meisten stopfte ich in Abfallsäcke. Ich hielt mich an, möglichst wenig zu denken und mich auf die Frage zu konzentrieren, was ich für einen Sommer ohne Job behalten wollte. Bei den Kleidern von Arturo zögerte ich. Sie waren unverschämt teuer gewesen. Ich behielt ein rotes und ein schwarzes, das blaue, das ich bei Sander getragen hatte, kam weg. Es machte mich zufrieden, wie wenig am Ende im Schrank blieb. Am liebsten hätte ich die Säcke gleich weggebracht. Aber um die Zeit war viel Verkehr in der Stadt, und ich wollte meine Aufräumaktion nicht unterbrechen.

Ich stand vor dem Bücherregal im Wohnzimmer und zog die ersten Bände heraus, um den Staub wegzuwischen, als ich das Rattern von Rollen auf dem Gartenweg hörte. Mirko. Es war Montag. Offensichtlich musste er wieder weg. Er zog einen silbernen Koffer hinter sich her, an der einen Schulter hing eine große, schwarze Computertasche, an der anderen die weiße Einkaufstasche mit der Riesenerdbeere, die ebenfalls schwer aussah. Die gehört dem Kleinen, empörte ich mich. Er braucht sie. Seht ihr nicht, dass er das immer Gleiche braucht? Die Ordnung. Die Wiederholung. Versteht ihr das nicht? Mirko machte das Gartentor hinter sich zu und verschwand hinter der Hecke. Ich stellte mich auf ein Geschrei ein, das ich bald zu hören bekommen würde. Es blieb ruhig.

Als ich mit den Büchern fertig war, schaute ich mich im Arbeitszimmer um. Hier gab es nicht viel wegzuräumen. Zwei, drei Papiertaschen mit veralteter Fachliteratur, mehr nicht. In der Küche hätte es mehr zu tun gegeben, aber ich wollte nicht verpassen, wenn der Kleine in den Garten kam. Ich war im Badezimmer, als ich die Haustür zufallen hörte. Ich eilte ins Wohnzimmer. Die beiden machten sich auch auf den Weg. Pavlina trug eine Badetasche in der einen Hand, an der anderen hielt sie den Kleinen. Wie immer hatte er seine Gans unter dem Arm. Er trug rosa Schwimmflügel. Sie gingen weg. Vielleicht die Anordnung von Mirko. Lasst die Candrian in Ruhe. Ich will hier keinen Ärger. Denkbar war es. Schade.

Während ich das Fenster im Arbeitszimmer putzte, legte ich mir im Kopf eine E-Mail für Sander zurecht.

Geschätzter Herr Sander, mit diesen Zeilen kündige ich das Beratungsmandat. Es war eine Zusage im Affekt. Sie erinnern sich. Ihre Methode bringt bei mir nichts in Bewegung. Im Gegenteil. Es geht um die »wahren Hintergründe« (Zitat aus Ihrem Ordner). In diesem Punkt gebe ich Ihnen recht. Nur, schwarze Rahmen eignen sich nicht, sie zu (er)fassen.

Der Ordner ist mir leider abhandengekommen. Ich entschuldige mich.

Schicken Sie mir bitte eine Rechnung für den bisher entstandenen Aufwand.

Meine Vorgesetzte, Frau Gerlinde Häberle, und unseren gemeinsamen Freund werde ich selbst informieren.

Ich danke Ihnen für das Gespräch und grüße Sie
Mila Candrian

Ich schickte die Zeilen ab und machte mich für die Entsorgungsfahrt bereit. Die Bücher brachte ich in ein Brockenhaus, wo sie die Papiertaschen unbesehen entgegennahmen, die Säcke mit den Kleidern gab ich im Caritasladen ab. Der Schanzengraben war nicht weit weg und ich entschied, mich dort von meiner Aktion zu erholen. Auf dem Weg kaufte ich mir in einer Gelateria einen großen Becher Eis. Pistazie, Schokolade und Cassata. Im Schanzengraben waren weniger Leute als beim letzten Mal. Ich ging ein kleines Stück dem Steg entlang, bis zu einem großen Stein, der unmittelbar neben dem Steg im Wasser lag. Ich schüttelte mir die Flipflops von den Füßen, setzte mich auf den Stein, tauchte die Beine bis zu den Knien ins Wasser und löffelte mein Eis. Es war ein angenehmer Ort. Die Menschen kamen her, um sich auszuruhen. Ich war nahezu zufrieden. Ich begann sogar, mich umzusehen. Ein junger Mann mit Bart wickelte ein Kind, eine verschleierte Frau saß mit verschränkten Händen im Schoß neben einem Mann mit großem Bauch, der in sein Mobiltelefon tippte, weiter weg lag einer mit einem aufgeschlagenen Buch auf der Brust und einem Cap auf dem Gesicht auf einer Bank, eine Frau las Zeitung.

Ich nahm mir vor, regelmäßig herzukommen, machte es letztlich aber doch nicht. Mein Sommer blieb ein Kammerspiel mit einem Kind. Ich erinnere mich lediglich an einen einzigen weiteren Aufenthalt, bei dem ich auf ein Mädchen aufmerksam geworden war. Sie war jünger als Mischa und kam an der Hand ihres Vaters über den Steg spaziert. Der Mann kam mir sehr groß vor. Er trug eine weiße Bermudas und ein rosa Poloshirt mit hochgestelltem Kragen. Sein Kopf war kahl. Die braungebrannte Haut glänzte in der Sonne. Die Kleine machte sich los und tappte in Richtung der Enten, die in meiner Nähe am Rand des Stegs mit dem Schnabel im Gefieder ruhten. Der Mann blieb dicht hinter der Kleinen. Als sie zu nahe an den Rand des Stegs geriet, schubste er sie sachte zurück auf sicheren Kurs. Ihr Tapsen schreckte die Enten auf. Sie erhoben sich, ließen sich ins Wasser fallen und paddelten in die Mitte des Wassergrabens. Der Mann zog eine halbe Semmel aus einer Papiertüte. Seine Oberarme waren bis zu den Ellenbogen dicht tätowiert. Er brach ein Stück vom Brötchen ab und hielt es der Kleinen vor den Mund. Sie schüttelte den Kopf. Er sagte etwas, versuchte es nochmal, aber sie drehte den Kopf weg. Er zupfte noch kleinere Stückchen ab und die Kleine begann, sie ins Wasser zu werfen. Als die Enten zurückgeschwommen kamen und die Brotbröckchen schnabulierten, stieß das Mädchen entzückte Schreie aus. Der Vater schaute in meine Richtung und lächelte. Nach einer Weile hob er die Kleine auf. Ich versuchte mir vorzustellen, wie es sich anfühlte, von so gestählten Muskeln gehalten zu werden. Ich fragte mich, was für ein Gefühl es im Körpergedächtnis der Kleinen hinterlassen würde. Ob sie sich später instinktiv zu muskulösen Körpern hingezogen fühlen würde. Ich konnte mich lediglich an die Hand von Vater auf meinem Kopf erinnern. Vielleicht liebe ich es deshalb, wenn mir jemand den Scheitel streichelt. Ich stellte mir vor, wie die Kleine mit ihren Fingerchen über die Tätowierung streicht. Bis dahin hatte ich nie darüber nachgedacht, wie sich tätowierte Haut anfühlen könnte. Ich schaute immer gleich weg, wenn sich ein Mann oder eine Frau bückte und sich unter dem verrutschten Hosenbund oder unter einem verdrehten String der Ansatz einer mit einem mattgrauen Hirschgeweih gekrönten Pospalte zeigte. Ich dachte, am ehesten fühlt sich eine Tätowierung wie die Haut am Hals einer Schildkröte an.

Bald wird die Kleine fragen, wieso er diese Bilder auf der Haut hat und sie nicht, weshalb die Mama sie an einer anderen Körperstelle hat. Ob sie die Bilder später, wenn sie groß ist, auch auf ihrem Körper haben wird. Wann das geschehen wird. Und wie. Welche Bilder bei ihr wachsen werden. Ich hatte keine Idee, wie sie dem Kind erklärten, wie die Zeichnungen auf ihre Körper gekommen waren. Weshalb sie sich diesen Schmerz zugefügt hatten und die Haut für immer mit dem hässlichen Grau hatten überziehen lassen. Was ging ihnen durch den Kopf, wenn sie jetzt die weiche, unversehrte Haut ihres Kindes liebkosten. Würden sie sich wieder tätowieren lassen? Möglicherweise erst recht. Möglicherweise versetzt der Anblick dieser – zumindest körperlichen – kindlichen Reinheit in Menschen *etwas* in Unruhe.

Ich saß zu weit weg, um zu erkennen, was der Mann sich hatte eingravieren lassen. Es war etwas Großflächiges. Kurz überlegte ich, aufzustehen, beim Vorbeigehen ein bisschen Small Talk zu machen und dabei zu sehen, was es war. Ich ließ es bleiben. Stattdessen fragte ich mich weiter, ob die Muskeln dem Kind wirklich das Gefühl von Halt gaben. Ob sie sich nicht wie eine zu stark aufgepumpte Luftmatratze anfühlten. Ob das Kind nicht eher fürchtete, abzurutschen. Es schien mir unmöglich, dass so kleine Kinderhände sich an dieser prallen Masse festhalten konnten. Die Kleine zappelte und wollte abgesetzt werden. Aber der Mann hielt sie in seinem tätowierten Arm fest, während er mit der anderen Hand ein Mobiltelefon aus der Hosentasche zog. Mit abgedrehtem Kopf telefonierte er kurz. Dann gingen sie.

Ich hatte nie etwas mit einem Mann mit Tätowierung. Ich fantasierte, wie meine Finger über die geschmückte Festigkeit wandern. Einen Versuch wäre es wert.

SMS an Franziska: *könntest du bitte darius fragen, wie sich tätowierte haut anfühlt?*

Am späteren Nachmittag fand ich auf einer der Treppenstufen in den Garten ein Vogelküken. Aus den Flügelchen sprossen schwarze Federkiele, sonst war der Körper kahl. Angewidert drehte ich mich um und holte einen Zellophanbeutel und eine Rolle Haushaltpapier aus der Küche. Als ich den winzigen Kadaver mit einem Stück Papier aufheben wollte, ließ ich ihn sofort wieder fallen. Das Köpfchen hatte sich unerwartet fest und warm angefühlt. Mich schauderte. War das Vögelchen noch warm vom Leben oder von der sonnengewärmten Treppenstufe, auf der es gelegen hatte? Falls es noch lebte, würde es im Beutel rasch ersticken. Zusammen mit den Ameisen, die ein letztes Stück aus ihm herausschnitten, bevor ihnen ebenfalls die Luft ausgehen würde. Ich hob das Papier an einer Ecke auf und holte tief Luft, als eine Kinderstimme fragte: *»Co děláš?«*, was machst du? Ich warf den Kadaver im Papier in den Beutel und drehte ihn zu, bevor ich mich dem Kind zuwandte. Mit einem strengen Blick und gerunzelter Stirn schaute mich der Kleine an, streckte sein Zeigefingerchen aus und fragte mich, was ich da hätte. Ich wusste nicht, wie lange er dagestanden und mir zugeschaut hatte. Ich überlegte, ob ich auf den Kot einer Katze ausweichen sollte, als er bereits forderte: *»Ukaš«*, zeig her. Ich wollte ihn nicht erschrecken und schon gar nicht die erste richtige Begegnung mit ihm verpatzen. Während ich den Beutel langsam aufdrehte sagte ich: »Das Vögelchen lebt leider nicht mehr, es ist tot.« Ich sprach langsam und leise. Ich ging davon aus, dass er kein Deutsch verstand. Und ich bemühte mich, meine Stimme möglichst sanft klingen zu lassen.

Dann dachte ich, man sollte dem Kind nichts vormachen und streckte ihm den offenen Beutel entgegen. Das Vogelköpfchen ragte aus dem Papier.

»To je ptáček«, das ist ein Vögelchen, rief er. Es klang als würde er mir vorwerfen, das kleine Geschöpf umgebracht zu haben. Aufgeregt sagte er, dass ich den Beutel nicht verschließen dürfe, dass das Vögelchen nicht atmen könne und sterben werde. *Dychat*, atmen, hatte er gesagt.

Später schaute ich nach, was Atem heißt. *Dech*, sprach mir Luba vor. Es hörte sich mehr als fauchen denn als sprechen an. »Ich kann in diesem Haus, in diesem Dorf, in diesem Leben nicht atmen«, hatte Rosa mehr als einmal gesagt. Was sie damit gemeint hatte, hatte ich damals nicht verstanden.

Eine Ameise kroch mir über das Handgelenk. Als ich den Arm ausstreckte um sie wegzublasen, riss mir der Kleine den Beutel aus der Hand und rannte davon. Bravo. Sehr gut gemacht, Candrian. Jetzt bist du die Nachbarin, die Vogelbabys tötet.

Ich ging durch den Garten, kickte in den Rasen, riss ein paar verdorrte Blätter von den Sträuchern, pflückte eine Hand voll Johannisbeerdolden und setzte mich auf die sonnengewärmten Treppenstufen. Ich betrachtete die roten Beeren, die ich als Kind verabscheut hatte.

Rybíz. Ich erinnerte mich, wie ich auf einem Schemel vor den Sträuchern im Garten von Frau Kolb saß und ein großes Salatsieb füllen musste. Ich trug den dunkelblauen Badeanzug mit dem weißen Faltenröckchen, das mit einem roten Band angenäht war, und einen Sonnenhut aus Stroh. Dass ich mich daran noch erinnere, dachte ich. Ich konnte höchstens vier Jahre alt gewesen sein. Ungefähr wie Mischa. Ich fürchtete mich vor der Frau mit dem spitzen Kichern und vor der Dunkelheit in ihrem Haus, in dem es nach gekochten Kartoffeln und den knallenden Fürzen ihres Mannes roch. Im Sommer reichte sie uns Zucchetti, groß wie Knüppel, und Salatköpfe voller Schnecken über den schwarz geteerten Zaun. Passte man nicht auf, blieb ein Stück Rock oder Leibchen kleben. Ich mochte nichts, was aus ihrem Garten kam. Außer den Himbeeren. Aber die behielten sie für sich. Die Nachbarin rief uns den ganzen Sommer zur Ernte von Erbsen, Bohnen, Stachelbeeren, Johannisbeeren. Meistens schickte Mutter mich hin. Allein.

»Wir müssen dankbar sein, wenn sich die Nachbarn so nett um uns kümmern«, wies uns Vater an.

Dieser Dankbarkeitsmythos. Damit hatte ich nie etwas anfangen können. Das Gefühl ist mir nicht vertraut. Das

Unbehagen, das mit dem Fehlen dieses Gefühls verbunden ist, kenne ich. Man fühlt sich falsch, wenn man die hoch gepriesene Dankbarkeit nicht spürt, die heute zur Grundausstattung eines sogenannt »heilen« Menschen zu gehören scheint und die mit Tautropfen und Steinkreisen in Herzform illustriert an den Kassen der Buchhandlungen aufliegt.

Das Kind soll nicht lernen, dankbar sein zu müssen. Wofür auch? Dass es hier sein darf? Es war zu klein, um mitentscheiden zu können. Ob ich ein Grab für das Vögelchen ausheben soll? Mit einem Kreuzchen aus Holzspiessen? Würde es den Kleinen trösten oder ihn noch mehr verstören? Darf man so etwas einem Kind überhaupt zumuten?

Meine Hand fühlte sich klebrig an. Während ich meinen Gedanken nachhing, hatte ich die Beeren zerdrückt und meine Handfläche war mit einem roten Mus verschmiert. Als ich aufstand, um sie am Gartenschlauch zu waschen, kam der Kleine an der Hand seiner Großmutter um die Ecke. Sie lächelte mich erwartungsvoll an. Ich lächelte ebenfalls, wenn auch gezwungen. Ich wollte nicht mit ihr ins Gespräch kommen, aber ich hatte etwas gutzumachen. Ich ging auf sie zu, drehte die Handflächen nach oben, hob die Schultern und entschuldigte mich, dass ich ihr die Hand nicht geben konnte. Der Kleine riss sich los und flüchtete zurück um die Ecke.

»Ich habe Beeren gepflückt. Entschuldigen Sie bitte, dass ich den Kleinen so erschreckt habe. Es ist mir furchtbar peinlich. Das wollte ich wirklich nicht. Guten Tag. Ich bin Mila. Mila Candrian.« Ich sprach hochdeutsch und während ich sprach fiel mir ein, dass ich nicht wusste, ob die Frau mich überhaupt verstand. Bevor ich fragen konnte, sagte sie: »Ich freue mich, Sie endlich kennenzulernen. Ich heiße Pavlina.«

Pavlina. Ein schöner Name. Ich stellte mir vor, wie er hier ausgesprochen wurde. »Paflina«. Es war kindisch, aber ich musste mir das Grinsen verkneifen. Piff, paff, puff. Wie würde ich sie ansprechen? Spräche ich den Namen so wie sie selbst aus, würde sie bemerken, dass es anders klang, als sie es hier hörte.

Sie rief den Kleinen zu sich, redete ihm zu, er solle sich nicht schämen. *Stydět*. Ich kenne das Wort und das Gefühl bei dieser Aufforderung, sie ist absurd. Pavlina bot mir eine Zigarette an. Ich lehnte ab. Ich fragte, was wir mit dem toten Vogel machen sollen, um das Kind zu beruhigen.

»Ich möchte nicht, dass der Kleine glaubt, ich hätte den Vogel getötet. Und ich möchte nicht, dass er sich fürchtet.«

»Ach, schon erledigt«, sagte sie mit einer wegwerfenden Geste. Bei jedem Wort dampfte Qualm aus ihrem Mund.

»Wie?«

»Mülleimer.« Sie sagte, der Junge sei fürchterlich sensibel. Und schüchtern. Zudem fürchte er sich vor allem Möglichen. Kürzlich habe er losgeheult, als sie in einer Wiese ein paar Blumen gepflückt habe. Sie verdrehte die Augen und seufzte. »Es ist sehr anstrengend mit ihm.«

Ärlädigt, firchterlich, sähr ansträngänd. Bei ihrer Art deutsch zu sprechen kam mir das Silbentrennungsprogramm auf dem Computer in den Sinn. Ich riss mich zusammen. Ich wollte, dass der Kleine zurückkam.

»Ich höre den Kleinen in der Nacht weinen«, sagte ich.

Er träume schlecht, begann Pavlina zu erzählen. Er vermisse seine Mutter. Sie kam einen Schritt näher und flüsterte: »Sie ist krank in Kopf, sehr krank.« Ihr Atem roch sauer. Ich trat einen Schritt zurück.

Der Schwiegersohn arbeite schon länger in Zürich, er wolle hierbleiben und den Jungen zu sich holen. Er habe einen guten Job, verdiene anständig und mache sich große Sorgen um Mischa. Aber die Bürokratie in Tschechien. Sie schüttelte die Hand mit den gespreizten Fingern. Alles schrecklich kompliziert. Man habe wenig Erfahrung mit so einer Situation. Sie glaube nicht, dass es funktionieren werde. Und wenn, werde es lange dauern. Bis dann gehe Mischa vielleicht schon in den Kindergarten. Sobald sie aus der Klinik rauskomme, werde die Tochter alles tun, um ihn bei sich zu behalten. Obwohl sie sich allein nicht um das Kind kümmern könne. Es sei alles sehr schlimm. Sie zog lang an ihrer Zigarette. Sie selbst wolle möglichst bald wieder nach Hause. Für sie sei es hier schwierig. Und langweilig. Sie kenne niemanden und alles sei viel zu teuer für sie. Sie könne sich nichts leisten. Dann sagte sie: »Es ist schön, mit jemandem zu reden«, während ich überlegte, wie ich mit dem Kleinen Kontakt aufnehmen konnte.

Pavlina nahm einen letzten tiefen Zug und drückte die Zigarette auf einem der Pflastersteine aus.

»Ich habe Mirko erzählt, dass Sie uns fotografiert haben.« Sie lachte und hustete zugleich. »Er bekam Angst. Er dachte, Sie arbeiten vielleicht bei einer Behörde. Wissen Sie, im Moment sind wir alle ein bisschen meschugge.« Sie tippte mit dem Zeigefinger an ihre Schläfe. Auf den Fingernägeln glitzerten silberne Sternchen. *Hvězdički*. Ob sie Mischa gefielen?

Pavlina zerrte den Kleinen aus seinem Versteck und hielt ihn vor ihren Beinen an den Schultern fest. Mit gesenktem Kopf ließ er es geschehen. Ich betrachtete den Seitenscheitel in den glatten hellblonden Haaren und erinnerte mich an den Druck der harten Spitzen des Kamms, der die feucht gemachten, widerspenstigen Haare teilte, Strich für Strich in den Schädel gedrückt, damit die Ordnung auf dem Kopf anhielt. Mein Wille geschehe, deiner zählt noch nicht.

Warum strich sie dem Kind nicht über den Kopf? Warum flüsterte sie ihm nicht etwas Beruhigendes ins Ohr. Stattdessen forderte sie ihn auf, der *Paní Candrianova* die Hand zu geben. *Paní Candrianova*. Das fehlte mir gerade noch, dass der Kleine mich so ansprechen würde.

»Mila«, fuhr ich dazwischen, »ich bin auch für den Kleinen Mila.« Mein Ton klang barsch. Der Junge befreite sich, schlüpfte hinter seine Großmutter und umschlang mit seinen blassen Ärmchen ihr Bein. Der Jeansrock rutschte hoch und gab feiste Oberschenkel voller Dellen, Besenreiser und geplatzter Äderchen frei. Sie sahen aus wie die Beine der Babina. Beine, auf denen sie jahrzehntelang unablässig in ihrem Wirtshaus hin- und hergeeilt war. Ich erinnerte mich, wie alles in Butter schwamm, was sie für uns kochte. Wie sie behauptete, wir seien viel zu mager und dass unser gesundes Essen daran schuld war.

Pavlina schüttelte den Kleinen ab und zog sich den Rock zurecht. Er trat einen Schritt zurück und drehte sich hinter ihr um. Mit hängenden Ärmchen stand er da. In einem hellblauen Shirt. Die Haare bedeckten seinen weichen Nacken. Noch hielt er seinen Kinderrücken gerade. Regungslos starrte er auf den Gartenzaun oder wohin auch immer. Es traf mich, wie er dastand, sein kleiner Körper erstarrt zwischen weglaufen und hierbleiben. Alle standen wir da, jeder in der eigenen körperlichen Starre, während das Innere tobte und sich gleichzeitig ausleerte. Mir wurde schwindlig, die Kraft glitt aus meinen Beinen und ich wankte. Ich hielt mich am Körper des kleinen Wesens vor mir und am Gartenzaun fest, wie wenn man auf einem schwankenden Schiff den Horizont fixiert, um die Übelkeit abzuwenden, bis ich einen festen Griff am Oberarm spürte und die Stimme von Pavlina hörte. »Alles in Ordnung, Mila?« Ich machte mich los.

»Ja, alles gut. Es ist nur, ich habe heute noch fast nichts gegessen. Und die Hitze.«

»Ja, diese Hitze. Nicht zum Aushalten«, seufzte sie.

Ich wollte so rasch wie möglich weg. Ich fürchtete, dass Pavlina sich aufdrängen und mich mit endlosen Ausführungen bedrängen würde; wie es sich in ihrem Land lebte, was dort besser und was hier besser war, wie es vor der Wende und nach der Wende gewesen war, was dort schwierig war und was sie hier störte. Ich wollte das nicht wissen und ich wollte nicht wissen, warum ich es nicht wissen wollte. Es war einfach so. Das Land, in dem ich geboren worden war, bedeutete mir nichts. Ich habe dort keine Wurzeln.

Das Kind interessierte mich. Pavlina störte die zärtliche Gestimmtheit, die ich in seiner Gegenwart empfand.

Das Kind braucht Menschen, die sich in seine Welt begeben, es zu verstehen versuchen, es in seiner Andersartigkeit annehmen und es vor Versehrungen zu bewahren vermögen, dachte ich. Wie anmaßend. Und entgegen meiner Meinung, dass Kinder – zumindest in meinem Bekanntenkreis – allzu sehr vor jeglicher Unbill ferngehalten werden.

»Mischa«, fragte ich, »wie alt bist du?« Etwas Originelleres fiel mir nicht ein.

»Er versteht kein Deutsch«, sagte Pavlina und zündete sich die nächste Zigarette an.

»Ich versuche, es ihm beizubringen, aber er will nicht. Er spricht überhaupt wenig.« Sie forderte Mischa auf, sich umzudrehen und mir mit den Fingern sein Alter zu zeigen. Er regte sich nicht und sie wiederholte die Aufforderung mit strenger Stimme. Ich ertrug es nicht, wie sie ihn vorführte.

»Lassen Sie ihn, lassen Sie ihn einfach in Ruhe, er kann doch nichts dafür.«

Ich spürte, wie sich meine Augen mit Tränen füllten.

Pavlina schaute mich fragend an.

»Ich bin im Moment auch meschugge«, sagte ich.

»Ich muss zurück an meine Arbeit. Ich hoffe, dass Mischa sich hier wohlfühlen wird. Lassen Sie es mich bitte wissen, wenn ich etwas für den Kleinen tun kann.« Ich drehte mich um und flüchtete über den Balkon in meine Wohnung.

20

Später stand ich vor dem Fenster und schaute auf den Zaun zum Nachbargrundstück, vor dem der Kleine mit dem Rücken zu uns gestanden hatte. Ich ärgerte mich, dass ich die erste Begegnung mit ihm vermasselt hatte. Ich dachte an seinen geraden Kinderrücken. An die helle Haut, die Pavlina mit Schutzfaktor 50 eincremte. Früher hatte Sonnenbrand zum Sommer gehört. Als Kind hatte ich Sonnenbrand haben wollen. Ich freute mich, wenn sich die Haut abzulösen begann und ich sie in langen Fetzen abziehen konnte. Bei mir selbst und bei Vater. Er hatte es zugelassen. Bei ihm war ich sehr vorsichtig. Ich zupfte behutsam an der Haut an seinen Schultern und an seinem oberen Rücken, zog ganz langsam und nur soweit, wie sie sich leicht lösen ließ. Bei mir selbst passierte es öfters, dass es blutete. Es machte mir nichts aus. Rosa schrie mich an, wenn sie es sah, und spuckte auf die Wunde. Dass Spucke desinfiziert, wusste ich damals nicht.

Bei Johanna und Rosina fällt es mir leicht, einen Zugang zu finden. Ein, zwei Grimassen und sie kichern. Den Kleinen hatte ich verstört. Dabei galt ich als wortgewandt und schlagfertig, selten um eine Antwort verlegen. Gerlinde meinte, es mache mich überheblich. Nicht mein Problem, antwortete ich jeweils. Ich halte mich nicht zurück, damit andere sich gut fühlen. Ich vertrat die Meinung, meine Mitarbeitenden könnten punkto Kommunikation von mir lernen, um selbst überzeugender aufzutreten. Aber sie beklagten sich lediglich, wenn sie etwas nicht erreichten, von dem sie meinten, es würde ihnen zustehen. Ich wischte die Gedanken an sie weg. Jetzt nicht.

So peinlich es ist, ich wollte, dass das Kind mich mochte. So wie die Nachbarinnen in der Siedlung am Dorfrand mich gemocht hatten. Ich hatte es ihnen einfach gemacht. Ich lernte schnell. Ich ahmte ihre Art zu reden nach, ihre Redewendungen, ihren Ton. Die Frauen mochten es, wenn ich sie besuchte, wenn ich sie freundlich grüßte und fragte, was sie im Garten machten, wenn ich ihnen Hilfe anbot, wenn ich die selbstgebackenen Kekse und die Rosen lobte. Ich tat, was Rosa verweigerte. Ohne dass mich jemand dazu aufforderte. Die Frauen lobten, was für ein freundliches Kind ich sei, und luden mich ein, wiederzukommen. Ich war stolz und ging jeden Tag zu einer von ihnen. Auch wenn ich mich immer fürchtete, Mutter würde nicht mehr da sein, wenn ich nach Hause zurückkehrte. Bei keiner der Nachbarinnen hätte ich bleiben wollen. Vater hielt Rosa vor, wie einfach es für mich – ein Kind – sei, Kontakte zu knüpfen, und wie sie, als sie im Fotogeschäft gearbeitete hatte, immer mit allen gescherzt hätte. Er warf ihr mit erhobener Hand vor, dass sie seine Karriere gefährde, und dass wir wegen ihr Schwierigkeiten bekommen würden, dereinst eingebürgert zu werden. Sie lachte ihn für seine Angst aus. Es war ein boshaftes und grausames Lachen und ich fürchtete mich vor dem Gesichtsausdruck, den sie dabei hatte.

Rosa war gerade zwanzig geworden, als die beiden für einen Urlaub in die Schweiz fuhren, eingeladen von einem alten Freund der Babina, der in Basel lebte und die Reise möglich gemacht hatte. Der Freund überredete den Vater, in der Schweiz zu bleiben, und sicherte ihm Unterstützung zu. Rosa war einverstanden gewesen. Sie hatte sich vorgestellt, sie würden in der Stadt bleiben. Die vielversprechende Stelle für den jungen Mann war jedoch in der neu erstellten Fabrik in einem Dorf. Weit entfernt von jeder Möglichkeit, sich zur Fotografin ausbilden zu lassen. Das hatte Rosa gewollt, bevor sie schwanger geworden war. Ungewollt, wie sie mir bei einem Streit an den

Kopf geworfen hatte. Jetzt frage ich mich, was im Kopf der jungen Mutter vorgegangen war, wenn sie stundenlang mit leerem Blick aus der trügerischen Idylle der Siedlung auf die Wiese mit den grasenden Kühen schaute, auf die Nationalstraße, auf die dunkle Unterführung zum Vorland des Rheins, auf die Bergkette hinter der Grenze, hinter der für sie unerreichbar die Heimat lag.

War Rosa traurig, schickte sie mich zum Spielen nach oben. Im Badezimmer lag ein hellgelber Teppich aus synthetischem Flausch. Wie platt gedrückte Zuckerwatte sah er aus. Ich hatte ihn zur Wolke erkoren, auf der ich wie das Sandmännchen über dem Dorf schwebte. Wenn Mutter allein sein wollte und mich nach oben in mein Zimmer schickte, nahm ich ihn mit. Ich legte mich auf den knisternden Flausch und presste das Ohr auf den Boden aus Würfelparkett. Sie saß genau unter mir im Wohnzimmer, auf einem der drehbaren hellgrau gestreiften Fauteuils mit den schwarzen Kunstlederarmlehnen und starrte aus dem Fenster.

Vater sagte: »Da wo wir jetzt leben, ist alles gut.« Erst deutsch, dann in ihrer Sprache: »Hörst du, hier ist alles gut.« Sein Glaubenssatz hing im Haus wie bei Frau Kolb das Kreuz mit dem aufgenagelten Jesus. Lag ich auf dem Teppich, flüsterte ich den Satz vor mich hin. Ich hoffte, dass Mutter ihn hörte und mich bald wieder zu sich rufen würde.

Manchmal hielt ich es nicht aus und schlich die Treppe hinunter. Sie saß auf dem Fauteuil, die Beine seitlich hochgezogen, presste die Arme an den Körper, in der Faust hielt sie ein Taschentuch. Ich beobachtete, wie sie sich den weißen Stoff immer wieder auf den Mund drückte und ihr Rücken bebte. Bemerkte sie mich, warf sie, ohne sich umzudrehen, die Hand in die Luft, mit dem Handrücken in meine Richtung.

Diese Hand konnte sich blitzschnell zu einer Faust ballen, die in eine Wand, auf den Tisch oder in den Stamm des Apfelbaums in unserem Garten schlug und manchmal auch gegen meinen Rücken, wenn Mutter mich in den Nachbarhäusern suchte und mich wütend vor sich hin nach Hause trieb. Meistens gehorchte ich ihrer wegweisenden Geste und ging in mein Zimmer zurück, legte mich auf meine Wolke und wartete, bis sie mich rief. Manchmal schlief ich ein, manchmal tauchte der Unsichtbare auf. Er fühlte sich an wie die Kraft, die man spürt, wenn man die Magnete der Angelruten des Fischespiels gegeneinanderhält. Nur stärker. Eine solche Kraft schob der Unsichtbare in meinen Kopf. Ich stellte mir vor, dass er einen langen, dünnen Zeigefinger hatte, den er in meinen Mund, in meine Nasenlöcher oder in meine Ohren hineingleiten lassen konnte. Damals hatte ich geglaubt, dass er ein Gift in mich hineinspritzte und dass ich wegen dem Gift aufs Klo musste. Der Unsichtbare ließ mich aber nicht aus dem Zimmer und ich machte mir in die Hose. Hörte er Mutter die Treppe heraufkommen, löste er sich auf. Sie schüttelte den Kopf, wenn sie die Pfütze auf dem Parkettboden sah. Ich erzählte ihr nie vom Unsichtbaren. Ich fürchtete, sie würde mich auslachen und wie so oft sagen: »Was du dir nicht wieder ausdenkst.« Die Kraft des Unsichtbaren ist das älteste Körpergefühl, das ich abrufen kann. Vielleicht ist die Amöbe eine Reinkarnation des Unsichtbaren.

Ich dachte an den Kleinen. Ich öffnete das Fenster. Prometheus flatterte aufgeschreckt davon. *Ptáček. Dychat. Nechci.* Der Kleine will nicht Deutsch lernen. Er wehrt sich. Er hat das Recht, sich zu wehren, dachte ich. Ich will, dass sie ihn in Ruhe lassen, ihm seine Ruhe lassen, die Ruhe, die von ihm ausgeht, die Ruhe, die etwas in mir bewegt.

Und Rosa? Hatte sie nicht das Recht gehabt, sich zu verweigern?

Jetzt wurde es mir zu viel. Willst du jetzt auf einmal in deiner Kindheit wühlen. Nur weil dieses Kind in deinem Garten auftaucht, dich mit seinem Kindchenschema betört und mit seinem Stimmchen Wörter piepst, die dich an früher erinnern. Hör auf. Hör auf damit, sentimentale Erinnerungen auszugraben. Lass es. Das bringt nichts.

Und wozu hast du deine Signatur auf den Spiegel geschmiert?

Weil du etwas von mir willst, Mila Candrian. Aber ich lasse mich nicht für das Durchwühlen von Vergangenheit einspannen. Vergiss es.

Proč ne, warum nicht.

Schau in den Spiegel im Schlafzimmer. Die Hand. Das Messer. Du. Darum.

C. war überzeugt, dass alles, was Rosa und sie verbunden hatte, abgeschnitten gehörte. Das Kind mit dem Pilzgesicht, die Sprache, der Schmerz, selbst das, was C. ausgemacht hatte. Ich hatte mich daran gehalten. Bis sie zurückdrängte.

Bis du mich zurückgeholt hast, würde C. sagen.

Bis zur Krise, die diesen inneren Disput auslöste, sage ich, dieses Ringen mit meinem früheren Selbst, das sich in diesem Sommer immer wieder meiner bemächtigen würde.

Ich versuche, das Wort *tschechisch* so wenig wie möglich zu verwenden. Vor allem, wenn es um mich geht. Entscheide ich mich trotzdem dafür, weil meine Schilderungen sonst nicht verstanden werden, dann spüre ich einen Widerstand, der mich an die Kraft des Unsichtbaren erinnert. Für diese Kraft kann ich kein treffendes Wort finden. Ich bin Listen mit Wörtern für Gefühle durchgegangen. *Beklommen* kommt meiner Empfindung am nächsten. Aber es ist zu statisch. Die Kraft des Unsichtbaren ist eine bewegte Kraft. Vergleichbar mit einem Ringen. Ein Ringen, um einem ersehnten Etwas nahe zu kommen, vermischt mit dem Ringen, die Nähe dieses Etwas abzuwehren. Ein Versuch der unmöglichen Vermengung von Anziehungskraft und Fliehkraft. So ist das Körpergefühl.

Meine ersten Sprecherfahrungen machte ich in der Sprache meiner Mutter. Hat das eine Bedeutung für mein Leben? Hat das meine Hirnstrukturen und mein Wesen in irgendeiner Weise geprägt? Ich hoffe nicht, hätte ich im vergangenen Sommer geantwortet. Es war eine sehr kurze Zeit, in der ich mich ausschließlich in Mutters Sprache hatte verständigen können. Vielleicht nur wenige Monate. In meinen frühesten Erinnerungen spreche ich deutsch. Hochdeutsch oder Schweizerdeutsch.

Die Babina starb ein Jahr nach der Wende und mit ihr die letzte freundliche Beziehung zur tschechischen Sprache. Wenige Wochen vor ihrem Tod besuchten wir sie im Krankenhaus. Franziska hatte tagelang auf mich eingeredet, bis ich mich zu der Reise hatte durchringen können. Am Ende war sie sogar mitgefahren. Sie fürchtete, ich würde auf halber Strecke umkehren. Die Babina saß mit aufgedunsenem Bauch auf einem schäbigen Spitalbett. Ich sah eine Angst in ihren Augen, die ich nie zuvor gesehen hatte. Ich setzte mich neben sie und sprach mit ihr, wie sie einst mit mir gesprochen hatte. Ich versprach, dass alles gut werden würde und wir uns wiedersähen. Sie lächelte milde. Sie glaubte mir nicht. Mit ihr versuchte ich, bis zuletzt tschechisch zu sprechen. Nur wenn ich nicht weiterwusste, wechselte ich zu Deutsch. Sie sprach es sehr gut. Mit starkem Akzent; bei ihr hatte er mich nie gestört. Im Spitalzimmer hatte mich Franziska zum ersten Mal tschechisch sprechen gehört. »Da zeigt sich ja eine ganz andere Seite von dir«, stellte sie begeistert fest. Was für eine Seite das sein sollte, hatte mich nicht im Geringsten interessiert. Ich war mit der Trauer um meine Babina beschäftigt und mit den ersten Prüfungen in meinem neuen Studium.

Der einst so weiche und anschmiegsame Körper, nun ein vom Bauchwasser aufgeschwemmter Leib, wie sie auf der Kante des Spitalbetts sitzt, die abgemagerten Beine in zu großen Filzpantoffeln, das hinten offene Spitalhemd, die Kapitulation vor der Krankheit und die Scham. Ich kann mir vorstellen, wie C. das gemalt hätte. Ohne Gesicht. Unverkäuflich.

Wie tief meine Abneigung geworden war, die Sprache meiner Mutter zu sprechen, fiel mir auf einer Reise mit Franziska auf. Beinahe fünf Jahre ist das her. Wir waren für ein verlängertes Wochenende nach Wien geflogen. Franziska war zum zweiten Mal schwanger und wollte mit mir durch die Stadt streifen, Architektur besichtigen, Museen besuchen und gut essen, bevor sie monatelang im Engadin festhängen würde. Es war heiß und schwül und Franziska musste immer wieder ins Hotel zurück, um ihre Beine hochzulegen. Nach einer dieser Pausen schlug sie mir einen Ausflug im Cabrio über Land vor. Ich war einverstanden. Sie organisierte das Cabrio und suchte eine Route aus, während ich im kunsthistorischen Museum ein zweites Mal Caravaggios David und Goliath besuchte. Noch heute bin ich überzeugt davon, dass sie den Ausflug nach Telč nur vordergründig aus Interesse am Weltkulturerbe ausgesucht hatte.

Wir waren früh losgefahren und suchten uns nach unserer Ankunft als erstes ein Café auf dem großen Platz. Franziska wollte Kaffee mit viel warmer Milch, dazu einen Apfelstrudel mit Schlagsahne und ging aufs Klo. Ich sollte schon mal bestellen. Die Speisekarte war in ein Taschenbuch eingeklebt, Milan Kundera, wer sonst, *život je jinde*, das Leben ist anderswo. Ja, das fand ich auch.

Am Nebentisch orderte ein einheimisches Paar Kaffee und Mineralwasser. Ich bestellte in Englisch. Noch waren die Bustouristen nicht eingefallen, es war ruhig, kaum jemand überquerte den weiten Platz vor den Biedermeierhäusern, die Stimmung war friedlich. Hätte mich Franziska in Ruhe gelassen, hätte ich dem Ausflug etwas abgewinnen können. Als wir am Tresen standen, um die Rechnung zu bezahlen, forderte sie mich auf, tschechisch zu sprechen. »Du kannst das doch«, drängte sie mich. Ich weiß nicht, was mich letztlich dazu verleitete, es zu versuchen. Ich reihte Wörter aneinander, stammelte einen um das Trinkgeld aufgerundeten Betrag und lobte den Kaffee und den Apfelstrudel. Danach eilte ich aufgebracht aus dem Lokal in Richtung Parkplatz. Franziska holte mich ein und stoppte mich. Keuchend fragte sie mich, was das soll. Ich hatte keine Worte für meine Flucht. Dafür eine Enge im Brustkorb und eine Leere im Kopf. Ich wollte sofort zurück nach Wien. Für Franziska kam das nicht infrage. Sie beharrte darauf, das Städtchen zu besichtigen.

Verdrossen trottete ich neben ihr durch die Arkaden, unter denen sich winzige Ladenlokale aneinanderreihten, alle vollgestopft mit Filzhüten, Bierkrügen, Schnapsflaschen, Schnapsgläsern mit Fliegenpilzmotiven, Zwergen, Rehen und anderem Souvenirkram. Ich fragte Franziska, weshalb sie sich all diesen

Kitsch antun wolle, und äffte die Verkleinerungsform nach, die in der tschechischen Sprache inflationär eingesetzt wird: »Tässchen, Fläschchen, Döschen, Schnäpschen, Hütchen, Schirmchen, Schürzchen, ein Bückling in jedem Wort.«

Franziska hakte sich unter und schob mich in eine Kopfsteingasse, die vom großen Platz wegführte. Wir gingen an Ateliers, Werkstätten und Bars in Fachwerkhäusern vorbei.

Ukradena Galerie. Gestohlene Galerie. Gezeigt wurden Videostills einer finnischen Künstlerin. *The unallowed.* Was ich in den Gassen sah, hätte mich in jeder anderen Stadt sofort in eine aufgeräumte Stimmung versetzt. In Telč krallte sich ein sturer Widerstand in mir fest, befeuert von der Empörung, dass mich Franziska wie ein Zirkusäffchen vorgeführt hatte.

Beim Vorbeischlendern entdeckte ich in einem Erkerfenster eine Pan-Tau-Puppe, die auf einem Holzstühlchen saß. Pan Tau, die Filmfigur aus Kindertagen. Die Beine übereinandergeschlagen, gestreifte Hose und schwarzer Frack, die weiße Nelke im Knopfloch. Lächelnd, zwei Finger an der Krempe seiner Melone, bereit für eines seiner Zauberstücke. Stumm. Wie klug von seinem Erfinder. Die ganze Eleganz wäre weg gewesen, hätte er tschechisch gesprochen. Als Kind hatte ich den gutmütig lächelnden Zauberer gemocht. Manchmal verwandelte er sich in eine Puppe. Auch sie lächelte freundlich, aber das starre Gesicht und die ausdruckslosen Augen erschreckten mich jedes Mal. Ich hatte Angst, dass es ihm nicht gelingen würde, sich in einen Menschen zurückzuverwandeln. Ich stellte mir vor, wie es wäre, in einem leblosen Puppenkörper eingesperrt zu bleiben und nicht um Hilfe rufen zu können. Pan Tau war ja stumm.

Wir setzten uns am Fluss auf eine Bank. Ich starrte auf die giftgrünen Schlieren auf der Wasseroberfläche, auf die gelben Blätter einer Birke, die auf ihnen lagen. Zwischen den Schlieren eine dunkelgrüne Tiefe. Ich war wütend, suchte krampfhaft nach einem ersten Satz für einen Streit, brachte aber kein Wort heraus, was mich noch wütender machte. Franziska streckte ihre Beine aus, verschränkte die Hände auf ihrer Bauchkugel, schloss ihre Augen und streckte ihr zufriedenes Gesicht der Sonne entgegen. Ich ging zum Wasser und begann, Steinchen in die fetten grünen Schlieren zu schleudern.

»Komm her«, sagte Franziska nach einer Weile. Widerwillig setzte ich mich neben sie und schob mit der Spitze meiner Ballerinas den Kies hin und her. Sie schob ihre Hand in meinen Nacken, umfasste meinen Hals und ruckelte an ihm.

»Was ist los, Mila«, sagte sie sanft. Ich schüttelte ihre Hand ab. Die mütterliche Fürsorge, mit der sie, seit sie Mutter war, auch zunehmend mich bedachte, regte mich auf. Ich warf ihr vor, dass sie mich ungefragt hierher gelotst hätte, dass sie mich vorgeführt hätte, dass mir nichts an diesem Land liege, dass ich nichts für dieses Land empfände, schon gar nicht das, was sie oder *man* meinte, empfinden zu sollen.

»Hör auf nach etwas zu bohren, was bei mir nicht vorhanden ist. Ich lebe bestens ohne diese verklärten Heimatgefühle. Ich brauche sie nicht. Begreif das und hör sofort damit auf, mich zu manipulieren.«

Franziska schwieg. Nach einer Weile sagte sie: »Es ist nicht gut, keine Beziehung zu den eigenen Wurzeln zu haben.« Ich fragte, ob sie das in ihrem Selbsterfahrungskurs gelernt habe. Franziska hatte völlig überhöhte Ansprüche an ihr Muttersein. Sie hatte sogar einen Fortbildungszyklus besucht, um die Beziehung zu ihrer Mutter zu klären und die Vorstellungen von ihrem eigenen Muttersein zu reflektieren. Seither versuchte sie immer wieder mich dazu zu bringen, mit Rosa Kontakt aufzunehmen.

Franziska schniefte.

»Was ist los«, fragte ich gereizt. Ich wünschte mir eine hormonell unbeeinträchtigte Franziska. Eine, die nicht hypersensibel war und ständig losheulte. Wir konnten so gut streiten. Außer wenn sie schwanger war.

»Deine Mutter wohnt irgendwo hier in der Nähe«, sagte sie schluchzend, »wir sind in Wien, fahren durch eine Umgebung, in der wir ihr sogar begegnen könnten, und du hast noch kein einziges Mal von ihr gesprochen. Wenn ich mir vorstelle, dass es mir mit meinen Kindern einmal so gehen könnte«, sie verschluckte sich und begann zu husten.

»Jetzt fängst du wieder damit an«, schrie ich. »Und warum weißt du, dass sie in der Gegend lebt? Hast du das im Hotelzimmer recherchiert? Oder war es schon dein Plan, als du mir Wien vorgeschlagen hast? Deine romantische Mission regt mich auf. Lass das. Und bitte mich nie mehr darum, tschechisch zu sprechen.«

Es gab keine weiteren Gelegenheiten, tschechisch zu sprechen. Auch später nicht. Das beschriebene Körpergefühl blieb. Ich spürte es, wenn Franziska es nicht lassen konnte, das Mutterthema anzustechen.

22

Das Bild des Kleinen ging mir nicht aus dem Kopf. Wie er vor dem Zaun gestanden war. Regungslos. Mit hängenden Armen. Der weiche Kindernacken von langen Haarsträhnen verdeckt. Seine kräftigen Beine. Die nackten Füßchen. Ich wünschte, er hätte etwas anderes sehen können, als den Lattenzaun zum Nachbargrundstück, der nicht wegen ihm aufgestellt worden war. Nicht, um ihn am Davonlaufen zu hindern. Es hätte ihm so vorkommen kommen. Der Gedanke missfiel mir.

Ich fuhr mit dem Finger über die Tischplatte. Spürte mit der Fingerkuppe einer Kerbe im Holz nach. Sie war schon da gewesen, als ich den Tisch vom Vormieter übernommen hatte. Die Spur eines anderen Lebens.

Der Zaun, die Nationalstraße, die gebauten Dämme, die den Rhein bändigten, die Bergkette, hinter der die Sonne aufging. Linien, die durch die Landschaft zogen. Linien, die trennten. Linien, die Tag für Tag das Unerreichbare statuierten.

Ich trug das Geschirr von meinem Abendessen in die Küche und räumte es in die Spülmaschine. Wären die roten Schlieren auf dem Teller nicht gewesen und der Rest von Tomatensauce im Topf, ich hätte überlegen müssen, was ich gegessen hatte. Ich klaubte ein zurückgebliebenes Bröckchen Parmesan aus der Käseraffel und kaute darauf herum. Alles in allem war es ein guter Tag gewesen. Ich hatte so viel geschafft wie in der bisherigen Zeit meiner Beurlaubung nicht. Die Wohnung war aufgeräumt, es gab wieder Platz in den Schränken und Schubladen, ich war in die Stadt gefahren. Ich war beinahe zufrieden gewesen. Und jetzt diese Melancholie. Dieses Gefühl von Leere. *Weiss nid, was es isch.* Es war nicht lange her, dass der Song von Stephan Eicher fast jeden Tag im Radio gespielt wurde. Ich hörte ihn im Auto und er berührte mich, obwohl ich ihn allzu sentimental fand. Trotzdem hatte ich mir die CD gekauft, fand sie aber nicht im Regal. Vermutlich war sie im Auto. *Gspürsch das da inne, ganz tief inne, ganz, ganz schwär. I weiss nid, was es isch. Aber da chumi här.* Einige Zeilen kann ich auswendig.

In der Krimskrams-Schublade in der Küche fand ich eine Schachtel mit kleinen Buntstiften, die ein Kinderhilfswerk einem Spendenbrief beigelegt hatte, im Arbeitszimmer einen einzelnen schwarzen Karton. Zurück am Esstisch strich ich nochmals über die Kerbe in der Tischplatte. Ich vergegenwärtigte mir den Kleinen. Was ich wahrgenommen hatte, als ich ihn beobachtet hatte. Ich dachte an die Linien in der Landschaft, die ich von meinem Kinderzimmer aus gesehen hatte.

Ich überließ mich meiner Hand.

Leicht bewegte sie sich übers Papier, wechselte die Stifte, wollte die Übergänge zwischen den Farben verwischen. Die Stifte waren zu hart. Egal. Es waren die Bewegungen in meinem Körper, die wesentlich waren. Langsame Bewegungen. Von der Wehmut geführt, die ich spürte.

Ein schmaler grüner Streifen mit gelben und orangen Lichtspuren zeigte sich auf dem Karton. Ein Lichtband, das etwas von mir wegrückte, das mir nahe war. Ein Horizont.

Horizon. Das englische Wort war mir lieber. Es ist weicher. Es trägt die endlose Ausdehnung in sich.

Luba rief *horizont* aus dem Lautsprecher. Das z als s gesprochen. Mit kräftiger Stimme, munter, geradezu vergnügt. Als würden wir zusammen am Tisch sitzen und zeichnen. Als hätte sie keine Ahnung, was das Wort bedeutet.

Ich klickte andere Sprachen an. *Moana lipolipo*. Die hawaiianischen Urahnen schienen sich weit mehr Zeit gelassen zu haben, um das Phänomen der magischen Linie zu benennen.

Eine Welt vor sich liegen sehen, über sie hinweg schauen, durch sie hindurch, in eine Ferne, die vielleicht in uns liegt. Ist das die Sehnsucht, wenn wir ans Fenster treten und die Stirn an die kühle Scheibe legen? Fühlen, wie sie uns hält, zwischen hier und dort.

Ich hätte weiterzeichnen wollen, aber ich fand kein weiteres schwarzes Papier. Mit dem gelben Stift schrieb ich *horizon I* auf die Rückseite. Ich wollte das Gefühl festhalten, das ich beim Zeichnen gehabt hatte und das ich mit dem Kind in Verbindung brachte. Und ich wollte es gegen die Stimme verteidigen, die bereits Luft geholt hatte und jetzt loslegte: Eine ungeübte Zeichnung und schon denkst du, dass sie eine Bedeutung hat. Wie die Menschen in den Hobbykursen. Mit ihrer trügerischen Hoffnung, in der Kunst ihre Berufung zu finden. Oder wenigstens sich selbst. Vernissagen im Freundeskreis, im Frisörsalon, in einer Anwaltskanzlei oder im Wartezimmer einer Arztpraxis. Lichtstreifen. Horizont. Was für ein Kitsch.

Die Waffe der Kritik aus dem Inneren. Sie klatscht vernichtender als jede Ohrfeige. C. kannte sie nicht.

Lass mich in Ruhe, seufzte ich müde. Lass mich sein, ich will ja nur ein wenig vor mich hinkritzeln.

Irgendwo habe ich den Satz einer Künstlerin gelesen, Linien seien das Skelett der Gedanken und das Gedächtnis des Körpers, eines ausführenden Körpers, der sie in Schwingungen übersetzt. C. hätte nicht bestritten, dass das Gedächtnis des Körpers in ihrem Schaffen die zentrale Rolle spielte. Wie und wieweit es das tat, hatte sie nicht interessiert. Sie arbeitete rein intuitiv, verstand ihr Schaffen als einen Akt der vollkommen körperlichen Gegenwart und Präsenz. Zum Malen trug sie lediglich den weißen Arbeitskittel und die roten Kniestrümpfe mit Lochmuster, die ihr die Babina gestrickt hatte. Jedes weitere Kleidungsstück störte die Empfindungen, von denen sie sich leiten ließ.

Ich stellte den Karton auf das Fenstersims und setzte mich zurück an den Tisch. Ich fühlte mich niedergeschlagen. Ich stieß mich mit dem Stuhl weg vom Tisch, ließ mich in den Stuhl sinken und starrte den Karton mit dem Horizont an.

In der kurzen Zeit meiner Schwangerschaft hatte ich mir vorgestellt, wie ich mit dem Kind in der Badewanne liege. Ich hatte mir ausgemalt, wie ich es unter den Achseln fasse und zu mir in die Wanne hebe, wie ich meine Arme um seinen Körper lege, damit es nicht unter Wasser rutscht, wie wir im duftenden Mandelölbad liegen. Ich spürte seinen Kopf auf meinen Brüsten und seinen Rumpf auf meinem Bauch, ich schnupperte an seinem verklebten Haar, das nach dem Schweiß eines unruhigen Nachmittagsschlafs roch und blies hinein, um es zu lockern und das Kind zu kitzeln. Ich strich über seine glitschigen Schultern, Arme und Beine, flüsterte ihm Zärtlichkeiten ins Ohr.

Nach der Abtreibung hatte mir das zu schaffen gemacht. Meine Vorstellung war so leibhaftig gewesen, als hätte ich sie real erlebt. Ich spürte sie in meinen Händen, als wären sie wirklich über seinen Körper geglitten. Ich spürte die Arme und Beine des Kindes. Ich träumte davon, wachte auf und konnte nicht mehr schlafen. Ich bürstete mit einer harten Bürste meine Handflächen, Arme, Dekolleté und Bauch, ich schrubbte, bis die Haut brannte und die Angst nachließ.

Schon damals überfiel mich eine Erinnerung. Wenn Mutter gebadet hatte, saß ich auf dem flauschigen Überzug auf dem Klodeckel. Ich mochte es, wenn sie die Augen schloss und ihre Gesichtszüge sich langsam entspannten. Sie hatte große Brüste, die ich gerne angefasst hätte, und dichte schwarze Schamhaare, die mir wie ein Kissen vorgekommen waren. Eines Tages rutschte ich von meinem Hochsitz, zog mich aus und versuchte, zu ihr in die Wanne zu klettern. Ich wollte mich auf ihren Körper legen. Als ich sie berührte, schrie sie auf, stieß mich weg und schrie: »Siehst du nicht, dass da kein Platz ist für uns beide. Du bist zu groß.«

Darauf schloss sie die Augen wieder und tauchte unter.

Als mir das eingefallen war, wurde ich so wütend, dass ich schrie: »Es ist so einfach, aber nicht einmal das konntest du.«

In der kurzen Zeit, in der ich mir ein Kind wünschte, wollte ich, dass es ein Junge würde. Mit einem Jungen könnte ich gut eine Mutter sein, hatte ich gedacht. Nach der Abtreibung war ich mir sicher gewesen, dass es ein Mädchen war. Frida. Als ich im Bett lag, um mich zu erholen, war der Name da gewesen. Völlig selbstverständlich. Dr. B. hatte mich damals schon zu einer Psychologin schicken wollen. Ich wollte selbst klarkommen. Von Luca hatte ich mich bereits getrennt. Ein Mila-Muster. Ich hätte es in Sanders Ordner schreiben können: Abbruch und neu anfangen. So machte ich es nach kritischen Lebensereignissen.

Mein Körper zuckte, wie es manchmal beim Einschlafen vorkommt. Beinahe wäre ich vom Stuhl gefallen. Beim Griff nach der Tischplatte brach ein Fingernagel ein. Ich kaute an ihm herum, am Ende riss ich ihn ab. Zu weit unten. Es schmerzte. Ich zündete mir eine Zigarette an.

Ich starrte auf den schwarzen Karton mit dem Lichtstreifen auf dem Fenstersims. Vielleicht brauche ich doch Hilfe. Aber wer sollte mir helfen können? Helfen. Ich spuckte das Wort auf den Tisch.

Mit Karriereberatung habe ich abgeschlossen. Diese zielgläubige Lenkung ist der falsche Weg, das ist entschieden.

Franziska war mit ihren Mädchen und dem Ungeborenen beschäftigt. Alles was sie mir raten würde, hatte ich bereits abgelehnt.

In einem unserer wenigen Telefongespräche hatte sie gesagt, »Mila, dieses Kreisen um dich selbst tut dir nicht gut.« Bevor sie weitersprechen konnte, rief ich laut: »Und um wen oder was soll ich denn bitte sonst kreisen? Um dich, um die Mädchen, um Darius?« Ich lachte: »Das kannst du nicht wollen, oder? Und wenn schon. Franziska, ich stecke in einer Krise. Da werde ich doch wohl ein paar Wochen um mich selbst kreisen dürfen.«

Ich ließ Franziska nicht zu Wort kommen. Ich schnappte nach Luft und redete aufgeregt weiter: »Im Übrigen triffst du den Punkt, der mir Angst macht. Dass ich nämlich gar nicht um mich kreisen *kann*. Weil da nur ein dumpfes Gefühl ist. Wäre da ein Ich, hätte ich schon längst Antworten auf die Fragen, was ich jetzt tun soll, was ich will, was richtig ist.«

Am Ende sagte ich: »Franziska, ich bin nicht verloren. Ich habe mich nur verlaufen, du brauchst dich nicht so zu sorgen. Lass mich einfach ein bisschen herumirren. Ich krieg mich schon wieder ein.« Ich sagte es, um sie zu beruhigen. Franziska war schwanger, sie kümmerte sich um die Mädchen, sie organisierte in ihrem Geschäft ihre bevorstehende Abwesenheit, sie hatte ausreichend Belastungen.

Und Dr. B.? Die würde mir wieder die Psychologin empfehlen: »Ein paar wenige Sitzungen, bis Sie aus dem Gröbsten raus sind«, hatte sie gesagt, als ich ihr nach der Abtreibung von meinen Zuständen erzählt hatte. Was sollte ich von einer Psychotherapie wollen? Es würde eine Anamnese gemacht. Es würde gefragt, wie meine Kindheit gewesen war.

Sie hat stattgefunden. Ohne Mangel. Und Schlimmes war mir auch nicht widerfahren. Also kein Trauma.

Glücklich? Unbeschwert?

Halt ganz normal. Wie man in einem Dorf eben aufwuchs.

Es würde nach der Mutter gefragt werden – als ob meine Situation etwas mit ihr zu tun hätte. Nach dem Vater. Er ist vor zehn Jahren bei einem Verkehrsunfall ums Leben gekommen. Zusammen mit seiner zweiten Frau. Auf der Nationalstraße, an der wir einst gewohnt hatten. »Todesstrecke« wurde sie in den Medien genannt. Es war nicht seine Schuld.

Es würde gefragt werden, wer für mich da sein könnte.

Vergiss es. Ich werde klarkommen. Ich war immer selbst klargekommen. Ich kann das. Konnte, korrigierte ich mich.

C. war es gelungen, den Schmerz zu beherrschen. Es hätte schief gehen können. Aber vielleicht hatte sie den Schmerz gar nicht beherrscht; sondern lediglich übermalt.

Ich spürte erneut die Verachtung, die in der besagten Nacht von ihr ausgegangen war. Wie ich mich geschämt hatte, so entblößt vor ihr zu liegen.

Ich tat, was C. manchmal getan hatte. Ich führte die Zigarette nah an meinen Unterarm, bis ich die Glut spürte und zog sie sofort wieder zurück. Wie C. Sie war nie weiter gegangen.

SMS von Franziska:

Willst du dich tätowieren lassen? Hirschgeweih? Igitt!!! Erinnert mich an den Sternekoch, bei dem wir im Winter gegessen haben. Seine Unterarme waren mit Artischocken, Broccoli, Fenchel und eine Auster tätowiert. Was schwebt dir vor? (-; ... stachelig müsste es sein, und pelzig ... eine Silberdistel? ... wie läuft es mit der Karriereberatung? ... ruf mal an, liebste Stachelbeere. Wäre auch ein Motiv. (-:

Warum nicht.

23

In der folgenden Nacht schreckte ich aus einem verstörenden Traum auf. Ich lag mit ausgestreckten Armen und Beinen auf dem Rücken. Ich fühlte mich, als läge ich erstarrt auf einem durchgefrorenen Acker, der seine eisige Spannung an mich abgab. Ich hatte geträumt, dass ich mit Franziska, Darius und anderen Menschen an einem Tisch saß, als ein Freund von Darius anrief. Franziska sprach mit ihm. Etwas war mit seinem Sohn passiert. Auf einmal stand ein Kind vor uns am Tisch. Verstört und verängstigt. Es hatte ein blaues Auge und zwischen seinen schwarzen Rastalöckchen klaffte eine offene Wunde. Die Haare passten nicht zu seiner weißen, durchsichtigen Haut und zu seinem schmalen Gesicht. Er sagte, der Vater hätte ihn fortgejagt. Er solle für immer verschwinden. Tränen liefen ihm übers Gesicht. Ich nahm ihn auf den Schoß und umarmte ihn. Er zitterte. Dann begann er zu schrumpfen. Er wurde kleiner und kleiner, bis er ganz weg war. Ich hatte nichts dagegen tun können, dass er sich auflöste. Ich war verzweifelt. Und ich fühlte mich schuldig. Mit diesem Gefühl war ich aufgewacht.

Ich bewegte meinen Körper, versuchte die Traumbilder aus meinen Armen und Händen zu schütteln, drehte mich auf die eine Seite, dann auf die andere. Es gelang mir nicht, das Gesicht des Kleinen zu verscheuchen. Mein Körper fühlte sich an, als wäre er an eine Steckdose angeschlossen. Gereizt stand ich auf und ging auf die Toilette. Als ich ins Schlafzimmer tappte, sah ich das Bild des versehrten Kindes wie eine Erscheinung über meinem Bett schweben. Ich konnte nicht ins Bett zurück.

Der Mond schien durch das Fenster in die Küche. Ohne Licht zu machen wärmte ich in einem kleinen Topf ein wenig

Milch und rührte Grießbrei an. In einem anderen Topf ließ ich ein Stück Butter schmelzen. Ich goss die weiße Masse in einen Suppenteller, bestreute sie mit einer dicken Schicht Kakao und beträufelte sie mit der flüssigen Butter. Grießbrei tröstet mich. Nur hatte mein Bedürfnis nach Trost in den vergangenen Wochen dazu geführt, dass ich ein paar Kilo zugenommen hatte. Egal. Ich brauchte das jetzt. Während ich den Brei löffelte, lauschte ich nach oben. Es war still. Ich strich die Schlieren von Brei aus dem Teller und leckte den Finger ab.

Das Versspiel fiel mir ein, bei dem die Babina Kreise in meine Handfläche gezeichnet hatte. Ich kreiste eine Weile mit dem Zeigefinger über die eingetrockneten Schlieren im Teller und hing meinen Gedanken nach. Darauf ging ich zum Notebook.

Sám. Luba, die das A sanft in die Länge zog, als würde sie spüren, wie *allein* ich mich gerade fühlte.

Es war still im Haus. Ich dachte an den Kleinen, der über mir in seinem Bettchen schlief. Die Plüschgans im Arm und den Daumen im Mund. Der sich durch seine Kinderwelt träumte. Vielleicht ist Sich-allein-Fühlen das älteste Gefühl eines Menschen. Möglicherweise hat es seinen Ursprung im Mutterleib. Monatelang schwimmt man allein in der Fruchtblase, umgeben von Eierstöcken, Harnblase und einem verschlungenen System von Därmen, versorgt über eine Nabelschnur aus glibberigem Bindegewebe, ohne zu wissen, woher das Pochen kommt, mal schnell, mal langsam. Mutterseelenallein. Wie können wir wissen, dass wir uns nicht einsam fühlten? Vermutlich will niemand wahrhaben, dass das so sein könnte. Schon gar nicht eine Mutter. Ich finde es nicht abwegig.

Pupeční šňůra, sagte das Übersetzungsprogramm. Ich stellte mir vor, wie der Gynäkologe die Wörter schwungvoll mit Häkchen, Stäbchen und Ringlein krönt, wenn er in die Akte kritzelt, das Kind sei sauber abgenabelt worden. Ich sagte mir das Wort vor, dann wollte ich Luba hören. Ich erschrak. Eine andere Stimme hatte gesprochen. Vielleicht die Vertretung, wenn Luba ausfiel. Sie hatte das Wort ausgestoßen, als müsste sie gegen ihren Willen etwas Abscheuliches und Ekliges aussprechen. Ich klickte nochmal auf das Lautsprechersymbol. Beim »U« brach die Stimme. Diese Frau musste an etwas Vergiftetes gedacht haben. *Otrávený*, vergiftet, Luba wieder. Ich war erleichtert. Sie sagte es sanft. Irgendwo in meinem Kopf lauerten Sätze, die mit dem Wort etwas zu tun haben mussten. Ich klappte den Deckel meines Notebooks zu und schob es von mir weg. Ich werde diese Wörter nicht mehr brauchen. Trotzdem zeichnete ich eine Nabelschnur mit ausgefransten Enden in mein Notizbuch.

24

Ich hatte nicht vor, so viel über das Kind zu erzählen, das ich nicht geboren hatte. Jetzt drängt es mich. Mein Körper drängt mich.

Das Kind wäre wenig jünger als Mischa.

Ich hatte seit Monaten schwanger werden wollen, aber Luca hatte nicht gewollt. Er wollte erst, nachdem sein bester Freund ihm erzählt hatte, die Geburt seines Sohnes sei für ihn das »Beste, das Eindrücklichste und das Überwältigendste« gewesen, was er je erlebt hatte. Luca fiel auf Superlativen herein; er hatte immer das Beste gewollt und vor allem *das* Beste, das seine Freunde hatten.

In Island war es dann passiert.

»Baby, wir machen jetzt eine Woche lang auf Road-Movie«, hatte Luca gesagt, als er mich mit dem gemieteten SUV vor dem Hotel in Reykjavík abholte. Er hatte sich unterwegs ein kariertes Flanellhemd gekauft, das er offen über einem weißen T-Shirt trug. Er würde es bis am Ende des Urlaubs nicht mehr ablegen. Sein Island-Gesicht stieß mich ab. Unentwegt prahlte es vor sich hin. Als würde Luca bereits an seine Freunde denken, denen er in einer Lounge mit einer Zigarre zwischen den Fingern das Roadmovie zum Besten geben würde. An dem Tag war es ungewöhnlich warm.

»Baby, ich fahre dich jetzt an einen fantastischen Ort und dort wirst du sehen«, sagte er mit einem Augenzwinkern.

Ich hatte ihm gesagt, dass er aufhören sollte, mich Baby zu nennen. Er tat es trotzdem immer wieder.

Über einen holprigen Feldweg fuhr er ein langes Stück auf einen Hügel hoch, um eine Felsnase herum weiter auf eine

Anhöhe, wo er über eine weite Wiese auf den Horizont zufuhr, bis ich ihn aufforderte, anzuhalten. Er kurbelte das Fenster herunter und zündete sich eine Zigarette an. Ich stieg aus, zog die Bluse aus und warf sie durch das offene Fenster auf den Beifahrersitz. Die Aussicht war bestürzend schön. Ich blieb neben dem Wagen stehen. Traute mich nicht weiter. Weit unter uns das glitzernde Meer, zwei nebeneinander liegende Buchten, mit einer Felswand voneinander getrennt, am Wassersaum ein breiter Streifen aus schwarzen Steinen, die kleine Wellen ins Meer zurückschoben.

»Come on, Baby, light my fire«, sagte Luca mit gekünstelt tiefer Stimme hinter mir. Er zog mich zu sich, drehte mich um und schob mich an die Autotür. Ich hielt mich am Fensterrahmen fest, während er – im aufgeknöpften Flanellhemd, unter dem er an diesem Tag kein Shirt trug –, anfing zu tun, was er sich wahrscheinlich als Highlight für sein Roadmovie ausgedacht hatte. Ich sah die leere Colaflasche auf dem Fahrersitz voller Krümel, die zerknüllte Marlboro-Packung und die braune Bananenschale auf der Mittelkonsole, meine geblümte Bluse, die wie eine abgestreifte Haut auf dem Beifahrersitz lag. Ich betrachtete die aufgedruckten Blüten, vielleicht Malven, lila Blütenblätter auf dunkelblauer Seide, in Herzform, durchwachsen von violetten Äderchen. Luca wusste, dass es ein Tag war, an dem es *einschlagen* konnte. Ich hatte es ihm beim Frühstück gesagt. Sein erregtes Glied suchte sich den Weg. Ungeduldig wie immer. Die Uhr auf dem Armaturenbrett zeigte fünf nach drei und ich stellte mir unsere gespreizten Beinpaare vor, die aneinandergepresst vor der Autotür standen, Lucas Pobacken, die sich gespannt vor- und zurückbewegten, die Jeans an seinen Fußknöcheln, während mir der Wulst meines hochgezogenen Jeansrocks auf den Bauch drückte. Ich versuchte, mich dem chancenreichen Sex hinzugeben, die Erregung hatte gerade eingesetzt, ich spürte, wie ich nass wurde, da knallte eine Möwe an die Seitenscheibe beim Beifahrersitz. Ich schrie auf und Luca rückte mein Becken zurecht und stieß sich zu seinem Höhepunkt.

Ich sehe die Möwe mit den ausgebreiteten Flügeln auf der Fensterscheibe immer noch vor mir, den Schnabel geöffnet, wie zu einem überraschten »Oh« geformt, sie füllte das ganze Fenster aus und starrte mich an, während sie am Glas abrutschte und verschwand.

»Wow, Baby, was für ein Urlaub«, sagte Luca, nachdem er sich die ›Zigarette danach‹ angezündet hatte. Ich stieg auf dem Fahrersitz ein, kletterte über die Mittelkonsole auf die andere Seite und schloss die Augen. Ich wollte die Möwe auf keinen Fall mehr sehen.

Auf der Weiterfahrt summte Luca satt und zufrieden sein Lied weiter, *come on, baby, light my fire*. Und ich ergänzte stumm, *you know that I would be a liar.*

Am zweitletzten Abend unseres Aufenthalts waren wir nochmals über dampfende Erde gewandert. Es roch so stark nach Schwefel, dass ein italienischer Tourist sich vor uns auf den Wanderweg erbrach. Beim Anblick des Erbrochenen wurde auch mir übel. Wir wanderten in die helle Nacht bis zu einem See, der malerisch in einem Krater lag. Luca legte mir den Arm um die Schulter und ich entschied mich, ihn zu verlassen.

Mittlerweile bin ich mir sicher, dass ich gar kein Leben mit einem Kind hatte haben wollen. Ich bezweifle, dass ich dafür geeignet bin.

Schwanger sein, das hätte ich gewollt. Die körperlichen Veränderungen erleben. Wie die Brüste größer werden, wie die Brustwarzen anschwellen und dunkel werden, wie der Bauch wächst und sich dehnt, wie er diese unfassbare Dimension annimmt.

Auch, was im Bauch vor sich geht, hätte mich interessiert. Dieses schwimmende Wesen, das sich mehr und mehr bewegt, einen Körper formt, sein klopfendes Herz.

Und dann die Geburt, das Pressen, die gewaltige Kraft, die den Kopf durch die Enge presst, die Explosion, wenn das Kind herausgestoßen wird. Körperlicher Schmerz hatte mir nie Angst gemacht. Dachte ich an Geburt, war ich sicher, dass ich zu den Frauen gehören würde, die neben dem Schmerz eine orgasmische Lust erleben können. Das gibt es. Ich hatte es recherchiert, bevor ich Franziska nach ihrer zweiten Geburt danach fragte. Sie war wütend geworden, warf mir Ahnungslosigkeit und fehlendes Einfühlungsvermögen vor und sagte: »Diese Tortur willst du einfach nur ganz schnell wieder vergessen.«

Ihr Darius wäre lebenslänglich gekränkt, hätte sie ohne sein Zutun den Orgasmus ihres Lebens erlebt. Ich hätte die Geburt darauf angelegt, mir dieses Erleben zu ermöglich. Ganz für mich allein. Selbst wenn ich Luca nicht verlassen hätte, er wäre nicht dabei gewesen. So wie ich es allein entschieden hatte, das Kind nicht auszutragen.

An dieser Stelle bekenne ich, dass ich mich hier in meiner ganzen Zweifelhaftigkeit vorführe. Ich habe mich dafür entschieden, weil ich mich – mein Ich – in dieser Zweifelhaftigkeit erkennen kann.

25

Ich fuhr mit dem Bus in einen Stadtteil, in dem ich nie zuvor gewesen war. Es war heiß und die Klimaanlage funktionierte nicht. Ich stand auf, bevor sich mein Schweiß mit dem Schweiß im Polster vermengen würde.

Ich fragte mich, warum ich nicht mit dem Wagen gefahren war. Die Straßen waren leer. Es war Ferienzeit.

Die Haltestelle hieß Tulpenstraße. Keiner außer mir stieg aus, keiner stieg ein. Ich stand allein an einer breiten zweispurigen Straße, auf der anderen Seite Mehrfamilienhäuser aus den 50er-Jahren, kleine gedrungene Balkone, die meist als Abstellkammern genutzt wurden, zwischen den Häusern großzügige Grünflächen mit hochgewachsenen Bäumen, Fußgängerwege, auf denen niemand unterwegs war. Auch hier könnte man wohnen, dachte ich, es wäre billiger. Und lebendiger. Aber könnte *ich*, frage ich mich ein paar Schritte weiter.

Ich bog in eine Quartierstraße ab, auf der rechten Seite ältere Einfamilienhäuser, auf der linken ein lang gezogenes Industriegebäude, eine Autowaschanlage, Einfahrten in dunkle Parkgaragen. Ich ging geradeaus auf den weißen Turm mit den roten Streifen zu. Von so nahe hatte ich ihn noch nie gesehen. Die Autobahn führte in einem großen Bogen um ihn herum. Die Sonne beleuchtete ihn, Richtung Westen war der Himmel schwarz. Jetzt sah er wie ein Leuchtturm aus, und ich fragte mich zum ersten Mal, was für eine Funktion er überhaupt hatte. Ich suchte nach dem Eingang zum Geschäft mit Künstlerbedarf, das ich im Internet ausfindig gemacht hatte. Trotz Wegweisern und Orientierungstafeln verlief ich mich mehrmals in dem verwinkelten Gebäude. Ich hörte Stimmen, begegnete aber niemandem. Ich drückte schwere Metalltüren auf. Als die erste hinter mir zufiel, fürchtete ich, sie ließe sich von dieser Seite nicht öffnen. Ich ging zurück und vergewisserte mich.

Endlich fand ich den Eingang zum Ladengeschäft am Kopf des langen Gebäudes. Ich hatte ihn übersehen, als ich den Leuchtturm betrachtet hatte. Die Glasschiebetür öffnete sich und ich trat ein. Es sah aus wie in der Do-it-yourself-Abteilung eines Supermarkts. Als erstes sah ich einen halb leer geräumten Tisch mit letzten 50-%-Aktionen: Bildkalender, Dekorationsmaterial, Bastelbücher, Servietten mit aufgedruckten Weihnachtssternen. An einem Pfosten waren Wegweiser aus Holz montiert, rechts ging es zu Wechselrahmen und Farben, links zu Zeichnungsmaterial und Leinwänden. Ich war enttäuscht von der Atmosphäre. Ich empfand sie so gar nicht inspirierend.

Ich bog nach links ab, ging eilig an Postkartenständern, Malbüchern für Kinder und Briefpapier in verschiedenen Farben vorbei. Endlich kamen die Regale mit gestapelten Papierbögen, Skizzenbüchern und Zeichnungsblöcken. Nichts rührte sich in mir. Als stünde ich im Supermarkt vor einem Regal mit Nudeln. Ich hörte die Stimme einer Verkäuferin, die im Wiener Dialekt jemandem erklärte, weshalb eine bestimmte Bestellung nicht eingegangen war.

Es gab drei verschiedene Qualitäten von schwarzem Zeichnungspapier. Keines fühlte sich an, wie ich es mir vorgestellt hatte. Ich hätte die Wienerin fragen können, ob sie etwas anderes hatten. Aber fragen war mir peinlich. Kommt man hierher, weiß man, was man braucht. Man stellt Fragen, die Wissen und Können zum Ausdruck bringen. Beides war mir abhanden gekommen.

Ich nahm einen Block von dem schwarzen Papier, das mir am ehesten zusagte, und ging zu den Stiften. Hier war die Auswahl groß. Ich probierte verschiedene Buntstifte, Pastellstifte und -kreiden aus. Bei den Pastellstiften gefielen mir die Farben. Ich überprüfte das schwarze Papier. Es eignete sich nicht für Pastell. Ich ging zurück zum Papier, fand aber kein schwarzes für Pastell. Verärgert steckte ich die Stifte zurück in die Fächer. Unschlüssig ging ich zwischen dem Regal mit dem Papier und dem Regal mit den Stiften hin und her. Mit jedem Gang wurde ich gereizter. Was für eine blöde Idee, hierherzukommen. Aber ohne etwas zu kaufen, konnte ich nicht nach Hause fahren. Welchen Sinn hätte der Ausflug sonst gehabt?

Jetzt war die Wienerin bei den Leinwänden beschäftigt. Mit ihrer hellen Stimme erklärte sie die Vorzüge des Hanfgewebes. »Eine Leinwand ganz in der Tradition der alten Meister«, sagte sie. Ich hatte selten Leinwand selbst gekauft. Robert, der mich jahrelang unterrichtet hatte, hatte immer genug vorrätig und Vater bezahlte einmal im Monat Unterrichtsstunden und Material.

Das Ritual. Jede Leinwand hatte erst über ihren Körper gemusst, bevor C. sie bemalte. Sie strich sich weiße Farbe auf Dekolleté, Brüste und Bauch und legte sich bäuchlings auf die Leinwand auf dem Boden. Der Stempel ihres Körpers auf der Rückseite war die physische Verbindung zu dem, was auf der Vorderseite entstehen würde. Aus den leiblichen Empfindungen heraus, denen sie sich hingab. Denen sie vertraute.

Ich erinnere mich an das Zittern, wenn sie nackt in den übergroßen weißen Arbeitskittel schlüpfte. Sie bestand darauf, dass er im unbeheizten Vorraum von Roberts Atelier hing. Auf dem Rücken des Kittels war ein schwarzes C. aufgemalt. In den Taschen waren meistens Rosinen.

Die Selbstverständlichkeit, mit der sie zugange gewesen war, beeindruckte mich.

Ich ging der Stimme der Wienerin nach. Sie stand vor einem der Regale und zählte bespannte Keilrahmen, neben ihr eine junge

Frau mit einem Klemmbrett in den Händen. Hinter ihnen tat sich ein weiter Raum auf. Die Regale aus Holz waren niedriger als vorne, es gab zwei große Fenster, die Korridore waren breiter. Es war hell und weiß. Und still. Da wo die beiden standen, roch es nach Jute.

»Was für eine Auswahl«, entfuhr es mir.

Die Wienerin hörte auf zu zählen und wandte sich mir zu. Sie war älter, als ich gedacht hatte. Sie hatte die aschblonden Haare mit unzähligen winzigen Klammern zu einem geordneten Nest aus Löckchen hochgesteckt. Wahrscheinlich waren sie mit viel Haarspray stillgelegt worden, genauso wie der Pony, den sie über einer dicken Rundbürste fixiert haben musste. Über einem geblümten Shirt trug sie eine blaue Schürze, die man sich über den Kopf wirft und an den Seiten zuknöpft.

»Nicht wahr? Sie können hier fast alles bekommen. Und was wir nicht an Lager haben, bestellen wir sehr gerne für Sie. Innerhalb einer Woche ist es da. Sind Sie zum ersten Mal bei uns?« Sie lächelte freundlich.

Ich schaute über ihre Schulter in den Raum mit den Leinwänden.

»Suchen Sie etwas Bestimmtes oder wollen Sie sich erst einmal umschauen?«

»Umschauen. Ja. – Nein. Hier eigentlich nicht. Ich –, ich suche Textilfarbe, am liebsten zum Sprayen.«

»Das haben wir«, sagte sie fröhlich. »Kommen Sie, ich zeige sie Ihnen.«

Sie ging vor, ich tauchte hinter ihr wieder in die dunklen engen Gänge voller Material ein. Nach ein paar Abzweigungen blieb sie stehen und fragte, ob ich eine bestimmte Farbe suche.

»Schwarz. Schwarz und rot.«

Sie griff nach den beiden Dosen. »Wir haben nur diese eine Marke. Um ehrlich zu sein, ich finde die Qualität nicht besonders gut. Wir haben bessere Farben in Töpfchen. Die müssten

Sie allerdings mit einem Pinsel auftragen. Was wollen Sie damit machen?«

»Das passt schon«, antwortete ich und bat um je eine Dose.

»Darf ich Ihnen noch etwas zeigen?«

»Hätten Sie vielleicht ein Stück von der Juteleinwand? Einen Rest. Grösse A4 würde mir genügen.«

Die Wienerin verneinte. Die Nachfrage sei leider bescheiden. »Was sehr schade ist. Es ist ein spannender Malgrund. Ich habe kürzlich beeindruckende Bilder einer Künstlerin gesehen, die auf Jute malt. Aber ich frage gerne beim Lieferanten für Sie nach, ob er ein Musterstück hat oder etwas von einer Rolle abschneiden könnte. Das wird nicht alle Welt kosten. Manchmal auch gar nichts.«

Ich blieb an dem Wort Malgrund hängen. Was war mein Malgrund?

»Sie haben Malgrund gesagt. Ein interessantes Wort. Man könnte es auch anders verstehen.«

»Ja, so ist es, man könnte immer alles anders verstehen«, sagte sie und auf einmal kam sie mir etwas schroff vor. Vielleicht mochte sie nicht, wenn man nicht wusste, was man wollte.

Ich bedankte mich für das Angebot. Bei Bedarf würde ich gerne darauf zurückkommen.

»Wollen Sie sich bei den Leinwänden noch ein bisserl umschauen?«

Ich war überrascht.

»Wenn wir Sie stören, erkläre ich der Lernenden etwas anderes.«

»Nein, danke. Ich male nicht.«

»Ach so«, sagte sie und wahrscheinlich bildete ich mir ein, dass sie es sagte, als würde sie mir nicht glauben.

»Kommen Sie, ich gebe Ihnen eine Karte von uns mit, dann können Sie anrufen oder eine E-Mail schreiben. Und einen

Katalog. Wir haben heute eine sehr schöne neue Ausgabe bekommen.« Sie ging vor mir Richtung Kasse. Ich verließ das Geschäft mit Buntstiften, schwarzem Papier, der Visitenkarte, auf die sie Irene Bauer geschrieben hatte, und einem Eimer Straßenmalkreiden.

26

Mischa stand mit seiner Gans in der Hand im Schatten der Birke. Sein Gartenzimmer war noch nicht fertig eingerichtet. Wahrscheinlich war Pavlina oben, um die restlichen Sachen zu holen. Regungslos starrte der Kleine auf die Wolldecke. Ich stellte mir vor, dass er mit den Augen den Rändern der Karos entlangfuhr und dass es ihn beruhigte, solange er allein war.

Seit Tagen hatte ich auf die Gelegenheit gewartet, mit dem Eimer Straßenmalkreiden raus zu gehen. Ich lächelte dem Kleinen freundlich zu, stieg langsam die Treppe in den Garten herunter und beobachtete, wie er reagierte. Ich wollte ihn auf keinen Fall wieder erschrecken. Ich blieb auf dem Gartenweg auf seiner Höhe stehen und schwenkte den Eimer. Mischa bewegte sich nicht. Ich setzte mich ins Gras, klaubte eine Kreide nach der anderen heraus und legte sie nebeneinander auf den Rasen. Mischa mochte Ordnung. Ich änderte die Reihenfolge, bis es nach Regenbogen aussah. Immer wieder schaute ich zu ihm hin. Er saugte an seinem Daumen, sonst bewegte er sich nicht.

Ich war aufgeregt. Ich hatte mich darauf vorbereitet, den Kleinen bei der nächsten Gelegenheit anzusprechen. Im Kopf war es leicht gewesen. Aber der Mund war verschlossen geblieben, die Kehle hatte keinen Laut von sich geben wollen. Wie geht eigentlich sprechen, hatte ich mich gefragt. Was gibt den Impuls, etwas auszusprechen oder stumm zu bleiben, obwohl man etwas sagen will. Oder meint, etwas sagen zu wollen.

Ich habe über meinen Widerstand nachgedacht, tschechisch zu sprechen. Über den Widerstand, den C. auf die Spitze getrieben hatte. Der an Bedeutung verlor, nachdem Rosa in ihre

Heimat zurückgekehrt war, wir immer weniger voneinander hörten und seit einigen Jahren gar nichts mehr.

Rosas Muttersprache zu sprechen fühlt sich für mich an, als würde ich klein beigeben. Das will ich nicht.

Ich wagte es. »Mischa, *podjivej*«, rief ich leise, schau. Es kam eher als lautes Flüstern heraus. Mein Herz raste. Der Kleine drehte tatsächlich den Kopf ein wenig in meine Richtung, aber er hob ihn nicht. Vielleicht schaute er durch seinen strähnigen Haarvorhang zu mir hinüber. Ich konnte es nicht erkennen. Ob er bemerkt hatte, dass ich ihn in seiner Sprache gerufen hatte? Ich war froh, dass ich auf dem Boden saß.

Als Pavlina zurück in den Garten kam, hatte ich gerade angefangen, die ersten Kopfsteine zu einem M zu färben. Ich wollte seinen Namen aufmalen, damit er ihn vom Balkon aus sehen konnte. Ich hatte nahe am Haus angefangen. Es müsste funktionieren. Ich hatte es berechnet und auf Häuschenpapier skizziert, als ich auf die Idee gekommen war.

Pavlina sah müde aus.

»Ich dachte, Mischa und ich, wir könnten zusammen den Gartenweg verschönern«, rief ich ihr entgegen. Sie lächelte säuerlich. Verständlich, nachdem ich sie in unserer ersten Begegnung unmissverständlich zurückgewiesen hatte.

»Könnten Sie ihn bitte fragen, ob er das mit mir machen will, ich möchte ihn nicht nochmal erschrecken.« Ich gab mich so freundlich wie nur möglich. Sie nickte, drehte sich um, ging zu ihm hin, strich ihm die Haare aus der Stirn und flüsterte ihm etwas ins Ohr, während ich weitermalte und so tat, als würde ich ihn nicht beachten. Sie schob ihn zu der Reihe mit den Kreiden, er ließ es geschehen. Sie ließ sich in ihren Gartensessel fallen, zündete sich eine Zigarette an und nahm einen langen Zug. Sie sah völlig fertig aus. Ich überlegte kurz, zu ihr hinzugehen. Aber sie schloss die Augen und ich ließ sie in Ruhe.

Nach einer Weile hockte sich Mischa vor die Farben. Er betrachtete sie, er ließ sich Zeit, wie es ihm eigen war. Vorsichtig griff er nach der hellgrünen Kreide. Erst schaute er sie lange an, öffnete und schloss sein Händchen, nahm die Kreide in die andere Hand, betrachtete die Handfläche, die die Kreide zuvor umfasst hatte, dann suchte er sich einen der Randsteine weit weg von mir aus und begann ihn einzufärben. Nach einer Weile forderte ihn Pavlina von ihrem Platz im Schatten der Birke auf weiterzumachen, andere Farben zu nehmen, ein buntes Band zu malen. Er aber blieb vor dem einen Stein hocken und rieb in langsamen Strichen die Kreide auf ihm ab.

Ich hatte mich inzwischen so hingehockt, dass ich zwar näher an Pavlina war, ihr aber den Rücken zuwandte.

»Ich weiß nicht, was mit Mischa los ist«, begann sie. Ihr Feuerzeug klickte. »Klar, er vermisst seine Mutter, aber Kinder lassen sich doch auch mal ablenken.« Sie klang gereizt. »Wenn ich ihn frage, wie es ihm geht, was er will, was wir unternehmen sollen, antwortet er nicht. Er spricht wenig. Dafür weint er viel. Das hören Sie ja. Mit anderen Kindern will er nicht spielen. Ich gehe ins Schwimmbad mit ihm, obwohl ich das hasse. Ich stehe stundenlang in der Hitze am Planschbecken. Aber er schaut nur zu. Und manchmal ist er richtig bockig.« Es verdrießte mich, wie sie über ihn sprach, aber ich wollte nicht schon wieder unfreundlich zu ihr sein. Sie schien überfordert.

Ich drehte den Kopf in ihre Richtung und sagte: »Ich war auch so.« Ich bereute es sofort. Ich wollte nicht über mich sprechen. Ich hatte das nur gesagt, um sie zu unterbrechen. »Das wird schon«, schob ich rasch nach, »er braucht einfach Zeit.« Wie oberflächlich, dachte ich. Woher der Drang kam, ihn zu beschützen oder vielmehr, mich mit ihm zu verbünden, konnte ich mir nicht erklären.

Ich wandte mich wieder ganz den Buchstaben zu. Der Kleine bemalte immer noch den gleichen Stein. Als ich ihn so hocken und die Kreide hin und her bewegen sah, erfasste mich eine tiefe Traurigkeit.

Auf einmal stand Pavlina hinter ihm und klemmte seine Stirnfransen mit einer Kinderspange fest, auf der eine gelbgrüne Schildkröte saß.

»Er will die Haare unbedingt lang haben, so wie seine Mutter«, sagte sie in meine Richtung und rollte die Augen. »Und im Schwimmbad trägt er ihren Badeanzug. Etwas anderes lässt er nicht zu. Sie können sich vorstellen, wie das aussieht und wie die Mütter mich anschauen.« Ich schwieg, malte weiter und Pavlina kehrte verstimmt in den Schatten zurück.

Vielleicht hatte mein Schweigen den Kleinen dazu bewegt, zu mir zu schauen. Er behielt den Kopf gesenkt und betrachtete mich aus den Augenwinkeln. So wie ich ihn. Er prüft mich, dachte ich. Ich malte weiter, malte gelb, bis der Stein satter leuchtete als alle anderen, die ich bisher bemalt hatte.

Egal, wie ich mich hinkauerte oder hinsetzte, meine Oberschenkel schmerzten inzwischen höllisch. Der Preis dafür, dass ich keinerlei Sport machte. Ich biss auf die Zähne und ließ mir nichts anmerken. Ich wollte mit dem Kleinen in der Stille dieses Sommervormittags kauern und Stein für Stein seinen Namen aufmalen. Nichts sollte uns stören.

Manchmal war es mir gelungen, Rosa zu überreden, mit mir zu zeichnen. Sie konnte es gut und oft wurde sie ruhig dabei. Manchmal sogar heiter. Ich freute mich, aber ich zeigte es nie. Ich verhielt mich leise. Schraffierte größere Flächen so geräuschlos wie möglich, legte die Stifte sachte ab, sagte nichts, wenn sie nichts sagte. Manchmal saß ich einfach nur da, saugte an einer der Rosinen, die sie beim Zeichnen in einem Schälchen auf den Tisch stellte, und schaute ihr zu. War sie einmal eingetaucht, zeichnete sie ein Blatt nach dem anderen voll. Die Häuserzeile in der Stadt, in der sie vor meiner Geburt gewohnt hatte, einen Park mit einem See, einen Tisch, an dem rauchend junge Menschen saßen, eine Menschenmenge mit Transparenten, einen Friedhof. Wurde sie müde, zerriss sie die Zeichnungen und warf sie in den Mülleimer, bis auf die wenigen mit den Motiven, die ich mir hatte wünschen dürfen. Ich wünschte mir Zeichnungen, die etwas aus unserem jetzigen Leben zeigten. Ich hoffte, sie würde froh, wenn sie das zeichnete, was sich hier abspielte. Was mich froh machte. Die Kuhherde auf der Wiese hinter dem Haus, die Pferde, die im Rheinvorland weideten, Kinder, die mit einer Tasche auf dem Rücken zur Schule gingen und die ich darum beneidete, die Nachbarin, die mit durchgestrecktem Rücken auf dem Fahrrad saß und die ich imitierte. Nie wagte ich es zu fragen, ob sie mich oder uns beide zeichnen könnte.

Alles in allem hatte Rosa selten Lust gehabt, sich mit dem Kind zu beschäftigen. Das Haus war oft mit einer lähmenden Langeweile gefüllt oder von den Stimmen aus dem Radio, das sie mit sich durchs Haus trug, wenn sie mit Arbeiten im Haushalt beschäftigt war. Sie hörte ausschließlich einen der österreichischen Sender. Während der Wende, 1989, entstand meine Überzeugung, dass Rosa all die Jahre darauf gewartet hatte. Dass sie mehr als zwanzig Jahre versucht hatte, die Zeit des Wartens zu überstehen und für eine rasche Rückkehr bereit zu sein. Ihr Leben in der Schweiz war einzig darauf ausgerichtet gewesen. Und auf die Fotografie.

Auf ihrer Webseite stand unter der Rubrik *Vita*: 1947, born in ČSSR, Czech Republic, 1968 Asylum in Switzerland. Mit nur drei Wörtern schuf sie die maximale Distanz zu einer Lebensphase, die immerhin zweiundzwanzig Jahre gedauert hatte. Länger als die erste Hälfte meines bisherigen Lebens. 1990 war der dritte Punkt in ihrer Vita, Rückkehr in die Heimat. Für Rosa war auch die Zeit mit dem Kind ein Exil, so sehe ich es immer noch. Ich bin überzeugt, dass es für sie immer klar gewesen war, dass sie allein in ihre Heimat zurückkehren würde, allein in Begleitung ihrer Fotokunst. Ich gebe zu, es schmerzt mich.

Mischa saß im Gras und starrte auf den hellgrünen Stein vor ihm. Was ging in ihm vor? Woran dachte er? Und was hielt er von der Frau, die neben ihm auf dem Boden kauerte und einen Kopfstein nach dem anderen bemalte? Nahm er wahr, dass ich es gut mit ihm meinte?

Die Sonne brannte heiß auf meinen Hinterkopf und auf meinen Rücken. Ich hätte dringend eine Kopfbedeckung und einen Schluck Wasser gebraucht. Aber ich wollte nicht weg. Mit jedem Stein, den ich bemalte, kam ich dem Kleinen ein paar Zentimeter näher. Es schien ihm nichts auszumachen. Pavlina war eingenickt und schlief mit offenem Mund in ihrem Sessel. Ab und zu entwich ihr ein Schnarchen. Der Kleine stand auf und ging in einem großen Bogen um mich herum zu den Kreiden, die ich jedes Mal ordentlich in die Reihe zurücklegte, wenn ich die Farbe wechselte. Er suchte sich violett aus und kehrte zu seinem orangefarbenen Stein zurück. Er blieb stehen, dann wechselte er auf die andere Seite des Gartenweges und fing an, den genau gegenüberliegenden Randstein zu bemalen.

Inzwischen war ich ihm so nahegekommen, dass ich hören konnte, wie er mit einem Seufzen Atem holte, wie die Kreide gleichmäßig über den Stein schrappte, wie er leise stöhnte, als wäre die Beschäftigung sehr anstrengend.

Kreslime, wir zeichnen. Es stimmt nicht. Wir malten. Trotzdem. Ich bleibe dabei. *Kreslime*. Es passte zur Stimmung, in der ich mit dem Kind verweilen wollte. Es klingt ähnlich wie *krásný*, schön.

Ich dachte an die liegende Acht, das Zeichen für Unendlichkeit. *Nekonečno*, unendlich, sagte mir Luba später. Die Wörter nahmen mich an der Hand und führten mich in eine Sprachwelt, die eine Poesie und sogar etwas Zärtliches in sich barg. So wie mich einst die Babina an der Hand genommen, mich durch die Unterführung und durch meine Angst vor dem ekligen Dunkel geführt hatte, mit mir zu einer Bank im Rheinvorland spaziert war und mich dort mit liebkosenden Worten ermuntert hatte, das mitgebrachte Wurstbrot zu essen. Die Babina. Rosa. Zwei Frauen, zwei Mütter, eine Sprache. Ein Kind. Mit dem Tod der Babina starb die eine Seite meines Spracherlebens, Rosa und C. trennten die andere ab.

Ich trug eine Leerstelle weiter. Totes Gewebe, wie ich all die Jahre gedacht hatte. Dumpf und empfindungslos. Die Begegnung mit dem Kind lehrte mich, dass es sensibel und schmerzempfindlich war.

In der Nacht weckte mich das Brausen von Regen. Der Kleine weinte. Er klang verzweifelt. Ich stand auf und ging auf den Balkon, um nach den Pflanzen zu schauen. Ich beleuchtete sie mit der Taschenlampe. Die Blüten der Petunien hingen schwer herunter. Normalerweise brachte ich sie unter dem Dach in Sicherheit. Dieses Mal ließ ich es bleiben. Sie würden sich schon wieder erholen. Ich löschte das Licht und betrachtete den Regen, der die Blüten, die Blätter und die Dunkelheit peitschte. Die Pflastersteine vor dem Gartentor glänzten im Streiflicht der Straßenlampe.

Das Kind weint, weil sein auf dem Gartenweg aufgemalter Name gerade weggespült wird, vermutete ich.

Nechci. Ich will nicht.

Ich auch nicht.

Das haben wir *miteinander* gemalt. *Spolu,* sagte Luba.

To sme kreslili spolu. Ich reihte die Wörter aneinander und in meinem Notizbuch streute ich Häkchen und Striche darüber. Ganz wie es mir gefiel.

27

Vielleicht werde ich mit dem Kleinen einen Ausflug machen. Er wird in seinem Kindersitz festgeschnallt hinter mir sitzen, mit der Plüschgans im Arm, sich mit dem Zeigefinger die Haare aus dem Gesicht streichen, sein Gesicht in den Fahrtwind halten, die Augen zusammenkneifen. Ich werde mich im Rückspiegel vergewissern, dass alles in Ordnung ist, ihn in seiner Versunkenheit betrachten, mir seine konzentrierten Gesichtszüge einprägen, besorgt sein, ob er sich wohl fühlt, ein Lied für ihn singen, beobachten, wie seine Augendeckel immer schwerer werden und sein Köpfchen nach vorne kippt. Nichts wird mir entgehen. Im Wildpark werde ich anhalten und ihn an der Hand zu den Elchen führen, ihm Zeichen geben, dass wir leise sein müssen. Sie sind scheu. So wie du. So wie ich damals. Ich werde auf die weiche Schnauze und das pelzige Geweih zeigen, das Wort Elch wiederholen. Auf der Passhöhe werde ich die Picknickdecke auf einer Wiese ausbreiten, ihm den See zeigen, die Segelboote und die Kursschiffe, die Stadt in der Ferne, dort wohnen wir, die Kondensstreifen der Flugzeuge. Schau, *podjivej*. Ich werde ihm die langen Haarsträhnen hinters Ohr streichen, meinen Arm ausstrecken und auf den Schnee in den Bergen zeigen. Der Versuchung widerstehen, das Wort auszusprechen. Vielleicht wird er *Sníh* sagen. Ich werde es nachsprechen. *Sníh*. Vielleicht wird er Gras ausreißen, über sich streuen und *Sněží* sagen und auch ich werde Gras ausreißen, es in die Luft werfen, *Sněží* rufen, lachen, während es Grün schneit, mich auf den Rücken fallen lassen und in den Himmel schauen, für den ich das Wort nicht mehr weiß.

Ich fuhr in die Stadt, kaufte Kindersachen und fügte sie zwischen die Gegenstände in meiner Wohnung ein, als hätte ich regelmäßig Kinder zu Besuch. Bis dahin hatte ich lediglich ein übergroßes Wimmelbuch besessen. Johanna und Rosina brachten sich ihre Spielsachen selbst mit, aber sie fragten immer nach dem Wimmelbuch, klappten es vor sich auf dem Boden auf, krochen auf ihm herum und suchten nach Winzigkeiten, über die sie in Entzückung gerieten. Ich kaufte Kinderbücher, ein Puzzle, buntes Papier, Buntstifte und eine Kinderschere – obwohl ich nie gerne gebastelt hatte –, Malbücher, eine CD mit Kinderliedern, einen Teller mit aufgedruckten Mumins, dazu Besteck und bunte Kunststoffbecher, Zahnpasta mit Erdbeeraroma und einen Plüschelch in einem geblümten Kleid, gestreiften Strumpfhosen und einem roten Wollschal um den Hals. Das Elchmädchen saß jetzt auf dem Fensterbrett in meinem Arbeitszimmer. Vielleicht würde der Kleine das Plüschtier vom Garten aus entdecken. Ein rotes Badehöschen mit einer hellblauen Krabbe auf der einen Gesäßhälfte hatte ich wieder in die Rabattkiste gelegt. Es hätte die richtige Größe gegeben. Ich hatte auf einem von Mischas Leibchen nachgeschaut, die zum Trocknen in der Waschküche hingen. Das aufblasbare Planschbecken bestellte ich im Internet. Der sandfarbene Boden war mit Seesternen, Muscheln, Tintenfischen und Seepferdchen bedruckt. Es war nicht ganz so schön wie das, in dem ich als Kind an heißen Sommertagen planschte, aber es gefiel mir gleichwohl am besten. In der Kinderabteilung eines Warenhauses der gehobenen Klasse entdeckte ich Bademäntelchen. Sie hingen auf mit weißem Satin überzogenen Bügeln, die Kapuzen sorgfältig auf den Rückenteilen drapiert. Ich schob die Mäntelchen in Mischas Größe auseinander, um mir die Modelle genauer anzuschauen. Ich kam mir vor, als würde ich etwas tun, was mir nicht zustand. Trotzdem konnte ich es nicht lassen. Ein dunkelblaues Modell mit türkisfarbenen Borten gefiel mir am besten. Auf der Brust war ein grinsender Haifisch aufgenäht, auf dessen Rücken eine Giraffe mit Säbel ritt. Ich trug den Bademantel zur Kasse. Das mit weißem Satin überzogene Bügelchen war leider nicht verkäuflich. Die Verkäuferin schenkte mir eines aus durchsichtigem Plastik.

Zu Hause hängte ich das Mäntelchen in den leer geräumten Schrank. Vor dem Einschlafen feilte ich mir auf dem Bett liegend die Fingernägel. Als ich das Bademäntelchen in dem leeren Schrankfach betrachtete, fiel mir das Kinderlied ein: »Ein Männlein steht im Walde… sag, wer mag das Männlein sein, das da steht im Wald allein…« Ich summte die Melodie, stand auf und ging zum Schrank. Der Geruch aus Mutters Kleiderschrank kehrte zu mir zurück. Von ihren Kleidern war etwas Säuerliches ausgegangen. Ich hatte den Geruch nicht gemocht und vor allem hatte ich Angst, dass er auf mich überspringen könnte und Mutter bemerken würde, dass ich bei ihren Sachen gewesen war. Sie mochte das nicht. Was ihr gehörte, durfte ich nicht anfassen. In ihrem Schrank hingen geblümte Kleider, die sie sich im Sommerurlaub in Italien auf dem Markt gekauft hatte, und eine weiche hellbraune Strickjacke mit Zopfmuster, kleinem Kragen und Reißverschluss. Soweit ich mich erinnern kann, war die Jacke das einzige Kleidungsstück aus ihrer Heimat, das sie nach Jahren noch besaß.

Einmal hatte ich mich mit der Strickjacke, Mutters schwarzen Gummistiefeln und Vaters Gartenhut verkleidet. Vater hatte gelacht und geklatscht, Rosa wurde wütend, zog mir die Strickjacke aus, bläute mir mit funkelnden Augen ein, das nie mehr zu tun, und belegte mich mit einem Schimpfwort, das so etwas wie »Stinker« bedeutete.

Ich blieb in Unterhemd, Höschen und Gummistiefeln im Wohnzimmer stehen. Vater rollte die Augen und tippte sich mit dem Zeigefinger an die Stirn. Geblümtes Kleid, Strickjacke und schwarze Gummistiefel waren die Lieblingsbekleidung der schönen, eigensinnigen Fremden mit dem blassen Kind, der späteren Fotografin, die nach der Zeit ihrer Regungslosigkeit begann, den Rhein zu fotografieren. »Sie ist eigen«, sagten die Leute im Dorf in ihrem Dialekt.« »Anders und ergreifender fange sie den Rhein ein«, – so stand es in einem Zeitungsartikel zur Ausstellung im Gemeindehaus, in der mehrere ihrer Fotografien gezeigt wurden.

Auch die Fotoausrüstung durfte niemand anfassen. Ich erinnere mich genau an den metallischen Geruch aus dem braunen Lederetui mit den Druckknöpfen, in das die Kamera eingeschraubt war.

Vater hasste die schwarzen Gummistiefel. Er legte Geldscheine auf den Küchentisch und forderte mich auf: »Geh mit deiner Mutter zu Frau Thurnheer und such mit ihr ein paar schöne Damenschuhe für deine Mutter aus.« Ich wusste, was die Frauen in der Kirche und die Ehefrauen seiner Arbeitskollegen trugen. Ich erinnere mich an Frau Thurnheer, an ihre perfekt hochtoupierten Haare, an ihre dunklen Bleistiftröcke und an die glänzenden Schuhe mit den kleinen Blockabsätzen. Ich stellte mir vor, wie sie ihre Schuhe jeden Morgen behutsam aus ihrem Schlaf in der Schachtel hob und am Abend wieder zurückbettete. Ich schaute ihr gerne zu, wenn sie vorsichtig den Deckel einer weißen Schachtel anhob, als würde sie ein Geheimnis lüften, wie sie behutsam das Seidenpapier auseinanderklappte, damit es nicht knitterte, und die ineinander gelegten Schuhe zum Vorschein kamen, die sie uns zur Auswahl zeigte. Nach Hause gingen wir meistens mit einem Luftballon und mit steifen Lackschuhen für mich, die mir blutende Blasen machten, mit Hausschuhen, deren Schlaufe am Riemchen ich nicht über den roten Knopf aus Samt zu ziehen vermochte oder mit roten

Gummistiefeln, die mir beim Gehen die Socken von den Füßen zogen. In den Schuhschachteln bewahrte Mutter die Abzüge ihrer Aufnahmen auf, eingebettet in das sorgfältig übereinandergeschlagene Seidenpapier. Die Schachtel mit den Bildern vom Kind im Nachthemd am Rhein, kurz vor dem Gewitter, brachte sie nach dem Streit mit Vater zu Irma Schirmer.

Ob Irma Schirmer das Unterwäschegeschäft noch hatte? Ich hatte sie gemocht. Einmal hatte sie mir die Haare hochtoupiert und mir blauen Lidschatten aufgelegt, weil ich aussehen wollte wie sie, in ihrem Minirock aus braunem Wildleder und den weißen Knautschlackstiefeln. Bevor sie mit Rosa und ein paar BHs in der Garderobe verschwand, steckte sie mir jeweils eine Hand voll Erdnüsse zu und setzte mich an den kleinen Tisch. Dort schälte ich sie und versank in die Geschichte von einem Pinguin, der ganz weiß geboren worden war und deshalb von der Kolonie verstoßen wurde. Traurig schwamm er durch die Dunkelheit – manchmal überblätterte ich die schwarze Doppelseite mit dem winzigen weißen Pinguin –, bis er von einem Kreuzfahrtschiff aufgegriffen wurde. Am Ende der Geschichte kehrte er zu seiner Kolonie zurück, in einem Frack, den ihm der Kapellmeister auf dem Kreuzfahrtschiff geschenkt hatte. Weil er der einzige Pinguin war, der seinen Frack ausziehen konnte, wurde er zum König ernannt. Jahre später zeichnete ich den Pinguin mit der Krone in das Poesiealbum einer Mitschülerin. Danach wollten alle Mädchen den Pinguin in ihrem Album haben. Ich freute mich und tat ihnen den Gefallen. Aber ich machte auch etwas anderes. Ich fügte Buchstaben in die Albumsprüche auf den bereits gestalteten Seiten ein. Ich gab mir große Mühe, damit es aussah wie Schreibfehler, manchmal auch wie mehrere im gleichen Text.

Kurz nach ihrer Rückwanderung schickte mir Rosa ein Foto. Sie steht auf einem gefrorenen Acker und fotografiert ein Haflingerpferd mit langer heller Mähne, das vor einem von Raureif umhüllten Waldsaum steht. Sie trägt die hellbraune Strickjacke und schwarze Gummistiefel. Auf die Rückseite hatte sie *finally home* geschrieben. Die Fotoserie, die in der Zeit entstand, nannte sie *home.*

Ich frage mich, weshalb sie auf einmal englische Wörter benutzte. War es, weil sie zeigen wollte, dass sie in der Kunstszene verkehrte? Wollte sie ausdrücken, dass sie die Muttersprache in ihrer Heimat nicht mehr zelebrieren musste? Oder wollte sie mir zeigen, dass sie das fadenscheinig gewordene Band zwischen uns endgültig abschnitt? Dass sie erleichtert war, nicht mehr Mutter sein zu müssen? Ich weiß es nicht. Ich kann nicht einmal mutmaßen. *Život je jinde*, Milan Kundera, das Leben ist anderswo. Für Rosa war es so gewesen.

Ich zerrte das Bademäntelchen, das ich für den Kleinen gekauft hatte, vom Bügel, breitete es auf dem Bett aus, wickelte es um ein kleines Kissen und zog das Paket mit dem Gürtelchen zusammen. Hai und Giraffe grinsten mich aus einer Ecke an. Ich drückte das blaue Frotteepaket an mein Pilzgesicht.

28

Die Nächte blieben schwierig. Ich wälzte mich im Bett und schlief lange nicht ein. Kaum war ich eingeschlafen, weinte der Kleine und ich war hellwach. Die Schlaflosigkeit setzte mir zu. Ich steckte mir Ohrstöpsel in die Ohren und zog mir das Kissen über den Kopf. Ich hörte das Kind trotzdem. Das Haus war hellhörig. Und ich auch. Ich wollte es hören. Ich wollte mich hören.

Es war nach Mitternacht, als es an der Wohnungstür klopfte. Ich ging zur Tür. Im Flur warf ich einen Blick in den Spiegel. Im Halbdunkel sah ich furchterregend aus. Ich spürte eine Macht in mir. Sie gefiel mir.

»Wer ist da? Was ist?«

Es war Pavlina, die fragte, ob alles in Ordnung sei. Ich hatte Lust, die Tür zu öffnen und mich ihr zu zeigen. Zu sehen, wie sie reagiert. Durch den Spion konnte ich nicht sehen, ob der Kleine in der Nähe war. Schlecht wie er schlief, wäre es möglich gewesen. Er durfte nicht erschrecken.

»Alles gut hier, warum fragen Sie?«, sagte ich hinter der geschlossenen Tür.

»Mischa sagt, er hat Sie schreien gehört. Er fürchtet, dass jemand im Haus ist. Ein Räuber oder ein wildes Tier. Er hat Angst. Ich musste ihm versprechen, dass ich nachschaue. Er steht oben und wartet. Entschuldigen Sie bitte. Ich hoffe, wir haben Sie nicht geweckt.«

»Wie gesagt, alles gut hier. Sagen Sie dem Kleinen, dass er sich nicht fürchten muss. Dass ich stark bin. Dass sich Räuber und wilde Tiere vor mir fürchten. Sogar Haifische.« Die animalischen Töne, die ich im Spiel einem Kind gegenüber gemacht hätte, unterdrückte ich.

Pavlina schwieg. Ich wartete.

»*Tady nic neny*«, rief sie nach oben. Da ist nichts.

»Ja, da ist nichts«, wiederholte ich. »Gute Nacht.«

Der Kleine musste meinen Ausbruch gehört haben. Kein Wunder, hatte er sich gefürchtet. Es tat mir leid.

Ich hatte tatsächlich geschrien. Erst im Traum, dann im Badezimmer. Im Traum hatte mich ein starker, unsichtbarer Körper von hinten umfasst, mich hochgezogen und aufgerichtet. Meine Muskeln füllten sich mit einer unangenehmen Kraft, die nicht mir gehörte. Meine Augen stellten scharf, meine Stimmbänder spannten sich wie die Sehne eines Bogens, bereit für den schneidenden Ton. Eine unheimliche Ruhe breitete sich in mir aus. Mein Kopf wurde frei, wie wenn geschwollene Schleimhäute in der Nase den Atem plötzlich ungehindert fließen lassen. Ich lächelte. Es war ein hässliches Lächeln. Mein Gesicht fühlte sich an, als klebte eine transparente Folie auf ihm; die unsichtbare Kraft zog meine Haut nach links und nach rechts, nach oben und nach unten, bis es sich in eine Fratze verwandelte. Ich weiß nicht mehr, was noch geschah. Ich schrie und davon wachte ich auf.

Nass geschwitzt stand ich auf und tappte ins Badezimmer, um Wasser zu trinken. Ich machte kein Licht an und vermied es, in den Spiegel zu schauen. Der Traum ließ nicht locker. Ich ging ins Arbeitszimmer, riss den Karton von einem der Blöcke mit dem schwarzen Zeichnungspapier, kehrte ins Badezimmer zurück und beschmierte ihn mit einem rosa Lippenstift. Ich klaubte die letzten Reste aus der Hülse und strich sie behutsam in die glänzende Schicht aus Fett. Dann drückte ich mir den Karton aufs Gesicht und zog ihn über Hals, Dekolleté und Brüste. Ich opferte einen weiteren Lippenstift, schmierte ein leuchtendes Rot auf die rosa Reste und zog den Karton erneut über Gesicht, Hals, Dekolleté und Brüste.

»Weiter«, trieb ich mich an. Ein helles Blau wäre gut. So wie das der Lidschattenstifte, mit denen Rosa sich in den 1970er-Jahren geschminkt hatte. Leider hatte ich nichts dergleichen.

Ich nahm ein lange nicht mehr aufgetragenes Violett von Dior. Poison Purple. Eine Zeit lang mein Lieblingslippenstift. Ich wiederholte die Prozedur.

Dann stellte ich mich so vor den Spiegel, dass mein bemaltes Gesicht von dem inzwischen verblassten C. umrahmt wurde.

Here we are. Die Gesichter der Mila Candrian. *Me, myself and I.*

Plötzlich packte mich eine Wut auf C. Auf ihre ungeheuerliche Gegenwart, mit der sie mich in eine zunehmende Verwirrung drängte.

»Hau ab«, schrie ich in den Spiegel. »*Du* hast aufgegeben. *Du* hast kapituliert. *Du* wolltest nichts mehr mit Kunst zu tun haben. *Du* hast das entschieden. Am Tag, als Rosa diesen Scheiß-Kunstpreis bekam. Ein Schnitt, genauer gesagt, dein Schnitt, und aus war es mit der Künstlerin C. – Was du warst, bin ich schon lange nicht mehr. Ich will mit all dem nichts mehr zu tun haben. Verschwinde.«

C. schwieg.

Ich sah Rosa schon früh ähnlich. Auch wenn ich rotblonde Haare, eine sehr helle Haut und später einen kräftigeren Körperbau als sie hatte. Wer bei uns zu Besuch war und unsere Ähnlichkeit behauptete, den zerrte Rosa vor das Foto mit dem Kind und dem Pilz.

»Schau, wie anders sie ist.« Sie sagte es mit einem so scharfen Ton, dass ihr niemand widersprach.

Neulich las ich, dass wenige Stunden alte Neugeborene die Gesichter von Erwachsenen imitieren, obwohl sie noch nicht wissen können, wen sie ansehen. Sollten Babys tatsächlich so früh über eine Form von Bewusstsein für das Gesicht des anderen verfügen, wäre es möglich, dass das Pilzgesicht von Rosa auf mich übergesprungen war, als sie sich über das Bettchen gebeugt hatte, in dem ich, von ihr abhängig, gelegen war, und dass es später vom Kind mit dem Pilzgesicht wieder auf sie zurückgesprungen war. Vielleicht hätte diese Erklärung C. entlastet.

C. hatte nie Gesichter gemalt.

Nur zur Übung gezeichnet. Zeichnen müssen. Weil du das können musst, hatte Robert, mein damaliger Zeichnungslehrer, gesagt. Es war eine Qual gewesen. Am schwierigsten waren die Augen.

C. malte auch nie Selbstportraits. Sie verstand nicht, weshalb Künstlerinnen ihr eigenes Gesicht malten.

Als Belohnung für das frustrierende Pflichtzeichnen durfte sie Bernadette malen. Robert malte keine Akte mehr und Bernadette war es egal, wer sie zeichnete oder malte, Hauptsache, sie bekam ihren Akt. Sie breitete sich auf dem Leintuch aus, das wir über den Polstersessel gelegt hatten. Sie rauchte, schälte Erdnüsse, die sie sich in den weit aufgesperrten Mund warf, während Robert mir half, die Rundung ihrer ausladenden Hüfte und ihre Oberschenkel aufs Papier zu bringen. Spätestens nach einer halben Stunde war sie eingeschlafen. Ihr Kopf kippte zur Seite, der Mund fiel auf und sie begann zu schnarchen. Wir legten ihr ein Seidentuch über den Kopf. Das Vergnügen begann, wenn Bernadette ruhte und alle aufreizenden Posen von ihr abfielen. Ihre fülligen Oberschenkel fielen auseinander und C. übte, den Bauch darzustellen und den Nabel an die richtige Stelle zu setzen. Manchmal stellte sie sich vor, wie es wäre, sich an diesen Körper zu schmiegen, in das feste Fleisch zu sinken, sich von Bernadettes Bauch in ein angenehmes Schlummern schaukeln zu lassen, das satte Rumoren zu spüren und ihren warmen Atem auf dem Scheitel. Die meiste Zeit konzentrierte sie sich aber darauf, sich die Form von Bernadettes Körper anzueignen, diese ausladende Hülle, die sie später mit kräftigen Farben und den eigenen Empfindungen dazu malen würde.

Nachdem Pavlina wieder nach oben gegangen war, fotografierte ich meine nächtliche Fratze. Ich lud die Bilder auf mein Notebook und speicherte sie in einem neuen Ordner ab, den ich »pain(t) killer« nannte. Ich war zufrieden. Mir war, als hätte ich einen Arbeitstitel für ein Projekt gefunden. Und die Kontrolle über mein verrücktes Tun.

Ich öffnete das Übersetzungsprogramm.

Bolení. Schmerz. Ich klickte auf das Lautsprechersymbol. Ich hörte mir das Wort mehrere Male an. Luba sprach langsam. Bedächtig. Mit einem langen i. Ich wollte, dass die Wiederholungen schneller kamen, was nicht funktionierte. Ich wollte eine Endlosschlaufe, die sich beschleunigte, den Raum füllte, aus allen Richtungen und Winkeln erklänge, mich umzingelte, mich einschlösse.

Hektisch tippte ich auf das Trackpad, während sich die Sprechfrequenz in meinem Kopf beschleunigte, das Wort in mich eindrang und mich erfasste.

Bolení – bolení – bolení.

Das war C. Ihre Performance. Das war der Schmerz, den sie ihren Bildern eingemalt hatte. Den sie in Kunst transformiert hatte. Wäre sie bei der Kunst geblieben, hätte sie meine nächtliche Fantasterei vielleicht zu einer Toninstallation oder zu einer Videoarbeit inspiriert. Videokunst, das hätte aufregend werden können. Damit wäre sie Rosa sehr nahegekommen.

29

Ich saß am Esstisch und ordnete missmutig die Papiere, die ich für die Steuererklärung brauchte, als der Kleine plötzlich vor der offenen Balkontür stand. Er hielt mit einer Hand den Hosenladen seiner Bermudas fest, mit der anderen Hand umklammert er den Hals seiner Plüschgans. Er schaute mich eindringlich an und sagte mit dünnem Stimmchen, *čurat*, pinkeln. Ich stand auf und schaute über seinen Kopf hinweg nach Pavlina. Sie lag auf der Decke unter der Birke und schlief. Langsam streckte ich dem Kleinen die Hand entgegen und sagte, *podj*, komm. Er schaute mich an, als wollte er nochmals prüfen, ob er es wagen konnte, ließ seine Hose los, trat über die Schwelle, kam auf mich zu und schob seine Hand in meine. Sie war weich und warm.

Das Kind war in meiner Wohnung.

Es hielt mich an der Hand.

Ich atmete flach. Meine Beine fühlten sich wacklig an.

Das Kind schob mir etwas zu und ich hatte Angst, es könnte mir wieder entgleiten.

Als wäre mir etwas unfassbar Kostbares und Zerbrechliches in die Hand gegeben worden, eine antike Schale aus hauchdünnem Porzellan, die mir anvertraut worden war.

Ručička. Das Händchen.

Der Kleine zog an meiner Hand. »*Musím čurat*«, wiederholte er eindringlich. Ich umfasste seine Hand etwas fester und führte ihn ins Badezimmer. Er ließ seine Plüschgans fallen und zog eilig Bermudas und Unterhöschen herunter. Zappelnd schaute er zu mir hoch. Behutsam fasste ich ihn unter den Achseln, setzte ihn auf die Kloschüssel und hielt ihn, bis er sicher saß. Dann ließ ich ihn los und trat zurück. Ich schaute auf den weißen Duschvorhang. Für einmal wünschte ich mir einen mit bunten Fischen, Flamingos, lachenden Fröschen oder einem lebensgroßen Zebra. Damit der Kleine auf etwas zeigen konnte, das ihm gefiel. Damit er wiederkommen wollte. Eine der Nachbarinnen hatte ich als Kind nur besucht, weil sie Puzzle von Schneewittchen, Hänsel und Gretel und Rotkäppchen hatte. Sie selbst hatte keine Kinder und freute sich, wenn ich kam, oder wenn sie mich hüten durfte. Ihre Stimme klang wie die der Hexe auf den Kasperleschallplatten, die sie für mich aufs Grammophon legte. Ein bisschen fürchtete ich mich vor ihr.

»*Hotový*«, fertig, sagte der Kleine. Ich hob ihn herunter. Ich zögerte, ihm zu helfen, sich wieder anzuziehen. Aber er schaute mich an und ich verstand: Mach schon. Ich versuchte, so sicher wie möglich zu wirken, und zog ihm rasch das hellblaue Unterhöschen und die Bermudas hoch.

»*Hotový*«, sagte ich, es klang heiser. Mein Herz schlug heftig. Der Kleine schlüpfte an mir vorbei. Vor dem Waschbecken blieb er stehen und streckte die Hände in die Höhe. Ich drehte das Wasser an und hob ihn ein zweites Mal hoch. Er benetzte die Hände, griff nach der Seife, die er langsam zwischen seinen Händen drehte, er legte sie zurück, rieb die Handflächen aneinander und spülte sie lange ab. Bei Franziskas Mädchen ging das immer ruckzuck. Er ließ sich Zeit. Meine Nasenspitze berührte seine Haare. Vorsichtig schnupperte ich an ihnen. Ich meinte, den Schweiß der schlaflosen Nacht zu riechen. Es tut mir leid, flüsterte ich. Langsam wurde er mir schwer, aber ich würde ihn halten, solange er wollte.

»*Hotový*«, sagte er.

Ich setzte ihn ab. Als ich ihm das Handtuch reichte, fragte er: »Warum ist dein Spiegel beschmiert?«

Ich zuckte zusammen und tat, als hätte ich seine Frage nicht gehört. Ich nahm seine Hände und trocknete sie sorgfältig ab.

»Das ist der Daumen, das ist der Zeigefinger, dann kommt der Mittelfinger an die Reihe, dann der Ringfinger und ganz am Schluss der kleine Finger.« Ich ruckelte leicht an jedem seiner Fingerchen und dachte an das Versspiel meiner Großmutter. Ich traute mich nicht, es aufzusagen und ihn in der Achselhöhle zu kitzeln.

Ich zeigte auf seine andere Hand und sagte: »Und jetzt die.« Er spreizte die Finger und ich benannte noch einmal alle fünf Finger. Für keinen einzigen fiel mir das tschechische Wort ein.

Während ich das Handtuch aufhängte, schlüpfte der Kleine hinter mir in den Korridor und schaute ins Schlafzimmer. Was, wenn er das Bademäntelchen auf dem Bett sähe? Ich ging zu ihm. Von der Tür aus sah es aus wie ein Kissen aus Frottee, aber die auf dem Hai reitende Giraffe war deutlich zu sehen. Ich kauerte mich neben ihn, zeigte auf die Zimmerdecke und sagte: »Dort oben schläfst du, dort steht dein Bettchen, dort hast du deine Spielsachen.« Seine Augen folgten meinem Zeigefinger.

»Ja tě slyším«, ich höre dich, sagte ich langsam und leise.

Es hatte unheimlich geklungen und es war nicht verwunderlich, dass der Kleine sich umdrehte und Richtung Balkon davonlief. Verdammt nochmal, kannst du nicht aufpassen, was du sagst, schalt ich mich. Im Wohnzimmer blieb er stehen und schaute sich um. Ich folgte ihm, blieb aber im Türrahmen stehen. Er zeigte auf eine der Zeichnungen, die ich überall verteilt hatte. Ich atmete auf.

»Co to je?«, fragte er, was ist das?

Ich sagte *horizont* und ahmte dabei Lubas Aussprache nach. Ich wollte Himmel oder Licht nachschieben, aber weder das eine noch das andere fiel mir ein. So sanft wie möglich sagte ich *noc*, Nacht. Nach einer Weile sagte ich es noch einmal. *Noc.*

Ohne den Blick von den Zeichnungen zu lassen, sagte er, dass er sich in der Nacht fürchte.

Já vím, ich weiß. Ich sprach es nicht aus. Stattdessen sagte ich: »*Já taky.*« Ich auch. Verwundert schaute er mich an. »Warum fürchtest du dich?«, fragte er. Die Haut auf seiner Stirn hob sich zu kleinen Wellen an, die ich gerne glattgestrichen hätte. »*Nevím*«, sagte ich. Ich weiß nicht.

»Warum fürchtest du dich?«, fragte ich. Ich hängte die Wörter zusammen, die ich zuvor von ihm gehört hatte. Es klang falsch. Ich kam mir vor wie eine Stimme ohne Körper. Eine Sprechblase, die losgelöst über mir schwebte. Die Erinnerungsfetzen jagte. Die nicht wusste, zu wem sie gehörte. Der Kleine schwieg.

»Das habe ich gezeichnet«, sagte ich und zeigte auf die schwarzen Blätter. »Warum?«, fragte er, »warum zeichnest du die Nacht, wenn du dich fürchtest?« Wie schon vor dem Zaun, stand er mit hängenden Ärmchen da, umklammerte den Hals der Gans und betrachtete die Bilder, während ich ihn beobachtete und versuchte, mir seine Körperhaltung so genau wie möglich einzuprägen.

Das Spiel, das ich mit Robert gespielt hatte. Robert hatte die Zeichnungsstunden immer mit zwölf Minuten freiem Kritzeln auf einem großen Blatt Papier begonnen. Wir saßen uns an einem Holztisch gegenüber, alles war erlaubt. Manchmal begannen wir wie beim Schachspielen und ließen Linien, Formen und Figuren aufeinanderzubewegen, manchmal drang einer unmittelbar zum anderen vor, forderte einen harten Strich heraus, manchmal tanzten wir mit dem Stift auf dem Papier um den Tisch herum und feuerten uns an, manchmal blieb jeder stumm in seiner Hälfte. Es gab eine einzige Regel. Der Stift durfte zwölf Minuten lang nicht abgesetzt werden. Danach sagte Robert die zweite Übung an. Wir malten die

Umrisse von Körpern in die Luft. Robert sagte, der körperliche Ausdruck einer Zeichnung beginne beim Körper. Er stellte sich ein paar Meter entfernt vor mich hin, ich rief ihm Muskelprotz, Wichtigtuer, Schlappschwanz, Faulpelz oder Gigolo zu, er mimte die Haltung und ich fuhr mit dem Finger in der Luft seinem Körper entlang. Er kam näher und ich strich, noch immer in der Luft, langen horizontalen Stirnfalten entlang, über aufeinander zulaufende Augenbrauen, schmollende Lippen, heruntergezogene Mundwinkel oder ein langes Kinn. Manchmal ging ich zu ihm hin, strich mit dem Finger über sein Gesicht und verglich es mit dem, was ich zuvor in der Vorstellung gespürt hatte. Ich durfte seine Gesichtszüge erkunden, zuweilen auch die Halsbeuge, die Schlüsselbeine und die Kuhlen dahinter. Dort war Schluss. Mehr ließ er nicht zu. Noch heute könnte ich seinen Mund zeichnen, die volle Oberlippe, den Kupidobogen, der sich fast bis zur Unterlippe senkte, die weiche Unterlippe, ein Mund, auf dem die Fragen des knapp Dreißigjährigen unbeantwortet eintrockneten.

Der Kleine schaute mich herausfordernd an. Komm schon, du musst doch wissen, was du tust. Erklär es mir. Ich schaute auf die Zeichnungen. Ich schaute auf den Kleinen. Dann wieder auf die Zeichnungen.

Hast du Heimweh? Plötzlich war diese Frage da. Ich presste die Lippen aufeinander. Die Frage bedrängte mich. Ich war froh, dass ich das Wort für Heimweh nicht kannte. Ich suchte nach anderen Fragen, die ich dem Kind hätte stellen können. Mir fiel nichts ein. *Nic.* Ich war blockiert. Stumm. Ich, die Expertin für Kommunikation, war nicht in der Lage, mit dem Kind ins Gespräch zu kommen. Ich war das Kind, das Angst hat, etwas Falsches zu sagen. Das Kind, das lediglich einzelne Wörter abrufen und einfachste Sätze bilden kann. Sätze, die keine Verbindung zu schaffen vermögen. Sätze, die am Gegenüber abprallen.

Einmal war ich im Internet auf einen Katalogtext über das Schaffen von Rosa gestoßen, verfasst von einem bekannten Schriftsteller. Er schrieb, Růžena Jíra spreche nicht gern über ihr Schaffen. Sie habe Angst, die intensive emotionale Beziehung zu den Phänomenen zu verlieren, ja geradezu eine Distanz zu ihnen zu schaffen, wenn sie über sie rede. In keiner Sprache, nicht einmal in ihrer Muttersprache könne sie ausdrücken, was sie erlebe. Wütend hatte ich Franziska angerufen.

»Hör dir an, wie sie sich alles zurechtredet und von einem angesehenen Schriftsteller in kluge Worte fassen lässt. Rosa ist überhaupt nicht fähig zu emotionalen Beziehungen. Sie kann sie nicht verlieren. Weil sie Nähe gar nicht zulassen und schon gar nicht schaffen kann. Die Wahrheit ist, sie hat Angst, dass sie auffliegt, wenn sie sprechen muss.« Ich erinnere mich nicht, wie Franziska auf meinen Ausbruch reagierte. Sicher nicht so: Und du? Wie ist das mit den emotionalen Beziehungen bei dir? Unangebracht wäre die Frage nicht.

»Wo sind deine Kinder«, fragte Mischa, *tvoje děti*. Auf einmal wirkte er aufgeregt. Er wartete meine Antwort nicht ab und fragte, ob sie auch bei ihrem Vater in den Ferien seien. Glaubte der Kleine, er wäre hier in den Ferien? Warum machten sie ihm etwas vor? Ich hätte ihm gerne übers Haar gestrichen, vorsichtig, ohne seine Kopfhaut zu berühren.

»Počkej«, sagte ich und holte das Elchmädchen aus dem Arbeitszimmer. Ich zupfte am Saum des geblümten Röckchens und rückte den roten Wollschal zurecht. Ich streckte ihm das Plüschtier entgegen. Er trat einen Schritt zurück, kniff die Augen zusammen und schüttelte den Kopf. Er begann zu zappeln und die Hände zu schütteln. Es sah seltsam aus.

»Meine Großmutter sagt, du hast keine Kinder.« Er redete hastig. Als er Luft holte um weiterzusprechen, rief Pavlina aus dem Garten nach ihm. Er warf mir mit zusammengekniffenen Augen einen scharfen Blick zu und sagte etwas, das ich erst nicht verstand. Dann lachte er mit aufgerissenem Mund laut auf, drehte sich um und rannte hinaus. »Du lügst«, hatte er gesagt.

30

Der Kleine war eingeschlafen. Im Licht der Leselampe lag er vor mir in der Schlafkoje. Auf dem Rücken, den Daumen im Mund, seine Gans im Arm. Er trug den geblümten Badeanzug seiner Mutter über seinem Pyjama. Leise stand ich von meinem Platz am Kopf des Tisches auf und ging zu ihm. Ganz langsam beugte ich mich über ihn. Er bewegte sich nicht. Ich hielt mich zurück, stellte mir aber vor, wie er roch. Eine Mischung aus Lycra, Feuchtigkeit, Parfum und verschwitzten Kinderhaaren. Und vielleicht hing noch eine andere Duftspur im Badeanzug, die allein er riechen konnte. Ich setzte mich zurück an den Tisch ins Halbdunkel. Ich hatte das große Licht gelöscht, nachdem der Kleine sich hingelegt hatte.

Oben stritten sie immer noch. Vermutlich war er deshalb runtergekommen. Ich hatte gehört wie meine Wohnungstür aufging, und dann war er schon neben der Schlafkoje gestanden, mit der Gans im Arm und dem Daumen im Mund und fragte, ob er hier schlafen könne. Ich hatte genickt. Er hatte sich hingelegt, die Gans an sich gedrückt und mich mit weit aufgesperrten Augen angeschaut, als würde er testen, ob er mir vertrauen konnte. Ich hatte versucht, ihn möglichst entspannt anzuschauen, ihm zu verstehen zu geben, ich bin da, ich werde auf dich aufpassen, ich gehe nicht weg, du kannst dich auf mich verlassen. Ohne einen Laut sagte ich die Sätze vor mich hin.

In immer kürzeren Abständen waren ihm die Augen zugefallen, und wenn er es schaffte, sie doch nochmal zu öffnen, verdrehten sie sich.

Ich horchte nach oben. Pavlina rammte die Fersen in den Boden, eilte hin und her, schimpfte. Die Balkontüre ging auf und ihr Feuerzeug klickte.

»Das ist nicht normal«, sagte sie in ihrer Sprache und Mirko zischte hektisch: psst, psst, psst.

Potichu. Leise. Der Kleine soll schlafen. Ich machte die Balkontüre zu.

Ich zog den Skizzenblock und einen Kohlestift zu mir hin. Eine Weile saß ich nur da und betrachtete den Kleinen. Er lag auf dem Rücken, den Daumen im Mund. Die Haare hatte er sich vor dem Einschlafen aus der Stirn gestrichen. Aus seinem Mundwinkel rann etwas Speichel. Meine Hände zitterten, während von dem Kleinen eine Ruhe ausging, die mich kaum atmen ließ. Mein Herz raste.

Ohne den Blick vom Kleinen abzuwenden, zog ich eine Linie über das weiße Papier, das quer vor mir lag. Ich betrachtete sie, betrachtete den Kleinen. Ich verwischte die Linie, es sah aus, als wäre da nur noch ihr Schatten.

Ich atmete tief ein und aus. Ich versuchte, meinen Atem mit dem des Kleinen zu synchronisieren. Er atmete zu schnell. Ich kehrte zu meinem Rhythmus zurück, atmete kurz ein und lange aus, bis ich ruhiger wurde.

Ich nahm den Stift in die linke Hand. Von rechts nach links zog ich eine neue Linie, die in der Mitte des Papiers endete. Die dritte Linie zog ich wieder von links nach rechts, sie stoppte nach etwa zwei Dritteln. Da, wo der Schatten am dunkelsten war, lagen die Linien in einem kleinen Abstand parallel zueinander.

Eine Linie für dich. Eine Linie für mich. Ein Schatten. Weiter kam ich nicht.

Oben knallten Türen, sie liefen durch die Wohnung, in allen Zimmern riefen sie seinen Namen. Bald würde Mirko die

Treppe hinunterstürzen, bei mir die offene Wohnungstür sehen, ins Wohnzimmer stürmen. Ich stand auf, ging ins Treppenhaus und legte den Finger auf den Mund. Pavlina kam die Treppen hinunter gepoltert.

»Leise«, flüstere ich ihr entgegen, »er schläft. Lassen Sie«, beinahe hätte ich gesagt, lassen Sie ihn mir.

»Lassen Sie ihn schlafen, ich bringe ihn nach oben, wenn er aufwacht.«

Pavlina schaute mich aus funkelnden Augen an. Die Wimperntusche war unter ihren Augen verschmiert. Sie war blass.

Sie drehte sich um und schrie ins Treppenhaus, Mirko müsse nicht mehr suchen. Mischa wäre hier.

Wütend zischte sie mir zu: »Warum haben Sie uns nicht…«

»Pssst, kommen Sie«, unterbrach ich sie, um sie zu beschwichtigen, »sehen Sie selbst, wie schön er hier bei mir schläft.«

Ich male keine Körper mehr.

Es geht nicht um Körper. Es geht um etwas anderes.

Um was?

Um etwas, das über den Körper hinausgeht.

Auch das geht vom Körper aus. Wie soll es sonst erfahrbar sein. Und überhaupt, willst du jetzt auf einmal esoterisch werden? Du, die in jeder Yogastunde die Augen verdreht, sobald das Wort Universum fällt.

Ich will dieses Wesen malen.

Das Kind? *Forget it.*

Die Frage ist, *was* durch das Wesen erfahrbar werden soll. Das hat dich doch immer angetrieben.

Ich male keine Körper mehr. Zitat C. Ich male überhaupt nicht mehr.

Ich lag auf den schwarzen Blättern mit den Horizonten, die ich auf der Matratze ausgelegt hatte und haderte mit meinem Wunsch, den Kleinen zu zeichnen und später zu malen. Ich wollte seinen Ernst und seine Melancholie durchdringen, die mich vereinnahmten. Die Einsamkeit in ihm erfassen, die ich wahrzunehmen meinte. All das festhalten. Ich spürte ein Begehren, das mich an C. erinnerte. Und doch war es anders. Es kam anders zustande. Es ging vom Kind aus. Bei C. ging es von Rosa aus. Von der Unmöglichkeit, Rosa nahe zu kommen.

C. hatte ausschließlich Frauenkörper gemalt. Die Sensationen des Körpers waren der Ausgangspunkt, ihr Fundus, ihr Material. Sie versuchte, den Körpern einen Schmerz einzuverleiben, die Betrachtenden – mit den Mitteln der Erotik – zu verführen, zu fesseln, sie in die dargestellten Körper hinein zu locken, und sie auf ihre eigene innere Leere auflaufen zu lassen. So erkläre ich mir das heute. C. hätte solche Erklärungen als uninteressant, überflüssig und störend abgetan.

Robert hatte versucht, sie zu bremsen.

»Du arbeitest zu exzessiv«, ermahnte er sie immer wieder. »Du steigerst dich in eine Intensität hinein, die nicht gut für dich ist. Du verlierst die nötige Distanz. Malen ist nicht Sex. Und die Malerei kein Sehnsuchtsort, an dem man von sich selbst erlöst wird.«

C. konterte, Rilke hätte Weh und Lust als gleiche Erscheinungen gesehen, im künstlerischen wie im sexuellen Erleben.

Robert warf sie aus dem Atelier, wenn sie sich nicht losreißen wollte, wenn nichts mehr ging und sie in eine Art zerstörerische Trance geriet. Sie war gierig nach dem körperlichen Ausdruck auf der Leinwand und überzeugt von ihren Ideen, die sie obsessiv verfolgte.

Seine Belehrungen machten C. wütend. Ich erinnere mich, wie sie ihn beschimpfte: »Du bist mein Lehrer. Ich will, dass du mir beibringst, das, was in mir steckt, auf die Leinwand zu bringen. Das ist verdammt noch mal dein Auftrag. Dafür bezahle ich dich.« In Wahrheit bezahlte mein Vater die Lektionen. C. ging sogar soweit, Robert an den Kopf zu werfen, dass ihre Bilder dereinst besser sein würden als seine.

»Weil du dir die Leidenschaft versagst und aus deiner Frustration heraus versuchst, meine Leidenschaft zu zähmen. Ich werde das nicht zulassen. Du wirst meine Leidenschaft nicht brechen. Niemand wird das. Ich werde eine gute Künstlerin.«

Robert war gefordert, einen Umgang zu finden mit dieser genuinen, zuweilen kindlich anmutenden Energie, die manchmal in ein dreistes Verhalten umschlagen konnte. Doch es gelang ihm, die Beziehung zu C. aufrecht zu halten, selbst wenn sie es auf die Spitze trieb.

Einmal knöpfte sie den Arbeitskittel auf, steckte sich eine Zigarette in den Mund und stellte sich halb entblößt vor ihn hin: »Entscheide dich, ob du Teil meines Erfolgs werden willst oder nicht.«

Robert raffte ihre Kleider zusammen, warf sie ihr zu, der Pullover traf die Zigarette, und schickte sie nach Hause.

Als sie am Küchentisch rauchte, entdeckte sie das Brandloch im Ärmel des Pullovers. Auf der Höhe des Unterarms. Sie führte die Zigarette langsam an das Loch heran, bis sie die Hitze auf der Haut spürte. Sie schaute zu, wie die Glut das Zigarettenpapier auffraß. Der Mut weiterzugehen, fehlte ihr. Oder sie gab die Kontrolle nicht vollends auf. Stattdessen nahm sie ein Gummiband, streifte es wie ein Armband über ihre Hand, zog es mehrmals lang und ließ es gegen das Handgelenk klatschen.

Wie verletzlich C. gewesen war, hatte ich vergessen.

Ich sehnte mich nach ihrer Unerschrockenheit, ihrer Entschlossenheit, ihrer Kraft. Auch nach ihrer Schonungslosigkeit. Und ihrer Fähigkeit, das Abgründige wahrzunehmen und ihren Werken einzuverleiben.

Ich wollte das Kind malen. Das, was ich in dem Kind sah.

Aber C. war nicht zurück, um wieder zu malen. Sie war mit ihrer Verachtung zurück.

31

Die Wohnungstür war nicht abgeschlossen. Ich strich mir Kokosfasern und Krümel, die an meinen Fußsohlen klebten, an den Schienbeinen ab und trat ein. Die Stille hielt mich an und drückte gegen meine Brust. Eintritt für Unbefugte verboten. Die Türen zu Küche, Wohnzimmer und Esszimmer standen weit offen, die zu den Schlafzimmern waren angelehnt. Auf dem Küchentisch stand eine große Tasse neben einem leeren Joghurtglas mit roten Schlieren in der unteren Hälfte. Es roch leicht nach vergärendem Abfall und nach Fußschweiß. Unter den Kleiderhaken im Korridor lagen hingeworfen Timberlands, Sneakers, Mokassins und ein paar Damensandalen. Daneben ordentlich ausgerichtet Mischas Gummistiefelchen. Ich ging bis zur Tür zum Wohnzimmer. Ich halte mich nicht gerne allein in fremden Wohnungen auf. Selbst wenn ich gebeten werde, nach dem Rechten zu schauen. Ich fürchte, dass meine Anwesenheit und mein Herumschauen Spuren hinterlassen. Auf dem hellblauen Hemd, das über der Rückenlehne eines Stuhls hing, auf den Adressen der ungeöffneten Briefumschläge auf dem Esstisch, auf einer Zeitschrift für Informatiker, auf der zerfledderten Gala, in der Staubschicht auf dem Glasring der Tischleuchte. Ich trat ein und ging am Tisch vorbei zum Fenster zum Garten. Auf dem Fensterbrett standen drei Töpfe mit Zimmerorchideen mit großen weißen Blüten. Seit Jahren drängen sie wie Unkraut in die Wohnungen. Daneben ein kugelförmiger Kaktus, groß wie eine Honigmelone. Ein Nest aus weißer Wolle lag auf seinem goldgelben Scheitel, aus dem dicke Rippen entsprangen, versetzt mit Sternen aus langen Dornen. Ein Stern neben dem anderen, in gleichmäßigem Abstand, wie abgemessen. Es wird nicht mehr lange dauern, bis der Kleine weiß, wie viele Rippen sein Kaktus hat, wie viele Sterne jede Rippe, wie viele Dornen jeder Stern. Ich bildete mir ein, Mischa sei ein Kind, dass sich jedes Detail merkt. Vorsichtig legte ich die Handfläche auf den Scheitel, tippte mit dem Zeigefinger auf eine der Dornen. Eine gefährliche Spitze. *Nebezpečný*. Das Wort war lang genug, um mich zu warnen.

Ich schaute in den Garten hinunter. Nur ein Stockwerk höher und alles wirkte anders. Kleiner. Der Regenschleier verwischte die Übergänge vom Grün der Rasenfläche zum Grün der Buchenhecke und der Sträucher, die das Grundstück einrahmten. Der grüne Raum erinnerte mich an ein Zimmer eines Puppenhauses, das man von oben bespielen kann, wenn man das Dach abhebt. Ich stellte mir vor, wie der Kleine auf dem Rasen steht. Ich ließ ihn gedankenversunken an den Sträuchern vorbeischlendern, von Unruhe getrieben das abgegrenzte Grün durchschreiten, ich drehte ihn wie einen Derwisch um die eigene Achse, bis er über den Rasen taumelte und ins Gras fiel, ich legte ihm die Gans in den Arm und sah zu, wie sein Gesicht von vorbeiziehenden Wolken beschattet und wieder aufgehellt wurde. Ich sah ein Gesicht, aber keinen Ausdruck.

Wo bist du. *Kde jsi?*

Kde jsi? Mit sanfter Stimme hatte mich die Babina zurückgeholt, wenn ich mich in den Zustand hatte ziehen lassen, dem ich mich nie widersetzte. Ein Sein nahe am Zerfließen, das mir damals – anders als heute – die Angst nahm. *Zamyšlená*. Gedankenverloren. Dieses Wort hatte sie gebraucht, wenn sie mit dem Vater über mich redete und den Kopf schüttelte.

Die Erinnerung und die weichen Silben führten mich in die Nähe dieses einstigen Zustands, jenseits von denkbarer Welt. Dem Verweilen ganz und gar einverleibt. Dort, wo wir unserem Wesen womöglich am nächsten kommen. Dort ist das Kind. Dort muss man es sein lassen.

Ich brauchte Papier und Bleistift, aber ich konnte mich nicht vom Fenster lösen. Ich fürchtete, die Stimmung würde sich verflüchtigen, wenn ich nach unten ging. Ich schaute mich um. Nichts von Mischa. Ich ging zurück in den Korridor, in die Küche. Eine Kühlschranktür, keine Magnete, nichts angeheftet. Ich schob die Tür weiter auf, die einen Spalt geöffnet gewesen war. Auf dem Bett lag verknäult eine Bettdecke mit einem weißgrau gestreiften Leinenanzug und eine blau-weiß gestreifte Boxershorts. Weder auf dem Nachttisch, noch auf dem Fensterbrett, noch an der Wand gab es Fotografien vom Kleinen. Auch keine anderen. Ich zog die Tür wieder zu und ging zum Kinderzimmer. Auf der Tür klebte in Holzbuchstaben sein Name. Ich betrachtete das Einhorn unter dem S, sein großes Auge, den Mund. Ein hinterhältiges Lächeln war ihm aufgemalt worden.

Der Kleine wird bemerken, dass jemand in seinem Zimmer war. Du hast kein Recht dazu, dich hier einzuschleichen. Warum tust du das. Geh weg. Sofort. Ich spreizte Daumen und Zeigefinger und maß ab, wie weit die Tür offenstand. Dann trat ich ein. Ich war überrascht, wie dunkel es in dem Zimmer war. Kühle legte sich auf meine Beine. Ich hörte ein leises Rauschen. Ich konnte es nicht einordnen. Ich machte das Licht an. An der einen Wand stand ein weißes Stockbett. Hellblaue Bettwäsche mit weißen und gelben Sternen lag auf der unteren Matratze. Neben dem Kopfkissen ein großes weißes M, bestückt mit Glühlampen aus Milchglas. Unter dem Fensterbrett drei große Holzkisten. Die Spielsachen waren ordentlich eingeräumt. In einer saßen dicht gedrängt Plüschtiere und schauten mich mit glänzenden Augen an. Die Gans war nicht dabei. Der kleine Tisch mit dem Stühlchen, den ich aus dem Garten kannte. Ein Schrank, überzogen mit einer hellblauen Tapete mit aufgedruckten goldenen Sternen. Eine Wolke als Deckenleuchte. Ich schnupperte, aber ich konnte nichts riechen. Ein Zimmer für ein Kind, das jederzeit wieder kommen kann, das längere Zeit wegbleiben wird oder gar nicht mehr kommen wird. Mich schauderte.

Trotzdem schaute ich mich weiter um. Auf dem Ende der Vorhangkonsole neben dem Stockbett lag ein Stück Papier, das sich nach oben bog. Auf den Zehenspitzen hätte ich es fassen können. Aber ich konnte nicht sehen, ob etwas auf dem Papier lag, das hätte herunterfallen können. Im Badezimmer fand ich einen Trittschemel. Als ich ins Zimmer zurückkehrte, lag eine Vogelfeder neben dem Bett. Ich konnte mich nicht erinnern, ob sie vorhin schon da gelegen hatte. Ich merkte mir den Winkel, in dem das Papier abgelegt war und hob es vorsichtig auf.

Der Kleine blickte mir entgegen. Ernst, die Haare zerzaust im Gesicht, den Kopf zur Seite gedreht, wahrscheinlich war er von der Person mit der Kamera gerufen worden. Eher gestört worden. Er saß rittlings zwischen dem Bauch und den angewinkelten Beinen einer jungen Frau, die auf einem Rasen saß. Ihre Arme waren lose um den Kleinen gelegt. Ihre Hände schwebten hinter seinem Rücken in der Luft. Seltsam verdrehte, magere Arme. Ihre Nase war nahe am Haar des Kleinen. Sie berührte ihn nicht. Von ihrem Gesicht war zwischen den dünnen blonden Haarsträhnen nur eine breite hohe Stirn zu sehen und ein kantiger Wangenknochen. Ich sah dünne Beine in schwarzen Nylonstrumpfhosen, der Rock war hochgerutscht, sie trug Stiefeletten, die viel zu weit waren. Ich wurde wütend. Am liebsten hätte ich ihr Abbild nach hinten gefaltet. Aber ihr Schoß und ihre Hände am Rücken des Kleinen wären geblieben. Hände, die das Kind halten sollten. Das Foto konnte im Park einer Klinik aufgenommen worden sein, fantasierte ich. Was hatte der Kleine wahrgenommen, als er auf diesem abgemagerten Körper saß? Hatte er sich auf dem kraftlosen Körper selbst halten müssen? Auf ihren Knochen balancieren müssen, um nicht herunterzufallen? Ich ließ das Foto fallen und flüchtete zurück ans Fenster im Wohnzimmer. Ich versuchte, den Kleinen in Gedanken zurück in den Garten zu holen, ihn mir im vertrauten Grün vorzustellen, seinen geraden Kinderrücken, die weiße Haut, sein ernstes Gesicht. Er schien mir weit weg.

Ich hatte Pavlina am frühen Morgen abreisen sehen. Ein Taxi hatte vor dem Gartentor gewartet. Sie zerrte einen Rollkoffer über den Gartenweg. Ohne nach oben zu schauen und zu winken, stieg sie in den Wagen ein und knallte die Autotür zu. Später packte Mirko Koffer und Taschen in den Kofferraum seines dunkelblauen VW Golfs und schnallte Mischa in den Kindersitz. Es sah nach Urlaub aus. Vor meiner Haustür lag ein Umschlag mit einer Notiz. Mirko informierte, dass sie für eine Woche ans Meer fuhren. Er habe die Wohnung offen gelassen. Falls etwas wäre. Mischa hatte das Papier mit Fischen in verschiedenen Farben verziert.

Ich fantasierte, wie der Kleine zitternd auf einer Strohmatte an einem Strand saß, eingewickelt in ein Badetuch, darunter den geblümten Badeanzug seiner Mutter, das Wasser zu kalt für ein Kind, das Tag für Tag die Ordnung in seiner inneren Welt gegen unsichtbare Wellen verteidigen muss. Wie soll er sich an einem Meer freuen können.

Niemand hatte meine Angst vor dem tiefen Wasser verstanden.

Ich legte die Hand auf den Kaktus. Ich stellte mir vor wie es wäre, auf seinem Scheitel eine Fliege zu erschlagen. Ich hielt mich davon ab. Er gehört mir nicht.

32

Ich kehrte in meine Wohnung zurück und richtete mich für ein paar Tage zu Hause ein. Ich rief Antonia an und bestellte Brot, Käse, Früchte, Nüsse, Eier, Parmaschinken, Mortadella und Rotwein. Zigaretten verkaufte sie nicht. Ich musste mit der angebrochenen Packung auskommen. Ich bat sie, die Sachen mit einem Taxi zu schicken und den Fahrer anzuweisen, die Tasche vor die Haustüre zu stellen, zu klingeln und gleich wieder wegzufahren. Sie fragte, ob ich krank sei.

»Wahrscheinlich.«

»Warst du beim Arzt?«

»Noch nicht.« Ich wollte nicht reden. Ich wollte nur genug zu essen haben. Sie bot an, nach der Arbeit vorbeizuschauen und mir etwas Warmes zu bringen.

»Bitte nicht.« Es klang barsch und ich entschuldigte mich. Der Ton blieb rau. Ich räusperte mich.

»Ich komme klar, ich brauche nur ein paar Tage Ruhe.«

»Capito, gute Besserung, Mila. Und ruf mich an, wenn du etwas brauchst.«

Ich fürchtete, die Nähe zu dem Kind zu verlieren. Den Zustand, in dem ich dieses kleine Wesen glaubte und in den ich mich hineinversetzte. Diese Gestimmtheit konnte sich jederzeit verflüchtigen. Es würde schwierig werden, das darzustellen. Ungeübt wie ich war. Ich spürte die nervöse Unruhe im Brustkorb und die verhärteten Muskeln im Nacken. Es war ein heißer Tag, trotzdem fröstelte mich. Unvermögen halte ich schlecht aus. Ich fürchtete mich vor überschießenden Gefühlen. Dass ich ihnen nicht würde standhalten können. Dass sie mein Vorhaben zunichte machen würden. Im Blister waren noch zwei Tabletten Temesta. Ich brach sie in Viertel und zeichnete zwei Reihen mit je acht roten Quadraten auf ein Blatt Papier. In die obere Reihe legte ich die Tablettenviertel, in die unteren würde ich eintragen, wann ich sie einnahm.

Ich duschte kalt. Dann schlüpfte ich in den weißen Arbeitskittel, zog die einzigen – schwarzen – Nylonkniestrümpfe an, die ich hatte und steckte mir die Haare hoch. Es fühlte sich falsch an. Ich zog die Kniestrümpfe wieder aus. Es passte immer noch nicht. Ich ging zum Spiegel im Schlafzimmer, stellte mich in den Umriss meines Körpers. Noch war er erkennbar. Ebenso das Messer, das ich mit Lippenstift dazu geschmiert hatte.

I am old.

Starà.

In den Augen des Kindes war ich alt. Ich rechnete. Die Babina war 47, als ich so alt war wie das Kind. Nur fünf Jahre älter als ich jetzt. Fünf Jahre machen für ein Kind keinen Unterschied.

Ich ließ den Kittel über meine Schultern gleiten.

»Ihre Brüste sind noch wie die einer jungen Frau«, hatte die Gynäkologin gesagt, als sie sie abgetastet und dabei aus dem Fenster irgendwohin geschaut hatte.

Ich betrachtete meinen Bauch, legte die Hände neben den Nabel und zog die Bauchdecke auseinander.

Are you hungry? Die Songzeile. Kosheen. Die anstachelnden beats.

Ich setzte mich aufs Bett. Spreizte die Beine. Zog die Schamlippen auseinander. Betrachtete die mandelförmige Öffnung.

I still could be a mother. Es klang wie ein weiterer Arbeitstitel. Nicht jetzt.

Jetzt muss ich etwas anderes wagen. *Ich* muss es wagen.

Ich legte den weißen Kittel auf den Tisch in der Küche, strich das Rückenteil glatt und schnitt ein großes Stück Stoff aus. Auf das ausgeschnittene Oval sprayte ich die Signatur von C.

Erst dachte ich, ich würde das Stoffstück an den Stamm der Birke nageln. Ein grober Akt, ich gebe es zu. Ich kann es nur so erklären: C. war an eine Grenze gestoßen. Sie war aufgelaufen und hatte aufgegeben. Der Schnitt, ihre Entscheidung war klar gewesen. Der Übergang in etwas Neues ebenso klar. *No regret.* Ich wollte, dass das so blieb. Gleichzeitig zerrte etwas an mir. Ich spürte, dass ich die Grenze überwinden, überschreiten und zu etwas vordringen wollte, vor dem ich mich gleichzeitig fürchtete. Später begriff ich, dass ich mich vor dem alten Schmerz fürchtete, den C. in sich trug, und dass ich ihm nicht mehr würde ausweichen können.

Ich wollte das Kind malen. Dem nachgehen, was das Kind in mir bewegte. Das Kind sollte mich leiten. Das Wesen, das ich in ihm sah. Dafür brauchte ich meine frühere Fertigkeit. Mein früheres Empfindungsvermögen. C. stellte sich mir in den Weg. Mit Widerstand, Verweigerung und Verachtung. Dieser anhaltende Disput war aufreibend. Er vernebelte mir den Kopf. Er verwirrte mich. Er machte mich verrückt.

Wütend zerschnitt ich das Stoffoval mit dem C. zu einem Haufen Fetzen.

Du hast es vermasselt. Jetzt übernehme ich.

Ich schluckte das erste Viertel Temesta, trank ein großes Glas Wasser und drehte ein paar Runden im Garten, bis ich mich beruhigte.

Ich setzte mich an den Tisch im Wohnzimmer und machte mich an die Arbeit. Ich hatte das Foto vom Kleinen mit der Frau abfotografiert und auf dem Computer bearbeitet. Den Körper der Frau wegradiert und die Umgebung des Parks, in dem die beiden im Gras saßen. Kopf und Oberkörper des Kleinen hatte ich vergrößert und die grob gepixelte Vorlage in einem kräftigen Blau auf festes Papier gedruckt. Schwarz-weiß hatte es mich zu sehr an die Porträts erinnert, die in ovalen Rähmchen auf Urnenwänden und Grabkreuzen befestigt sind. Einer der Prints stand ans Fenster zum Nachbargrundstück gelehnt, den zweiten hatte ich an die Scheibe des Fensters zum Garten geklebt, der dritte lag vor mir auf dem Tisch. Etwas irritierte mich. Ließ mich nicht an mein Vorhaben heran. Ich betrachtete das Gesicht des Kleinen. Da war der Ernst, der ihm eigen war. Die Melancholie. Es nahm mich nicht so ein, wie ich es erwartet hatte. Ich stand auf und betrachtete die Vorlage, die auf dem Fenstersims stand, dachte an das Kind, wie verloren es mir vorgekommen war. Abwesend. Zugleich entschlossen. Nun meinte ich, etwas Gequältes zu sehen, das ich auf dem Original nicht bemerkt hatte. Nach einer Weile veränderte sich meine Wahrnehmung erneut.

Das Kind schaute durch mich hindurch. Das war es. Es wollte mich nicht sehen. Es wollte nicht von mir gesehen werden.

Ich störte.

Es war nur ein Abbild des Kleinen. Aber es traf mich. Mit einer unerwarteten Heftigkeit. Ich begann zu weinen. Ich heulte, schluchzte, schluchzte immer lauter. Mein Körper zitterte, dann begann er sich zu schütteln und wollte gar nicht mehr aufhören. Ich heulte und heulte und heulte. Als es anfing, wie ein Jaulen zu klingen, stoppte ich mich.

Ich öffnete in der ganzen Wohnung die Fenster, schluckte ein weiteres Viertel Temesta, legte Kosheen ein und drückte die Nummer 8. Ich drehte die Lautstärke auf. Das sanfte und zugleich eindringliche Gitarrenintro nahm mich augenblicklich ein. Ich wiegte mich zum vertrauten Rhythmus. Schloss die Augen. Mit dem Finger auf der Retourtaste der Fernbedienung tauchte ich ein. Sang mit. Erst zögernd und leise. Dann lauter und bestimmter.

And it's hurting me.
It's hurting me.

When I want it all
For myself.
I want it all.
I want him for myself.
I want it all.

Ich wiegte mich mit ausgestreckten Armen. Sang und schrie endlich: »It's hurting me.« Keyboard und Gitarre hielten mich, die Melodie der Instrumente trug mich. Zwischendurch knallte irgendwo eine Tür zu. Das Stück war purer Schmerz. Und doch trug es mich. Wie ein trockenes Ahornblatt, das von der Wasseroberfläche getragen wird, die Spitzen Richtung Himmel gereckt. Ich brüllte den Refrain, bis ich erschöpft war und mich in die Schlafkoje fallen ließ. »I want it for myself.« Das Stück klang aus. Mit einem weißen Stift in der zitternden Hand schrieb ich auf ein schwarzes Blatt Papier: it hurt's me.

Ich ging in die Küche und machte mich über den Parmaschinken her. Ungeduldig riss ich die oberste Lage der Scheiben vom Zellophanpapier und stopfte mir die Streifen in den Mund. Gierig zerkaute ich das rohe Fleisch, saugte Scheibe um Scheibe den süßlichen Geschmack auf, bis ich zu früh schluckte und eine Faser Fett im Hals hängenblieb. Ich würgte, bis ich sie mit den Fingern zu fassen bekam und aus dem Rachen ziehen konnte. Dann duschte ich. Als das Telefon klingelte hielt ich kurz inne. Der Anrufbeantworter sprang an. Ich drehte das Wasser stärker auf, bürstete den Rücken weiter, bis die Haut brannte.

Darauf kehrte ich an meinen Arbeitsplatz am Esstisch zurück.

Ich übermalte das Gesicht des Kleinen mit weißer Korrekturflüssigkeit und färbte es in ein helles Gelb.

Der Ausdruck muss vom Körper ausgehen.

Ich male keine Körper mehr.

Ich schlug mit der Faust auf den Tisch. Ich muss es malen. Ich muss festhalten, was von diesem Wesen ausgeht. Ich muss.

Ich riss ein erstes Blatt vom Skizzenblock. Der Schmerz in der Gehörschnecke hätte mich warnen sollen. Fies, wie wenn der Finger eine Papierkante streift. Ich spürte das Zögern der Hand. Widerwillig zog sie den ersten Strich von der unteren linken Ecke in die rechte obere Ecke. Ich drehte das Blatt um und klatschte es auf die Tischplatte. Der gleiche Strich, nur verwackelter. Blatt um Blatt strich ich Vorder- und Rückseite durch, zerknäulte die Blätter und warf sie auf den Boden.

Eine von Roberts Übungen fiel mir ein. Kritzeln. Hin und her. Kreuz und quer. Bis sich Gestalten bilden. Ich kritzelte. Es kam mir vor, als würde ich mehr und mehr etwas zukritzeln als freilegen. Mach weiter. Lass dir Zeit. Lass es geschehen. Lass die Bewegung zu dir sprechen. Roberts Aufforderungen. Sanft und beharrlich. Bei ihm war es verboten gewesen, verkritzelte Blätter wegzuwerfen. »Auch Zeichnungen, die dir lästig scheinen, hinterlassen eine Spur im Körper und auf der Netzhaut«, hatte er gesagt. Ich verscheuchte eine Mücke, die um mein Ohr schwirrte, stand auf und trat vor das Gesicht des Kleinen, das auf der Fensterscheibe klebte. Die Mücke verfolgte mich. Ich warf erneut die Hand in die Luft, schüttelte Arme und Beine aus und setzte mich wieder. Mit einem schwarzen Farbstift übermalte ich die hellgelbe Fläche um das Gesicht des Kleinen. Ein wildes Hin und Her, wie ein Kind, das seine Zeichnung zerstört. Auf den anderen Vorlagen mache ich das Gleiche. Das Summen war jetzt in meinem Ohr. Ich versuchte, es zu ignorieren.

Die Striche sollten leicht auf dem Papier liegen, die Konturen des kindlichen Körpers lediglich andeuten. Ungefähr Mischa. Das Ungefähre aber musste genau sein. Nur das würde dem Kind gerecht. Dem Wesen, das es war. Ein Wesen, das im Werden begriffen war. Seine Anwesenheit sollte spürbar sein. Eine Anwesenheit, die gleichzeitig im Begriff war, zu entschwinden. Unschuldig und abgründig. Besser kann ich nicht beschreiben, was mir vorschwebte. Und ohne die Bilder zeigen zu können, die ich damals aufkommen sah, die auf dem Papier aber nicht erscheinen wollten, kommen mir meine Worte vor wie des Kaisers neue Kleider. Malerei vermag zum Ausdruck zu bringen, was sich der Sprache entzieht. Mir gelang es nicht. Es fühlte sich unmöglich an. Und aufreibend.

Deshalb habe ich mich für das Schreiben entschieden. Was ich zu ergründen versuchte, sollte sich mir nicht mehr entziehen. Sollte mir nicht mehr entgleiten. Sonst wäre, was ich in diesem Sommer durchlebte, vergeblich gewesen.

Ich tigerte in meinem beschädigten Kittel durch den Garten. Ich drehte mich um mich herum, erst langsam, dann immer schneller, bis mir schwindelte. Dann in die andere Richtung. Spiralbewegungen. Eine andere Übung von Robert. Ich kehrte an den Tisch zurück und zeichnete spiralförmige Kreisel, aus denen Figuren herauswuchsen, die an Michelin-Männchen erinnerten. Eine Frauenfigur tauchte auf, mit gewölbtem Bauch und großen Brüsten, die Kopfspirale wuchs nach außen, bis sie mich an einen Hammerhai erinnerte. Ich machte weiter, eine Frauenfigur nach der anderen, mit leerem Bauch und leerem Kopf. Keine Darstellungsabsicht, hatte Robert gesagt. Es funktionierte nicht. Ich zertrat die Papierknäuel am Boden, im Rascheln hörte ich etwas Hämisches, das sich mit dem Summen im Ohr zusammentat und nicht mehr aufhörte. Ich nahm eine Schmerztablette. Und eine zweite, um müde zu werden. Ich legte mich auf die Matratze, auf die verknitterten schwarzen Blätter mit den Horizonten. Luba. Bitte. Sag etwas. *Prosím tě.*

Eine strenge Stimme in meinem Kopf sprach das Wort. Das Wort, das man für eine Fliege, eine Wespe, einen Quälgeist braucht, lästig, aufdringlich, ekelhaft. Ich schaute nicht nach, ob ich mich richtig erinnerte. Das Pilzgesicht sagte mir, dass es stimmt. Ich schlug in die Luft, um das Summen im Ohr zu verscheuchen. Auf dem Rücken spürte ich die Faust der Mutter, die mich vor sich her nach Hause trieb und *potvora* spuckte.

Ich wollte aufspringen, Rosa anschreien, sie beschimpfen. Ich blieb liegen. Regungslos. Hinter das Summen im Ohr lauschend.

Wo Rosa gerade liegt? – Vielleicht auf dem Boden des Waldes, den sie früher schon fotografiert hatte. Vielleicht trägt sie die Strickjacke mit dem Zopfmuster, in das ich meinen Finger verhakte, wenn sie nach dem Pilze sammeln an eine Tanne gelehnt döste und ich mich an sie schmiegte. Im Wald war sie ruhig geworden.

Forest. Sie schickte mir die Einladung zu ihrer Einzelausstellung in Düsseldorf. Fünfzehn Jahre ist das her. Sie hatte es geschafft. Sie war dort angekommen, wo sie immer hatte sein wollen.

In den vergangenen Jahren hätte ich mir die Frage, was Rosa macht, nicht erlaubt. Und auch jetzt, wo ich sie zulasse, macht sie mich nervös.

Der Drang nach einer Darstellung von dem, was mich umtrieb, ließ nicht locker. Ich rollte auf dem Rasen zwei Bahnen Paketpapier aus und sprayte sie schwarz. Das Sprühen weckte eine Kraft. Als sie trocken waren, legte ich die Bahnen auf mein Bett und betrachtete sie vom Türrahmen aus.

Sie müssen hängen. Ich muss mich davorstellen können.

Ich ging in der Wohnung herum um zu prüfen, welche Wand ich freiräumen würde.

Die Bahnen müssen frei im Raum hängen.

Ich trug sie zurück in den Garten und sprayte auch die Rückseiten schwarz. Dann befestigte ich die Papierbahnen mit Reißnägeln an der Decke im Flur. Ich sprayte eine weitere Bahn, schnitt sie auseinander, klebte sie links und rechts an die ersten Bahnen, sodass sie als schwarzer Vorhang den Raum teilten.

That's it.

Es war keine Zeichnung, kein Bild, es war ein Zugang. Ein Zugang zu einer Phänomenologie, in der sich mir etwas erschließen würde. Hoffte ich.

Ich kurbelte die Rollläden hinunter und schloss die Türen zum Wohnzimmer, zum Arbeitszimmer und zur Küche. Ich stand im Dunkeln. Ich wollte durch den schwarzen Papiervorhang auf die andere Seite schlüpfen, um die Tür zum Schlafzimmer zuzuziehen. Danach mit der körperlichen Empfindung in meiner ›Installation‹ experimentieren. Als ich einen Schritt Richtung Vorhang machte, hörte ich Glas zerbersten. Ich hielt mir die Ohren zu. Die Kraft, die ich eben noch gespürt hatte, wich aus meinem Körper. Ich lehnte mich an die Tür zum Arbeitszimmer und ließ mich auf den Boden gleiten. C. ließ mich nicht in Ruhe.

Ich habe lange überlegt, wie ich diese Zustände benenne, von denen ich mich steuern ließ. Es war kein Wahn. Ich war nicht verrückt. Ich kannte mich nicht mehr aus, verstand nicht, was in mir vorging. Wer ich in dieser Krise war. Und wer ich gewesen war, als sie sich anbahnte. Für mich waren es verzweifelte Rettungsaktionen meines Organismus, der versuchte, irgendeine Form von Gleichgewicht herzustellen. Ich erinnere mich an die Ausführungen einer Kollegin in einer Fortbildung, die vortrug, der Mensch sei ein dynamisches, sich selbst organisierendes

System, das sich laufend an seine Kontexte anpasse, um das Gleichgewicht zu wahren. Gemäß dieser Theorie würde ich sagen, mein System griff in seiner Verzweiflung willkürlich nach den selbstbewussten Anteilen, die in den Tiefen meines Gehirns lagerten, um möglichst rasch ein Gleichgewicht zu schaffen. Das allerdings auch zu kippen drohte. Glücklicherweise nur vorübergehend.

Ich schlief, ich aß, ich rauchte, ich schluckte nach und nach die restlichen Temestaviertel und rief weitere Zeichnungsübungen ab, die mich nichts als mein Unvermögen spüren ließen. Das einstige Gefühl von Grandiosität war zu einer Fata Morgana in meinem leeren Kopf verkommen. Das Geschick der Hände war verkümmert. Ich hatte mein Körpergedächtnis überschätzt. Trotzdem konnte ich nicht aufgeben.

Ich lag in der Badewanne ohne Wasser, als ich die Stimme von Dr. B. hörte: »Frau Candrian, rufen Sie mich sofort an. Sie sind vorgestern nicht zum Termin gekommen. Carola hat sie zwei Mal um einen Rückruf gebeten. Wenn Sie in den nächsten drei Stunden nicht anrufen, schicke ich jemanden vorbei. Jetzt ist es dreizehn Uhr dreißig. Ich bitte sie.« Sie sprach die Nummer ihres Mobiltelefons auf den Beantworter und wiederholte sie.

Ich setzte mich auf, fluchte und warf die Glasscherbe ins Waschbecken. Zitternd legte ich mich in die Wanne zurück und ließ warmes Wasser einlaufen. C. hatte sich ab und zu geritzt; immer nur oberflächlich. Tiefere Verwundungen hatte sie lediglich gezeichnet und auf die Leinwand gemalt. Als geheime Signatur, die sie jedem Körper an der Innenseite der Oberschenkel einverleibte. Ich wollte mutiger sein als C. Die Grenze überschreiten, von der sie sich hatte aufhalten lassen. Eine weitere Zeichnungsübung hatte mich dazu verleitet.

Skelettieren. Eine Möglichkeit für anatomische Studien. Man nimmt Fotos oder Bilder aus Zeitschriften, lässt den Blick bis zum Knochengerüst einsinken, sucht die innersten Linien. Dann legt man Transparentpapier auf die Bilder und zeichnet die innere Struktur eines Fotomodells auf dem Laufsteg, eines zuschlagenden Boxers, einer Tempeltänzerin, eines Kindes im Tutu. Man schafft Skelette für eigene Schöpfungen.

Ich hatte mich durchs Internet geklickt, nach Bildern gesucht, ohne genau zu wissen, wonach ich suchte. Eine Gebärende hatte mich gestoppt. Ich versuchte, ihre Skelettstruktur zu erfassen. Den Körper mit den gespreizten Beinen. Einmal mit dem Kopf im Nacken, einmal mit dem Kopf gegen die Brust gebeugt. Der Kopf des Kindes zwischen den Schenkeln. Ich sah mir Filme von Geburten an. Wesen, die ins Leben drängen, indem sie den Körper der Mutter verwunden. Der Schmerz packte mich. Nicht allein der körperliche Schmerz der Mutter. Der Schmerz, der darüber hinaus geht und den Raum füllt. Alle, die dem Geschehen beiwohnen, werden in ihrem tiefsten eigenen Schmerz berührt, dachte ich. Heimlich lassen sie ihn aus sich herausgleiten, niemand wird es bemerken, die Aufmerksamkeit ist bei der Gebärenden, die Gefahr der eigenen Peinlichkeit geht unter im Schreien und im wüsten Gemenge der Körpersäfte.

Gebärende schreien und Babys hören. Man sagt, dass sie bereits im Bauch hören können. Die Stimme der Mutter erkennen und ruhig werden. Was empfindet das Kind, wenn diese Stimme verzweifelt schreit, während es selbst aus dem bergenden Körper ausgestossen wird? Wir verlieren bereits bei der Geburt unsere Unschuld, während wir kopfüber den Weg ans Licht suchen. Ich fand keine Literatur über den Schmerz eines Babys bei der Geburt. In der Überschwemmung von Oxytocin bleibt er von den Müttern unbemerkt. Auch die Väter nehmen ihn nicht wahr, wenn sie zuschauen, wie der Kopf das auseinanderreißt, was sie vor nicht allzu langer Zeit noch eng umfasst und erregt hatte. Was sie einst selbst durchstoßen und verletzt hatten. Bei einer Geburt ist jeder mit seinem eigenen Schmerz beschäftigt, der schnell vergessen wird, vergessen werden muss. Aber: »Jede Erfahrung nistet sich in deinem Körpergedächtnis ein. In jedem Entwerfen und Verwerfen steckt eine Möglichkeit, die jederzeit in einer Zeichnung in Erscheinung treten kann«, hatte Robert gesagt. Wenn sich jeder banale Strich eingräbt, dann muss der Schmerz unserer Geburt in unserem Körper eingeschrieben sein. Ein Echo, das uns zeitlebens begleitet.

Dr. B. lag falsch. Ich sehnte mich nicht nach einem Kind. Ich sehnte mich nach etwas, von dem ich glaubte, es verberge sich hinter dem körperlichen Schmerz. Der Schmerz hatte eine Bedeutung. In ihm kam etwas von mir vor. Etwas, das über Verlangen und Begehren hinausging.

TEIL 3

33

Der Spuk löste sich im Wartezimmer von Dr. B. auf. Ich blätterte die *Vogue* durch, um mein Horoskop zu lesen. Auf einmal schaute mich das Kind an. Es stand vor einem dunkelblauen Horizont. Mir wurde schummrig und meine Hände zitterten. Das Wesen stand mit geradem Rücken und hängenden Ärmchen da und schaute über die Schulter zu mir zurück. Es trug ein ärmelloses weißes Leibchen und ein gebauschtes Röckchen über dem transparent scheinenden Körper. Das kinnlange sandfarbene Haar hinters Ohr gestrichen. Ein spitzes Strähnchen auf der hohen Stirn, zwei große, leicht zusammengekniffene Augen, mehr war nicht in seinem breiten Gesicht. Die Zeitschrift flatterte in meinen Händen auf und ab wie eine Wünschelrute. Die Künstlerin hatte es sichtbar gemacht. Ihn oder sie oder es. *Sie* hatte das Wesen so gemalt, als könnte es sich jederzeit verflüchtigen. Hätte es sich im Glanz der Seite der Zeitschrift aufgelöst, ich hätte mich nicht gewundert. Ich liebte es sofort. Noch war das Wesen auf dem Bild anwesend. Aber es war im Begriff zu gehen. In der Dunkelheit zu verschwinden. Es schaute mich an. Es sah, dass ich mir wünschte, es würde mich an der Hand nehmen. Aber sein Händchen löste sich in seinem wolkenartigen Röckchen auf. Das Wesen rief eine Sehnsucht hervor. Eine tiefe Traurigkeit. Und die Angst, mich aufzulösen, würde ich dort, wo das Wesen mich hinzog, nicht finden, wonach ich mich sehnte. Dann wäre der Schritt in die Dunkelheit vergeblich. Ob es vergeblich war, kann man erst wissen, wenn man sich der Dunkelheit überlässt. Den Horizont überschreitet. Das Risiko eingeht, sich zu verlieren. Das Wesen machte es mir vor. Es stellte genau das dar, was ich selbst hatte malen wollen. Wozu ich nicht in der Lage gewesen war.

Das Gemälde war keineswegs sentimental. Es war Kunst. Die Kunst des Unmöglichen.

Ich zitterte am ganzen Leib.

Jemand musste Dr. B. gerufen haben.

»Kindchen, was ist denn los«, sagte sie, als sie in ihrem weißen Kittelkleid vor mir stand. Ich ließ es zu. Es tat mir sogar gut, dass sie mich mit Kindchen ansprach.

»Kommen Sie«, forderte sie mich auf.

Ich presste die Zeitschrift an mich und folgte ihr ins Behandlungszimmer. Als wir an ihrem Schreibtisch saßen, nahm sie eine Schale mit Pralinen aus der Schublade und schob sie mir zu. Helle und dunkle *Truffes du jour.* Meine Hände zitterten immer noch und ich nahm die erste Kugel, die ich zu fassen bekam. Eine helle. Dr. B. steckte sich eine dunkle in den Mund und verschmierte dabei den hellroten Lippenstift im Mundwinkel. Schweigend knackten wir den Schokolademantel und ließen die süße Füllung im Mund zergehen.

»Frau Candrian, Sie leiden an einer Anpassungsstörung.«

Ich lachte auf. Süße Spucke rann aus meinem Mundwinkel. Ich nahm ein Tuch aus der Kleenex-Box auf dem Tisch und wischte mir das Kinn ab.

»Anpassungsstörung. Das Wort gefällt mir. Vielleicht werde ich es an mich nehmen, ohne wissen zu wollen, was es bedeutet. Vielleicht werde ich mich sogar damit identifizieren können. – Ist es schlimm?«

Dr. B. lächelte.

»So gefallen Sie mir wieder besser, Frau Candrian. In den meisten Fällen ist es eine Störung von kurzer Dauer. Sie werden darüber hinwegkommen. Sie sind intelligent, begabt und attraktiv. Aber jetzt brauchen Sie erst einmal Unterstützung.«

Den letzten Satz sprach sie langsam, mit einer eindringlichen Betonung auf dem Wort »jetzt«.

»Ich verschreibe Ihnen ein Antidepressivum, erst einmal niedrig dosiert, und Tropfen zum Schlafen. Sie ruhen sich aus und Sie suchen sich endlich eine Therapie.«

»Ich mache keine Psychotherapie. Das habe ich Ihnen schon gesagt.«

»Herrgott, sind Sie stur, Frau Candrian. Dann machen Sie eben etwas anderes. Atemtherapie, Yogatherapie, Shiatsu, Musiktherapie, Maltherapie, was auch immer. Die Medikamente gleichen Ihre Stimmung aus, aber sie lösen das Problem nicht.«

Sie klang verärgert und auch besorgt. Sie nahm sich eine zweite Praline und schob die Schale zurück in die Schublade. Ich betrachtete die Schlieren von Lippenstift in ihren Mundwinkeln. Wie ein bisschen Lippenstift am falschen Ort das Gesicht verändert.

Ich sagte: »Ich denke darüber nach, ob diese Verrückte nicht besser zu mir passt, als die Businessfrau. Vielleicht war ja das, was ich jahrelang gemacht habe, die Anpassungsstörung. Und jetzt zeigt sich meine wahre Natur. Aus der Fassung geraten. Ungeschminkt. Unheimlich. Was meinen Sie?«

Dr. B. lächelte.

»Sie sind nicht verrückt, Frau Candrian, und Sie werden nicht verrückt. Sie haben die Kontrolle verloren, auf die Sie sich höchstwahrscheinlich allzu sehr verlassen haben. Sie haben Angst. Und das verstehe ich. Mit dem Medikament wird die Angst abklingen und in einer Therapie kommen Sie ihr auf die Spur. Geben Sie sich einen Ruck, Frau Candrian. Es wird Ihnen nichts passieren. Im Gegenteil. Das sollten Sie sich wert sein.« Sie ballte die Faust, ließ sie aber auf der aufgeklappten Akte liegen.

Ich lachte: »Weil Sie es sich wert sind«, der Spruch aus der *L'Oréal*-Werbung.

»Kenne ich nicht«, sagte sie, ohne eine Regung zu zeigen, »ich benutze keine Produkte von *L'Oréal*.« Selbstverständlich nicht, dachte ich, Dr. B. war sich eindeutig etwas Exklusiveres wert.

»Und dieses Zittern?«

»Das wird Ihnen die Therapeutin erklären. Wahrscheinlich ist es eine Form von Abzittern. Tiere machen das nach einer lebensbedrohlichen Situation. Ein natürlicher Reflex. Versprechen Sie mir, dass Sie sich eine Therapie suchen?«

»Ich werde es mir überlegen.«

»Tun Sie das. Ich bitte Sie. Ich werde Sie nächstes Mal danach fragen.« Sie schaute mich über den roten Rand ihrer Lesebrille hinaus an. Sie hatte helle, graugrüne Augen, die Klarheit ausstrahlten. Ich mochte Dr. B. Und ich hatte Respekt vor ihr.

Sie schrieb das Rezept. Die Zeitschrift klebte an meinen Unterarmen. Ich löste sie langsam wie ein Heftpflaster ab. Als Dr. B. mir das Rezept über den Tisch schob, fragte ich: »Kann ich die *Vogue* behalten?«

»Carola mag es nicht, wenn Zeitschriften fehlen. Aber wenn Sie etwas herausreißen wollen, dann bitte, sie wird es nicht bemerken.«

Ich riss den Artikel über die Künstlerin vorsichtig aus dem Heft und steckte ihn zusammen mit dem Rezept in die Handtasche.

»Bitte besorgen Sie sich das Medikament sofort. Sie brauchen das jetzt. Und versprechen Sie mir, dass Sie die Tropfen nehmen werden.« Dieses Mal war es keine Frage.

Im Bus schaltete ich das Mobiltelefon ein. Fünf SMS, alle von Franziska, drei verpasste Anrufe, auch von Franziska, zwei Sprachnachrichten, eine von Franziska und eine von Gerlinde. Die Nachricht von Gerlinde war von heute morgen, es eilte also nicht, sie anzuhören. In der letzten SMS, die Franziska in der vergangenen Nacht geschickt hatte, schrieb sie: *Wenn du dich nicht bis morgen Abend bei mir meldest, wird Darius vorbeikommen. Er ist an einem Ärztekongress. Ganz in deiner Nähe.*

Darius. Der fehlte mir gerade noch. Wir vertragen uns einigermaßen, wenn ich gut gelaunt bin. Franziska würde ihm auftragen, seinen Ärzteblick aufzusetzen und mich zu inspizieren, angsterfüllt, wie sie sich in den Nachrichten äußerte.

Ich schüttelte den Kopf. Zwei, drei Tage keine Nachricht und schon war sie in Aufruhr.

Ich fuhr bis zur Endstation und spazierte zum Aussichtspunkt auf dem Hügel. Von dort aus schrieb ich ihr.

keine panik, meine liebe. bin abgetaucht. kreativer prozess. ergiebiger als karriereberatung. noch habe ich keine worte dafür. erst ein inneres bild. vielleicht einen arbeitstitel.- dr. b. hat mich unter kontrolle. pfeif darius zurück. ich will keinen besuch. nur von dir. später. wenn ich mit all dem durch bin. hug, m

34

Ich gehorchte. *Poslouchat*, sagte Luba. Es bedeutet auch zuhören. *Poslouchej*, hör zu.

Die Sprache ist zahnlos. Schlapp. Lasch. Genau. Lasch. Das ist das Wort, das Mutters Sprache am treffendsten charakterisiert.

Lasch. Lasch. Lasch.

Endlich hatte ich den passenden Stempel gefunden. Ich stempelte darauf los, wie damals der Beamte im Gemeindehaus, der mit zig Stempeln den Einladungsbrief für die Babina offiziell und wichtig gemacht hatte, damit sie das Ausreisevisum bekam.

Razítko. Stempel. Ich hatte das Wort gemocht und die entschlossenen Bewegungen des Beamten. Ich würde einen Beruf wählen, bei dem ich viel würde stempeln können, malte ich mir aus, während Vater und ich vor der hohen Holztheke auf den finalen metallenen Abschlusston warteten. Klack. Auch dem Beamten schien das Stempeln ein Vergnügen gewesen zu sein. Er sah sehr zufrieden aus, als er den Brief über die Theke reichte. Auf dem Heimweg regte sich Vater auf. Weil er für das Stempeln hatte bezahlen müssen. Lasch. Schal. Ich hatte alles getan, um nicht so zu sein.

Slibit. Versprechen.

Wir bringen die Babina zum Zug. Auf dem Bahnsteig muss ich versprechen, ein Jahr lang brav zu essen. Ich halte die Tüte in der Hand, die sie mir im Auto in die Hand gedrückt hat. Der Zug fährt ab.

In der Unterführung stinkt es nach Urin, mein Vater eilt voraus. Ich habe gesehen, wie seine Augen glänzen. Ich übergebe mich vor einem Werbeplakat für Fertigsuppen.

Im Auto sagt er, jetzt sprechen wir wieder Schweizerdeutsch.

»Atemtherapie, Yogatherapie, Shiatsu, Musiktherapie, Maltherapie, was auch immer«, hatte Dr. B. gesagt. Ich wählte den Weg des geringsten Widerstands. Oder den Therapieansatz, bei dem mir wenigstens etwas vertraut war. Für eine Maltherapie reicht mein Können und ich werde nicht völlig hilflos dastehen, dachte ich. Im Internet fand ich verschiedene Angebote, nur kaum jemand, der diese Therapie anbot, machte Kunst. Jede und jeder sollte frei malen können, schien wichtig zu sein, ohne den Anspruch gut sein zu müssen. Offenbar ließ sich Geld damit verdienen, den künstlerischen Ansprüchen aus dem Weg zu gehen und den Menschen ein gutes Gefühl zu ermöglichen. Ich schob meine Vorurteile beiseite, blieb aber dabei, mit einer Frau arbeiten zu wollen. Mit einer, die ›richtig‹ malen konnte. Die wusste, was es bedeutet, künstlerisch tätig zu sein. Gewesen zu sein, korrigierte ich mich. Die verstand, was dabei vor sich ging. Beim Satz »Jeder kann malen«, der so gut wie auf jeder Webseite auftauchte, klickte ich weiter. Ich fand ein Atelier mit dem Namen Kunstrefugium, das von drei Frauen geführt wurde. Lustlos klickte ich auf den Namen Katharina Hanauer. Zu esoterisch, wie sie ihre Arbeit und ihre Haltung erklärte. Dann auf Lea Kramer. Was sie malte, war in meinen Augen Kitsch. Zuletzt auf Vivienne. Ohne Nachnamen. Es gab keine Rubrik »Über mich«, kein Foto von ihr, lediglich ein Zitat, das mir nicht besonders gefiel. Aufgeführt waren Praktika in Wien und in New York, sowie die Ausbildungen zur Mal- und zur Kunsttherapeutin. Mehr nicht. Man konnte meinen, dass sie gar keine Anfragen wollte. Oder lediglich bestimmte. Ich folgte dem Link zu ihrer eigenen Webseite, auf der sie Zeichnungen und Bilder zeigte. Landschaften, möglicherweise von Turner inspiriert und seltsame Gestalten in Acryl, Pastell, Kohle, Tusche, unter anderem den Kopf eines Mannes, dem die Zähne zerflossen, ein mit fettem schwarzem Pinselstrich angedeutetes Gehirn, Gestalten mit düsteren Gesichtern, rot gemalte Umrisse von Menschen, die aus expressiven Farbflächen hervortraten, die Andeutung von Haut. Ich nahm Mut wahr. Kraft. Und etwas, das in die Tiefe zog.

Wir trafen uns vor dem Gemeinschaftszentrum am Fluss, in der Nähe ihres Ateliers und setzten uns auf eine Bank.

Vivienne bat mich zu schildern, weshalb ich eine Maltherapie in Betracht zog. Ich erzählte, dass ich früher gemalt hatte. Dass ich begabt gewesen war, dass ich von einem Tag auf den anderen aufgehört und einen anderen Weg eingeschlagen hatte.

»Business«, sagte ich abschätzig.

Ich sagte, dass ich in einer Krise steckte und nicht weiterwusste. Dass mir meine Chefin eine Karriereberatung auferlegt hatte, die mich lahmlegte. Dass ich in diesen Tagen versucht hatte, zu zeichnen, aber über Fingerübungen, Linien und Horizonte nicht hinausgekommen war. Dass ich das Können nicht mehr hatte. Zweifelte, es je gehabt zu haben. Glaubte, es auch nicht mehr erlangen zu können. Und vor allem, dass es das, was ich hatte malen wollen, bereits gab. Und zwar in absoluter Perfektion.

Mein Erzählen geriet ins Stocken. Ich dachte an das Wesen auf dem Bild. Wie eindringlich es mich anschaute. Wie schonungslos es den Schmerz in mir betrachtete. An ihm zog. Ihn freilegte.

Ich erzählte, dass mein Körper keine Ruhe gab und Empfindungen mich heimsuchten, über die ich keine Kontrolle hatte. Dass sie mich bedrängten. Verwirrten. An den Rand brachten. Dass ich mir selbst nicht mehr traute. Und dass Dr. B. meinte, ich bräuchte jetzt eine Therapie.

»Um ehrlich zu sein, ich habe noch nie eine Therapie gebraucht. Ich habe auch keine Lust darauf. Aber meine Ärztin drängt mich. Sie sagt, dass es nötig ist. Dass es sogar dringend nötig ist.«

Danach schwieg ich. Ich hoffte, dass Vivienne etwas sagen würde. Sie schien zu spüren, dass noch etwas kommen würde. Etwas, mit dem ich rang.

»Ich habe Angst.«

Ich hatte gewagt, es auszusprechen. Für einen Moment fühlte es sich befreiend an.

Nach einer Weile fragte Vivienne, wovor ich Angst hätte.

Vor dieser Frage, dachte ich.

Ich wollte nicht weitersprechen, vor allem nicht so, wie all die Menschen, die einen Ratgeber nach dem anderen verschlingen und gescheite Erklärungen für ihre Ängste nachplappern. Immerhin hatten sie Erklärungen, über die jemand nachgedacht hatte. Ich hatte keine. Schon gar keine, die ich aussprechen wollte. In der Angst war ich so gewöhnlich wie sie. Auch wenn ich es nicht wahrhaben wollte.

Ich starrte auf den Fluss. Auf die stahlgraue Fläche, die sich langsam unter dem bedeckten Himmel bewegte. Vivienne schwieg. Es war gut, nebeneinander zu sitzen, ohne sich anschauen zu müssen. Schweigen war einfacher mit Blick auf einen Fluss als in ein Gesicht, auf dem alles Mögliche aufscheinen konnte. Das einen ablenken oder aus der Fassung bringen konnte.

»Ich bin es nicht gewohnt, so sprachlos zu sein«, sagte ich. »Das schwächt mich zusätzlich.« Meine Stimme klang heiser. Ich sprach weiter, bevor sie wegbrechen würde: »Ich verschwende wertvolle Lebenszeit. Ich bin unzufrieden. Ich spüre, wie sich eine Verbitterung in mir ausbreitet. Ich mag verbitterte Menschen nicht. Ich will auf keinen Fall so werden. Ich habe Angst, bereits auf direktem Weg dorthin zu sein. Ich weiß nicht, wie ich es abwenden kann. Ich weiß nicht, was ich will. Ich habe keine Vision, keine Ziele. Ich will einfach, dass es gut wird. Aber ich weiß nicht wie. Ich weiß nicht einmal, was ›es‹ und ›gut‹ überhaupt sein könnte.« Bei ›es‹ und ›gut‹ strichelte ich mit den Fingern Gänsefüßchen in die Luft.

Ich glaube, ich hatte noch nie im Leben so viele Male das Wort Angst ausgesprochen.

Strach. Luba faucht. Wie die alte Gams, die ich einmal bei einem Spaziergang in einem Wald im Engadin aufgescheucht hatte. Ich glaube, sie war blind.

Vivienne ließ sich Zeit. Und sie ließ meinen Antworten Zeit. Unerträglich viel Zeit. Sie schien zu wissen und darauf zu vertrauen, was Schweigen und Langsamkeit freigeben konnten. Oder der Fluss, auf den wir schauten.

Ich hingegen wünschte mir, dass sie etwas sagte, dass sie sofort in die Therapie einstieg, einen Block Zeichnungspapier aus der Tasche zog, etwas skizzierte, mir etwas zuwarf, einen Gedanken, einen Satz, einen Rettungsring, wie den, der an der Mauer am gegenüberliegenden Flussufer weiß-orange leuchtete. Ich unterdrückte meine Bitte. Ich dachte mir, dass Vivienne das nicht tun würde. Sicher nicht jetzt. Und ich wollte mich in meiner Bedürftigkeit nicht noch mehr zur Schau stellen. Es war unerträglich und ich schämte mich.

Vivienne erklärte mir in wenigen Sätzen wie sie arbeitete. Ich hörte nicht richtig zu. Ich war damit beschäftigt, meine Ungeduld zu kontrollieren und meinen Widerstand zurückzudrängen.

Sie zeigte mir eine Dokumentation vom Atelier, das sie mit ihren Kolleginnen teilte. Der Raum war groß und hell, einfach und zweckmäßig eingerichtet. Es gab eine lange Wand, die mit bunten Farbspuren bedeckt war. »Auf der Malwand befestigen wir Papiere. Die Menschen, die zu uns kommen, hinterlassen diese Farbspuren. Sie sind schön. Sie schaffen ein Gefühl von

Verbundenheit, und sie nehmen den Menschen die Angst vor der leeren weißen Fläche«, erklärte Vivienne.

»Du bestimmst, wie groß deine Malfläche sein soll.«

Mein Widerstand wurde mit jeder der Aufnahmen vom Atelier vehementer. Auf einer malte eine Frau etwas auf die Wand. Ihr Kopf war verwischt, damit man sie nicht erkennen konnte. Ich will nicht, schrie es in mir. Hör auf, schrie ich zurück. Du weißt nicht was du willst.

Ich erinnere mich nicht, was mich beruhigte. Vielleicht Viviennes ruhige, besonnene Art zu sprechen, die mich hoffen ließ, mit ihr würde es gelingen, den Phönix aus meinem Aschehaufen zu befreien und aufsteigen zu lassen. Ich wollte nichts weniger.

»Ich brauche einen eigenen Raum«, platzte es aus mir heraus. »Und ich brauche eine Wand, die mindestens doppelt so lang ist wie diese. Eine Wand, die ich allein bemalen kann. Ich will weder Raum noch Wand teilen. Ich kann das nicht. Wenn du so etwas findest, dann bin ich dabei.«

Für den letzten Satz entschuldigte ich mich.

Ich sagte, ich könne mir die Therapie vorstellen. Dass ich mich in Gedanken vor der langen leeren Wand sehe. Mit ihr.

»Es wird schwierig, oder?«

Vivienne fragte, was meiner Meinung nach schwierig werden könnte. Die Therapie oder einen Raum zu finden.

»Beides«, sagte ich. »Beides wird wohl schwierig werden.«

Für sie wäre es denkbar, woanders als in ihrem Atelier mit mir zu arbeiten, vorausgesetzt, ich wäre bereit, das benötigte Material zu beschaffen. Es wäre auch für sie eine interessante Erfahrung. Die Antwort gab mir das Gefühl, dass die Arbeit mit ihr funktionieren könnte. Sie meinte, ein passender Raum werde sich höchstwahrscheinlich rasch finden lassen. Es gebe die Möglichkeit, im Rahmen einer Zwischennutzung Räume zu mieten, Garagen, Fabrikhallen, Schulhäuser, Container, für einen befristeten Zeitraum sei in der Stadt meistens etwas verfügbar. Sie suche sich ihr eigenes Atelier immer so. Etwas anderes könne sie sich gar nicht leisten.

»Trotzdem wird es rasch ein paar hundert Franken kosten«, sagte sie.

»Das ist kein Problem. Hauptsache der Rahmen stimmt. Und wer weiss, wozu ich den Raum sonst noch nutzen werde«, erwiderte ich.

Vivienne bot mir an, sich in den kommenden Tagen umzuschauen, da sie die Kontakte hatte.

Für ein erstes Gespräch war alles gesagt, Vivienne packte ihre Unterlagen in ihren Rucksack, ich zündete mir eine Zigarette an, hielt das Gesicht in die Sonne und schloss die Augen. Ich stellte mir vor, wie ich in ›meinem‹ Raum vor einer langen Wand stehe, ein hoher Raum, viel Platz, viel Leere, an einer anderen Wand ein Tisch, darauf Farben, Pinsel, Papier. Nichts weiter.

Fast alles war gesagt. Ich öffnete die Augen, zog nervös an der Zigarette, räusperte mich und sagte: »Vivienne«, sie schaute auf. »Es gibt noch eine Bedingung. Ich werde nackt arbeiten.«

Vivienne blieb gelassen. Wahrscheinlich gehört es zur Professionalität einer Therapeutin, sich möglichst keine Gefühlsregungen anmerken zu lassen, dachte ich erleichtert. Sie nickte und fragte: »Was bedeutet es dir, nackt malen zu können?«

Ich überlegte, was ich antworten könnte, ohne von C. erzählen zu müssen. Ich war es, die eine Therapie brauchte. Und eine Perspektive.

»Ich glaube, nein, ich bin mir sicher, dass ich mich auf meine Körperempfindungen gerade weit mehr verlassen kann, als auf meine geistige Verfassung.«

Vivienne fand die Wand im ehemaligen Lager einer Metallbauunternehmung. Es war eine kleine Halle mit Oberlichtern.

Von außen nicht einsehbar. Grau, kahl und leer. Sie war für ein halbes Jahr zu haben. Danach würde sie abgerissen werden. Ich sagte sofort zu. Vivienne stellte eine Liste mit Material zusammen, das ich mir besorgen sollte, und riet mir, die Wand zu grundieren. Ich rief die Wienerin im Geschäft für Künstlerbedarf an und gab eine Bestellung auf, im Internet ersteigerte ich Stahlwägelchen, mit denen ich die Malutensilien herumschieben konnte, ein Metallgestell mit einer Tischplatte aus schwarzem Linoleum, einen kleinen Kühlschrank, einen rollbaren Heizkörper und einen großen Treteimer. Ich kaufte eine Kaffeemaschine, einen Teekocher, Tassen in verschiedenen Pantone-Farben und einen leuchtend blauen Overall. Ich richtete die Halle ein und bereitete die Wand vor. Dafür hatte ich mir im Baumarkt eine Farbspritzpistole besorgt. Der Verkäufer hatte mich auf das unangenehme Geräusch hingewiesen und mir einen Gehörschutz empfohlen.

Endlich stand ich im Overall mit Schutzbrille und Gehörschutz in meiner Halle, griff nach der Spritzpistole und ging mit erhobener Waffe auf die Wand zu.

35

Ich döste im Bikini auf dem Liegestuhl unter der Birke, um mich von dem Durcheinander der letzten Tage zu erholen, als eine Autotür zuknallte und mich aufschreckte. Kurz darauf stürmte Mischa durchs Gartentor. Er trug ein azurblaues Fußballerleibchen und weiße Shorts. Seine Arme und Beine hatten die Farbe von Karamell, verklebte Haarsträhnen fielen ihm ins Gesicht. Stampfend schritt er über den Gartenweg Richtung Haus, die Augen auf ein Fischernetz gerichtet, das er mit einem Bambusstab über seinem Kopf schwenkte. Vor dem Haus drehte er sich um und stampfte zurück. An den Sohlen der weißen Sneaker blinkten rote, blaue und grüne Lichter. Als er mich entdeckte, rannte er los und verschwand hinter der Hecke. Benommen von meiner Siesta setzte ich mich auf, zog mir ein Shirt über, lockerte die Haare und trank einen Schluck Wasser.

Mischa stürmte erneut durchs Gartentor. Dieses Mal mit einem leuchtend grünen Wassergewehr unter dem Arm, das er mit einem entschlossenen Blick auf mich richtete. Er beschoss mich mit lautem *Päng, Päng, Päng*. Zum Glück ohne Wasser. Schießend und stampfend stieß er mit den wild blinkenden Schuhen bis zur Mitte der Rasenfläche vor. Dort blieb er stehen und fixierte mich mit zusammengekniffenen Augen. Jetzt habe ich dich, schien er zu sagen. Ich hasse es, wenn Kinder mit Spielzeugwaffen ausgerüstet werden. Mirko trat schimpfend durchs Gartentor und befahl dem Kleinen, sofort aufzuhören. Ein letzter Schuss, der Kleine streckte das Gewehr wie ein Freiheitskämpfer in die Luft und lachte. Er lachte mit weit aufgerissenem Mund, den Kopf im Nacken, ein lautes Lachen, das er aus sich herauspresste. Nicht einmal die zwei Reihen Milchzähne konnten verhindern, dass ich wütend wurde.

Das war nicht das Kind, das mich in den vergangenen Wochen beschäftigt hatte. Das war ein ganz normaler Junge, der gerade nervte. Mirko wies ihn noch einmal zurecht. Er trug ein hellrosa Hemd, weit aufgeknöpft, auf der haarlosen Brust glänzte ein Goldkettchen. An seiner Schulter baumelte eine gelb-weiß gestreifte Strandtasche, aus der zwei Bastmatten ragten, in den Händen trug er Tüten mit italienischen Aufschriften, eine Sporttasche und eine Computertasche. Er hatte sich einen Dreitagebart wachsen lassen und die Haare geschnitten. Auf der Seite kurz, auf dem Oberkopf kräuselten sich die Locken, eine war in die Stirn gezogen.

»Hallo Mila, entschuldige bitte«, rief er. »Der Kleine ist aufgedreht und völlig übermüdet von der langen Autofahrt.«

Ich fragte, wie der Urlaub war. »Fantastisch«, sagte er, während er über den Rasen geschlendert kam. »Das Wetter war schön und warm, bis auf wenige Gewitter am Abend, das Essen hervorragend, ein toller Strand, Kinder, mit denen Mischa spielen konnte, das Hotel hatte alles, was man braucht.« Der Text einer SMS, die er vom Liegestuhl aus an seine Kontakte verschickte hatte, dachte ich. Der Kleine rubbelte mit dem Daumen am Griff seines Maschinengewehrs. »Mischa hat geschlafen wie ein Murmeltier«, fuhr er fort. »Keine Albträume. Kein nächtliches Weinen.« Mirko sah zufrieden aus. Sonnengebräunt und mit der neuen Frisur sah er sogar ausgesprochen gut aus.

Mila, du hättest mitfahren sollen, setzte ich in Gedanken seine Rede fort. Du hättest mich anrufen sollen. Du hättest in mein Zimmer kommen sollen. Du hättest zu mir fliegen sollen. Wie oft hatte ich diese Sätze gehört, begleitet von einem vielsagenden Lächeln oder in einer SMS geschrieben. Meistens, wenn die Möglichkeit bereits in der Vergangenheit lag. Die Masche von verheirateten Männern, die sich (noch) nicht trauen, eine

Affäre einzugehen. Wie K. Der nicht mehr geschrieben hatte, fiel mir ein. Was meistens bedeutete, dass er neben dem einnehmenden Job, von seiner Familie beansprucht wurde. Egal. Ich hatte weder Lust, ihm etwas über mich zu schreiben, noch ihn zu sehen.

»Wir gehen jetzt erst einmal schlafen«, sagte Mirko. »Die Fahrt war anstrengend. Viel Verkehr, Lastwagen an Lastwagen und Stau an den Zahlstellen. Und Kinderlieder sind nicht gerade Muntermacher.«

»Podj«, forderte er den Kleinen auf, *»deme spinkat.* Wir sehen uns, ciao Mila.«

Nicht schlecht, wie du den Italo mimst, dachte ich, aber der Akzent verdirbt dir leider die Show. Daran wirst du noch arbeiten müssen.

Mirko machte sich auf, Mischa blieb stehen. Er kniff seine Augen zusammen, presste die Lippen aufeinander, klemmte sich das Wassergewehr unter die Achsel und zielte auf mich. *Päng, päng.* Mit den Lippen übertrieben geformt, wie in Zeitlupe, ohne einen Laut. Dann lief der Kleine mit hoch gerissenen Armen und blinkenden Sohlen seinem Vater hinterher.

Ich ließ mich gegen die Rückenlehne des Liegestuhls fallen und schaute durch die Blätter der Birke in den Himmel. Ich stellte mir vor, wie Vater und Sohn die Treppe hochstiegen. Mit Sandkörnern in allen Winkeln ihrer Taschen, in den Sohlen der Strandschlappen und in der schmutzigen Wäsche, in den Haaren und unter dem Rand der Ohrmuscheln. Übermütig und mit der Erinnerung an einen unbeschwerten Urlaub kehrten sie nach Hause zurück. Mirko würde die Taschen im Korridor fallen lassen, sein Hemd abstreifen, ins Badezimmer gehen, sein Gesicht in das kalte Wasser in seinen Händen tauchen, den Nacken benetzen und sich im Spiegel zunicken. Vielleicht an einen Urlaubsflirt denken. Er würde Mischa an der Hand nehmen, sie würden sich im abgedunkelten Schlafzimmer ins Bett legen, auf das Leintuch, das noch von der letzten Nacht vor ihrem Urlaub zerknittert war, er würde den Kleinen an sich ziehen, seine Nase in Mischas salzige Haarsträhnen stecken, ihm zärtlich den Kopf streicheln. Zufrieden mit sich würde er die Augen schließen. Der regelmäßige Atem der beiden machte die Wohnung wieder zu ihrer. Ich hatte mich getäuscht. Der Kleine würde nicht bemerken, dass ich bei seinem Kaktus und in seinem Zimmer gewesen war.

Wenige Stunden später stand ich vor der Wäscheschublade und betrachtete die Fülle an bunten Sets aus BH und Slip. Als könnte mir die Wahl der Unterwäsche einen Hinweis geben, worauf der Abend hinauslaufen würde. Worauf ich ihn hinauslaufen lassen wollte. In einem kleinen Schwarzen, das den Blick auf die Träger des BHs zuließ. Signale von Möglichkeiten, neutral beige, pudrig rosé, orange, rot, schwarz mit aufgenähten roten Blumen oder grün mit türkiser Spitze. Ich schloss die Augen, ließ meine Hand über der Schublade kreisen, bevor ich sie in die Körbchen und Spitzen tauchte und ihr die Zufallswahl überließ. Gelb-weiß kariert, ein Fehlkauf, den ich nie getragen hatte. Ich entschied mich für rosé. Das kurze Stretchkleid spannte leider über dem Bauch.

Mirko war nochmal rausgekommen, um sein Auto wegzufahren. Als er zurückkam, lud er mich zu einem Sommernachtspicknick im Garten ein. Mit Antipasti aus dem Urlaubsort, fangfrischen Doraden, die er im Ofen zubereiten würde und dem vorzüglichen Weißwein, den er jeweils auf dem Balkon mit Blick aufs Meer getrunken habe. Kurz zeigte sich der wehmütige Ausdruck, den er gehabt hatte, als wir uns vor dem Gespräch bei Sander begegnet waren. Dann zwinkerte er mit einem Auge und sagte: »Pavlina ist noch in Tschechien, sie kommt erst morgen zurück.«

Ich stand auf dem Balkon, barfuß, die Haare lose hochgesteckt, mit einer Flasche Prosecco und zwei Gläsern in der Hand, und wartete, bis Mirko mich entdecken würde. Er kauerte auf der Picknickdecke und rückte Schälchen und Teller zurecht, Mischa saß in einer Ecke der Decke über ein Heft gebeugt, das vor ihm im Gras lag. Die Gans lag auf seinem Schoß.

Mirko lächelte überrascht, als er zu mir hochsah. Er stand auf und kam zur Treppe, um mich abzuholen. Er berührte meinen Ellbogen und drückte mir, statt der üblichen drei Küsse neben den Wangen in die Luft, den einen hinter dem Ohrläppchen auf den Hals. Wir gingen nebeneinander zur Wolldecke, seine Hand lag leicht zwischen meinen Schulterblättern. Er würde zufrieden die Gänsehaut in meinem Nacken betrachten, während ich dachte: Der Kleine wird stören. Auf der Decke lag ein weißes Tuch, darauf standen kleine Schalen gefüllt mit Oliven, getrockneten Tomaten, eingelegtem Gemüse und aufgeschnittenem Käse, kleine Gläser mit Kerzen und Blüten von meiner Kapuzinerkresse. Bei Häppchen und Prosecco plauderte er belanglos über den Urlaub am Meer. Mir fiel auf, wie er dem Kleinen immer wieder die Haarsträhnen aus dem Gesicht strich. Ich liebe es, wenn ein Mann das bei mir macht. Mir war sogar ein Schauer über den Rücken gelaufen, als mein Zahnarzt – ein nicht besonders attraktiver Mann – einmal für eine Rundumröntgenaufnahme meinen Kopf zurechtgerückt und mir dabei ganz selbstverständlich eine Strähne aus der Stirn gestrichen hatte.

Während wir uns unterhielten, schaute ich immer wieder nach der Murmel in seinem Mundwinkel. Der Dreitagebart und die gebräunte Haut lenkten von ihr ab. Aber sie lauerte in seiner Mundhöhle und je nachdem, wie er den Mund öffnete, konnte ich sie sehen. Vielleicht hatte er gelernt, sie in Schach zu halten. Ob er etwas dazu sagt, bevor er eine Frau küsst, fragte ich mich.

Mischa saß im Schneidersitz vor einem Mickey-Mouse-Heft, strich mit dem Zeigefinger über die Reihen der Bildchen und knabberte Chips. Ab und zu schaute er mich streng an. Ich hatte noch nie in Anwesenheit eines Kindes mit einem Mann geflirtet. Ein bisschen hemmte es mich.

Mirko servierte die Doraden, der Kleine bekam Fischstäbchen. Er nahm seinen Teller und drehte uns den Rücken zu. »Die Fische«, sagt Mirko, und zuckte mit den Schultern. »Tote Tiere machen ihm Angst. Trotzdem will er ständig über den Tod sprechen, will wissen, ob sterben weh tut, was mit ihm passiert, wenn jemand von uns stirbt oder was mit uns passiert, sollte er sterben.«

Als dem Kleinen die Augen zufielen, trug Mirko ihn hinauf. Es dauerte nicht lang und er kam mit einer Flasche gekühltem Weißwein zurück.

»Mischa schläft tief und fest.« Er lächelte.

»Spinka«, sagte ich. Er hob die Augenbrauen.

»Ich habe es Pavlina sagen hören. Ich mag eure Sprache. Sie klingt weich. Viel weicher als Deutsch. Sie hat etwas Poetisches.« Ich hatte mit Bedacht gesprochen. Leise. Dabei mit dem Finger die Karos auf der Decke nachgezeichnet.

Mirko schenkte Wein nach, reichte mir mein Glas und sagte: »*Cincin*. In Italien sagen sie *cincin*.«

»Und wie sagt ihr?«

»*Na zdraví*, auf die Gesundheit. Italienisch ist eine wunderbare Sprache. Manchmal habe ich am Strand nichts anderes gemacht, als Mischa im Auge behalten und den Italienern zuhören. Die Sprache ist so lebhaft, voller Gefühle und dennoch elegant. Italienisch würde gut zu dir passen, Signora Mila.«

Ich legte mich auf den Ellbogen gestützt hin und drehte mich zu ihm.

»Mirko, sprich bitte tschechisch mit mir.«

Sein Kopf zuckte zurück und seine Stirn kräuselte sich.

»Tschechisch? Warum denn das?«, fragte er. Im Mundwinkel tauchte die glänzende Murmel auf. Ich ließ mir nichts anmerken, aber ich gebe zu, sie stieß mich ein wenig ab. Ich schaute ihm in die Augen.

»Ich bin neugierig und ich würde einfach gerne hören, wie dieser Abend in deiner Sprache klingt.«

»Du wirst mich nicht verstehen«, sagte er. Jetzt lächelte er. Die Murmel hatte sich wieder zurückgezogen.

»Du hast die Italiener auch nicht verstanden. Und trotzdem hast du dich hinreißen lassen. Vom Klang der Sprache, von der Atmosphäre, die sie erzeugt. Ich würde gerne erleben, welche Wirkung deine Sprache hat.«

Mirko schien verunsichert. Ich fragte, woran er sich erinnert, nachdem er mit einer Frau einen schönen Abend verbracht hat. »Doch nicht an Worte und Sätze«, sagte ich, ohne seine Antwort abzuwarten. »Außer, sie sagt etwas Außergewöhnliches, etwas, das du noch nie gehört hast.«

Mirko schaut mich immer noch verwundert an. Ich sagte, dass ich mich an eine besondere Augenfarbe erinnern würde, an die erste Berührung, ob zufällig oder nicht, die Hand am Ellbogen, zwischen den Schulterblättern oder im Nacken, ein Streicheln an der Innenseite des Handgelenks, an ein Lachen, an gepflegte Füße. Während ich sprach, ließ ich langsam meine Fußsohle über seinen Fußrücken gleiten. Er war glatt und warm.

»Und jetzt sag, woran du dich erinnerst«, forderte ich ihn auf, »und bitte auf Tschechisch. *Prosim.*«

»Du lernst schnell«, sagte er mit einem verlegenen Lächeln, räusperte sich, legte sich gleich hin wie ich, schaute mir in die Augen, betrachtete mein Gesicht, meinen Hals, mein Dekolleté, meine Brüste, meinen Bauch. Ich hob die Brust und atmete tief in den Bauch, damit er sich weich hob und senkte. Dann wechselte er in seine Sprache.

»Ich sehe eine schöne Frau, die ich küssen möchte.« Er sagte noch ein anderes Wort als schön, eines das ich nicht verstand und leider sofort vergaß. Er sagte, dass er in solchen Momenten nicht gerne redete.

»Ich bin nicht gut darin«, wieder auf Deutsch.

Ich ließ mich auf den Rücken gleiten und streckte die Hand nach ihm aus. Wir küssten uns. Er streichelte meinen Körper, sanft, zärtlich und zurückhaltend. Keine Zungenküsse.

»Komm, wir machen bei mir weiter«, sagte ich nach einer Weile.

»Podj«, sagte ich zwinkernd und griff nach seiner Hand. Als ich ihn durch den Garten führte, überlegte ich, wie ich ihn dazu bewegen könnte, beim Sex in seiner Sprache zu sprechen. Sag mir, was du magst, sag es in deiner Sprache, ich werde dich sowieso nicht verstehen. Vielleicht so etwas. Oder sag mir, was du an meinem Körper magst. Was dich erregt. Auf den Stufen zum Balkon fiel mir ein, dass die Papierbahnen im Korridor hingen. Ich blieb stehen, drehte mich um, und sagte: »Bitte nicht erschrecken, ich mache Kunst, im Korridor hängt eine Studie. Viel Schwarz.«

»Oh, von einer Künstlerin habe ich mich noch nie verführen lassen. Ich bin gespannt.« Er hatte »Kinstlerin« gesagt. Ich zog ihn durch die Balkontür und verdrehte die Augen. Wir schlüpften durch den Vorhang aus schwarzem Papier. Bevor Mirko mir ins Schlafzimmer folgte, öffnete er die Haustür. Falls Mischa weinen sollte.

Wir zogen uns aus. Küssten uns. Als ich einen Zungenkuss versuchte, zog sich Mirko zurück und glitt meinem Hals entlang zu meinen Brüsten. Ich sagte ihm, was mich erregt und fragte, was ihn erregt. Er ließ sich nicht darauf ein. Obwohl ich es genoss, wie er mich streichelte, küsste und letztlich in mich eindrang, konnte ich es nicht lassen, ihn zu bewegen, etwas zu sagen. Vielleicht würde es ihm leichter fallen, wenn er mein Gesicht nicht sah. Ich drehte mich auf alle viere um; er nahm es an. Als ich eine erste Welle aufkommen spürte, ließ ich es bleiben, tschechische Wörter aus ihm herauslocken zu wollen. Auf einmal entzog er sich und glitt weg. »Was ist?«, fragte ich und drehte den Kopf. Der Kleine stand in der Tür. In einem hellblauen Pyjamahöschen, mit nacktem Oberkörper, im Arm die Gans und das Wassergewehr. Die Haare hingen ihm über das Gesicht, sodass ich keine Mimik erkennen konnte. Ich ließ mich auf den Bauch fallen, Mirko griff hastig nach dem dunkelblauen Seidentuch, mit dem ich mich im Sommer zudecke, wickelte es um seinen Unterleib, hastete zum Kleinen, drehte ihn um und schob ihn vor sich her aus meiner Wohnung. Er schaute nicht zurück und er sagte nichts.

Es ist das letzte Bild, das ich von den beiden habe. Braun gebrannte Rücken, der Große mit dem blauen Tuch um die Hüften, der Kleine in Pyjamashorts, mit dem grünen Wassergewehr unter dem Arm. Auf dem Weg in die Dunkelheit.

Ich sehe den Abgang der beiden deutlich vor mir. Wie ein Motiv für ein Bild. Die Künstlerin, die das Wesen gemalt hatte, das mich im Wartezimmer von Dr. B. so vereinnahmt hatte, würde es malen können. Das kleine Wesen nimmt den Großen an der Hand und führt ihn weg. Weg von mir, hätte ich in jener Nacht gesagt. Ins dunkle Treppenhaus. Sie machten kein Licht an. Sie tauchten in ihre eigene Dunkelheit ein. Sie verschwanden in ihrer eigenen Nacht. Von heute aus betrachtet scheint es mir richtig, dass ich zurückblieb. Das Kind hatte mich an eine Schwelle geführt. Alles weitere musste ich mit mir allein ausmachen.

36

In der Halle taumelte ich der großen Leere auf der Wand entlang, traute mich nicht anzufangen, stellte mich mal da, mal dort hin, kritzelte zaghaft mit Bleistift oder Kohle auf ihr herum. Ihre Rohheit half, mein Zögern allmählich aufzulösen.

Und Vivienne. Ich hatte sie gebeten, zweimal die Woche für eine Stunde zu kommen. Ich wollte den Prozess möglichst schnell in Gang bringen oder vielmehr, *es* – von dem ich immer noch keine Vorstellung hatte, aber das Dr. B. als nötig erachtete – rasch hinter mich bringen.

Vivienne redete nicht viel.

»Ich bin einfach da«, sagte sie, was ich merkwürdig fand. Ich hatte erwartet, dass sie die Führung übernimmt. Gleichzeitig war es mir recht, dass sie sich zurückhielt.

Sie schaute mir aufmerksam zu, sie ermunterte mich, wenn ich lange zögerte, gab mir ab und zu einen Impuls für eine Bewegung. Sie zeigte mir Übungen, um den Körper zu lockern. Manchmal schrieb oder zeichnete sie etwas in ihr Skizzenbuch, während ich sprayte, mit den verschiedenen Pinseln oder mit den Fingern malte, mit einem Spachtel oder mit der Handfläche Farbe auf die Wand klatschte und verstrich und dabei mit meiner Unruhe kämpfte. Ich bemühte mich, mir meine Verunsicherung nicht anmerken zu lassen.

»Nähere dich über das Material an«, sagte sie, »spür nach, wie es sich anfühlt. Lass dir Zeit. Manchmal braucht es ein paar Stunden, bis sich etwas zeigt.«

Mein Körper sollte die Signale geben. Mein Körper sollte die Bewegungen und den Rhythmus bestimmen. Freigeben, wonach ihn verlangte, sagte Vivienne. Als wüsste ich das alles nicht.

Die Malbewegungen waren zweifelsohne in meinem Körpergedächtnis gespeichert, das nahm ich wahr. Nur verführte mich das dazu, zu glauben, sie würden mich umgehend zu etwas Bedeutsamem führen. In dieser Erwartung hatte ich mich an der Wand zu schaffen gemacht. Nichts passierte.

Ich hielt inne, um mich zu ermahnen. Das hier ist Therapie. Es ist nicht Kunst. Es ist auch nicht das Ziel, wieder Kunst zu machen. So hatte ich es auch Vivienne erklärt, als wir über mein Anliegen gesprochen hatten. Sie hatte genickt.

Dann wieder versuchte ich, mich von meinen früheren Malbewegungen zu lösen. Sie sollten mich nicht mehr steuern. Trotzdem taten sie es, weil ich mir – und vor allem Vivienne – zeigen wollte, dass ich einst gut gewesen war. Ich war keine Hobbymalerin (gewesen). Und weil ich wollte, – es fällt mir schwer das zuzugeben – dass mein Können bemerkt und gesehen wurde.

Zugleich dachte ich, die Malbewegungen in mir dürfte es gar nicht mehr geben. C. hatte aufgehört. Unwiderruflich. Irreversibel. Sie stand nicht mehr zur Verfügung. Ich male nicht mehr, das ließ sie mich deutlich spüren.

Es war aufreibend. Ich kämpfte mit aufkommenden Tränen, die ich nicht zeigen wollte. Ich war da, um mich aufrichten zu lassen, und nicht, um meine Würde weiter in der Heulerei zu ertränken.

In einer der Therapiestunden schleuderte ich einen breiten Borstenpinsel mit schwarzer Farbe gegen die Wand und schrie: »Aus. Fertig. Vorbei. Die Therapie war ein großer Irrtum. Sie macht alles nur noch schlimmer.«

Vivienne warf mir meinen Overall zu und wir setzten uns raus an die sonnenbeschienene Seitenwand der Lagerhalle.

»Frag mich jetzt bloß nicht, *was* alles schlimmer wird«, herrschte ich Vivienne an. »Es funktioniert nicht. Wir hören auf. Schick mir die Rechnung.«

Ich wollte den Kopf an die Wand lehnen, bewegte ihn aber zu hektisch und schlug ihn an. Ich stöhnte.

»Mila, du quälst dich«, sagte Vivienne sanft.

»So?« Wie scharf zwei Buchstaben klingen können.

»Du hast eine eindrückliche und tiefgehende Energie in dir. Sie scheint aber nicht zu wissen, wohin sie soll.«

Ich lachte. Es klang verächtlich.

Vivienne ließ sich nicht beirren und sprach ruhig weiter.

»Du strengst dich unglaublich an. Aber deine Bewegungen können nicht frei fließen. Etwas blockiert dich. Es kommt mir vor, als stecke deine ganze Kraft in dieser Blockade und beanspruche deine ganze Energie.«

Sie machte eine kurze Pause, bevor sie fragte: »Wie nimmst du das wahr?«

Ich kapitulierte und begann zu weinen. Dieses Weinen, das nicht mehr aufhören würde. Dass ich bei Dr. B. noch knapp hatte zurückhalten können.

Vivienne sagte: »Es ist in Ordnung, lass es einfach raus«, und holte eine Box Kleenex in der Halle. Ich rupfte ein Tuch nach dem anderen aus der Schachtel.

Als ich mich etwas gefasst hatte, fragte sie, was mich so getroffen hätte.

»Ja, ich bin blockiert. Durch und durch. Nichts geht mehr. Und ich fühle mich dieser Lähmung ausgeliefert. Das trifft mich«, schluchzte ich.

Ich erzählte ihr von dem Gespräch mit Gerlinde. Wie ich eingepfercht in dem Korbstuhl gesessen hatte. Mir wehrlos hatte anhören müssen, was ich alles falsch gemacht hätte. Wie sie auf einmal alle gegen mich waren. Dass ich zu einer anderen werden müsste, damit sie mich an der Schule weiter beschäftigen würden.

»Es kommt mir vor, als wollten sie mir das Rückgrat brechen.«

Ich heulte erneut. Als es nachließ und ich wieder einigermaßen bei mir war, lag Viviennes Hand leicht auf meinem Oberschenkel. Normalerweise mag ich das nicht. Jetzt tat es mir gut.

»Geht's?«, fragte sie mich. Ich nickte. Sie reichte mir ein kleines, gelbes Spray.

»Eine Notfallessenz«, sagte sie.

Ich schüttelte den Kopf und sagte: »Ich muss seit ein paar Tagen ein Antidepressivum nehmen. Es ist alles so demütigend.« Ich schluchzte, aber das Schlimmste war vorbei.

»Mila, ist dir dieses Gefühl vertraut? Kennst du das? Möglicherweise aus einer früheren Phase deines Lebens?«, fragte Vivienne.

»Welches Gefühl?«

»Das Gefühl, als würde dir das Rückgrat gebrochen.«

Ich schüttelte den Kopf.

»Früher hätte ich das nicht mit mir machen lassen.«

»Natürlich nicht, ich sehe, wie stark du bist«, beschwichtigte Vivienne, »ich meine, ob du das Gefühl, bedroht und ohnmächtig zu sein, aus einer früheren Phase deines Lebens kennst.«

»Ist das wichtig«, fragte ich.

»Was meinst *du*? Ist es für *dich* wichtig?«

Es nervte, wie sie mir die Frage zurückspielte. Sie war doch die Therapeutin. Sie musste doch wissen, was wichtig war. Ich seufzte.

Sie schaute auf die Uhr.

»Als wollten sie mir das Rückgrat brechen«, zitierte sie mich. »Das ist eine starke Aussage. Ich möchte sie das nächste Mal gerne nochmal aufnehmen. Für heute ist die Zeit um.«

Neunzig Minuten. Nie nur eine Minute mehr. Es ärgerte mich, dass sie das Gespräch in diesem wichtigen Moment stoppte. Gleichzeitig war ich erleichtert.

Ich machte mir einen Espresso und setzte mich zurück an die Sonne. Ich öffnete den Reißverschluss des Overalls bis zum

Bauchnabel, lehnte den Kopf zurück, schloss die Augen und ließ meine Haut wärmen.

Ich muss mir das nicht antun. Die Therapie soll mich aufrichten und nicht noch mehr verstören. Ich breche ab. Ich kann auch ohne Therapeutin auf der Wand herummalen. Einfach so. Als Zeitvertreib. Als Teil meiner Tagesstruktur. Vielleicht kommt sogar mehr dabei heraus. Oder ich male zusammen mit Johanna und Rosina. Ich könnte sie ein paar Tage zu mir nehmen. Es würde ihnen bestimmt Spaß machen, hemmungslos eine Wand zu bepinseln. Und Franziska würde sich freuen, wenn ich endlich einmal mit den Mädchen malte.

Ich ging zurück in die Halle, um mich umzuziehen.

Ich schaute mich um. Betrachtete die Farben, die Pinsel, schob das Wägelchen mit dem Material hin und her, schaute die Wand mit meinen Bemühungen an.

Die Wand hat etwas Feindseliges.

Na und?

Ich war verblüfft über die Stimme in mir, die diese zwei Wörter einwarf.

Die Wand hat etwas Feindseliges, wiederholte ich.

Na und?

Stimmt. Na und? Ich probierte etwas anderes.

Ich bin blockiert.

Na und?

Ich weiß nicht weiter.

Na und?

Das Spiel belustigte mich.

Und wenn bei diesem therapeutischen Malen nichts rauskommt?

Na und?

Na und? Die Frage hatte recht. Viel konnte nicht passieren bei der Maltherapie. Und Vivienne machte es bis jetzt ganz gut, auch wenn sie eigentümliche Dinge sagte.

Und wenn ich einfach kündigen würde?

Na und?

Der Gedanke fühlte sich überraschend leicht an. Aber »Na und« reichte eben nicht. »Was dann« war immer noch stärker.

Zum Abschluss meiner Selbsterfahrung nahm ich einen dicken Pinsel, mischte ein helles Grau und pinselte damit in großen Buchstaben »na und?« auf die Wand. Als zusätzliche Grundierung für alles, was kommen mochte.

Dann spazierte ich im blauen Overall dem Fluss entlang zur nächsten Gelateria.

37

Ich saß vor der Halle an der Sonne und trank einen Kaffee. Die Glocke vom nahen Kirchturm schlug elf Uhr. Mirko, Pavlina und Mischa waren seit mehr als sechs Stunden unterwegs. Kurz vor fünf Uhr waren sie losgefahren. Der Kleine wurde zu seiner Mutter gebracht. Gebraucht, vertippe ich mich. Ich denke an das Foto, das ich im Zimmer des Kleinen gefunden hatte. An die magere Frau mit den herausstehenden Wangenknochen, auf deren Schoß er balanciert. Die krank war. Die selbst Fürsorge und Wärme brauchte. Und – es fällt mir nicht leicht, das zu schreiben – Liebe. Keines der Substantive, die Luba mir sagt, bringe ich mit Liebe in Verbindung. Lediglich ein Verb kommt mir vertraut vor.

Pavlina hatte mich gleich nach ihrer Rückkehr im Garten abgefangen, als ich von einem Einkauf bei Antonia zurückgekehrt war. Es war der Tag nach dem missglückten Abend. Der Kleine saß im Schneidersitz auf der Wolldecke und fummelte an seinem Wassergewehr herum. Die Gans lag neben der Decke im Rasen. Hingeworfen. So kam es mir vor. Die Stimmung war angespannt.

Mit einer brennenden Zigarette in der Hand kam sie mir entgegen, funkelte mich an und kam gleich zur Sache.

»Tun Sie wenigstens etwas für ihn!«

»Was soll ich für den Kleinen tun?«, fragte ich überrascht. Der Kleine hatte den Kopf gesenkt, aber er beobachtete uns aus dem Augenwinkel. Das Wassergewehr lag einsatzbereit auf seinem Schoß.

»Nicht für Mischa. Für Mirko«, sagte sie harsch.

Sie war wütend. Sie suchte nach Worten.

»Was soll ich für Mirko tun?« Ich versuchte, ruhig zu bleiben.

»Mischa kann nicht bei Mirko bleiben. Er fährt nach Hause. Zu seiner Mutter. Die tschechischen Behörden haben entschieden. Meine Tochter bekommt noch einmal eine Chance. Und ich werde ihr helfen, sich um den Kleinen zu kümmern.«

Ich fühlte mich sofort schuldig.

Schuld, *chyba*. Ein Rosawort. Mit dem sie Vater für ihre Unzufriedenheit verantwortlich machte.

»Ist das gut für den Kleinen? Wäre es nicht besser … «, setzte ich an.

Pavlina fuhr dazwischen.

»Was verstehen Sie schon von Kindern«, fuhr sie mich an und ein Tropfen Spucke landete auf meiner Wange. »Was Sie mit Mirko gemacht machen, war nicht gut für das Kind. Solche«, sie suchte nach einem Wort, »Affären werden Mirko noch mehr Schwierigkeiten machen, das Sorgerecht für das Kind zu bekommen.«

Ich schaute zu Mischa. Mit zusammengekniffenen Augen hatte er mich im Visier seiner Waffe.

»Es ist keine Affäre. Es war ein One-Night-Stand. Ein abgebrochener One-Night-Stand, um genau zu sein. Nicht besonders prickelnd. Und vor allem ein großer Fehler. *Byla to veliká chyba*«, schleuderte ich ihr entgegen.

Jetzt sah Pavlina überrumpelt aus.

Ich wechselte wieder ins Deutsche und versuchte, meine Stimme zu besänftigen. »Ich wollte den Kleinen nicht verletzen.« Ich schaute zu Mischa hinüber. »Es tut mir leid.« Ich hätte mich gerne in seiner Sprache bei ihm entschuldigt. Aber mir fiel nichts ein.

Dann schoss mich der Kleine ab. Mit einem Strahl Wasser, der nicht einmal bis zur Mitte des Rasens reichte. Ich hätte es ihm gegönnt, dass er mich getroffen hätte.

Pavlina war zurückgekommen, um zu packen und Mischa auf der Heimreise zu begleiten. Mirko würde sie fahren und bei der

Behörde vor Ort Einspruch erheben. Die Abreise war bereits für den nächsten Tag geplant. Ich hörte, wie Mirko und Pavlina den ganzen Abend über in der Wohnung umhergingen, sie rammten die Fersen ins Parkett, sodass ich mehrmals zusammenzuckte. Stimmen hörte ich keine. Ich spürte ihre Anspannung, ihre Unruhe, wie sie sich schweigend gegenseitig die Schuld gaben und stellte mir vor, wie der Kleine sich an seine Gans und an sein Wassergewehr klammerte. Angesteckt von der nervösen Betriebsamkeit, packte ich die Kindersachen, die ich für ihn gekauft hatte, in einen kleinen, ockerfarbigen Koffer mit Ledergriff, den ich einmal auf einem Flohmarkt gekauft hatte. Aus einem schwarzen Stück Papier schnitt ich einen Anhänger aus. Mit einem weißen Stift zeichnete ich einen doppelten Rahmen auf. Ich zerriss den Anhänger und schnitt einen neuen zurecht, auf den ich nur seinen Namen schrieb. Ich fragte Luba, was »gute Reise« heißt, um es auf die Rückseite zu schreiben. Ich ließ es bleiben. Es kam mir falsch vor.

Nach Mitternacht, es war seit einer Weile ruhig, stellte ich das Köfferchen oben vor die Haustür. Niedergeschlagen und traurig legte ich mich ins Bett und drückte das Bademäntelchen-Kissen an mich. Ich warf mir vor, wie ich mir erst die Aufmerksamkeit und die Sympathie des Kleinen hatte erschmeicheln wollen und dann von einem Moment auf den anderen das Interesse an ihm beiseitegeschoben hatte. Ich hatte in ihm gesehen, was ich für meine Selbsterforschung sehen wollte. Betrachtete ich ihn, konnte ich Erinnerungen zulassen. Und Gefühle. Mischa war zu einem Phänomen geworden. Zu einer Projektionsfläche. Zu einem Medium, das Sanders Ordner ersetzt hatte. Es ist furchtbar, so etwas über ein Kind zu sagen. Aber letztlich war es so. Damit muss ich klarkommen.

Am Morgen stand der kleine Koffer bei mir im Flur vor dem schwarzen Papiervorhang. Ich erinnerte mich nicht, dass ich nochmals nach oben gegangen war, aber ich wünschte es mir.

38

Vivienne wollte »etwas wagen«. Sie würde gerne auf das Thema »Rückgrat« zurückkommen, sagte sie zu Beginn der nächsten Therapiestunde. Ob das nötig sei, fragte ich. Ich wollte nicht schon wieder wertvolle Zeit verheulen. Sie sagte, sie verstehe das, nur …

Ich hörte nicht, was sie mir erklärte, ich wollte malen. Absichtslos, wie es auf den Webseiten zu Maltherapie versprochen wurde. Als sie sagte: »Da wo die Angst ist, da schau hin«, war ich wieder bei ihr.

»Da starre ich schon die ganze Zeit hin«, entgegnete ich, »wie eine senile Katze auf ein verwaistes Mausloch.«

»Vielleicht können wir zusammen etwas finden, das dich unterstützt«, sagte Vivienne unbeirrt.

»Worin unterstützt?«

Sie lächelte freundlich. »Erst malen, dann reden.« Sie hatte die Gabe auf eine Regel zu verweisen, ohne belehrend zu wirken. Ihre weiche Stimme machte es mir leichter, ihren Aufforderungen zu folgen. Hätte sie meinen Mitarbeitenden die gleichen Anweisungen gegeben wie ich, sie hätten ihr aus der Hand gefressen.

Bestimmt sein und dabei weich klingen, das bekomme ich einfach nicht hin.

»In welcher Farbe spürst du dein Rückgrat?«

Eine dieser esoterischen Fragen, die ich fürchtete.

Aber Vivienne drängte mich zu nichts und ich versuchte, mich einzulassen. Rückgrat. Farbe. Ich tastete mich in Gedanken meiner Wirbelsäule entlang. Zuerst dachte ich an Glas. Dann an ein medizinisches Beige. Ich schaute mir die Farben auf dem Metallwägelchen an, nahm die eine oder andere in die Hand und stellte sie wieder zurück. Dann entschied ich mich für rot. Wie fantasielos, dachte ich, ja nun, dann eben rot.

Ich mischte etwas Rosa ins Rot und pinselte wild entschlossen und mit raschen Bewegungen die Wirbelsäule auf die Malwand.

Ich trat einen Schritt zurück und betrachtete das aufgeschlitzte Rückgrat, das aussah, als wäre es von einem Blitz gespaltet worden. Es war gut. Es sah ganz nach der Hand von C. aus. Nach ihrer Energie und ihrem Können.

Ich hielt inne und schaute Vivienne an. Sie nickte. Es war Zeit, von C. und von *Mia Rose* zu erzählen:

Mia Rose war das erste Bild, das C. verkaufte. 1989, gleich zu Beginn des Jahres. Wenige Tage zuvor hatte sie in Roberts Atelier ihren zweiundzwanzigsten Geburtstag gefeiert. Sie war sich sicher, es würde ein grandioses Jahr werden. So wie sie überzeugt war, dass sie ein grandioses Leben als Künstlerin haben würde. Sollte C. jemals Zweifel an ihrer Begabung gehabt haben, dann übermalte sie diese mit ihrem ungestümen Ehrgeiz. Ihr Optimismus kam mir rückwirkend zwar etwas großspurig vor, aber das Gefühl der Euphorie vermisste ich.

Ich erinnere mich nicht, wie sie auf das Pseudonym Clara gekommen war und weshalb sie mit dem Kürzel C. signierte. Ich weiß nur noch, dass sie sich nicht vorstellen konnte, dereinst als Mila Hladký bekannt zu werden.

»Wie du malst und was du malst, als Künstlerin bist du Clara«, hatte Robert bekräftigt.

Mia Rose war ein liegender weiblicher Torso mit großen Brüsten und breiten Hüften, gemalt in satten Strichen in hellgrün, türkis, rosa und orange. Eine Hülle, die trotz oder gerade wegen ihrer Unvollständigkeit verführen sollte. Die ein Begehren weckte, nur um es ins Leere laufen zu lassen und am Ende

Betrachtende mit dem Gefühl zurückzulassen, entlarvt worden zu sein. So wollte es C. und sie hatte sich lange daran abgearbeitet, Ausdrucksweisen zu finden, um den Körpern, die sie malte, diese Absicht einzuverleiben.

Einmal hatte Robert eine Schulklasse in die Skiwoche begleiten müssen. C. schlief auf dem Polstersessel in seinem Atelier, aß Salzstangen und trank Cola, in die sie Whisky goss, um ein paar Stunden schlafen zu können. In der Zeit träumte sie wiederholt, ihre Oberschenkel wären mit einer klebrigen Schicht überzogen, die wie eine eingetrocknete, halb transparente Bienenwabe aussah und unangenehm spannte. Die Wabenhaut knisterte, wenn sie die Beine bewegte. Sie ekelte sich vor dieser Haut und versuchte, sie langsam abzuziehen, wie man es mit einem Heftpflaster tut. Es gelang ihr nie, ohne die Haut zu verletzen. Der Traum verfolgte sie. Danach hatten alle Körper, die sie malte, eine Wunde am linken Oberschenkel, dort, wo sie sich die Schenkel beim Gehen aneinanderreiben.

Robert hatte vorgeschlagen, eine Auswahl ihrer Arbeiten Susanna zu zeigen, einer Galeristin, die sich für den künstlerischen Nachwuchs einsetzte. Susanna suchte drei Bilder aus und hängte sie an die Wand für junge Kunstschaffende. C. war stolz. Eines Tages klebte ein roter Punkt neben *Mia Rose*. »Robert«, sagte Susanne, als C. fragte, wer es gekauft hatte. C. forderte sie auf, den Punkt sofort zu entfernen. Sie weigerte sich. Als C. sich anschickte, den Punkt von der Wand zu ziehen, erzählte Susanna, wie es dazu gekommen war. Robert sei gleichzeitig mit einem lokalen Unternehmer in der Galerie gewesen. Robert nenne ihn ein widerliches Großmaul. Der Unternehmer habe sich *Mia Rose* angeschaut. Als Robert sein Schnalzen gehört hatte, habe er ihm zugerufen, das Bild sei nicht zu haben. Er habe es gekauft.

»Von diesem Malweib kannst du etwas lernen«, hätte er Robert angeblafft.

Ein paar Stunden später ging C. nochmal in die Galerie. Der Fensterfabrikant sollte *Mia Rose* haben. Bei ihm war sie richtig. Sie verpackte das Bild und schrieb *Mia Rose 1988* auf das Paket. Sie fragte Susanna, wieviel sie für das Bild verlangen könne. »Versuch es mit fünfhundert,« sagte diese, »wenn er es überhaupt noch haben will. Eigentlich sucht seine Frau die Bilder aus. Er kommt nur her, um zu bezahlen.« »Siebenhundert«, schob sie nach, »der hat genug Geld.« »Dann neunhundert«, sagte C. »Versuch es«, sagte sie, »er wird sowieso mit dir feilschen. Wenn er es nimmt, wird er bar bezahlen. Sag ihm, dass er von mir einen Kaufbeleg bekommt. Ich will, dass es korrekt abläuft.»

C. fuhr mit dem Bus. Rosenberg. Die Frau öffnete die Tür. Sie trug ein Angorajäckchen, hellblau wie die Wattekugeln, die weiß, hellgelb, hellblau und rosarot-gemischt in langen Plastiktüten in den Badezimmern hingen. Ohne Schuhe stand sie auf dem dunkelgrauen Steinboden der Eingangshalle. Sie trug hautfarbene Nylonstrümpfe, rot lackierte Nägel schimmerten durch die verstärkten Spitzen. C. prägte sich das flauschige Jäckchen mit den Dreiviertelärmeln ein, den knochigen Arm, der die Haustür hielt, das breite goldene Armband, das an ihrem schmalen Handgelenk baumelte, die schwere dunkelbraune Holzkommode im Hintergrund, über der das Gehörn eines Steinbocks hing. Und die Stille, die wie ein durchsichtiges Gelee das Entrée füllte.

»Ich bringe das Bild, das ihr Mann bei Susanna Amann kaufen wollte«, sagte C. »Ist er da?«

»Nein, er ist nicht da«, sagte sie leise.

Nach einer Pause fragte sie: »Mein Mann wollte bei Susanna ein Bild kaufen?«

»Er interessiert sich für ein Bild von mir«, sagte C. »Mein Zeichnungslehrer wollte es haben, aber ich will es ihrem Mann verkaufen.«

»Kennen Sie meinen Mann?« Ich verneinte und sagte, dass das der Grund sei, weshalb ich es ihm verkaufen wolle.

»Er kommt spät«, sagte sie, »zwischen zehn und elf.« Dann sitzt er mit einem Glas Cognac vor dem Fenster, starrt über die Stadt und will nicht gestört werden. Sie hatte das nicht gesagt. C. wollte es so gehört haben.

C. fuhr mit dem Bus zum Bahnhof zurück, blieb sitzen, fuhr auf den anderen Hügel, fuhr zum Bahnhof zurück. Sie wusste nicht, wohin sie mit *Mia Rose* sollte. Sie gehörte ihr nicht mehr. C. wollte sie nicht mehr haben. Sie fürchtete sich vor dem Fabrikanten, der das Papier aufreißen und das Bild anstarren würde, an diesem und an allen folgenden Abenden. Der sie Malweib genannt hatte. Woher wusste er eigentlich, dass C. eine Frau war. Der ihr sein Geld in die Hand drücken würde. Sie wollte sie nicht. Sie wollte, dass er in der Stille seines Hauses das Bild anstarrte. Allein.

Als der Bus zum dritten Mal am Bahnhof hielt stieg sie aus, um *Mia Rose* bei der Gepäckaufbewahrung abzugeben. Der Beamte im blaugrauen Arbeitsmantel fragte, was in dem Paket sei. Wertgegenstände würden sie nicht entgegennehmen. C. sagte ihm, dass ein Bild von ihr drin sei.

»Es ist weniger wert als jede Skiausrüstung, die Sie nach St. Moritz schicken.«

»Wie gesagt, wir nehmen keine Wertgegenstände entgegen, Fräulein, nehmen Sie das Bild wieder mit.« Er zog die Jalousie herunter. C. fror, ihre Finger waren klamm und sie würde *Mia Rose* nicht mehr lange durch die Stadt tragen können. Sie entschied, sie in die Galerie zurückzubringen. Susanna war nicht mehr da. C. ging zum Goldenen Löwen, wo Susanna sich mit einer Runde zum sogenannten Stamm traf. Durch eines der Fenster sah sie, dass im Lokal ein leichter Nebel hing, der nach

Zigaretten, Bier und Käse roch. C. trat ein und blieb neben der Garderobe stehen, die mit Wintermänteln voll gehängt war. Dunkle Fahnen, die im Schwarm Rauch und Küchenfett aufsaugten und die später allein in der feuchten Dunkelheit auf einem Balkon schaukeln und die Luft der Beiz ausatmen würden. Sie wartete, bis Susanna in ihre Richtung schaute und sie sich zu sich winken konnte.

»Er ist da«, sagte Susanna. »Am hintersten Tisch, rechts. Der mit dem weißen Kurzarmhemd.« C. trat einen Schritt heraus aus dem Schutzraum zwischen Garderobe und Zeitungsständer.

Breitbeinig saß er auf seinem Stuhl und lehnte sich weit über den Holztisch, die linke Hand flach auf der Tischplatte, bereit, jederzeit losklopfen zu können. Seine Wangen waren gerötet, die Lippen glänzten vom Fett der Käseküchlein, die zum Feierabend auf großen Platten herumgereicht wurden, und die Glatze von der Feuchtigkeit eines übergewichtigen Körpers, der ständig schwitzt. Selbst in einem Kurzarmhemd im Winter. C. stellte sich vor, wie er sich später, nachdem er eine weitere Zigarre geraucht hatte, schwer schnaufend in seinen Wintermantel zwängen würde, wie er *Mia Rose* unter seinen Arm klemmen und zu einem silbernen Mercedes tragen würde, wie er durch das Tor die kurze Auffahrt hinauf zum verdunkelten Haus fahren und sich dort mit einem Seufzer aus dem Wagen ziehen würde. Und dass er *Mia Rose* im Kofferraum vergessen würde.

»Bring du sie ihm«, bat C. Susanna.

Von der Altstadtgasse aus beobachtete C. durch eines der Fenster, wie Susanna mit dem Paket an den Tisch trat, wie der Mann mit aufgerissenem Mund den Kopf in den Nacken warf, auf den Tisch klopfte und ein Bündel Scheine aus der Hosentasche zog. Er klappte das Bündel auseinander, legte es auf den Tisch, befeuchtete den Zeigefinger mit herausgestreckter Zunge und zählte die Scheine ab. Dann zog er ein Bündel aus der anderen Hosentasche, zog einen weiteren Schein heraus und knallte ihn auf den abgezählten Stapel. Jetzt war sie sein. In C.s Kopf vermischte sich der Geruch vom goldenen Löwen mit dem Geruch von getragenen Unterhosen.

In den folgenden Wochen arbeitete C. an einem Bild, das sie Helen nennen wollte. Sie wies Bernadette an, sich seitlich auf das Bett zu legen und die Beine nebeneinander anzuwinkeln. Den linken Arm legte sie ihr über den Bauch und die Hand auf ihre Scham. Den rechten Arm sollte sie locker über den Bettrand fallen lassen. C. war überrascht, zu welch dominierender Masse Oberschenkel, Hüften und Hintern in dieser Pose zusammenfanden. Sie hob das Kopfteil vom Bett an, um den Kopf über den Brüsten und den Hüften zu haben. Sie machte zahlreiche Skizzen. Es fiel ihr schwer, sich von *Mia Rose* zu lösen und Helen zuzuwenden. *Mia Rose* hatte einen Sog und eine Kraft gehabt, die sie angestachelt hatte. Helen lähmte sie. C. sah sie auf einem dunkelgrünen Bettüberwurf liegen. Sie wollte ihr das hellblaue Angorajäckchen über die Füße legen. Und sie wusste, dass ihr Kopf kahl sein würde. Während C. sich an Helen abmühte, bekam Rosa als erste Fotokünstlerin einen Preis der Stadt. C. hörte sofort auf zu malen.

»So war das«, sagte ich. Als hätte ich ein Geständnis abgelegt. Ich hatte das nie erzählt, weder mir selbst noch jemand anderem. Ich war mir dabei fremd vorgekommen und hatte mich gefragt, wer ist das, die das schildert?

»Danke, dass du mir das anvertraust«, sagte Vivienne nach einer ihrer Schweigepausen. Sie sah bedrückt aus. Ich verstand nicht, weshalb. Aber ich fragte nicht. Wir schwiegen lange. Es war mir unangenehm und ich wurde nervös. Ich fürchtete, mich dagegen wehren zu müssen, die Entscheidung, die C. damals getroffen hatte, zu erklären, zu begründen oder gar zu rechtfertigen. So unverständlich das klingen mag, ich hätte es nicht gekonnt. C. hatte sich nie erklärt. Nicht einmal Franziska gegenüber. Sie hatte gehandelt. Das reichte.

»Darf ich etwas dazu sagen?«, fragte sie. Trotz meiner Befürchtung stimmte ich zu.

»*Mia Rose*. Du und deine Mutter?«

Es war als wäre ein Stein durch ein geschlossenes Fenster geflogen gekommen und hätte mich am Kopf getroffen.

»Lass das«, sagte ich, laut und scharf. »Ich bin bei dir in Maltherapie, nicht in Psychoanalyse. Lass es einfach.«

Ich schoss von meinem Stuhl auf und stampfte in den harten Betonboden. Ein Schmerz fuhr mir durchs Knie.

Ich ging in der Halle umher und versuchte, mich zu beruhigen.

Auch wenn ich es selbst nicht glauben kann, ich hatte nie daran gedacht, dass *Mia Rose* eine Abwandlung von Mila Rosa sein könnte. Wie konnte das sein. Ich war schockiert.

Mittlerweile weiß ich, man kann alles ausblenden oder verdrängen. Wenn die Gefühle stark genug sind, auch das Offensichtlichste.

»Woher weißt du überhaupt, dass ich meine Mutter Rosa nenne?«, fragte ich. Vivienne sagte, ich hätte in unserem ersten Gespräch am Fluss erwähnt, dass ich an Rosa denke. Und dass ich das nicht verstünde.

»Mir fällt etwas dazu ein«, sagte Vivienne. »Willst du es hören? Eine Metapher, möglicherweise klingt es absurd, aber wer weiß, vielleicht kannst du etwas damit anfangen.«

Sie sagte, sie habe »Vertreibung aus dem Paradies« gedacht, als sie nachwirken ließ, was ich erzählt hatte. Und daraufhin sei ihr die Geschichte aus der Bibel eingefallen, als Gott Adam in einen tiefen Schlaf hatte fallen lassen, ihm eine Rippe entnahm und aus dieser Eva erschuf.

»Daran glaube ich nicht. Das ist Schwachsinn. Dieser Mythos macht uns Frauen nur das Leben schwer. Aber physiologisch ist es bei einem Kind so. Die Wirbelsäule entsteht in der befruchteten Eizelle. Aus dem Material von Vater und Mutter. Sie entwickelt sich sehr früh. Und später …«

Was sie da von sich gab, war wirklich absurd. Ich unterbrach sie.

»Hör zu, Vivienne. Rosa hat sich zeitlebens nur mit sich selbst beschäftigt. Die Kunstwelt beschäftigt sich mit ihr. Das ist mehr als genug. Ich sehe keinen Grund, warum ich ihr noch Aufmerksamkeit zukommen lassen sollte.«

»Tust du es nicht schon?«, fragte sie leise und sanft.

»Ja, verdammt nochmal«, antwortete ich, »aber es passiert einfach. Ohne dass ich es will. Ich habe genug mit mir selbst zu tun.«

Ich holte tief Luft und sagte: »Ich will das nicht.« Ich zog die Wörter des letzten Satzes auseinander.

»Ich will hier malen, nicht über Rosa reden.«

»Gut, lassen wir Rosa.«

Vivienne überlegte und ich wartete mit einer dröhnenden Leere im Kopf.

»Ich werde etwas sagen, das dir vielleicht nicht gefallen wird. Wenn du über die Methode des Malens weiterkommen willst, und ich erachte das immer noch als möglich, muss ich es ansprechen. Die Maltherapie wird sonst nicht funktionieren und wir werden beide bald frustriert sein. Ok?«

»Frag nicht immer, ob es ok ist«, sagte ich. »Tu einfach, was du für richtig hältst. Du bist die Expertin.«

»Danke. – C. ist noch in dir.« Vivienne schaute mich an, beobachtend, abwartend.

Meine Augen füllten sich mit Tränen. Dieses Mal war es nicht das Heulen der vergangenen Wochen, das sich anbahnte. Es war anders. Ich war berührt. Vivienne schien es wahrzunehmen und fuhr fort.

»C. ist begabt. Sie geht ihrem ureigenen Interesse nach. Leidenschaftlich. Man könnte sagen, sie folgt ihrer Berufung.

Und dann hört sie auf. Von einem Tag auf den anderen. Sie macht einen radikalen Schnitt. Weil ihre Mutter einen Preis bekommt.«

Ich konnte es nicht sein lassen, schniefte und sagte: »Soviel ist mir auch bekannt.« Aber meine Abwehr schmolz dahin.

»Warum lässt du C. nicht zu?«, fragte Vivienne.

Ich hörte die Frage. Stumm sagte ich sie mir mehrmals vor.

»Ist die Frage nicht eher, warum *sie* mich nicht zulässt?«, sagte ich hilflos.

Vivienne schwieg, während ich mich immer kleiner fühlte. Wie konnte es sein, dass ich hier jammerte, dass es C. war, die mich nicht zuließ? Ich verstand mich überhaupt nicht mehr.

Vivienne fuhr fort. »Du entscheidest, ob und wie du dich C. nähern willst«

»Es könnte sein, dass euch ein tiefer Schmerz trennt,« sie hielt inne, ihre Augen ließen von mir ab, es kam mir vor, als würde sie zu diesem Schmerz hinabsteigen, ihn genau betrachten und wieder zu mir zurückkehren, »und gleichzeitig verbindet. Das kann irritieren und Angst machen.«

Ich wollte weder Vivienne noch C. folgen. Die Kraft des Unsichtbaren hielt mich zurück.

»Wie kommst du darauf?«, fragte ich. Meine Stimme klang schwach und heiser.

»Ein Schmerz aus früheren Lebensphasen kann mächtiger sein als wir denken. Ich habe einiges dazu gelesen. Und ich erlebe es in meiner Arbeit.«

Zum Schluss der Stunde sagte sie, sie erinnere sich an ein Gedicht, das sie immer wieder berühre, wenn sie es lese oder höre.

»Es heißt: *Nur eine Rose als Stütze* und ist von Hilde Domin. Aber lassen wir das jetzt. Die Stunde ist um. Bist du ok?«

»Ja«, sagte ich, »meine Stütze ist diese Wand. Und du.«

39

Es war krass, wie C. mit dem Malen Schluss machte. Sie hatte gewusst was sie wollte, sie war begabt, sie hatte hart gearbeitet. Keiner hatte sie gezwungen, aufzuhören. Sie hatte entschieden und basta. Ohne Drama, ohne Abschiedsschmerz, ohne Krise. An etwas anderes konnte ich mich nicht erinnern.

Du sollst dich auch an nichts anderes erinnern. Lass es einfach, so wie ich es damals gelassen habe. Hör auf, etwas heraufzubeschwören.

Ich saß in meinem Schaukelstuhl auf dem Balkon und umklammerte mit beiden Händen die leere Espressotasse. Ich zitterte. Der frühe Morgen war kalt, ich hatte Hunger, aber in der Küche gab es nichts, was ich um diese Zeit hätte essen mögen. Die Blätter der Kapuzinerkresse waren nur noch halb so groß wie vor ein paar Wochen und sie trug deutlich weniger Blüten, ebenso die Petunie. Der weiße Elfensporn hatte gar keine Blüten mehr. Ich hätte Düngerkugeln in die Erde stecken müssen. Dafür hätte ich in ein Gartencenter fahren müssen, quer durch die Stadt oder in die Agglomeration. Nächstes Jahr. Nächstes Jahr werde ich es besser machen. Nächstes Jahr werde ich auch darauf achten, wann Prometheus seinen Reviergesang einstellt.

Würde ich seine Vogelwirbelsäule spüren, könnte ich über sein Gefieder streichen? Ich sah das porzellanweiße Wirbelgebilde auf meiner Handfläche liegen. So klein, man könnte es sich an eine Goldkette hängen.

Krass, das mit der Candrian. Was müsste ich tun, damit meine Mitarbeitenden so dachten? Die Kündigung würde nicht genügen. Sie würden aufatmen und sagen, dass es die einzig richtige Entscheidung war. Ich würde etwas drauflegen müssen. Burnout. Arbeitslosigkeit. Keine Hinweise mehr auf Xing oder LinkedIn oder sonstwo im Internet. Keine Spur mehr von der Candrian. Oder wenn mich jemand im Schanzengraben sehen würde, ungeschminkt, mit eingetrockneten Spuren von Schlaf auf den Schatten unter den Augen, einem sauren Geruch aus dem Mund, in einer speckigen Lederjacke. Oder das Gegenteil, die Flucht nach vorn. In einen Job mit einer außergewöhnlichen Strahlkraft. Mit einem Maximum an *visibility*. Egal. Was interessierte es mich, was meine Mitarbeitenden über mich dachten.

»C. war ihrem ureigenen Interesse nachgegangen«, hatte Vivienne gesagt.

Welchem Phänomen, oder vielmehr, welchem Phantom war *ich* in den letzten Jahren nachgegangen?

Die einschlägige Karrierestrategie war, verfolgen, was für das CV nützlich ist. Was sich in dieser Auflistung gut macht. Was zeigt, dass man Ambitionen hat und diese erfolgreich umsetzt. Für den nächsten Schritt, den der Arbeitsmarkt als sinnvoll erachtet. Der die Chancen erhöht. Auf mehr Verantwortung, mehr Kompetenz, mehr Gehalt, mehr Ansehen. Auf *business excellence*. Bis jemand die Hand hoch hält, dich stoppt und dir offenbart, dass du falsch bist. Ich konnte nicht einmal der gläsernen Decke die Schuld geben. Mich bremste eine Frau aus. Die größte Sorge von nach Karriere strebenden Menschen ist, wie sie so einen Zwischenfall im CV unterbringen, ohne dass es auffällt. Wie sie den Misserfolg als Stärke darstellen können.

Während diesen unnützen Grübeleien hatte ich mir das Nagelhäutchen am Daumen aufgeknibbelt. Es blutete. Ich ging ins Badezimmer, wickelte Toilettenpapier um den Daumen, kehrte auf den Balkon zurück, ließ mich zurück in den Schaukelstuhl fallen und versuchte, meine Gedanken in eine ergiebigere Richtung zu lenken.

Was ist *mein* ureigenes Interesse?

Es tat sich die gleiche Leere auf wie bei Sanders Fragen.

Na und?

Dieses Mal kam keine Erleichterung auf. Das Gefühl von Leere hatte sich festgekrallt.

Was war *dein* ureigenes Interesse, fragte ich C.

Was für eine aufgeblasene Frage. Ur-eigenes Interesse. Ich malte einfach. Weil ich es wollte. Ich machte es nicht einmal besonders gerne. Es war anstrengend. Aufreibend. Ich war genervt und gereizt, wenn ich zu lange nicht fassen konnte, was sich mir aufdrängte. Ich ließ mich treiben, folgte einem inneren Sog, hakte ein, wenn ich eine Spannung spürte. Ich hörte auf meinen Körper. Ich war ehrgeizig, ich war begabt, ich ging davon aus, dass es mir zustünde, eine herausragende Künstlerin zu werden.

Mission, Vision, Ambition. All dessen hatte C. sich nicht bewusst werden müssen, nichts davon hatte sie wissen, nichts davon anstreben, keinen USP formulieren müssen. Der Antrieb war einfach da gewesen. In ihrem Körper.

Wenn *ich* mich heute dem Korsett dieser geistlosen Konzepte entledigen will, dann verliere ich umgehend den Halt.

Ich beneidete C. und ich spürte ihre Ablehnung.

Du wirst nicht mehr malen.

Ich will auch gar nicht malen. – Hatte ich nicht in Sanders Ordner gelesen, dass nicht wenige Menschen, die jahrelang in der Privatwirtschaft gearbeitet hatten, den Wunsch äußerten, im sozialen oder im kreativen Bereich tätig zu werden, sie als Consultants aber in den meisten Fällen davon abrieten. Menschen in der Krise wollten erfahrungsgemäß unbedingt von etwas weg. Dabei sei »hin zu« statt »weg von« angesagt.

Wohin willst du dann?

C. ist noch in dir. Viviennes Worte. Ich ärgerte mich, dass ich sie mit meinen Schilderungen zu C. gelenkt hatte. Jetzt hing ich auch noch in der Therapie an C. fest.

C. war auf Rosa wütend gewesen.

Ich bin auf Gerlinde wütend. Auf meine Mitarbeitenden. Darauf, dass einzig Gerlindes Einschätzung zählt. Nicht das, wofür ich in den vergangenen Jahren anerkannt wurde.

Ich bin auf mich wütend.

Und auf Rosa, gib es zu.

Ich will mich nicht mit Rosa beschäftigen.

Du bist wütend, weil Rosa abgehauen ist. Zurückgeflüchtet. *Sie* bekam den Kunstpreis. *Ihr* Leben als Künstlerin nahm Fahrt auf. Für *sie* erfüllte sich, worauf sie jahrelang gewartet hatte. Nein, worauf sie hingearbeitet hatte. Erst unsichtbar, später offensichtlich.

Während sie mit dem Kind nichts anzufangen wusste.

In meinen Gefühlen herrschte ein Durcheinander, das mich fest im Griff hielt und vor sich hertrieb. Ich hatte kein Gespür dafür, welchen Emotionen ich trauen sollte, welche berechtigt waren, welche zweifelhaft, welche bedeutsam und welche mich in die Irre führten. Ich konnte nicht auseinanderhalten, was ich empfand, weil ich mich erinnerte und dabei mein Körpergedächtnis reagierte und was ich fühlte, weil ich es von heute aus betrachtete, aus der Perspektive von Mila Candrian in der Krise ihres Lebens.

Und als wäre es nicht genug, setzte ich noch einen Gedanken drauf: Als Rosa den Preis bekam, war sie gleich alt wie du jetzt. In deinem Alter hatte sie es bereits geschafft.

Ich hatte eine Spur gelegt, die Vivienne aufmerksam wahrnahm und der sie nachgehen würde. Ich legte eine unübersehbare Spur zu C. und hatte Angst, ihr zu folgen. Voller Energie, kreativ und entschlossen wie C. gewesen war, so wollte ich in meinem Veränderungsprozess auch sein. Gleichzeitig wollte ich nicht zu C. zurück. Weil sie diesen Schmerz in sich trug. Der mit Rosa verbunden war. Indem ich C. jahrelang von mir ferngehalten hatte, hatte ich auch ihren Schmerz von mir ferngehalten.

Ich werde nicht mehr malen. Ich schleuderte die Espressotasse in den Garten, zog den Papierwickel vom Daumen und knibbelte so lange an der verletzten Nagelhaut, bis sie blutete und ich mich beruhigte.

»Rosa ist noch in dir.« Rosa ist in C. und C. ist in mir. Deshalb bohrte Vivienne nicht weiter, als ich mich geweigert hatte, über Rosa zu sprechen. Die Beziehung zu Rosa wirkte in C.s Malen hinein.

Růžový trn, sagt Luba. Rosendorn. Nachdem Rosa den Preis bekommen hatte, war C. überzeugt, dass sie in der Kunst nie an Rosa herankommen würde. Rosa würde ihr immer einen Schritt voraus sein. Sie war sich sicher, dass Rosa die Kunst nicht mit ihr teilen würde, dass Rosa keine Tochter haben wollte, die Künstlerin war und sie nie als Künstlerin sehen würde. Sie würde zeitlebens im Schatten von Rosa malen. Um gesehen zu werden, schlug C. einen anderen Weg ein.

Stín. Der Schatten.

Rosas Sprache ist der Schatten, nicht die Wunde, nicht der Schmerz. Nicht gesehen werden, das ist der Schmerz.

Schmerz und Einsamkeit aktivieren die gleichen Hirnzellen.

Ich stand auf, zündete mir eine Zigarette an, ging auf dem Balkon hin und her, strich mit der Handfläche über die Blüten und Blätter der Pflanzen in den Kisten und zerquetschte eine Ansammlung von Läusen auf der Kapuzinerkresse. An der Hauswand entdeckte ich eine kleine grüne Raupe. Kopfvoran bewegte sie sich Richtung Boden. Ein weiter Weg in den Garten, dachte ich. Als ich sie eine Weile beobachte hatte, ging mir ein Refrain durch den Kopf. *Take the long way home, take the long way home.* Liedzeilen, die mir so zufallen, haben nicht selten eine Bedeutung für mich. Es ist ein eigenartiges Phänomen. Vielleicht sollte ich einmal recherchieren, ob es sich um eine Art von Synästhesie handelt. Aber möglicherweise ist es gar nicht seltsam und schon gar nicht selten.

Ich holte das rosa Notizbuch aus dem Arbeitszimmer und zeichnete eine fette Raupe in ihrer typischen Buckelposition. *Take the long way home* schrieb ich dazu.

Bevor ich den verletzten Daumen desinfizierte und verband, drückte ich die Wunde auf den Schriftzug.

40

Der letzte Kontakt zu Robert war ein kurzes Telefongespräch gewesen: »Ich komme nicht mehr ins Atelier. Wirf alles in den Müll.« Robert rief noch zwei, drei Mal an, aber seine Umstimmungsversuche waren vergeblich. Wie auch die bei meinem Vater. Dieser war sowieso nie begeistert gewesen, dass ich Kunst machen wollte. Kunst war für ihn zu einer Bedrohung geworden. Er war erleichtert, dass ich endlich den Weg zu einer Ausbildung einschlug, mit der ich später Geld verdienen würde. Möglicherweise viel Geld. Wahrscheinlich hatte er auch gehofft, dass wir etwas zu reden haben würden. Ein gemeinsames Interesse. Neue Märkte, Umstrukturierungen, Führung, schwierige Mitarbeitende oder schwierige Vorgesetzte. In die Direktion wurden andere befördert. Schweizer. Richtige Schweizer, hatte er immer geklagt. Ich hasste es, wenn er sich als Opfer sah. Er hatte viel erreicht. Er hatte so viel erreicht.

Franziska war ausgerastet. Ausgerechnet BWL hatte sie geschrien, als ich ihr erzählt hatte, dass ich von der Kunstgeschichte in die Wirtschaft wechseln würde. Sie hatte versucht, mir Architektur, Soziologie oder Publizistik schmackhaft zu machen. Sie war überzeugt gewesen, Wirtschaft würde überhaupt nicht zu mir passen. Ich würde mein Talent vergeuden, eine spröde, kaltschnäuzige Managerin werden, die sich wie ein Mann benehmen müsse, um es zu etwas zu bringen. Für mich hatte es gepasst. Bis vor Kurzem hatte es gepasst.

Ob Robert die Bilder tatsächlich entsorgt hatte? Im Internet fand ich weder seine Telefonnummer noch sonst einen Hinweis zu ihm. Dagegen gibt es die Galerie von Susanna noch immer. Susanna ist noch schöner als früher. Auf dem Schwarzweißfoto auf ihrer Webseite erinnert sie mich an Jil Sander.

Und *Mia Rose*? Ob der Fabrikant sie noch hat? Vielleicht brachte er sie Susanna zurück. Oder er verscherbelte sie auf Ebay. Oder seine Frau nahm sie an sich. Vielleicht hatte *Mia Rose* sie auf die Idee gebracht, sie könnte selbst anfangen zu malen. Vielleicht ist sie inzwischen eine angesehene Malerin.

Ich rechne nach. Der Fabrikant muss inzwischen gegen achtzig sein. Im elektronischen Telefonverzeichnis finde ich die beiden. Adolf und Dorli. Dieselbe Adresse.

Ich stelle mir vor, wie ich vor ihrer Haustür warte. Wie sie aufgeht. Der graue Steinboden. Die Kommode. Der Steinbock.

Haben Sie *Mia Rose* noch? Was würde ich sagen, falls sie das Bild noch hätten? Würde ich es sehen wollen? – Was, wenn das Bild ganz anders war als in meiner Erinnerung? Wäre ich enttäuscht? Oder überrascht?

Mir fällt die Königin ein, die dem Jäger befiehlt, ihr das Herz von Schneewittchen zu bringen. Wegen des Märchens hatte ich mich als Kind geweigert, Innereien zu essen. Rosa hatte Innereien geliebt. Einmal die Woche gab es Leber. Nach meinem Vater war das etwas vom Wenigen, das sie wirklich schmackhaft hatte zubereiten können.

Der Vater im Jenseits, die Mutter in der Welt der Kunst und ich im Nichts. Was für eine Familie.

Das Glas war leer. Ich steckte die Nase hinein. Ein hervorragender Whiskey. Unter dem Rauch erschnupperte ich warmen Asphalt, Jod, Honig, vielleicht Ananas. Oder eher Mango. Sicher Rosinen. Und feuchte Gummistiefel. Gummistiefel, die an einem einsamen Strand zerfetzten Seetang weggekickt hatten.

Eine Phantomfamilie. *A phantom family.* Ich kann mich an kein Foto erinnern, auf dem Rosa, Vater und ich zusammen aufgenommen sind. Familienfotos interessierten Rosa nicht.

Rosa entschied, meinen Vater und das Dorf zu verlassen, da war ich fünfzehn. Ich musste mit ihr in die Stadt ziehen. In der Gegend gab es damals noch kein Gymnasium. Das Zusammenleben mit Rosa wurde rasch aufreibend. Zwar konnte sie endlich in der Stadt leben, trotzdem blieb sie reizbar und streitlustig. Statt mit Vater stritt sie mit mir und ich mit ihr.

Sie konzentrierte sich auf die Fotografie, wurde in einen Künstlerverein aufgenommen, engagierte sich im Vorstand und fuhr so oft sie konnte zu Fortbildungen nach Deutschland. Sie ging ins Kino, an Vernissagen, ins Stammlokal des Vereins und sie nahm Einzelstunden in Deutsch, um die Grammatik besser zu lernen. Sie hatte es mir verheimlichen wollen, aber einmal überraschte ich sie, als sie am Küchentisch über ihren Aufgaben schlief.

Ich lachte sie aus: »Vergiss es, du wirst nicht mehr besser. Du hast keine Begabung für Sprachen.«

Im Gegenzug machte sie sich über meinen Körper lustig, der in die Höhe schoss und, wie sie sagte, immer plumper wurde.

»Du gehst wie eine Ente«, spottete sie in ihrer Sprache. *Jako kachna.*

Ich wuchs ihr über den Kopf, aber ich nahm es nicht wahr. Zu beschäftigt war ich, mich an das Leben in der Stadt und an den Unterricht am Gymnasium zu gewöhnen. Der Umgang mit den Teenagern in der Stadt war ganz anders als im Dorf und machte mir lange Mühe. Ich war überfordert, fühlte mich verloren und allein gelassen.

Ich warf Rosa vor, dass sie sich zeitlebens nur um sich kümmerte, unaufhörlich mit ihrem Emigrationsschicksal haderte und allen anderen, nur nicht sich selbst, die Schuld an ihrer unerträglichen Unzufriedenheit gab.

»Besser keine Mutter, als eine, die immer abwesend ist und sich in ihrer Unzufriedenheit einkapselt. Was willst du hier eigentlich? Warum bist du nicht längst in deine so fantastische Heimat zurückgegangen?«

Rosa blaffte, dass ich das nicht verstehen würde, dass ich nie würde verstehen können, was es bedeutet, so jung aus dem Heimatland herausgerissen zu werden, alles hinter sich lassen und damit leben zu müssen, möglicherweise nie mehr zurückkehren zu können. Und dazu auch noch als Volksverräterin zu Gefängnis verurteilt zu werden.

»Das ist beschissen.« *Posraný*. Ein paar Tropfen Spuke trafen mich im Gesicht.

In dieser Zeit wurde Roberts Atelier zu meinem Zuhause. Von Robert fühlte ich mich von Anfang an gesehen und ernst genommen. Er erkannte meine Begabung und setzte sich für mich ein. Rosa tat es ab.

»Ach schau her. Talent. Sie ist doch noch ein Kind. Das kann man noch nicht ernst nehmen.«

Sie hatte Talent tschechisch ausgesprochen. Von da an mied ich das Wort, sprach immer von Begabung, selbst im Business sprach ich nie von *top talents*.

Talent. Ich tippte das Wort ins Übersetzungsprogramm und ließ es mir vorlesen. Die Stimme klang teilnahmslos. Als würde sich die Frau, die an Lubas Stelle sprach, gerade die Fingernägel lackieren.

Es gibt Menschen, die den Drang verspüren, sich ein gesundes Bein oder ein anderes Glied amputieren zu lassen. Sie sagen, sie könnten sich erst ohne dieses Körperteil vollkommen fühlen. – Leiden sie gleichwohl an Phantomschmerzen? Und wenn ja, wie erklären sie sich diese Schmerzen? Welche Bedeutung geben sie ihnen? – Oder gelingt es ihnen, diese zu verdrängen? – Sind es wirklich die Körperteile, die sie stören? Oder geht es um etwas, das sich in ihrem Körper eingeschrieben hatte. In einer Zeit, die ihnen nicht mehr zugänglich ist.

Möglicherweise gibt es dieses Phänomen oder Syndrom auch im psychischen Geschehen. Was schmerzt und stört soll weg, und wenn es weg ist, dann schmerzt es trotzdem und muss verdrängt werden, und am Ende bricht man erschöpft zusammen, und man sehnt sich nach einer Erklärung, will verstehen, und es gelingt nicht, und man holt sich einen anderen Menschen, eine professionelle Versteherin, und was sie dann versteht, versteht man selbst doch nicht, und selbst wenn man es im Kopf begreifen kann, hilft es nicht weiter. Auf dem eigenen Weg gibt es keine Abkürzung. Keine Umfahrung.

41

Vivienne hielt am Thema Rückgrat fest. Sie meinte, es könnte aufschlussreich, vielleicht sogar ein Schlüssel zu meiner Blockade sein.

»Wenn du meinst«, sagte ich. Ich hatte es erwartet und mich darauf vorbereitet. Mit Hilfe von Roberts Skelettierübung. Ich hatte eine Frauenzeitschrift aus dem Altpapierstapel gezogen und mit einem blauen Filzstift die Wirbelsäulen der abgebildeten Frauen und Männer eingezeichnet. Es kam mir vor, als hätten sie alle ein bewegliches und geschmeidiges Rückgrat. Vivienne hatte recht gehabt, meins fühlte sich hart an. Wie der Stiel im Magnum-Eis auf der ganzseitigen Werbung. Etwas in mir war erstarrt. Hatte sich in Härte verwandelt und verfestigt. Ich zog einen Strich über den pelzigen Rücken einer Biene, die ebenfalls eine ganze Seite füllte. Eine Biene hat gar keine Wirbelsäule, fiel mir ein, sie hat ein Nervensystem, das sich durch ihren Körper zieht. Vermutlich ging es bei der Frage nach dem Rückgrat um das Nervensystem. Die Übung betrübte mich. Sogar der Croque Monsieur bei den Rezepten hatte eine klarere Kontur als ich. Kein Selbstmitleid, Mila Candrian, wies ich mich zurecht. Selbstmitleid ist erbärmlich. Magnum besteht schließlich auch nicht nur aus einem Stiel.

Vivienne leitete mich an. »Wie fühlt sich dein Rücken an, wenn er dich stützt, dir Festigkeit verleiht, dich aber nicht einschränkt. Ein Rücken, der dir Halt gibt und flexibel ist. Mit dem du aufrecht durch dein Leben gehst. Der dich standhalten lässt. Wie eine Zypresse im Wind. Lass dir Zeit, spüre nach und wenn du soweit bist, dann mal, was durch deinen Körper geht. Lass alles zu, was sich zeigt.«

Nie zuvor hätte ich gedacht, dass ich vor dieser Art zu reden nicht sofort davonlaufen würde.

Ich blieb stehen, aber ich war überfordert. Ich spürte nichts. Nur den harten Stiel, den ich nicht haben wollte. Mein Kopf suchte fieberhaft nach etwas Brauchbarem.

»Weißt du, dass Brustkorb in Englisch *rib cage* heißt? Rippenkäfig. In Marokko gibt es einen hohen Feiertag, an dem jede Familie ein Schaf oder eine Ziege schlachtet. Auf einer Reise erzählte man mir von diesem Brauch, weil er kurz bevorstand und die Menschen sich darauf vorbereiteten. Schon am Vorabend hatte ich mich vor den Schreien der Tiere in den Innenhöfen und auf den Terrassen gefürchtet, die im Morgengrauen geschlachtet würden. Ich hatte keinen einzigen Schrei gehört. Später sah ich vor einem Haus ein sauber ausgelöstes Rippengehäuse liegen. Ich dachte damals schon, so stelle ich mir auch meinen Brustkorb vor, nur vertikal aufgerichtet, und mir war der Masseur in einem Wellnesshotel eingefallen, der zu mir gesagt hatte, dass er in meinem Brustbereich eine Härte wahrnehme. Ich hatte gelacht und gesagt: »Dann ist ja alles bestens«, worauf er beleidigt geantwortet hatte, dann solle ich mir nächstes Mal eine Sportmassage buchen.

Vivienne lächelte, sagte aber nichts.

Ich mischte verschiedene Rosatöne auf der Farbpalette, die etwas Fleischiges wiedergaben, und drückte Grau, Violett, Rot und Grün dazu. Ich malte den Rippenkäfig direkt auf die Wand. Eine horizontal liegende Wirbelsäule, Rippen, die nach unten zogen, wie beim Schaf, als es noch gelebt hatte. Die Farben liefen ineinander über. Es gab kaum mehr weißen Raum zwischen den Rippen.

»Was bedeutet das jetzt für dich, Mila?«, fragte Vivienne, als ich fertig war.

»Vielleicht, dass ich wie ein Schaf durchs Leben trabe. Mich vom Herdentrieb namens *Business* mitziehen lasse. Nicht ausschere, weil ich immer noch nicht weiß, wohin. Erstarrt bin. Scheiße.« Ich spürte den Kloß im Hals, wie meine Wangen heiß wurden, die Tränen, die meine Augen füllten.

Vivienne reichte mir den blauen Overall. Den Reißverschluss hatte sie bereits runtergezogen.

»Zieh dich an, du zitterst ja.«

Ich schlüpfte in den Overall und zog den Reißverschluss hoch. Ratsch. Und gleich wieder runter. Ratsch. Ich zog mich wieder aus, griff nach einem dicken Pinsel, rührte alle Farben auf der Palette ineinander und richtete mich vor Vivienne auf.

»Siehst du hier ein mutloses Schaf stehen?«, fragte ich.

»Nein, Mila, wirklich nicht«, lachte sie.

»Gut. Dann bemale jetzt bitte meine Wirbelsäule.« Ich streckte ihr Pinsel und Palette hin. Sie machte es, ohne zu zögern.

Nachdem Vivienne gegangen war, legte ich mich bäuchlings auf ein sonnengewärmtes Mäuerchen am Fluss. Oben ohne. Die raue Oberfläche kratzte an meinen Brüsten und an meinem Bauch. Ich spürte den Pinselstrichen auf meiner Wirbelsäule nach. Spürte die Borsten des Pinsels und das Ziehen der Haut unter dem eingetrockneten Farbband. Das Rückgrat von Mila Candrian. Einst Milena Hladký. Dazwischen C. Oder einfach nur das Rückgrat von mir. Ich. Ohne einen Namen. Die Wirbelsäule bildet sich in einer Zeit aus, in der das Kind noch keinen Namen hat. In einer Zeit, in der nicht sicher ist, ob es überhaupt leben wird. In der Zeit, in der man verschweigt, dass man ein werdendes Wesen in sich trägt.

Mein Name war das einzige Wort, das Rosa nicht in ihre Sprache einpasste. »Milenko«, sagte die Babina, wenn sie mich aus meinen Tagträumen holte, »Milenka«, wenn sie mit Rosa oder mit Vater über mich sprach. Rosa sagte Milena. In ihrer Rede fühlte sich mein Name wie ein Fremdkörper an.

Rosa hatte nicht abgetrieben. Obwohl es da, wo sie herkam, längst legal gewesen war. Ich fragte mich, weshalb sie sich für diesen Namen entschieden hatte.

Ich hatte ein Kind abgetrieben. Ich hatte mich innert Tagen entschlossen, ein Kind abzutreiben. Jetzt hingegen eierte ich seit Wochen mit einer Kündigung herum.

Ich schlüpfte in die Ärmel des blauen Overalls, zog den Reißverschluss hoch und eilte zurück in die Halle. Dort riss ich eine Seite aus dem Notizbuch und schrieb mit einem roten Buntstift die Kündigung. Ich zog mich hastig um, packte meine Tasche und machte mich auf den Heimweg. Trotz meiner schlechten Kondition ging ich zu Fuß, über die langen Treppen, die zwischen den Häusern zu meinem Quartier führten. Ich geriet rasch außer Atem, suchte einen Rhythmus, den ich würde halten können, ich schaute nicht nach links und nicht nach rechts, hielt den Blick gesenkt, auf die rauen, grauen Stufen, konzentriert auf meinen keuchenden Atem und auf meinen Entschluss, zu kündigen. Er durfte mir nicht mehr abhanden kommen. Ab und zu musste ich Pause machen und warten, bis sich mein Atem etwas beruhigte. Dann schwenkte ich das Blatt Papier, das ich die ganze Zeit in der Hand hielt, wie eine weiße Flagge vor mir hin und her: »Ich beende den Kampf um diese Funktion, um meinen Ruf, um mein Ansehen und suche den Frieden. Was für ein Friede das auch immer sein wird.«

Pokoj, Frieden, Ruhe, Zimmer. Was ich suchte, kam in diesem Wort vor.

Meine Hände zitterten noch von der Anstrengung, als ich die E-Mail an Gerlinde verfasste. Ich informierte sie über die Kündigung, die sie in den nächsten Tagen per Post bekommen würde, entschuldigte mich, dass ich ihren Anruf nicht beantwortet hatte und hängte das formale Kündigungsschreiben an, das ich am nächsten Tag zur Post bringen würde. Ich erklärte mich nicht, aber ich bedankte mich, dass sie mir die Möglichkeit gegeben hatte, selbst zu handeln. Die Kündigung bewegte mich kaum. Ich spürte keine besondere Erleichterung, kein Gefühl der Befreiung. Ich fühlte mich, als hätte ich den Müllsack rausgebracht.

Ich ging jeden Tag in die Halle, blieb, bis mir zu kalt wurde und auch der rollbare Heizkörper mich nicht mehr wärmen konnte. Ich legte mich an den Fluss, um mich an der Sonne aufzuwärmen und in die Welt zurückzukehren. Ich lauschte den Stimmen um mich herum, dem entfernten Verkehr, einem Flugzeug, dem aufgeregten Schnattern von Enten, dem Aufplatzen der Wasseroberfläche, wenn jemand in den Fluss sprang, was ich gar nicht mochte. Ich wollte, dass der Fluss als homogene Fläche an mir vorbeizog. Wie aus einem Guss. Es beruhigte mich.

An einem der Tage lehnte ich mit dem Rücken an der Wand. Nackt, mit geschlossenen Augen, den Kopf nach hinten gelehnt. Ich erinnere mich nicht, woran ich gearbeitet oder gedacht hatte.

»Was nimmst du wahr?«, fragte Vivienne nach einer Weile.

»Müdigkeit, Erschöpfung. Schlechte Laune. Ich weiß auch nicht.«

»Lass dir Zeit, spür in deinen Körper hinein.«

Ich hatte keine Lust. Viviennes Interventionen gingen mir auf die Nerven. Ich kam nicht voran. Ich wollte an den Fluss, einen großen Becher Eis essen, dösen, nichts tun, in Ruhe gelassen werden.

»Ich spüre nichts. Da ist nichts«, sagte ich gereizt.

»Wo im Körper spürst du dieses Nichts?«

Mein Körper gab keine Resonanz. Der Impuls zu flüchten zerrte an mir. Gleichzeitig versuchte ich, die Ungeduld auszuhalten. Meistens zeigte sich nach einer Weile ja doch etwas.

»Ich kann es nicht sagen. Überall und nirgends.« Meine Stimmbänder fühlten sich angespannt und trocken an. Vorboten der lästigen Weinerlichkeit, die ich so satt hatte.

»Schau, ob das Gefühl der Leere irgendwo in deinem Körper besonders ausgeprägt ist. Im Kopf, im Nacken, in den Schultern, in den Oberarmen, im Brustkorb, im Bauch, im Rücken. Lass dir Zeit«, wies mich Vivienne mit sanfter Stimme an.

Ich spürte keinen Unterschied. Nur den zunehmenden Druck, etwas sagen zu müssen und die Scham, keine klare und vor allem keine überzeugende Antwort geben zu können.

»Da ist nichts. Nur Leere. Aber vielleicht ist ›Leere‹ auch nur eine Ausrede. Um meiner Unfähigkeit auszuweichen, ein Gefühl zu benennen.«

»Wäre es besser, wenn du dich von der Wand löst und einen Schritt nach vorne kommst, ins Stehen? Nimm wahr, ob du das wirklich möchtest. Wenn es für dich passt, kannst du laut aussprechen, was du dabei denkst, was du fühlst, was du wahrnimmst. Oder du bleibst still.«

Ich will nicht. Lass mich. Lass mich einfach in Ruhe, schrie es in meinem Kopf. Ich will weitermalen. Ohne Anweisung, ohne Auftrag. Ich will mich treiben lassen. Ich will nicht reden. Ich spürte die Wand an meinem Rücken. Ich ruckelte leicht mit dem Rücken hin und her. Der Kontakt zur rauen Fläche, auf der es noch viel Platz gab, beruhigte mich. Mein Rücken fühlte sich warm an. Wärmer als der Rest meines Körpers. Sogar heiß. Vielleicht bin ich gestern zu lange in der Sonne gelegen, dachte ich erst.

»Bleib beim Rücken«, sagte Vivienne, obwohl ich nichts gesagt hatte.

Ich kann nicht weg von der Wand. Es geht nicht. Ich will nicht. Lass mich.

Nach einer Weile sagte ich: »Ich kann nicht.«

»Dann bleib.«

Ich spürte ein Kribbeln, zuerst nur wenig, dann wurde es stärker, breitete sich aus. Mir war, als würde die Haut auf meinem Rücken Papeln bilden, wie bei einer Gänsehaut, nur viel größer. Es fühlte sich eklig an und gleichzeitig erregend. Die Haut spannte. Mein Rücken bäumte sich weg von der Wand, aber ich drückte ihn zurück, hielt still, bis ich das Gefühl hatte, der ganze Rücken wäre mit Pusteln überdeckt. Die Pusteln begannen aufzuplatzen, eine nach der anderen. Ich spürte einen Schmerz, der mir vertraut und zugleich fremd schien. Ich wollte vor ihm fliehen und gleichzeitig zog es mich zu ihm hin. Ich wollte ihn nicht und wollte mehr von ihm. Ich wollte mich dem Schmerz hingeben. Ihn aushalten. Stärker sein als er. Das vor allem. Tränen liefen mir über die Wangen. Ich fantasierte, die Pusteln gäben eine Flüssigkeit frei, die über meinen Rücken lief, Flüssigkeit in verschiedenen Farben. Hellgrün, gelb, pink, orange, blau, sie liefen ineinander, der Rücken wurde zu einer leuchtend bunten Fläche, zu einem Bild, das aussah wie aufgesprayt. Es erinnerte mich an die Batikmuster der 70er-Jahre. Ich lachte und es kam mir absurd vor, zu lachen. Ich fühlte mich leicht. Beinahe glücklich.

»Wo bist du?«, fragte Vivienne.

»Hier. An der Wand. Mit buntem Rücken«, sagte ich.

»Nimm noch einmal genau wahr, was jetzt ist. Was du siehst, was du fühlst, was du wahrnimmst. Und wenn du soweit bist, dann öffne langsam die Augen.«

Ich tauchte nicht aus einer anderen Welt auf. Ich war nicht weggedriftet. Ich war immer in dieser Halle gewesen. Mit meinem Rücken an der Wand. Mit Vivienne vor mir. Für mich war alles real. Auch mein gefärbter Rücken.

Ich bat Vivienne, mich allein zu lassen. Ich wollte in dem Zustand verweilen. Als die Empfindung nachließ und sich in ein Erinnerungsbild verwandelte, löste ich mich von der Wand und schrieb in mein Notizbuch, was ich erlebt hatte. Beim Schreiben fielen mir die Zeilen eines Songs von Blondie ein:

Color me your color, baby
Color me your car
Color me your color, darling
I know who you are
Come up off your color chart
I know where you'r coming from
Call me. Call me ...

Call me. Die Sängerin rief den Refrain in die Melodie, eindringlich, bestimmt, selbstbewusst, eine Aufforderung, die am Ende ganz beiläufig ins Dunkle abglitt.

Robert hatte im Atelier einen Bildband über Body Art liegen gehabt. Kunst mit dem eigenen Körper. Aus Haut, Haaren, Fleisch und Blut. Einige Arbeiten faszinierten mich, versetzten mich in Aufregung und fesselten mich. Ich hatte den Drang gehabt, es nachzumachen. Aber ich hatte mich nicht getraut.

Genauer gesagt, C. hatte sich nicht getraut.

Schon die Spitze einer Rasierklinge auf der Haut brachte ihre Hand zum Zittern. Sie redete sich ein, dass ihre Haut dafür zu schade war. Sie hatte erfahren, dass ihre Haut Begehren auslöste. Sie mochte ihre weiße Haut. Mehr als alles andere an sich. Sie fürchtete die Übelkeit, wenn sie Blut sah, die Entzündungen und Narben, die zurückbleiben würden, die sie würde hinnehmen müssen. Ihr fehlte der Mut, sich – wie später die Abramović – einen Stern in den Bauch zu ritzen. Sie war zu feige, bleibende Spuren am eigenen Körper zu riskieren.

Bis dahin war ich davon überzeugt gewesen, dass C. schonungslos gewesen war. Dass sie den unbedingten Willen gehabt hatte, Grenzen zu überschreiten. Dass es ein Akt der Schonungslosigkeit gewesen war, mit dem Malen aufzuhören. Ja, sie war mutig gewesen. Sie war weit gegangen. Den Schmerz in ihr hatte sie lediglich übermalt.

Ich stand auf, ging in der Halle umher, betrachtete Pinsel und Farben, schob sie auf dem Metallwägelchen hin und her, ging zur Fläche der Wand, die noch unbemalt war, legte meine Hände auf das Weiß, ließ sie umherwandern, als würde ich etwas ertasten können. Ich dachte an Bildhauer. Wie sie die Figuren, für die der Stein bestimmt ist, herausmeißeln. Ich trat zurück, kniff die Augen zusammen. Die Flächen, die ich bemalt hatte, störten. Ich schlüpfte in den Overall, zog mir die Schutzbrille über, nahm die Farbspritzpistole und übersprühte alles.

»Call me«, rief ich in das ohrenbetäubende Zischen der Pistole, »call me, call me, call me, call me I'll arrive, call me.« Ich brummte die Beats, sprang vor der Wand umher wie eine Rocksängerin auf einer Konzertbühne, bis die Farbe ausging. Ich stellte den Hocker vor die Wand und betrachtete die große weiße Fläche.

Auf einmal sah ich C. Wie sie nackt auf dem Boden sitzt, mit angewinkelten Beinen an die Wand gelehnt, den Kopf nach hinten gelegt, die Augen geschlossen, die Wangen gerötet. Ich betrachtete sie. Ihren schönen Körper, ihr junges Gesicht, ihren Mund, den sie zusammenpresste, die Schatten unter ihren Augen. Eine junge Frau, kein einziges Fältchen im Gesicht, am Hals, am Dekolleté, keine Anzeichen von Orangenhaut, keine Besenreißer. Glatte, unversehrte Haut.

Ich spürte den Impuls, mich neben sie zu setzen und meinen Kopf an ihre Schulter zu legen.

Wirst du jetzt sentimental?

Na und?

Ich blieb auf meinem Hocker sitzen und betrachtete die junge C.

Neben ihr sollte Rosa sitzen.

Ich hatte erwartet, dass C. aufschreien würde. Sich dagegen wehren würde. Sie blieb still.

Ich stellte mir vor, dass Rosa in einem ihrer geblümten Kleider mit nachlässig hochgesteckten Haaren neben C. säße. In der gleichen Körperhaltung wie diese. Mit Abstand. Rosa war mehr als einen halben Kopf kleiner als C. Neben dem großen robusten Körper von C. wirkte sie zierlicher, als ich sie in Erinnerung hatte. Beinahe zerbrechlich. War sie wirklich so gewesen? Es überraschte mich, dass ich mir nicht sicher war. Die Contax lag vor ihr, im aufgeknöpften Lederetui, als hätte sie gerade eben ein Foto gemacht. Ich roch den metallischen Geruch, den das braune Leder in sich barg.

Ich wartete auf Widerstand. Auf einen Aufschrei von C. Oder von Rosa. Nichts dergleichen geschah. Beide saßen in sich versunken da. Sie wirkten erschöpft. Ich schaute mir meine Imagination genau an.

Als ich sicher war, dass ich sie mir gut eingeprägt hatte, griff ich mir Stifte und den Skizzenblock, schlüpfte in den Overall und eilte zum Fluss. Dort schaute ich mich um. Die Menschen lagen oder saßen dicht nebeneinander auf den Treppenstufen. Niemand in der Position, wie ich es brauchte. Zudem war es drückend heiß. Ich ging ein Stück dem Uferweg entlang. In der Nähe des Gemeinschaftszentrums gab es eine große überdachte Terrasse. Meist spielten Teenager dort Tischtennis. An dem Tag spielte niemand. Selbst den Jungen war es zu heiß. Weit hinten auf der Terrasse fand ich mein Modell. Ein junger Mann, der an die Wand gelehnt auf dem Boden saß und einen Kopfhörer aufhatte. Neben ihm lagen Stifte und ein zerfleddertes Heft. Ich setzte mich in seiner Nähe auf den Boden und wartete einen Moment. Er rührte sich nicht. Er schien zu dösen und ich begann, seine Umrisse zu zeichnen. Als ich genug Skizzen hatte, ging ich zurück zum Flussufer und setzte mich neben zwei Frauen, die sich oben ohne auf den Treppenstufen am Fluss sonnten. Um nicht aufzufallen, schlüpfte ich aus dem Oberteil des Overalls. Ich schielte auf die Brüste der einen, betrachtete ihren flachen Bauch, die schlanken Beine. Auf ihrem Arm waren unregelmäßig verstreut geometrische Formen oder Zeichen eintätowiert. Wie kann man nur, dachte ich. Die andere hatte eher den Körper von C., war insgesamt etwas kräftiger.

Ich wandte mich leicht ab und zeichnete die Körper in mein Heft.

»Wenn du Zigaretten hast, musst du uns nicht verstohlen zeichnen«, sagte die eine übertrieben laut und beide lachten.

Ich schaute auf. Nicht nur die beiden schauten in meine Richtung. Ich stand auf, warf ihnen die angebrochene Zigarettenpackung zu, schlüpfte in meinen Overall und machte mich davon. Zurück in der Halle machte ich weitere Skizzen, bis ich C. so auf dem Papier hatte, wie ich sie vor mir gesehen hatte. Dann suchte ich einen geeigneten Platz für sie aus. C. sollte gegenüber meiner Malwand sitzen und mir aus Distanz bei der Arbeit zuschauen. Bei *meiner* Arbeit. Mit Kreppband klebte ich ein Rechteck ab und grundierte es. Als es trocken war, pinselte ich mit schwarzer Farbe die Umrisse von C. auf die Wand. Es sah aus wie ein Sgraffito. Mit weißer Kreide zeichnete ich Rosas Fotoapparat vor ihr auf den Boden.

Zu Hause suchte ich im Internet nach Artikeln über Marina Abramović. Ich fand ein Interview, das vor zwei Jahren im Magazin der Neuen Zürcher Zeitung erschienen war. Was sie sagte und was sie tat, schien mir verrückt. Und gleichzeitig stark. Ausserordentlich stark. Sie benannte die Angst des Menschen vor dem Schmerz. Sie sagte, wenn man durch den Schmerz gehe, lerne man zu verstehen, wie man ihn kontrollieren könne. Ich las das Interview mehrmals und auch weitere Artikel über ihre Inszenierungen. Einige waren schaurig.

In der folgenden Nacht träumte ich, dass ich vor dem Spiegel stehe. Neben mir spiegelt sich das Metallwägelchen aus der Halle, auf dem anstelle meiner Farben Rasierklingen, glänzende Messer, Scheren und Skalpelle liegen. Ich betrachte meinen unversehrten Körper. Schwarze Haare fallen mir über das Gesicht. Sie riechen synthetisch. Ich trage eine Perücke mit einem glatten, schulterlang geschnittenen Bob. An den Spiegel gelehnt steht eine Aufnahme vom Bauch der Abramović. Ein blutender Stern ist um den Bauchnabel in die Haut geritzt. Ich entdecke Rosas Fotoapparat auf dem Wägelchen. Der Traum macht einen Sprung. Vor mir liegt eine Postkarte, auf der Vorderseite die Aufnahme von meinem Bauch, eingerahmt von den schwarzen Balken eines bis unter die Brüste hochgezogenen Pullovers und einem nach unten geschobenen schwarzen Schlauchrock. Der Bauch wölbt sich. Er ist mit Schlieren von glänzendem Gel überzogen. Kippt man die Postkarte, entspringt dem Bauchnabel eine rote Linie, die sich in vielen Windungen über den gewölbten Bauch zieht wie ein verhedderter Wollfaden. Die Linie blutet. Plötzlich ist Rosa am Telefon und blafft: »Imitierst du jetzt die Abramović?« Dann lacht sie, lacht und lacht und lacht, das Lachen wird leiser, bis es ganz entschwindet. Ich weiß nicht, was auf der Rückseite der Postkarte geschrieben stand, etwas in verwackelten Großbuchstaben. Ich schäme mich. Das ist das Schlimmste an diesem Traum.

42

Ich war auf dem Weg zum Kunsthaus. Ich versuchte, wieder einmal etwas zu unternehmen, wie man sagt. Die Sonne schien, es war warm. Auch für die kommenden Tage war ein wolkenloser Himmel versprochen. An solchen Tagen wünschte ich mir, das alles würde im Winter geschehen. Wenn schon. Unter einer dunkelgrauen Hochnebeldecke, tagelang ohne einen einzigen Sonnenstrahl, kein Wetter, das zu »angenehmen Aktivitäten« auffordert, wie Vivienne das nennt, was ich mir neben dem Malen in der Halle »gönnen« soll. Ach, manchmal ging mir dieses verhätschelnde Gerede wirklich auf die Nerven. Warum war es auf einmal so wichtig, sich zu einem ›Weichei‹ zu entwickeln. Diese ständige Fragerei nach Bedürfnissen und Gefühlen. Ich sah doch, wie Johanna und Rosina sich freuten, wenn ich ihnen etwas vorschlug und sie zappelnd »au ja« riefen. Ein Buch über selbstorganisiertes Lernen fiel mir ein, das ich mir einmal in der Bibliothek ausgeliehen hatte. Geblieben war mir vor allem die Frage einer Schülerin: »Müssen wir heute wieder tun, was wir tun wollen oder dürfen wir machen, was wir tun sollen?« Irgendwie so. Später mein Streit mit Kerim, dem Deutschlehrer an der FH, der angefangen hatte, die Studierenden zu fragen, was sie denn gerne machen würden in seinem Unterricht. Rhetorik, überzeugendes Auftreten, eine Kommunikation, um das Gegenüber zu dem zu bewegen, was man von ihm will und zwar so, dass das Gegenüber es von sich aus tun will. Also manipulative Rede. Die Folge dieses angepassten Deutschunterrichts: schriftliche Arbeiten, die unerträglich schlecht geschrieben waren. Ich gab jede zurück: »Mit einer solchen Sprache werden Sie in keinem Unternehmen reüssieren.« Und reüssieren, das wollten sie. Dafür waren sie an die Schule gekommen. Ja, dieser Morgen war ein Rückfall. Immerhin hatte ich mich auf den Weg gemacht.

Ich habe keine Lust aufs Kunsthaus. Du gehst, ermahnte ich mich. Vielleicht doch lieber an den See? Dort hat es zu viele Menschen. Dann in den Park. Was willst du dort? An den Fluss? Es ist zu heiß. Schanzengraben? Vielleicht später. In die Halle? Dort wirst du den ganzen Nachmittag sein. In ein Café? Ich will niemanden treffen, den ich kenne. Es gibt andere Cafés. Ich mag nicht. So schlenderte ich durch die Altstadt, blieb mal da, mal dort stehen, nicht weil mich etwas interessierte, sondern weil ich nach Hause wollte und auch nicht. So ging es hin und her, bis eine rote Schrift mich aus meinen übellaunigen Gedanken holte. *Japan erzählt.* Der kleine Band lag inmitten einer Auslage von Büchern und Bildbänden über Japan. Ich weiß nicht viel über das Land. Aber ich mag die Filme, die Fotografien, die Romane. Ich trat einen Schritt zurück. Ich stand vor dem Schaufenster eines Antiquariats. Drei schlichte schwarze Lampen hingen über der sorgfältig gestalteten Auslage. Durch das große Schaufenster konnte man in drei aufeinander folgende Räume mit hohen Regalen sehen, die durchwegs ordentlich eingeräumt waren. Nirgends ein Stapel von Büchern, die noch keinen Platz hatten. Ein Lesesaal ohne Sitzgelegenheit. Ich zögerte, das Geschäft von Dr. Raymond Wohlwend zu betreten, der in einer schlichten goldenen Schrift auf dem Glas der Tür seinen Namen und die Öffnungszeiten bekanntgab. Das Gebimmel, das ich beim Eintreten erwartet hatte, gab es nicht. Ich zog die Tür hinter mir zu. Eine Stille umfing mich, die mich nervös machte. Hätte ich den Holzschnitt nicht gesehen, hätte ich das Geschäft sofort wieder verlassen.

Es war eine Komposition aus weißen Schriftsäulen auf grauem Grund auf der linken Seite und einer Tätowierszene rechts davon. Eine Frau lag bäuchlings mit nacktem Oberkörper auf einer angedeuteten karierten Decke, den zur Seite gedrehten Kopf mit den traditionell hochgesteckten Haaren hatte sie auf den linken Unterarm gebettet. Ihr Oberarm war kräftig, ebenso der Oberkörper, den sie zu einem leichten Buckel rundete. Ihr Mund lag hinter dem Arm verborgen, die halb geschlossenen Augen waren lediglich angedeutet, die schmalen Augenbrauen steil nach oben gezogen. Das Gesicht war etwas zu lang geraten und wirkte teilnahmslos. Die Brust, und überhaupt ihr ganzer Körper, kamen mir für eine Japanerin zu üppig vor. Der Tätowierer, der sich über ihren Rücken beugte, trug ein schwarzes Gewand, das Haar war ebenso schwarz, auf dem Hinterkopf stand ein kleiner Knoten ab. Hell war nur ein schmales Stück von seinem Gesichtsprofil, der muskulöse Arm und die Hand, die den Stift mit der Nadel hielt. Er erinnerte mich an einen Bösewicht aus einem Comic. Auf seinem Schoß lag ein dunkelrotes Tuch. Er war dabei, mit ausgestrecktem Kleinfinger am Rand des entstehenden Bildes etwas abzuwischen. Ich beugte mich zu dem Bild hinunter. Er hatte der Liegenden den tätowierten Körper einer Frau in den Rücken gestochen, eingerahmt von blutroten Chrysanthemen. Das Gesicht der Liegenden war gerötet, was ich erst jetzt sah. Ihrem Hals entlang waren Schriftzeichen eintätowiert. Die Brust war ebenfalls leicht gerötet.

»Surimono.« Ich zuckte zusammen und richtete mich auf.

»Ein Gedichtblatt mit einem außergewöhnlichen Motiv. Ich selbst habe noch kein anderes mit einer Tätowierszene gesehen. Zugegeben, die Tätowierung auf dem Rücken der Frau ist nicht gerade virtuos, aber die Szene strahlt etwas überaus Einnehmendes aus. Finden Sie nicht auch?«

Normalerweise erröte ich nicht. Aber in diesem Moment hätte es sein können. Mein Gesicht fühlte sich warm an.

Der Mann hatte dichtes graues Haar, das mit einem perfekt sitzenden Scheitel zur Seite gekämmt war. Kein Haar lag falsch. Er trug eine dunkelblaue Hose mit einer Falte, die ebenso akkurat war wie sein Scheitel, dazu einen dunkelroten Pullover. Im V-Ausschnitt steckte ein blaues Halstuch mit roten Tupfen.

»Interessieren Sie sich für Tätowierungen?«, fragte er.

»Vielleicht«, antwortete ich.

»Das meiste, was man hierzulande zu sehen bekommt, ist, gelinde gesagt, schauderhaft. In Japan geht das Tätowieren auf das 18. Jahrhundert zurück. Was den Körpern eingestochen wurde, war eine Zeit lang als Kunst hoch angesehen.«

Der Mann hatte einen Eckzahn aus Silber, was ich lange nicht mehr gesehen hatte. Wer will das noch.

»Sind Sie tätowiert?«, fragte ich.

Er lachte.

»Nein. Ich bin zu wehleidig. Und auf meinem Körper …« Er sprach nicht zu Ende, lächelte stattdessen verlegen. Auch ich hätte mir eine Tätowierung auf seinem Körper nicht vorstellen können.

»Meine Frau hat sich vor zwei Jahren tätowieren lassen. Bei einem weltweit bekannten Tatookünstler. Sie ist Japanerin. Auf ihrer weißen Haut sieht die Tätowierung phantastisch aus.«

Er hielt sich die Faust vor den Mund und räusperte sich.

»Interessieren Sie sich für Tätowierungen? Oh, ich habe Sie schon einmal gefragt, nicht wahr? Kann ich Ihnen einen Kaffee anbieten?«

Ich nickte und bat um einen Espresso. Ich wollte rasch wieder gehen.

»Lesen Sie?«, fragte er, als er mit dem Kaffee zurückkam.

»Wenn ich Zeit habe.«

»Sie haben zu wenig Zeit, wie die meisten in ihrem Alter. Sie arbeiten zu viel. Haben Sie Bücher von japanischen Autoren gelesen?«

»Ja. Einige. Kawabata, Murakami, Kawakami, Inoue.«

»Das Jagdgewehr?«

»Ja.«

Er schien zufrieden mit meiner Auswahl.

»Ich hole etwas aus dem Schaufenster für Sie. Noch einen Espresso?«

Ich verneinte.

Der Antiquar brachte das kleine Buch, das mir aufgefallen war, als ich vor dem Schaufenster gestanden war. *Japan erzählt.* Er strich mit dem Handrücken über den altmodisch gestalteten Einband.

»Eine Sammlung von sehr schönen Erzählungen. Eine davon heißt: *Die Tätowierung.* Sie sollten sie lesen.«

»Und warum meinen Sie, dass ich sie lesen sollte?«

»Das Surimono hat Sie angesprochen, die Geschichte wird Ihnen noch mehr offenbaren.« Ich fühlte mich unwohl und kam mir vor als wäre ich selbst in einer Geschichte. Aber vielleicht war es die Absicht des Antiquars, bei jedem der seltenen Verkaufsmöglichkeiten eine Geschichte zu inszenieren. Warum nicht. Bevor er mir das Buch reichte, übermalte er auf der ersten Seite etwas mit einem dicken schwarzen Filzstift. Als ich bezahlen wollte, schüttelte er den Kopf.

»Es ist keine besondere Ausgabe. Sie werden wiederkommen und dann schauen wir weiter«, sagte er. »Ich habe mehr für Sie. Sie müssen lesen. Unbedingt.«

»Woher wollen Sie wissen, dass ich wiederkomme?«, fragte ich etwas verstimmt.

»Ich habe meine ganze Kindheit in diesem Geschäft verbracht. Wer sich traut einzutreten, kommt meistens wieder. Und wer nicht wiederkommt, dem biete ich keinen Kaffee an.«

Ich kaufte mir eine Flasche Wasser und setzte mich im Schanzengraben an einer schattigen Stelle ans Wasser. Auf der Titelei waren ein Stempel und ein paar rote Buchstaben mit einem blauen Filzstift übermalt worden. Ich war etwas enttäuscht, dass es keine Widmung gab. Die Seiten waren vergilbt, aber wenigstens roch das Buch nicht. *Die Tätowierung* war die zweite Geschichte.

»Es war zu einer Zeit, als die Menschen noch die edle Tugend des Leichtsinns besaßen und nicht wie heute einen erbarmungslosen Kampf ums Dasein führten ... Jeder bemühte sich, schön zu sein.«

Ich blätterte zurück. Das Buch war 1990 erschienen. Wann *Die Tätowierung* geschrieben worden war, wurde im Verzeichnis nicht aufgeführt. Die meisten Geschichten waren in den 1950er und 60er-Jahren verfasst worden.

Die Geschichte handelte von einem jungen Tätowierer. Er galt als Könner und seine Motive wurden als außergewöhnlich fantasievoll gerühmt. Gleichwohl galt es als Abstieg, dass er nicht mehr wie einst als Maler tätig war. Wenn er mit der Nadel durch die Haut ins Fleisch stach, verspürte er ein überwältigendes Lustgefühl. Diese Leidenschaft entschädigte ihn für den Abstieg. Eines Tages entdeckte er den nackten Fuß einer jungen Frau unter dem Vorhang einer Sänfte. Er begann zu fantasieren, dass er den Körper entdeckt hatte, dem er sein höchstes Künstlertum würde zukommen lassen und er malte sich die überwältigenden Gefühle aus, die die Tätowierung bei den Betrachtenden würde aufwallen lassen. Ein paar Jahre später überbrachte ihm eine junge Frau den Umhang einer Sängerin, den er bemalen sollte. Er war sich sicher, dass es die Frau war, deren Fuß sein Begehren geweckt hatte. Er rollte ein furchterregendes Bild vor ihr aus, das er vor Langem für diesen Moment ausgesucht hatte. Er behauptete zu erkennen, wie sich in der Mimik der schönen Frau ihr abgründiges Wesen zeigte. Dann betäubte er sie. Er stach ihr eine Spinne in die Haut, die sich über ihren ganzen Rücken ausbreitete. Als sie aufwachte sagte er ihr, der Schmerz habe sie zu einer anderen Frau gemacht, zu einer Frau, die ab jetzt ihr wahres Ich leben werde.

Es ärgerte mich, wie der Mann für sich beanspruchte, das »wahre Ich« der jungen Frau aufgedeckt zu haben und wie er sich anmaßte, ohne sie zu fragen, eine Spinne in ihrer Haut zu verewigen. Mir schauderte. Es war vielmehr *sein* wahres Ich, das ihn zu dieser Tat bewogen hatte. Er hatte ihre Haut und ihren Körper missbraucht, um in einem von ihm geschaffenen Bild etwas lebendig werden zu lassen, das ausschließlich mit ihm und nichts mit ihr zu tun hatte. Gäbe es ein wahres Ich, wer würde das meine am ehesten erfassen können? Franziska, Luca, mit dem ich einige Jahre zusammen gewesen war, K., Gerlinde oder eher eine Person, die mich nicht so gut kannte? Und welches Symbol würden sie meinem wahren Ich zuschreiben? Ich konnte mir nichts vorstellen. Sie vielleicht auch nicht.

Und der Antiquar, der das Buch mit der Geschichte für mich ausgesucht hatte? Zeigte sich, beziehungsweise offenbarte sich ihm sein ›wahres Ich‹, wenn er beim Sex mit Blick auf den kostspielig tätowierten Rücken in seine Frau eindrang. Oder interpretierte er die Tätowierung als ihr ›wahres Ich‹? Ließ er sich dabei lediglich von erotischen Fantasien verführen oder sah er sie wirklich. Und sie? Wovon hatte sie sich bei der Wahl der Tätowierung leiten lassen?

Ich gebe zu, die Geschichte löste mehr als nur Unmut aus. Was würde es bei dem auslösen, der beim Anblick einer Tätowierung auf meinem Rücken in mich eindrang? Was würde ich wahrnehmen, hätte ich einen tätowierten Rücken? Würde es mich anders erregen?

Ich lenkte meine Gedanken zum »wahren Ich« zurück. Es überzeugte mich nicht, wie es in der Geschichte dargestellt wurde. Das ›wahre Ich‹ kann nicht abgründig sein. Oder doch? Das Wort ›wahr‹ verwirrte mich. Es legte etwas fest, das sich nicht festlegen lässt. Das nicht festgelegt werden sollte. Dass keinesfalls festgelegt werden durfte. Schon gar nicht von einem anderen Menschen. Wie konnte jemand behaupten, das ›wahre Ich‹ eines anderen Menschen zu erkennen. Es ist schwer genug, sich selbst zu erkennen. Und selbst wenn es ein anderer Mensch erkennen könnte, so hat niemand das Recht dazu, es ungefragt ans Licht zu bringen. Ob es sich mit einem ›wahren Ich‹ wirklich besser lebt? Wer kann das wissen?

Warum nicht einfach nur ›Ich‹? Ein Ich, das unterschiedlich in Erscheinung treten kann. Als Mila Candrian. Als C. Sogar als Pilzgesicht. Was verbindet uns eigentlich, fragte ich mich. Die Fragebogen in Sanders Ordner fielen mir ein. Wie mich die Fragen gelähmt hatten. Wie wütend sie mich gemacht hatten. Das dumpfe Gefühl im Kopf. Nein, ich werde keine Persönlichkeitsmerkmale auflisten, die wir gemeinsam haben. Das trifft es nicht. Sanders Fragen hatten kein ›wahres‹ Interesse an mir ausgedrückt. Hier passte das Wort. Die Fragen waren nicht auf das gerichtet, wonach ich mich sehnte. Das war mir klar, auch wenn ich nicht hätte sagen können, wonach ich mich sehnte.

Ich schrieb Vivienne eine SMS, dass ich ein paar Tage allein arbeiten wolle: *ich habe eine spur, der ich nachgehen möchte,* und wenige Tage später eine weitere Nachricht, dass ich ihre Unterstützung vorerst nicht mehr brauchte. Es tat mir leid. Ich mochte sie.

»Gut so«, schrieb sie zurück, es ist alles da, was du brauchst.«

In der Halle stellte ich den Hocker zwischen C. und die weiße Malwand, zog mich aus und las ein weiteres Mal die Geschichte der Tätowierung. C. saß auf die Wand gemalt hinter mir. Sie war da, aber *ich* war es, die jetzt den Impulsen nachging.

Ich blieb an einer Passage hängen, die sich mir zuvor nicht eingeprägt hatte, was mich erstaunte. Die Tätowierung der

Spinne war vollendet, die Frau wieder wach. Sie stieg mit dem verwundeten Rücken in ein Bad mit heißem Wasser. Die Szene war entsetzlich schlecht geschrieben, was ich weit unerträglicher fand als das, was sie beschrieb. Die Sprache wurde der jungen Frau nicht gerecht. Dennoch war ich fasziniert. Ich versetzte mich in die Frau und stellte mir vor, wie ich selbst die Stufen ins Bad hinabsteige, wie ich langsam in das dampfende Wasser eintauche, wie das Wasser in die Stiche eindringt, wie ich mir – gleich der Frau in der Geschichte – den Schmerz nicht anmerken lasse, wie ich mich in den Schmerz hineinbegebe, wie er mich durchdringt und ich ihn, wie mich eine Kraft festhält, die von meinem Rücken ausgeht. Ich tauche unter und koste aus, wie der Schmerz etwas in mir auflöst.

Zitternd ging ich in der Halle umher, verrückte das eine und das andere, verschob auf dem Wägelchen Pinsel, Farbtuben und -flaschen. Ich vermied es, C. anzuschauen. Und Rosa, die mit Abstand neben ihr saß, auch wenn ich ihre Umrisse nicht aufgemalt hatte. Ich setzte mich neben C. auf den Boden. Jetzt saß sie zwischen mir und Rosa. In einer Reihe saßen wir da, mit starrem Blick geradeaus auf die Wand, auf der ich bislang vergeblich versucht hatte, mir einen Weg zu erpinseln.

»Ich werde nicht mehr malen«, murmelte ich. Ich sagte es mir, C. und Rosa.

Alle drei starrten auf das Gemälde mit dem Wesen vor dem schwarzblauen Horizont, das vergrößert fotokopiert an der Wand hing. Nach einer Weile nahm ich einen Pinsel und tauchte ihn in ein leuchtendes Blau. Ich übermalte die Umrisse des Wesens, ergänzte das Ärmchen mit einer Hand, die etwas zu groß ausfiel und schwer auf dem luftigen Röckchen lag. Die Hand hielt eine Nabelschnur mit einem ausgefransten Ende.

»Da wo der Schmerz ist, da schau hin«, Viviennes Worte. Hinschauen genügte mir nicht.

Um meiner Mutter zu begegnen, hätte ich mich zwischen C. und Rosa setzen müssen. Dafür war ich nicht bereit. Nicht einmal probehalber hier in der Halle, wo mich keine sehen konnte.

Gegen Abend sprayte ich über die ganze Länge der Wand: Der Schmerz bringt das Abgründige zum Leuchten.

43

»Madame.« Jemand tippte auf meine Schulter.

»Madame, on ferme.«

»Déjà«, flüsterte ich, »pourquoi déjà?«

»On ferme à cinq heures, comme toujours«, sagte die Frau streng, die hinter mir stand.

Ich wollte in dem durchgesessenen Plüschsessel sitzen bleiben. Wieder und wieder in den Film eintauchen. Ab und an aufstehen, durch die Dunkelheit wandeln, die Aufnahmen der mannigfaltigen Tiefseekreaturen in den beleuchteten Schaukästen bestaunen, ein wenig lesen und zum Film zurückkehren. So, wie ich es den ganzen Tag über gemacht hatte.

»Je reste«, hätte ich am liebsten erwidert. »J'arrive«, versprach ich der Frau im Halbdunkel. Der Film war bereits vor einer Weile gestoppt worden. Wandlichter hinter vergilbten Gläsern beleuchteten den Weg zum Ausgang. Ich schlüpfte in meine Sandalen und stand auf. Mein Körper fühlte sich steif an. Während ich mich streckte, schaute ich auf die Leinwand, wie ein Kind, das erwartete, dass die magischen Lebewesen doch noch einmal erschienen. »Merci«, flüsterte ich und verneigte mich leicht.

Abysses. Ich hatte in der Zeitung über die Sonderausstellung in der Westschweiz gelesen. Wie die wundersame Welt in der Dunkelheit da beschrieben worden war, illustriert mit fantastischen Fotografien von bizarr geformten und gespenstisch anmutenden Wirbellosen, die erst vor nicht allzu langer Zeit in den tiefen Gräben der Ozeane entdeckt worden waren, hatte mich sofort eingenommen.

Ich schlenderte durch den dunklen Korridor Richtung Ausgang. Ich hatte mich vom Eintreten an in die Dunkelheit der Tiefsee ziehen lassen. Die Lebewesen, die diesen tiefen Abgrund bewohnten, besänftigten mich. Ihr Leuchten im Dunkeln tröstete mich. Abgrund und Dunkelheit waren der Lebensraum, in dem diese Kreaturen ihre einzig- und eigenartige Schönheit zu entwickeln vermocht hatten. Was ich sah und tief in mich einsinken ließ, kam mir wie eine Verheißung vor. Es fiel mir schwer, mich davon zu lösen. Ich sog alles auf, was ich beim Hinausgehen noch aufnehmen konnte. Ich wollte mich ganz genau erinnern können. Als ich den schweren dunklen Vorhang am Ausgang zur Seite schob, schreckte ich vor dem gleißenden Licht zurück. Ich kramte in der Handtasche und setzte mir die Sonnenbrille auf. Ich verspürte einen leichten Schwindel. Ich hatte den ganzen Tag nichts gegessen, nur Wasser aus dem Hahn getrunken. Im Museumsshop fragte ich, ob man den Film kaufen könne. Die Frau an der Kasse schüttelte den Kopf. Sie zeigte auf die Auslage in der Mitte des Raums, sagte: »Que de ça«, und mahnte mich zur Eile, sollte ich noch etwas kaufen wollen. Mein Französisch war zu wenig gut, um mich weiter zu bemühen, und ich wollte so lange wie möglich in der besänftigten und traumartigen Stimmung bleiben. Ich bezahlte Ausstellungskatalog, Plakat, Postkarten und eine kleine Broschüre mit ausgewählten Bildern aus der Ausstellung.

Draußen traf mich ein aufdringliches Strahlen. Auf dem Weg ins Hotel, wo ich für eine Nacht ein Zimmer reserviert hatte, kaufte ich an einem Kiosk zwei Flaschen Wasser und ein eiskaltes Brötchen mit Thunfischfüllung.

Im Hotelzimmer drehte ich den Rollladen herunter und zog die Vorhänge zu. Ich trank eine der Flaschen in einem Zug aus, warf das Brötchen nach einem Bissen in den Eimer im Badezimmer und legte mich aufs Bett. Mit der Lampe des Mobiltelefons beleuchtete ich die Bilder im Katalog, bis ich einnickte.

Als ich erwachte, zeigten die Leuchtziffern des im Nachttisch eingebauten Weckers zweiundzwanzig Uhr. Ich starrte in die Dunkelheit des Zimmers. Diese Dunkelheit kam mir nach den Erlebnissen des Tages trostlos und bedrückend vor. Ich wollte nach Hause. Über Land durch die Dunkelheit fahren, begleitet von den Erinnerungen an die bezaubernden Tiefseelebewesen und deren Welt, die mich den ganzen Tag beherbergt hatte. Ich sammelte meine wenigen Sachen zusammen, bezahlte und fuhr los.

Die Fahrt war lang und das war gut. Ich hielt mehrmals an, immer dort, wo es wenig Licht gab. Ich stieg aus, rauchte eine Zigarette, atmete tief ein und aus. Es war eine klare Nacht, bei jedem Halt war es kälter. Ich ließ meine Haut abkühlen, betrachte den Sternenhimmel, fuhr weiter.

Gäbe es den Ort, von dem ich sagen könnte, er wäre mein Zuhause, wäre ich dorthin gefahren. Egal wie weit es gewesen wäre.

Gegen drei Uhr kam ich an. Auch in der Stadt war es kühl, als hätte sich der Sommer während meiner kurzen Abwesenheit davongemacht. Ich öffnete das Gartentor. Die Nachtluft roch nach feuchtem Rasenschnitt. Ich zog die Schuhe aus und ging ein paar Schritte über den hoch gewachsenen Rasen. Die Nachbarhäuser waren dunkel. Das Haus, in dem ich wohnte war dunkel. Ich gehörte nicht hierher. Vielleicht war es von Anfang an so gewesen und ich hatte es einfach nicht bemerkt. Ich knipste die Taschenlampe an meinem Mobiltelefon an. Das feuchte Gras, ich dem ich Fußabdrücke hinterließ, würde sich bis am Morgen wieder aufgerichtet haben. Ich ging ins Haus, ohne Licht anzumachen.

Auf dem Balkon tastete ich die Erde in den Blumentöpfen ab. Alles feucht genug. Ich wickelte mich in eine Wolldecke, zündete eine Kerze an, die ich in einer Vase aus Glas zwischen die Blumen stellte und eine Zigarette, setzte mich in den Schaukelstuhl und streichelte den Umschlag des Ausstellungskatalogs, der auf meinem Schoß lag. Es war still. Mischa war weg. Am Briefkasten, auf dem den Sommer über die bunten Buchstaben mit der Schnecke hingen, klebten nur noch zwei Papierfetzen.

44

Hluboké moře. So benannte ich die Tiefsee. Ohne Luba zu befragen. Die Wörter zogen mich in die raue und tiefe Dunkelheit zurück, in die ich in der Ausstellung abgesunken war. Vermutlich stellen sich die meisten Menschen vor, dass in der Tiefsee eine absolute Stille herrscht. In der Ausstellung hatte ich gelernt, wie Wasser Schallwellen überträgt. Selbst in einer Tiefe von zehntausend Metern sei immer etwas zu hören. Das Brummen eines Frachters, ein Erdbeben, der Gesang von Walen, sogar ein Monsun, der über das Gebiet zieht. Luba sagt, *zvukové vlny*. Wörtlich übersetzt, Tonwellen. Oder Klangwellen. Im Licht der Taschenlampe betrachtete ich die Abbildungen im Katalog. Ein kleiner Krake, der einem Embryo ähnelt. Seine Haut schimmert zart hellblau. Ein rundlicher, gelber Artgenosse mit einem orangefarbenen Schnabel. Eine blutrote Tiefseequalle mit einem dichten Kranz aus glimmernden Härchen. Ein Glastintenfisch mit schwarzen Kulleraugen und einem Geweih aus gallertartigen Fühlern. Seine Jungen leben nahe der Wasseroberfläche. Mit zunehmendem Alter tauchen sie ab in die Dunkelheit. Sinken tiefer, hunderte von Metern hinab, immer näher zu dem für sie bestimmten Lebensraum. Schwarz-weiß gestreifte Pyjamakalmare, die auf dem Meeresboden ruhen, die großen Augen mit den gelb-weißen Lidern und den gerüschten Wimpern geschlossen. Wollen sie sich paaren, spannen sie ihre Hautmuskeln an und ihre Streifen beginnen zu leuchten. Mehr haben sie nicht zu leisten. All diese Wesen sind ausgestattet mit der Schönheit eines leuchtenden, seit tausenden von Jahren währenden Daseins in der Dunkelheit.

Ich lehnte den Kopf zurück, schaute in den Nachthimmel. Je länger ich ihn betrachtete, desto mehr Sterne konnte ich funkeln sehen. Ich schloss die Augen.

Der sonnenblumengelbe Oktopus zieht sich die Haut wie eine Kapuze über den Kopf, verwandelt sich in einen kleinen Tiefseekürbis, dehnt sich in die Form eines erigierten Penis, faltet sich, bis er an einen geschlossenen Regenschirm erinnert und in die Dunkelheit seines Universums entschwindet.

Ich dachte an den Kleinen. Wäre er noch da, würde ich ihm von den faszinierenden Wesen erzählen, die ich vor wenigen Stunden kennengelernt hatte. Ich würde für ihn eine Geschichte erfinden, die mir Stück für Stück zufiele, während ich durch die Erinnerungen und Eindrücke des vergangenen Tages schaukelte. Ich könnte die Geschichte aufschreiben, das Papier mit bunt leuchtenden Tiefseelebewesen verzieren und Mischa zusammen mit der kleinen Broschüre schicken. *Pro tobě.* Für dich.

Tief unten im Meer, dort wo das Licht nicht mehr hinkommt und wo es dunkler ist als bei uns in der Nacht, da lebt Ludmilla. Ludmilla hat einen kugelförmigen roten Körper mit einem Kranz aus feinen durchsichtigen, in Perlmuttfarben schimmernden Tentakeln, wie die einer Seeanemone. Sie sieht aus wie eine Tomate in einem Ballettröckchen.

Hör auf, stoppte ich mich. Du hast es vergeigt. All das wird das Bild nicht auslöschen, das der Kleine von seinem nackten Vater hat, der sich am ebenso nackten Körper der Nachbarin festhält und stöhnend und zuckend etwas mit ihr macht, das der Kleine nicht versteht. Du wirst das nicht mehr gut machen können. Lass es bleiben.

Ich hatte Mirko gedrängt, mich in seiner Sprache zu verführen. Ich hatte gewollt, dass er mit seiner Sprache in meinen Körper eindringt. Ich hatte die Sprache in der Intimität erleben wollen. Und dabei mich. Ich hatte erfahren wollen, was sich in diesem Akt in mir bewegt. Im Begehren hatte ich die Sprache zum Äußersten und gleichzeitig zum Innersten führen wollen.

Mirko hatte die weiße Haut auf meinem Rücken gesehen, die unversehrteste Haut an meinem Körper. Ist es nicht Teil unseres Begehrens, zu etwas Unberührtem, Unversehrtem oder Heilem – wie man heute sagt – vorzudringen?

Selbst wenn Mirko auf meine Bitte eingegangen wäre und mich in seiner Sprache verführt hätte, wäre mein Begehren unerfüllt geblieben. Es ist ein unerfüllbares Begehren. Eine Illusion.

Als ich später auf einer tschechischen Webseite ein paar Sätze zum ›wahren Ich‹ fand, musste ich lachen. *Skutečné já.* Die tschechischen Wörter kamen mir wie die unbeholfene Tarnung eines Phänomens vor, das vielversprechend klingt, aber letztlich ebenso eine Illusion ist.

Ich glaube nicht an ein ›wahres Ich‹. Es birgt die Gefahr, sich stets von Neuem zu täuschen.

Touha, Sehnsucht, Begehren, Verlangen. Luba spricht es aus, als würde sie an ein Indianerspiel denken.

Ich war erstaunt, als ich kürzlich las, dass *infans* (lat.) sprachlos bedeutet. Die ersten Begegnungen mit der Welt sind körperlich. In den ersten Begegnungen mit der Welt ist das Kind ohne Sprache. Es hört Sprache, aber es kann nicht mit Sprache antworten. Es weiß nicht einmal, dass das, was es hört, Sprache ist. Giorgio Agamben* sagt, Kindheit sei der Ursprung der Sprache und die Sprache der Ursprung der Kindheit.

Das Kind, C. und ich. *Ein* Körpergedächtnis. Mittels Sprache nicht erreichbar.

* Giorgio Agamben. Kindheit und Geschichte. Berlin, 2004.

Mein Sehnsuchtsort liegt jenseits von Sprache. Jenseits von Rosas Sprache. Jenseits der Sprache der Babina. Ich halte mich an die Möglichkeit, dass es ein *ursprüngliches* Ich gibt. Als Entstehungsort und als Sehnsuchtsort. In Mischa hatte ich beides gesehen. Vielleicht besser, durch Mischa hatte ich beides gesehen. Oder durch Mischa hindurch. Er verkörperte die Sehnsucht, über den Horizont der Erinnerung hinauszugehen. So wie das Wesen auf dem Bild von Leiko Ikemura.

I kdyby tento misto je iluze. Auch wenn dieser Ort eine Illusion ist.

Ich prüfe nicht, ob der Satz so richtig geschrieben ist. Ich will ihn so lassen. In der Fehlerhaftigkeit, die ich mir wünsche.

45

Here comes the rain again, raining in my head like a tragedy … tearing me apart like a new emotion … I want to breathe in the open wind … I want to dive into your ocean … Ich war seit einer halben Stunde unterwegs. Eine so ruhige Fahrt hatte ich nie, als ich Tag für Tag auf diesem Straßenstück zur Arbeit gefahren war. Ich fuhr an der Raststätte vorbei, an der ich nach dem alles verändernden Gespräch mit Gerlinde angehalten hatte und auch an der Ausfahrt, wo ich jeweils Richtung Fachhochschule abgefahren war. Es kam mir vor, als sei es viel länger als die wenigen Wochen her.

Es war kurz nach halb vier Uhr früh. Es würde noch eine ganze Weile dunkel bleiben. Die kräftige, warme Stimme von Annie Lenox umhüllte mich, wie auch die behagliche Wärme im Auto, der Wollschal um meinen Hals, die Nacht. Ich hatte einen Plan und ich spürte die Unerschrockenheit, ihn zu realisieren.

I want to walk in the open wind … Eine Frau – verkörpert von Annie Lennox –, wagt sich mit einer Laterne in der Hand in die Dunkelheit und in den Sturm. Barfuß ertastet sie sich einen Weg über die Klippen. *I want to dive into your ocean* … Sie trägt ein langes weißes Nachthemd. Es erinnerte mich an das Kind, wie es von der Mutter fotografiert wird, während es durch den Regen über die Wiese nach Hause läuft. Ich hatte mir das Video zu diesem Song zig Mal angeschaut. Bis ich beschloss, an den Atlantik zu fahren. Ich musste im Westen von Europa anfangen. Ich studierte die Karte der europäischen Atlantikküste und mir fiel ein Dokumentarfilm über die kantabrische Küste ein, den ich einmal im Fernsehen gesehen hatte. Im Internet klickte ich mich durch Bilder von breiten, wilden

Stränden mit bizarren Felsformationen. Costa de Llanes, dieser Küstenabschnitt schien mir passend. Zürich – San Vicente de la Barquera: 14 Stunden und 14 Minuten. Drei Mal vierzehn gibt zweiundvierzig. Mein Alter.

Ich fuhr durch die Nacht. In ungewohnt ruhiger Stimmung. Das Tätowierset lag in der Reisetasche. Eingewickelt in einen flauschigen weißen Bademantel mit Kapuze.

Vor einer Woche hatte ich beschlossen, mich tätowieren zu lassen. So, wie ich es im Traum gesehen hatte. Ich war erwacht und es war alles klar. Noch in der Nacht hatte ich mich auf eine Bahn Paketpapier gelegt und die Konturen meines Rückens nachgezeichnet. Ich zeichnete und malte während Tagen, bis die Tiefseelandschaft vor mir lag, die meinen ganzen Rücken überziehen würde. Nur ein japanischer Tätowierer kam dafür infrage. Einer, der die Tradition studiert hatte, der sich mit den Farben auskannte und die Haut zum Leuchten bringen konnte. Ich erinnerte mich, dass der Antiquar mir verraten hatte, dass seine Frau tätowiert war. Ich rief ihn an und bat ihn um die Kontaktdaten des Tätowierkünstlers.

Ich werde das Unauslöschliche in meinem Körper mit dem Unauslöschlichen auf meinem Körper überschreiben. Ich werde mich dem Schmerz aussetzen. Mit jedem Stich üben, den Schmerz zu kontrollieren und ihn mir zu eigen zu machen. Ich werde dem Schmerz eine Gestalt geben.

Den ersten Stich werde ich mir selbst zufügen.

Verlag und Autorin danken:

Kanton Zürich
Fachstelle Kultur

Stadt Zürich
Kultur

RHEINTALER
KULTURSTIFTUNG

Der Verlag edition bücherlese wird vom Bundesamt für Kultur mit einer Förderprämie für die Jahre 2021–2024 unterstützt.

buecherlese.ch

Lektorat: Ina Brueckel
Korrektorat: Tatiana Troxler
Autorenfoto: Ayşe Yavaş

Gestaltung und Satz: Benedikt Troxler
Druck und Bindung: Pustet, Regensburg

ISBN 978-3-906907-80-2

1. Auflage 2023